Illustration by 群 Gun

Illustration by 凱子包 Kaizbow

新銳導演作家
盧信諺
逼陰
The Bloodfolded

各方名人第一手熱烈好評

電影般的強烈畫面感，讓那個在閱讀《迴陰》的午後，是不寒而慄的恐懼；也是母女情深的悲情。故事一再地反轉、一再地剖析人性，精彩程度讓人期待這部作品能成爲電影，在大螢幕上讓觀眾一起體驗這強大的世界觀！

——王淨，演員

這篇故事引我回憶少年時受到廟宇贈送善書《地獄遊記》影響，曾經好奇想嘗試觀落陰，所幸後來膽小打消念頭。如今既是好奇卻又戰戰兢兢看完這篇故事，使我篤定不去是對的，光是看小說就夠可怕了，聽說正要拍成電影啊！

——王登鈺，漫畫家、動畫導演

我被《迴陰》裡的華麗邪佞咒術牽引，卻因母性的詰問重摔落地，悵然驚嘆。

——王莉雯，《神之鄉》編劇

這本小說創造出獵奇恐怖至極的地獄世界，也在最黑暗的地方，綻放出來自母愛與決心的動人光芒。

——**白健文，ICRT廣播電台總經理**

閱讀《迴陰》的旅程就像搭上一台直達地獄十八層的雲霄飛車，毫無喘息空間的爽快，停不下來的各種殺戮奇觀，絕對可以滿足嗜血讀者的獵奇心理。故事主軸也非常明確，是爲了子女甘入地獄的母愛，描寫絲絲入扣，讓人非常在意主角們的發展。

——**艾德嘉，「黑色酒吧」創辦人**

以科學揭密觀落陰，富含驚悚、懸疑、玄幻色彩，並透過母親對女孩無私的愛，將其展現的淋漓盡致，充滿震撼。

——**吳明憲，威秀影城暨伯樂影業董事長**

《迴陰》一書中，提及了當代科學如何與靈魂世界交織，並圍繞著人類親情與內心自我拔奪。

——**往櫺，臺灣靈異研究學會研究員**

把催眠和撞鬼做了很有趣的對照，盧信諺讓我相信一切都眞實無比，毛骨悚然。

——**姚經玉，海鵬影業總監**

邊讀邊想著成爲影像的感覺，好希望可以翻拍啊！

——**徐國倫，《誰是被害者》影集、電影監製**

提醒入夜後勿翻閱此書，內含邪僻文字，恐擾亂心智。善良百姓遠離此書，明哲保身。

——**眼肉芽，百萬YouTube頻道眼球中央電視台主播**

「驅魔神探康斯坦丁」透過「觀落陰」儀式偵查靈異犯罪謎團案件！惟有信諺本人才能打造出如此腦動大開、畫面感十足的台灣特有種驚悚推理小說。

——**莊啟祥，《女鬼橋》監製**

如果你跟我一樣，壯著膽子一氣呵成讀完，亦步亦趨經歷過恐懼的總和，便會在黑暗盡頭看見期待已久的光明。

——**莊景燊，《神之鄉》導演**

過於強大的愛，有時誘引而出的，只會是內心的鬼。於是，人一生最大的課題或許是：如何正確地去愛，與被愛。

——**游善鈞，作家、編劇**

《迴陰》的恐怖不只是文字的感官挑戰，更來自更深的人性。惡行來自哪裡？嫉妒、怨恨、貧困、糾結的愛情？有時自己的幸福也許會生出他人的絕望。自己種下什麼因，又會變成怎樣的果，萬事萬物，皆是相生相剋。

——**蔭山征彥，演員、導演**

人是真的會看到鬼，
但有時看到的，真的是鬼嗎？

迴陰

目錄

楔子

這裡已不再是神明看顧的地方。

烈焰伴隨高溫，從惡夢延燒進了現實，吞噬她面前的罪人，剝下一切血肉，哀嚎與哭求頓時成了殘響。

撲面的灼熱，帶來熟悉的氣息，不斷提醒她這一路苦難。她知道自己也是罪人的一份子，只是站在不同的觀景台，看著這一切浴火斑斕，燒得瑰麗，燒得凶殘。也許，未來某一刻，換裝演出這拙劣劇碼的將輪到自己，甚至，那一刻也不遠了。如今，良心已經承受過多的疲憊與折磨，她只能留下冷酷的雙眸，讓名爲地獄的景象烙印在其之中。

沒有憐憫，沒有救贖，她完全不想給這些妄想永生的闇影們，任何安息的機會。如果可以，她希望惡火能跟著他們生生世世。

灰燼如雪般降下，空氣依舊瀰漫焦味，殘留的不安，正敲響著喪鐘，她知道這一路來，自己已瀕臨極限。

「再撐一下。」她告訴著自己，在無神之境，許下最後的祈求。

即使再也看不到人間的太陽，這也是最後的方法了。

爲了最愛的女兒。

0

血月，自古被認為是不祥之兆，人們將無數災害、暴行、鬼怪傳說，歸咎於這個異象顯現之際，但諷刺的是，當人望著它，往往在敬畏之餘，深深著迷，天與地，生與死，黑與紅，敲響心中對神祕的鼓動與追尋。而這樣的一抹紅，現在正穿透薄霧，映照在霾山的山谷裡，將山嵐吹掃的芒草田，染上暗暗的橘紅色。

田中央豎立著數個巨大的人影，這些人影，由草與竹竿編成，高約兩公尺，披著深色袍子，頂著尖帽，宛如黑無常，臉部包滿符咒，看守著那片田野，正對著遠方的山坡。山坡上有著一座道教山門，年代已久，兩側的燈籠昏暗，直通坡道上方的宮廟——聚英宮。

吳曉欣在敲響聚英宮門當下，其實還是對「觀落陰」半信半疑，過去只在網路上看過一些故事，或聽老一輩閒聊時提及，如果不是現在這情況，她一點也不想駐足此地。

「妳想見妳女兒？」自稱道長的老人這麼說著，他平頭白髮，蓄有白鬍，不是曉欣一路跋涉時預想的仙人貌。道長即使年邁，身軀卻壯碩堅挺，眼神如刃，話語誠懇亦不失威嚴；鑲著黑玉的道冠下，是件黑色絳衣，讓她想起先前經過田野時，那些高大詭異的草人，差別在於絳衣上華麗許多，尤其繡了三個金色大彎刀，繞成一圈，據道長說法，那象徵三界三魂合一迴圈的意思。

換句話說，他可以打開通往靈界的門。

「對，我想再見她一次。」

這般斬釘截鐵連曉欣自己也想不到，但她知道，自己再也忍受不了每晚午夜夢迴，懷中的身影、牙牙聲，以及一次次輕觸。沒人祝福過她們母女倆，就連孩子的父親、劇團裡的前輩，也沒人正視過；她們的人生，只是一個連網路新聞都不在乎的緋聞玩笑。但即使如此，她仍咬牙珍惜過最低限的依偎，即使孩子的笑顏在第三個冬天就成了泡影，她仍讓那曇花永植心中，長出倒刺，痛切地提醒自己那生活確實存在過，直到不知不覺，被思念與愧疚淹沒，差點夜夜死於夢醒之際。現在，她只能想方設法前進，透過好好的道別，放下。

木魚敲響，陳述完故事的曉欣，繞過殿內拜完所有香爐，擲出聖筊，獲得了神明的肯定。道長的弟子們著手準備各種法器，唸起了咒語。女弟子月兒點起了線香，拿著燃燒的符咒繞著椅子轉一轉，他們說這是爲了淨化所有不該有的氣息。

曉欣只有在重要考試和很小的時候，會跟著母親去宮廟拜拜。如今，眼前這昏暗的老舊廟宇，照明僅僅燭光、燈籠及儀式燈具，道長憑著她所報備的資料，帶弟子們做著她從未見過的儀式，令她心中難免忐忑。「那裡的觀落陰跟其他地方不太一樣，絕對會讓妳看到，眞的錯不了。」劇團學姊的聲音浮現在她腦海，而她也這麼安慰著自己，壓抑所有恐懼，坐上了那古老木椅，聽從道長所有指示，蒙上黑布，開始了觀落陰的儀式。

紅色月光逐漸被濃霧所遮蔽，狗螺四起，咒語迴盪，大門上了沉重的木栓，殿內香煙裊裊，燭光搖曳。

一會兒後，「看到了嗎？」道長一面作法，一面鄭重地詢問。

曉欣神情緊繃，發抖喘著氣，嘴巴呢喃不清。而黑布下的冥紙，和額頭上的白符，皆跟著她的上半身不停晃動，那被龍虎銅針釘在椅子扶手上的雙掌，亦不斷拍打著。

道長向壇上神像一拜，將一碗血淋在曉欣身上，一個轉身，便燃起了符咒，在她身旁繞著，月兒與弟子們的唸咒聲也大聲了起來。

「吳曉欣！看到了嗎？」燃燒的火花，隨著道長轉動的手，散進了黑暗中。「不要回頭，保持誠心，叫妳小孩的名！」

她呼吸急促了起來，嘴巴試圖喊著話語，手腳卻不協調地彎曲擺動，總覺得有東西開始圍繞著自己。道長搖起帝鐘，大聲唸起咒語，直盯著曉欣，吹了口氣。

鮮血從龍虎針周圍湧出！曉欣感覺全身交錯著灼熱與冰寒，一股力量正將她剝離，她的喉嚨不受控制，著魔似地低吟起來，木椅也跟著她劇烈擺動，霹哩霹哩作響。

霎時，一陣寒風從幽暗的大門空隙掃進室內！晃了所有燭火，掀起香爐火星，曉欣猛然一愣，整個人撲面一倒，沒入了黑暗。

她的靈魂成功抵達另一個世界，卻也意外成了一把鑰匙，釋放出前所未有的災難。

長久以來，聚英宮的儀式從未出錯，然而，當一根又一根線香熄去，飄起黑煙，連月兒也察覺到不對勁。殿內依舊光明，一股不祥卻隨著黑煙快速擴散。

道長看著銅盤中的水，一陣極強的陰氣正不斷匯聚，來自山谷、天上，更來自腳下。他回看著靜止不動的曉欣，她的呼吸並沒有改變，但直覺正警告著他，是必須採取安全措施了。

「月兒，去拿……」

壇上的草人瞬間炸裂！銅盤被連帶翻起，曉欣頭上的白符亦染成了黑色，下一秒，她整個人像扭曲的彈簧彈了起來，以不可思議的角度拱著身軀，若不是龍虎針還釘著她，那般力道甚至足以撞上天花板。

「令旗！快！」道長連忙大喊。

曉欣中邪了，她不斷大叫，上下又跳又翻著身軀，嚇壞了幾個年輕弟子，但他們並沒有停下腳步，迅速地按照著指示，一一拿起法器和令旗。這種情況並不是第一次，據說往昔偶爾也會發生，然而，這麼激烈又迫人還是頭一次。

「黃衣天尊，教我殺鬼，聖道合鳴，與我神方。上呼星君，收攝不祥！」道長一臉怒目，拿起鑲有天珠的短法刀，穿過符咒與燭火，手貼刀尖，接連比出手印，直指曉欣打了出去。

一時間，空氣震盪，彷彿有雙無形的大手，將曉欣緊扣在木椅上，她叫聲淒厲，努力掙扎，卻被弟子們團團用力抱住。大面黃色令旗朝她一披，眾人聯手用硃砂線將她裹緊。

「神師殺伐，不避豪強，先殺惡鬼，後斬虛光！」道長直盯著不停扭身的曉欣，明明有六名壯漢抓著她，那令旗下的人影仍大力蠕動，似乎隨時會鑽破、掙脫。他趕緊將法刀對準她的頭部，瞪視的雙眼凶如鬼神，連頂上白髮都站了起來。

「天尊當陣！何神不伏，何鬼敢當，急急如律令敕。破！」肌肉一扭，道長手一轉，將刀一旋，伸了出去。

曉欣拱起身體，發出一聲撕心長嚎。啪！突然如斷了線的人偶，就此癱軟倒在木椅上，不再動彈。

混亂平息，但沒有人因此鬆下警戒。弟子們個個緊握法器，靜待了數秒後，才由道長親自上前解開令旗。

黑符落下，曉欣臉色蒼白，毫無血色。道長心一寒，雙手貼在她的兩頰，輕按著她的雙眼，拿下了黑布，一把她的脈搏：心跳微弱，活著，卻又有著異樣的脈動。他隨即注意到那股脈動其實來自她胸前的微光，以及雙腳下的黑色殘留物，黏稠如石油焦。

聚英宮最不該發生的事終究發生了。

在道長來得及反應之前，曉欣已經睜開了雙眼，口中唸唸有詞，血紅的瞳孔宛如黑洞，隱約燃著熊熊火光，足以捲入所有生靈。她握起龍虎針，一把刺向道長眼窩。

燭光頓時熄滅！黑暗吞噬殿內，所有弟子錯愕驚呼，彷彿瞬間喪失了所有語言。野獸般的怒吼，伴隨著漫天拖行、傾倒、翻撞，遍及殿內好幾圈，血肉噴濺與慘叫不絕，恰似把地獄召回到了人間，近乎拆了廟宇。

唰！一陣摩擦火花，道長手一刷，在黑暗中，點燃了斬邪的七星劍，眼旁的傷口，正湧出鮮血，滴落在劍上的血槽，與火融為一體。

才短短幾秒的時間，天尊的令旗已化為碎片，神聖的殿堂成了血池，腥味撲鼻難聞。弟子們一個個斷首、斷肢，躺在血泊中，就連柱子上的石雕，都疑似卡著人體肉末。只有月兒和少數幾人躲在桌下的布簾後，探出頭，不停發抖。

「**失算了。**」道長心裡想著，他高舉著七星劍，搜尋著曉欣的身影，直到「那東西」先從後方找上了他。

腥氣與邪惡襲上道長後頸，他急忙一閃，用劍身反擋一推，拉起硃砂線，看向眼前的惡鬼，握起拳頭架劍。

「破鬼！開壇！」

鐘鼓急響！一盞盞火紅燈籠，如數條火龍舞動，從殿門一路奔向山的四方，竄下山頭與山坡，越過山門，直映月光下的巨大草人。

那是聚英宮兩百多年來，第一次夜間警鐘。

一

人死後會去哪？鬼眞的存在嗎？

這是漫長歷史中，無數人問過的問題，源自人們對死亡與無解現象的恐懼，也源自單純的羈絆、歸屬與思念，是最簡單的答案，也是最複雜的問題。近世紀以來，死後世界與鬼魂，因科學興起，而被列爲迷信、無稽之談。但事實上，很多科學家深深著迷其中，他們並不全盤否認靈界與鬼的存在，而是好奇；因好奇而質疑，因質疑而實驗，因實驗而論證，這些科學家可說是站在理性與科學角度的迷信者。

十九世紀前，有一票頂尖醫生認爲人體內有著靈質，構築了每個人的健康；二十世紀時，當通靈板蔚爲風潮，亦有科學家與靈媒合作，透過自殺，嘗試驗證死後世界的存在。當時，連偵探小說福爾摩斯系列的作者柯南．道爾，也相信鬼是存在的；更別說陰謀論裡，從二戰到冷戰，強權國家暗自對靈界的各種研究。

然而，科學至今只證明了，許多現象並非鬼魂造成，關於鬼的認知、存在與否，依舊撲朔迷離。有人認爲透過量子力學，什麼都可以解釋，倘若信仰和科學要在理性中找到普世的平衡點，扣除量子力學，那麼不是把鬼定義成殘餘能量，就是歸類到心理學的範疇。

心理學談靈魂，多半指的是精神與意識層次，而非眞的鬼魂。少數學派會將人類的集體潛意識、原始心性，連接到神話或宗教想像的冥界，認爲每個人是從中塑造出靈魂個體，但這並非大家所能接受的。對於信仰科學的社會大眾，單純以心理與精神病症來看待「鬼魂」，反而簡單且安全得多了，還可以對症下藥，找到名為治療的驅邪方法。

諷刺的是，心理催眠治療的起源，最早可是被視為通靈術的一種。

想到這裡，曾荷櫻不禁苦笑了起來，她身為頂尖諮商心理師兼催眠師，現在竟為了養家，跟著節目單位來到這座老國宅，以自己的職業專長協助靈異調查，這是她畢業十幾年後始料未及的。

倘若以能量論來看，這座大廈的位置、設計、溫濕度、通風與光線，確實符合那種不良磁場假說的描述，讓人不甚舒服，會出現負能量、甚至鬼的謠言，也無可厚非。

但對荷櫻而言，她真正的工作，是以心理科學為基礎，找出鬼，解析它，破解它，重建它——在螢光幕上。

「曉欣，沒事的，我們放輕鬆，慢慢往上浮。」荷櫻看著面前二十歲出頭的女子，輕聲對恐慌的她下達催眠指示：「跟著我的聲音，我們離開廟裡，回到一開始的地方，感受妳喜歡的那片草地，陽光，涼風。」

跟舞台上的表演式催眠不同，這種催眠治療俗稱「放鬆療法」，不會有過多的戲劇性表現，而是著重對談與放鬆，讓催眠對象在意識清楚的同時，接收暗示，揭露真實，找回自我與平靜，修復內在。

曉欣坐在沙發上，閉著眼睛，呼吸慢慢趨緩，臉部的肌肉也慢慢放鬆下來。荷櫻知道，現階段要再進入深層記憶，或許還有一點困難，因為曉欣的潛意識仍舊對恐怖遭遇充滿警戒，而基於專業與責任，她怎樣也不能完全聽從製作人的話，繼續深掘。

「數到三後，我們一起回來。」

「好的。」曉欣的語速已經恢復正常，荷櫻判斷她的意識已回到了最上層。

「來喔，三、二、一。」

荷櫻敲了響指。

攝影機中，曉欣睜開了雙眼，就像剛結束一場夢境，她那一身素色休閒服、略顯害羞的表情，與一席白色套裝、美豔妝容的荷櫻形成強烈對比。荷櫻身爲節目要員，那白皙又麗緻的面容，以及動人長髮與姣好身材，被誤當成演員也不爲過。

「還好嗎？比第二次好一些吧？」荷櫻遞上一杯水，「沒那麼可怕了吧？」

曉欣點點頭：「有比較安心，比較清楚。」她看著自己的房內，攝影機也跟著她的視線，拍攝所有角落，錄下所有曾經見鬼的地方。

荷櫻緊盯著曉欣的眼睛，知道她正說謊，她依舊懼怕著記憶深處，以及，這個房間。

一個月前，曉欣主動聯絡了《異心訪客》節目粉絲團，講述了自己的靈異體驗。當時，製作人陳哥一聽，驚覺是個絕佳的題材與企劃，光是靈異噱頭，就足以救回節目下滑的人氣，便立刻召集特別單元團隊進行製作。荷櫻身爲核心調查人員，心中其實非常抗拒，但她無法與生活過不去，尤其她還有著必須待在螢光幕上的理由。

在經過調查、訪談與評估後，荷櫻一共對曉欣做了三次催眠，慢慢拼湊出整個故事。

根據曉欣的記憶，三年半前，愛女突然病逝，她失魂落魄拜訪了一間鄉下宮廟，只求能讓她進行眞的觀落陰，去另一個世界看看女兒。但儀式過程發生了何事，她完全沒有記憶，只知道最後似乎有東西跟她回來，上了她的身，做出非常恐怖的事情。宮廟道長費盡千辛萬苦才驅邪成功，並給了她護身符，要她不得再到當地。一直以來，曉欣都照著道長說的做，直到半年前搬家時，她搞丟了護身符，從那天起，家中便開始出現怪事。

先是走在路上撞到人，對方卻消失不見；搭電梯，電梯門經常無法關上；耳機裡常常傳來小孩哭聲，半夜有人用指甲刮她床板……到最後，連白天浴室、床頭、房間角落都出現人影。各種現象層出不窮，嚇得曉欣精神衰弱，不敢入眠，身體也出了狀況，後來還是得請道長補寄一個護身符，才慢慢恢復日常。

《異心訪客》所有的催眠錄影與播出都經過了曉欣的同意，過程中，荷櫻喚醒、重建這些經驗，而紀錄團隊則像是同步一般，錄下所有曉欣見鬼的感知與反應。以鬼故事而言，其實平凡無奇，但作爲影片，其眞實感卻讓人不寒而慄。

只是對荷櫻來說，她的任務更看重心理因素。民俗信仰在台灣多數民眾的心中，佔著重要的地位，幾近寫入了集體潛意識之中。即使人們不一定相信鬼神，但還是會忌諱著什麼，發生事情時會去一趟寺廟拜拜，就連工程師也會在電子設備旁擺上乖乖餅乾，祈求安穩。曉欣的故事，與這種宮廟信仰有著極大的關係，可能源自於觀落陰對她心理造成的影響，甚至牽連著失去女兒這件事。但那段記憶得花更多時間才能深入，偏偏明天就是正式上台直播的日子。

時間壓力以及曉欣那對女兒的情感，都讓荷櫻備感苦澀，她看著曉欣輕摸頸上的護身符，一同起身走了一遍撞鬼情境，心裡總覺得，如果可以不用科學角度看待，或許就能更同理那種恐懼吧。

「明晚正式直播之前，白天會在棚內彩排幾次，我會深入妳觀落陰時的記憶，同時透過DIR，將妳的視覺記憶重建出來。」

「就是之前練習看圖片那個？戴在頭上的？」

「對，但妳放心，一切以妳輕鬆為主。」

曉欣深呼吸後，用力點頭，擠出了微笑：「我會加油的，荷櫻老師。」

「叫荷櫻就好，叫老師感覺……有點老呀。」

「好喔，荷櫻。」

望著曉欣爽朗又堅強的笑容，荷櫻不免有點心疼，眼前的女孩年紀輕輕，就背負了太多哀傷，不過，自己又何嘗不是呢？

當荷櫻這麼想著，餘光一陣晃動，她不自覺地看向了角落。長久以來，她畏懼著鏡子，畏懼著反射出的世界。那個看似眞實卻虛像的另一個世界，似乎有什麼正等著她。而現在，她不小心瞥見了那鏡像，瞥見了不該存在的白影——一張蒼白的女子人臉鑽出了衣櫃，盯著她看。

就像曉欣某天半夜撞鬼的狀況一樣，那東西一直在那，只是疏於察覺。

荷櫻心臟停了半拍，她一半恐懼，一半困惑。這難道是眞的？現在只有她看得到嗎？

她慢慢轉過身，只見紀錄人員拍攝著另一邊，而「那東西」繼續伸長脖子，扭動，直望著她，笑了起來。

「這樣可以嗎？」那東西低聲說著：「清楚嗎？」

荷櫻正感到冷顫，曉欣也注意到她的異狀——

「可以喔，很好！」攝影師回過頭，抓著攝影機，仰角拍攝。「妝有恐怖喔！等等再補個底光，這樣模擬畫面拍起來就完美了。」

「頭可以再歪一點，右側頭髮亂一點。」執行製作補充。

「那樣不會太可愛嗎？」年輕的女鬼演員歪頭嘟起嘴說著。

荷櫻愣了一下，因自己的誤解而臉頰發燙，不由得別過頭，深嘆一口氣。她完全忘了製作單位還要拍攝配套措施，以防直播時出現各種差錯。

「那就先這樣吧，我這邊結束了，得回家準備明天的催眠。」荷櫻看著其他工作人員，微笑說：「剩下的就交給你們了？」

「當然，沒問題。」眾人體貼地回答：「等等宋瑞老師也要過來拍除靈。」

荷櫻點頭感謝後，回看著依依不捨的曉欣。「那我們明天見囉。」

「謝謝，明天見，荷櫻老師……不對，荷櫻。」

兩人對看笑了起來。

有那麼一瞬間，她彷彿看到了那曾經熟悉的笑容。

離開曉欣家後，荷櫻頭痛了起來，不知是國宅長廊過於狹窄昏暗、燈管閃爍，還是這陣子嚴重缺乏睡眠。她疲憊地背著包包，穿過長廊，宛若連影子都拖著沉重的壓力，就這般走進了電梯，腦中盡是明天的直播內容。

在電梯門關上的前一刻，一道藍衣身影突然出現在電梯外，荷櫻愣了一下，藍衣女孩卻猝然消失！電梯門關了起來。荷櫻一度想按下開門鈕，電梯卻開始往下。

她收回手，察覺自己正被鏡子圍繞著，被虛假的自己圍繞著，一正一反一正一反，無限延伸，無限包圍，直直地被電梯帶了下去。

頭痛劇烈起來，餘光裡，鏡子有了動靜。她感受到火光，小聲卻刺耳的割裂聲，以及一道黑色的人影，正逐漸爬過每個鏡子邊界，轉著每個她的頭。

荷櫻閉上雙眼，從口袋拿出白色藥丸，吞了下去。

2

大雨降臨夜晚的都市。

從速食店二樓窗戶望出去，穿透雨霧，車燈、路燈、招牌燈交錯在細細雨線中，輝映著各種顏色的光暈。一名婦人正在對街淋著雨，吃力地推著她卡住的雞蛋糕攤車，一雙小手在玻璃窗上劃過霧氣，爲她畫了一隻小傘，也令玻璃倒影出一雙幼小澄澈的雙眼。

七歲的何黛恩看著這片雨景，用色鉛筆筆一一畫下，直到一個東西夾住了她的頭髮。

那是一個精緻的日本桔梗髮夾。

姊姊何思婷一把將她拉起，指著兩人在窗上的倒影。此時，她們的頭上各自別了相同的髮夾，設計成一對。

「妳看妳看，第一名的禮物，很漂亮吧？」思婷還特地炫耀起手上的包裝盒。

「哇，好棒棒喔，姊姊，妳超棒的，棒棒。」黛恩不屑地說道。

思婷嘖了一聲，硬是扯下黛恩頭上的髮火，痛得妹妹一唉。

「算了，給笨蛋，不如我自己戴比較好看。咦？眞的耶，好可愛。」思婷故意戴上兩個髮夾，拿下眼鏡，藍色洋裝公主似地轉了一圈，哼起了動畫歌曲。髮夾搭配她的長髮確實比較適合，反觀綁著雙馬尾的黛恩，就顯得不是氣質路線。

「人妖第一名。」黛恩小聲嘲諷著。

「妳剛說什麼？」

「人要第一名。」

「最好是啦。」思婷快速戳了一下黛恩，黛恩也不甘示弱擰回去思婷的手臂，逼得姊姊叫了一聲。這下姊妹倆誰也不讓誰，互相拉住對方，作勢打起來。

啪！一雙手用力在兩人身後拍掌。

兩人頓時嚇得跳起來，六魂無主地回看身後的人影。

「喔，野生的半獸人打架耶，媽咪我要看到血流成河，番茄醬不用錢。」荷櫻邪笑，一邊叼著剛從一樓端上來的套餐薯條，一邊用薯條彈著兩人額頭。

「媽咪，嚇死人了！」

「媽咪，嚇死人了！」

「不要學我，笨妹妹。」

「不要學我，笨姊姊。」

荷櫻望著姊妹倆異口同聲又要打起來，再次一笑。「我要再拍一次嗎？這其實也算是一種催眠喔，突然嚇一跳，讓妳們腦袋放空、瞬間聽話。啊，直接拍妳們腦袋，也有同樣的效果喔。」

姊妹倆看著周圍被嚇到的客人，連忙搖頭，尷尬地拉住自己的母親。

那活潑調皮又機靈的模樣，實在讓荷櫻難以想像女兒們成長如此快速，明明才嫌棄過眼前的日常過於漫長，但一轉眼，女兒們也這麼大了。

究竟是怎麼撐過來的？荷櫻望著兩個寶貝女兒，舒展笑容的同時，腦中不自覺浮出這個突兀的疑問，來自不現實的剝離感。本以爲會幸福的人生，在發生**那件事**後，丈夫過世了，娘家與婆家的人也相繼離世，那一場場宛如詛咒的連環葬禮，就像在下坡失速的火車，經過一座座幽暗漫長的山洞，不知何時見日，何時到底，何時翻車。黑暗的旅程並沒有太多悲傷，眞正的悲傷往往是在更之後，不經意之際悄悄來訪；在夜闌人靜，在日常瑣事，在每個意識到孤獨的當下，在每個意識到自己還留有什麼的瞬間，悲傷總愛在那時候趁虛而入。

但六年過去，她已經習慣與悲傷共處，倘若不強迫自己堅強，死去的將是母女一家三口，連葬禮都會被世界遺忘。

如今，她很慶幸能重新站回工作巔峰。親子心理雖然不是她擅長的，但能養育兩個女兒，三人彼此依賴，彼此接住可能墜落的人生，這已經是最大的滿足。再過不久，思婷與黛恩會更加懂事，升上國中、高中，長大擁有自己的人生，到時，她再希冀什麼新的方向，或許也不遲。

當然，前提是她們得再懂事一些。

「喂喂喂，姊姊，妳們兩個眞的很誇張耶。」荷櫻指著思婷手臂上的瘀青，那是黛恩的傑作。

「都是笨黛恩啦，超痛的！」

「明明是妳先拿髮夾……」

「好了好了。」荷櫻嘆了口氣。「姊姊，媽咪給妳禮物是獎勵，不是用來炫耀。然後，妹妹啊，暴力是不對的，不是妳的東西，不可以搶。」

「我才沒有。」

思婷嘟起嘴，無聲地在黛恩嘴巴前比了個V字，黛恩則沒好氣地回敬鬼臉。

「薯條炸雞都要冷了，妳們手洗了嗎？」荷櫻看著桌上的作業簿，以及女兒們手上的鉛筆墨印，不由得開始恐嚇：「哎呀，晚上作業寫完，也沒電視可以看了，網路會不會也斷掉呀？」姊妹倆一聽到關鍵字，雙眼一瞠，立刻爭先恐後地奔向廁所。

「等我。」

「才不要！」

「笨姊姊。」

「啦啦啦啦……」

思婷語氣未停，一個人影赫然出現在眼前，她來不及止步，整個人撞上了上去。思婷身子一彈，向後跌坐，被撞的口罩女子也一個踉蹌，手中的可樂落地，四濺飛起。

黛恩嚇傻在原地，直愣愣地看著女子，對方雖一陣錯愕，卻忍著疼痛，親切地扶起思婷。所有的疲憊再次襲來，荷櫻無奈又參雜著些許煩躁，拎起錢包，快步上前鞠躬賠罪。女子大方拒絕了賠償，還輕拍了一下思婷，稱讚思婷道歉的態度。

那一刻，黛恩別過了頭，眼睛被一旁餐桌下的反光物吸引。

那是思婷掉落的髮夾。

一道窺視的視線，望著黛恩撿起了髮夾。

雨刷掃過迎面而來的磅砣雨珠，冷清陰暗的重劃區道路上，一輛暗紅色房車正快速行駛著。荷櫻一手方向盤，一手調整儀表板旁的手機導航。

「沒搞錯吧，何思婷，昨天才買的耶。」荷櫻感到一陣暈眩。「雨這麼大，還得繞回去。」

「可是我剛剛……」思婷一臉焦慮，手微微地抖動著，所有喜悅已成了惡夢。她知道母親省吃儉用，才買下那樣的禮物給自己，就算荷櫻不罵人，她心中也充滿愧疚與擔憂，自己將不會再是那個滿分的孩子。

「黛恩妳剛剛有看到嗎？幫我找一下？」思婷快哭似地向妹妹求救。

「沒有耶，妳記得掉在哪嗎？」黛恩搖搖頭，手緊緊按著口袋裡的東西，靠著車門。本來只是想嚇嚇平常驕傲到欠揍的姊姊，挫挫她的銳氣，才把髮夾偷偷藏在身上，誰知道現在的氣氛根本無法拿出來，更別說講實話了。只能找機會偷偷塞回姊姊的書包角落，這樣的話……

啪！一陣清脆的斷裂聲傳來，來自黛恩的口袋，而思婷也聽到了。

思婷看著黛恩，先是一臉狐疑，接著心底燃起憤怒。她湊上黛恩，正準備開口——

「廁所！」黛恩搶先喊了出來：「媽咪，我想上廁所。」

「什麼？很急嗎？」荷櫻愣了一下，輕踩剎車。

「最好是，何黛恩妳口袋……」

砰！突然，一陣撞擊自後方襲來，一台白色轎車開著遠燈撞上了她們！

輪胎一個飄移，荷櫻的車子在雨水中打滑，撞破雨幕，側向滑過一波波水窪。她緊抓著方向盤，連踩剎車，差點衝向分隔島，而白車也緊急停在她們後方。

險些沒命的母女三人當場花容失色，噤聲發抖。姊妹倆轉身回看著後車窗，只見地上車殼碎片濺著雨水，肇事車輛亮著遠燈，刺眼得讓她們不得不遮住眼睛。

荷櫻無法從後照鏡看清對方，一股憤怒油然而生。

「待在車上。」她鄭重叮嚀女兒們，拿起手機和包包，撐著雨傘走下了車。雨傘似乎擋不了這如颱風般的強大雨勢，她一邊報警，一邊面向白車，忍受那刺眼的遠燈，慢慢上前，心中忍不住咒罵起這名近乎殺人的無腦駕駛。

然而，汽車警報聲中，白車上毫無人影，僅剩駕駛座車門微微敞開著。

荷櫻愣了一下，後頸感受一股寒意，正要回覆報案中心，一根甩棍從旁大力揮來！她的後腦遭到重擊，手鬆開了雨傘，痛得撞在白車引擎蓋上，就此倒地，血緩緩流入地上的水流。

深棕色的雨衣人影越過了她，用力踩碎她的手機，接著高速衝向荷櫻一家的車，絲毫不給思婷與黛恩鎖門的機會，便鑽進了車內。

車子在雨中猛烈晃動，裡面傳出女孩們的尖叫聲，驚醒了荷櫻。她不顧傷口滴著血，趕緊撐起身子，只見後車門被打了開來，思婷一把將黛恩奮力推出，小小的身軀正要跟著跳車時，卻被抓了回去，徒留黛恩摔倒在雨水中。

「姊姊！」

「思婷……」荷櫻拖著疼痛，慌張地站起身。恐懼躍上她的腦門，而車子也正如她的預想，關上了門，轉著輪胎，向前準備行駛。

「思婷，等等，停車……停車！」荷櫻的頭部還未從重擊中脫離痛楚，視線在暈眩中不斷扭曲著。但她顧不了那麼多，靠著腎上腺素在大雨中踩著步伐，死命直奔向眼前的車子。

「思婷！思婷！」她快步追上去，奮力拍打車窗，只見車內的思婷一臉恍惚，伸出了顫抖的手，母女倆霎時對看，手隔著玻璃窗疊在一起。

車子開始加速起來，荷櫻急忙握住門把，殊不知，車子蛇行一拐，她一時鬆開手，就此失去重心被甩進了雨幕，翻滾了數圈，最終癱倒在大雨之中。

逐漸模糊的視線裡，那輛紅車就此揚長而去，消失於黑暗，令世界彷彿只留下雨聲。

警方在十五分鐘後趕到了現場，隨後，分局派遣大批警力，連夜展開圍捕，任何一個路口都不放過。然而，無論警燈如何在雨夜中閃爍照耀，仍不敵那隱藏在深處的黑暗，犯嫌最終還是逃逸，帶著車子及荷櫻的大女兒，消失無蹤。

此事不僅躍上新聞頭條，也成爲轄區當時與毒品分屍案同等的重案。專案小組從各處找尋蛛絲馬跡，展開地毯式搜索，同時也不忘安慰荷櫻一家。他們透過媒體戰術，陪同在記者會上請求歹徒放人、自首，卻從未接到任何聯絡。

半個月後，專案小組在一處廢棄工地找到了荷櫻的車子，裡頭留有思婷破碎的眼鏡，以及一管有著她DNA的針筒，那是強烈的鎮靜劑。除此之外，現場沒有其他線索，沒有犯嫌的指紋、毛髮，就連腳印也被清除乾淨。

在那之後，無論警方如何立誓找回思婷、揪出犯嫌，兩人都像帶著所有蹤跡蒸發了。

不到一年，毫無任何進展與方向的本案，成爲被堆起來的卷宗之一，淹沒在其他更大的重案底層，而思婷也成爲所有失蹤兒童海報的一員。

這是三年前的事了。

3

荷櫻將車停好後，帶著一大袋晚餐，折回了自家老舊公寓。在思婷失蹤後，她就換了一台顏色較為低調的二手車，儘管心中曾想過是否要維持紅色同款車，好讓思婷在路上看到她時，第一時間可以反應，但她知道，這不過是在悲愴絕望之下的癡想。最後，她還是敵不過雨夜那晚望著紅色車影消失的陰影，選擇了低調安全的灰色，就像自己碎裂不堪的靈魂。

鑰匙打開層層門鎖，荷櫻宛如打開金庫大門，提著晚餐與大疊帳單踏進了家門。

「我回來了。」

室內燈火通明，卻略微雜亂，地板堆了好幾個紙箱，裡頭不是思婷的失蹤海報，就是協尋的資料與紀錄，少許則是她幾年前出版的心理著作樣書。

二十六坪的房子，三房兩廳和長廊，以荷櫻與黛恩兩人來說，其實過大了。這三年來，她一直考慮過賣掉，把錢花在尋找思婷的龐大開銷上，但每晚看著思婷的床與書桌，她實在捨不得。對她而言，這個家和她一樣都在等著那幼小的身影回家，而她不想讓思婷失望難過。

荷櫻將晚餐與包包放在雜亂的餐桌上，看向客廳的學妹小姍與黛恩，悄聲上前。

「如何？」荷櫻說著。

小姍一身歌德風打扮，留著俏麗的短髮，點點頭回答：「呦，我修正了DNN解碼器的參數，在辨識上提升了不少。」

黛恩正躺在沙發上，頭套著一台網狀環形裝置，那是多年來由台灣與洛杉磯醫療企業共同研發的腦光學儀，透過偵測腦血氧等變化，來獲取腦皮層活動數據。腦光學儀連接著中介裝置，再連接到筆電，而筆電本身也接著大型硬碟。

這套名爲DIR（Deep Image Reconstruction）深度影像重建的系統，其原理打從上個世紀末，當科學家們嘗試透過功能磁共振成像（fMRI）來理解腦部視覺皮層運作時，就已被提出來。近二十多年來，全球科學家無不試圖以各種方法來重建人類腦部看到的影像，也包括想像的心理影像。然而，人腦的視覺資訊是分層的，無法成功融合訊號並一一辨識，直到日本京都大學的科學家們找到方法，透過人工智慧的深度神經網路（DNN，Deep Neural Network），不斷擷取、模擬、辨識訓練，建立起大量的體素解碼器，將其與資料庫連結運算，再以深度合成器網路（DGN，Deep Generator Network）補強圖像結構，合併輸出，進而得以重建人腦感知到的複雜成像。

十年前，荷櫻與摯友魏琦娜在研究所共同研究了這項系統，她們從催眠治療，探討了以DIR建立意識成像的可能性，但礙於經費與功能磁共振成像的限制，始終無法眞正運用在實作上。直到六年前，雙修心理與腦神經學的小姍看到了論文，她聯繫上荷櫻，透過跨領域產學合作，從企業取得了腦光學儀概念機，前後歷經四年，才有了現在的DIR系統，不僅操作更簡單，也終於得以重建人腦意識與記憶影像。

當時思婷的失蹤讓荷櫻魂不守舍，她早已忘記了這些研究，也放棄了所有催眠、諮商等工作，一味地尋找著愛女。眼看協尋的單位一一轉爲消極，存款瀕臨見底，職業證照即將過期，連徵信社都勸她接受輔導，種種困境只差一步就讓她發瘋。幸虧研究成功的小姍即時拜訪，雪中送炭，雖然說不上是拯救，但也即時拉住她不落入地獄之中。

ＤＩＲ系統讓荷櫻從記憶獲得一絲平靜，也讓她從中找回了價值，或者說，依賴的武器。小姍在開發過程，雖然懂催眠，但畢竟不是荷櫻或琦娜這般催眠高手，因此唯有兩人的合作，才得以讓系統發揮最大的功用：重建潛意識畫面與視覺記憶。荷櫻一方面活用這項獨門技術，延長證照，獲得節目單位與觀眾的肯定，換取金錢與曝光度，繼續尋找寶貝女兒；另一方面，透過ＤＩＲ與催眠，一而再，再而三地擷取黛恩的記憶畫面。

因爲唯一見過犯人長相的就只有黛恩，但她始終記不起來，甚至自那天起，也不再說話了。

ＤＩＲ成了唯一的途徑。

此刻，小姍敲了一個響指，喚醒黛恩，爲她摘下腦光學儀。

「辛苦了，妹妹，」荷櫻上前爲女兒拭去額頭的汗珠，輕摸她的頭，「媽咪有買好吃的回來喔。」

十歲的黛恩，如今留著短髮，眼睛早已失去昔日的澄澈與靈氣，僅管懂事、成熟了許多，但活在罪孽的她，已是不敢幸福的女孩。

荷櫻心疼這倖存的女兒，將黛恩當作混沌人生中最後的保險與錨，養育她，依賴她，守護她；同時，在潛意識深處也不斷壓抑對小女兒的怨恨：如果那天黛恩不藏起髮夾、如果她有把姊姊一起拉下車、如果她能好好記住犯人的長相、如果她能再好好開口，家裡就不會陷入惡夢般的死寂。

荷櫻同樣憎恨這樣的自己，愧疚自己是名失敗的母親、不放過自己的女兒，愧疚自己每隔一段時間，就要挖出女兒的心理創傷。但爲了思婷，她只能選擇繼續，並祈禱能從別的方式補救這一切。

而懷著這樣的心態，她是無法催眠黛恩的。

好幾次，荷櫻的私心與情緒，都破壞了催眠的導入與深化，令ＤＩＲ紀錄無疾而終，這使得催眠黛恩、重建犯人相貌的工作，落到了小姍身上。對小姍而言，這並不是難事，荷櫻是她最敬重的學姊兼夥伴，幫助她們一家人既可以小個賺外快、提升實作技術，也是最好的答謝方式。但很明顯地，這段日子下來，黛恩的心理狀態每況愈下。

「這是這次的犯人速寫。」小姍用筆電叫出黛恩的ＤＩＲ紀錄，只見螢幕上出現一名女性的面孔，僅管潦草，但還是可以看見臉型與大略的五官。「臉型的結構和深度，比上次清楚很多。」

「謝謝，辛苦了。」

「用ＤＧＮ補強應該還可以提升很多啦，但精神的部分……」

荷櫻轉看向一臉疲憊的黛恩，這才發現女兒依舊穿著上學的運動服。

「ㄏ……ㄏ……」黛恩試圖說話，聲音卻只吃力地卡在嘴邊，只好嘆氣，比起手語：「還要再一次嗎？」

荷櫻搖搖頭說：「已經很好了，我晚點會寄給隊長。」

黛恩看得出母親希望得更多，但她今天也無法繼續逞強了。

「希望有用。」黛恩比著手語。

「會的。」荷櫻笑著，說出了自己也不確定的謊言。

晚餐後，荷櫻一邊洗著餐盤，一邊看著身旁的平板電腦，裡頭正播放著曉欣的諮商評估紀錄。明天直播時，她必須掌握所有資訊，找到更好的導入點，以進去更深入的部分。但棚內是否可以建立起良好的催眠環境，又是另一件事，荷櫻能做的就是盡可能掌握所有可控因素。

「曉欣測試的ＤＩＲ資料庫數據都準備好了，套用剛剛的參數，明天效果應該會還不錯。」小姍在旁邊切著水果說著：「一定很scary。」

「要換妳催眠她看看嗎？」

「好呀，但不同的人引導催眠可以嗎？」

「只要效果好，都可以吧。」

小姍爽朗地大笑起來：「吼，學姊，越來越愛開玩笑了耶。」

「哪有妳厲害。」

「那這次的，妳信嗎？」

「什麼？」

「曉欣的故事呀，鬼呀、觀落陰那些。」

荷櫻看著小姍說：「如果那些能幫助思婷回來，我就信。」

小姍點點頭沖洗水果刀，吃了片蘋果後調整擺盤，收起笑容。「那黛恩呢？她要做到什麼時候？」

荷櫻陷入沉默，呆望著平板。螢幕中的曉欣，正哭著述說對女兒的思念與愧疚。

「就算ＤＩＲ越來越清楚，她的心再挖下去……」

「我知道，我還是她媽。」荷櫻擠出笑容，暗自祈禱小姍快結束話題。

或許是合作已久，小姍也察覺到自己學姊的思緒，不再說下去。她又吃了片蘋果，洗了一下手。「那我差不多該回去了，感謝招待，明天棚內見啦。」

「謝謝，明天見。」荷櫻的雙眼緊盯著水槽中的水流，總覺得光是那小小的漩渦，就足以讓她暈眩、窒息，被吸入滿是痛苦的空間。諷刺的是，此時平板中的曉欣正告訴著諮商中的荷櫻，她為了女兒下地獄也沒關係。

小姍離開廚房後，荷櫻關掉平板，卸下笑容。餘光裡，一抹嬌小的身影從旁經過，開燈，跑進了浴室。

「妹妹？」荷櫻瞥了過去。「等等順便洗澡嗎？我……」

客廳裡傳來了其他聲響，她湊身沿著昏暗的長廊望去。

「學姊，我要回去囉。」小姍提著器材，走向玄關轉頭。「下次再教妳化妝，大正妹。」

黛恩正幫小姍開著門。

一陣惡寒從背脊竄上荷櫻後頸！她轉身看向浴室，一顆頭縮回進了浴室門後。

是誰！荷櫻一陣錯愕，呆愣一下後，才緩步上前，推開了浴室門，裡頭的燈瞬間熄去。

儘管是不到二坪的浴室，那自角落迎面而來的黑暗，仍濃郁得近乎可藏著人影，荷櫻站在光與暗的交界，再次按下電燈開關。小小的浴室內，連門後都毫無人影。她不由得深呼吸，讓高速運轉的腦袋、過高的心跳數慢慢緩下。

大概是各種壓力累積所致吧。她試圖這樣告訴著自己，但總覺得在鏡中自己的身後，還是躲著什麼東西。

4

小湯匙正輕挖起綿密的原味奶酪，送進幼小的嘴巴中。黛恩一邊寫著作業，一邊吃著飯後甜點，眼睛不定時偷瞄著荷櫻面前的平板。

「那是妳明天要催眠的人嗎？」黛恩比起手語。

荷櫻點點頭，敲擊著筆電鍵盤，處理著催眠策略。「是個很年輕的媽媽，過得有點辛苦。」

「感覺好可怕，她眼睛看起來好累。」

「畢竟也發生了很多事。」荷櫻心中湧上類似的苦楚，卻不得不隱藏起來。「媽咪明晚第一次嘗試直播，就是要幫助這個人，催眠她的故事。」

「也是鬼故事嗎？像之前鍾馗湖那樣？」

荷櫻愣了一下，直問：「鍾馗湖……妳怎麼……」

「班上有人有轉貼。」

「我說過我不喜歡妳看那些有的沒的。」

「大家都很好奇嘛，他們還說媽咪妳很帥。」

荷櫻嘆了口氣：「妳要知道，那些都不是真的，鍾馗湖那次也只是催眠一個亂闖別人家的壞小孩故事，其他都是製作單位到那邊隨便拍拍，假裝的。演鬼的演員今天還又演了一次，都是假的。」

「我只是想要多知道，多幫妳……」

「不用。」荷櫻搖了搖頭，「妳已經幫很多了，只差這些作業。」

母女兩人對看了看，一時語塞，彼此的疲憊與無奈迴盪於凝結的空氣之間。黛恩決定埋首回作業簿之中，荷櫻也試圖將注意力重新放回催眠準備上，但心中滿是疙瘩，怎樣也無法平靜。

她看著那只吃到一半的奶酪，久久後才開口：「不吃了嗎？不好吃？」

黛恩沉默，搖了搖頭。

「這樣是好吃，還是不好吃？」

黛恩停了一會兒，將奶酪推到荷櫻面前，比起手語：「好吃，但有點甜。」隨後舔了舔牙齒，正值換牙的她，犬齒乳牙即將脫落，她不自覺地舔著那血味，手摸著搖了起來。

「不要搖！」荷櫻突然喝止，嚇了黛恩一跳。她抽起衛生紙，遞給黛恩。「手都是細菌，讓它自己掉就好，媽咪……希望妳健健康康，平安好好的。」

荷櫻慢慢蓋下筆電，接過奶酪苦笑了一下。

「以前媽咪看牙齒花了不少錢，所以健康很重要，就像媽咪要上節目，得有好身材、得健康，如果再胖下去不健康的話，一定會被罵，被罵就沒錢賺，沒錢賺就會餓死，餓死就會……」

「在鍾馗湖被拍到。」

荷櫻投去一陣白眼。

「或是變得更瘦。」黛恩趕緊改口。

「這還差不多。」荷櫻手握起了湯匙，連吃了好幾口奶酪。「天哪，眞的好甜，會胖死耶。」

黛恩看著母親逗趣的神情，笑了起來。

那麼一瞬間，荷櫻也覺得自己的努力，似乎讓她看到了夢寐以求的幻影，在黛恩的臉上見到思婷的笑容。她跟著那張臉笑起來，心中的苦澀卻不斷蔓延至口中，連奶酪都失去了味道。

「太甜了。」她又再說了一次，將最後一口奶酪推還給黛恩，直望著女兒接下最後一口，幽幽地說：「妳會覺得媽咪很神經質嗎？心情起伏不定，很兇？」

黛恩思考一秒，搖了搖頭。

「還要想呀。」荷櫻苦笑了下，知道女兒的停頓代表了很多含義。爲了掩飾那份失落，她拿起黛恩的聯絡簿。夾在裡面的成績單，各科分數幾乎滿分，已經超越思婷過去的成績。但如今的荷櫻心中只有感慨，少了曾經的那份悸動與喜悅。她知道這不公平，可她不敢比較，也不敢再給予獎勵，深怕那一天的事情再次傷害母女兩人。看來，自己在前進的路上，確實大大輸給十歲的女兒。

望著聯絡簿上空白處所畫的一家四口，荷櫻在家長欄位簽上自己的名字，總覺得那名字越看越不眞實，沉重，迷離，又虛僞到難以承擔。

「好想念妳們的笑聲。」她不禁低聲說道。

微弱月光自窗簾隙縫透進室內，這是一間夏日海洋風的房間，小夜燈微微照亮淡藍色的牆面。女兒房裡幾乎維持三年前的樣貌，僅有黛恩的書桌與床鋪更換過，思婷的仍舊等著它們的主人。

荷櫻每隔三天就會打掃一次，深怕一旦沾染了灰塵，思婷就會眞的被遺忘；但每每看著那不再翻閱的書籍、不再拿起的鉛筆、逐漸暗淡的獎狀，淚水總是差點落在那些好不容易擦過的地方。即使三年了，淚腺早已麻痺，它們依舊刺著她隱隱作痛。

她逃避著黛恩正逐漸長大的事實，爲了思婷，她有時不得不選擇遺忘，即使深知時間不會眞的停滯，只會在她意識到之前飛快地失控，就像腦中的那班街下坡的列車。

荷櫻爲黛恩蓋上了棉被後，收起她藏在枕頭下的兒童手機和耳機。

「不可以再偷看，眼睛會壞掉。」

「有時候睡不著。」黛恩望向隔壁那無人的兒童床。過大的房間，留下過多的寂寞與窒息，明明還是姊姊喜歡的樣子，卻再也沒了她的聲音和氣息。黛恩曾想跟母親同房睡，來驅散深夜時不斷蔓延的恐懼，但心中又很害怕：自己是否趁機搶走了母親，又或者，再度造成母親的惡夢。

「要我讓妳好睡一點嗎？」荷櫻說道，高舉雙手做著施法動作。

「妳催眠自己就好啦，明天加油。」黛恩比著手語。

「謝謝，晚安。」荷櫻硬是擠起笑容，輕敲了掛在床頭旁的搖鈴，那是在黛恩心因性失語症後預防萬一所裝的。

誠如每一晚的儀式，荷櫻隨後起身，轉身面向隔壁那無人的兒童床，溫柔鋪平床面，調整好床上的兔子玩偶，禱告似地傾身趴在床緣，彷彿讓她凋零的靈魂有所依偎，親了一下被褥。「寶貝，妳也晚安。」

黛恩看著這一切，早已習慣了。她縮進被窩中，握著用膠帶補起來的桔梗髮夾，閉上了眼睛，希望自己能不再做夢，好好地睡到天亮。

「是啊，眞正需要催眠的或許是我自己。」荷櫻心中這麼想著，帶著一點酒氣，返回自己的臥室，鎖上了門。

讓血液保有一定比例的酒精，可以讓人放鬆，提高專注力。荷櫻在進行催眠或接受催眠時，偶爾也會藉由微量的紅酒或威士忌來提升效果，特殊情況時也會透過稀少藥物，好比眼前的針筒，或是從網拍買來藥材。

相傳，南美的薩滿巫師會透過死藤水，來進行通靈與治療意識的儀式。從科學角度來看，那不過是另一種催眠概念，透過二甲基色胺（注）達到迷幻效果，但對一些心理學派來說，確實是一種治療方式。

心理諮商並不如大眾想像般神聖美好，根據統計，他們與精神科擁有最高的醫生自殺率，因為他們並不是以聖光感化他人，而是分擔每個人都有的黑暗，是求助者的浮木，也是社會的沙包；他們就像一杯清水，倒入一杯墨水之中，墨水淡了，透光了，但清水也失去它的顏色，不再純粹。縱使丟入潔白的海綿，吸取的也是更多的淡墨水，擠壓後，留下的仍是那墨的殘留，它的本質其實就是一種共傷。

因此，很多心理師都需要找其他心理師諮商，但並非每個學派皆是如此，有些人會因爲個性、專業與難言之隱，選擇自我療程，當中也包括催眠。若在無法確切自我催眠的狀態下，靜坐、內觀、冥想是一種方法，想激進的話，則透過一些藥物，譬如死藤水，便能確實進入心靈世界。用玄一點的說法，或許就是薩滿所言，進入屬於自己靈魂的世界。

打從大學時期，荷櫻就跟著外籍生練習了幾次，她還記得第一次不僅陷入極度恐懼，更宛如中邪看到各種可怕幻覺，連吐了兩天；所幸後來逐漸找到了方法，和住院的摯友琦娜一起混合嗎啡止痛劑，非法調配出屬於她們的「催眠劑」，用來度過黑暗與哀傷。

而如今，這也成了荷櫻在不眠夜裡，擁抱思婷的救贖。

節拍器規律地擺晃，薰香裊裊，荷櫻喝完死藤水混合物後，靠著床靜坐，從冥想與內觀中進入了自我催眠狀態。

儘管呼吸節奏多變，意識進入深層的黑暗之中時，她懷裡的全家福相簿也未鬆手落下。不管是心靈世界，還是靈魂的歸所，她只想去有思婷在的地方。

注 二甲基色胺（DMT）為台灣列管的二級毒品，是十分強效的迷幻劑，除了在植物中，人腦也會微量分泌。

5

霓虹招牌映在水窪當中，噗唰，一隻腳踩破過去。

一名花襯衫男子快速奔進暗巷，他穿過一台台冷氣機散發的熱氣，越過花圃，只見身後的偵查隊員還是窮追不捨，而他的拳眼上還沾著其中一名的血跡。

照理說，已經都談好轄區不會在今天找麻煩，就算眞的來了，以往也都是以和爲貴，會先提醒，或彼此坐下來互相幫忙，頂多去警局泡泡茶、關心一下。但今天，所有的事都不對勁，連追自己的人都不太對。不，打從幾天前整個道上的氣氛都不太對，是發生了什麼事？

「他媽的！站住！」

這些偵查隊員沒穿制服，追起人來宛如流氓，很難想像平日打公文十二個小時，還會有這樣的體力。他不禁佩服起來，深深埋怨起自家店裡的保全，如果也有那樣的體力與魄力，自己現在就不會這麼喘了。但或許，自己最不該的就是一時對囂張的偵查隊員出拳吧。

另一邊暗巷裡，兩名隊員跑出來，他連忙閃過，踹開了其中一位，將一旁雜物統統翻倒。後方的其他隊員們急忙避開，並拔出了手槍。

「再跑就開槍了！阿洪！」

男子阿洪雖然愣了一下，但理性上深知偵查隊是不會隨便開槍的，他無視身後所有警告，轉向眼前的巷口。救兵應該已經抵達，只要上車，幾個小時後再謊稱酒醉投案就沒事了。他滿心祈禱，衝到了大街上，沐在各種顏色的光芒中。

小弟們的改裝車閃著招搖眩光，引擎轟隆隆地搭配著重低音電音，浮誇高調地停在一旁。絕望的是，那裡也停著數輛警車，不只圍住了改裝車，數量眾多的快打部隊正一一將小弟們銬上手銬。

他咒罵一聲，在快打部隊來得及反應、身後偵查隊追過來前，跑向另一邊路口。

警網開始呼叫！警燈跟著閃爍，他感受到大量人馬從後追上，這下不得不採取最後手段。發抖的手就此伸到了後腰，拔出了兄弟託付的槍。

磅！一台車猛然撞上了他，痛得他往人行道一彈，槍也滑了出去，卡在路旁的公共自行車上。

肇事的偵防車鳴了兩聲喇叭，像是嘲笑他一般。車門打了開來，一名黑夾克高壯男子踩著舊皮鞋走下來，他頂著平頭，留著一點鬍碴，黑眼圈看似惺忪疲憊，但即使如此，強烈的威嚴仍在那逆光中，伴隨著凌晨的冷風襲來。

「劉岳翰隊長，這裡不是你的區吧。」阿洪全身疼痛地說。

岳翰快步走向他說：「特別跨區偵查。」

「不是說要調職？」

「所以，在那之前更要好好整頓一下。」劉岳翰上前拿出一點白粉，灑在好不容易撐起身子的阿洪身上。「看你身上這什麼？」

「去你的，這是栽贓。」白粉沁入傷口，阿洪唉了一聲，其他警員圍了上來，就連那名被他揍到嘴角流血的菜鳥偵查隊員，也摀著嘴站在人牆中。

「用鹽巴幫你消毒而已，倒是你的槍，還有你店裡的那些國中生……」岳翰冷冷地說。

「我要去醫院！我的肋骨斷了！」

「我們送你，警車更快。」岳翰不等阿洪回應，一個眼神，便讓周圍的偵查隊員上前將他銬住，草草宣讀事項，將人押上偵防車。

岳翰將鑰匙丟給其中一位隊員，自己跟著坐進後座。這兩年，身爲分局偵查隊長，除非重大案件或硬著頭皮陪同上級、高官演出，他很少到現場。光是整日應付山海般的會議、公文與議員就已經夠忙了，倘若不是現在緊急事態，昔日被稱爲「惡虎」的男人根本不想出鬧。

「如果你以爲你夠大尾，」隨著車子往前開，岳翰冷冷地說：「我可以告訴你，白的黑的都不想罩你。」

「去跟我律師說吧你！」

岳翰把手伸進阿洪胸前的口袋，拿出了一包日本菸和打火機，逕自抽了一根。開車的隊員咳了一下，但什麼也不敢說。

岳翰看著手上的佛珠與香菸：「我答應過我女兒不再抽菸，但她已經三週沒有回家了。」

阿洪愣了一下，故意嘲諷：「喂喂喂，你不會當爸爸，關我屁事。」

「第一，她下週才滿十一歲，所有的東西都在家。第二，誰都知道你在全台北中南幹了多少噁心勾當。」

「我什麼都不知道。」

「那就把知道的全部說出來。」他秀出手機桌布，那是名笑容甜美的短髮女童，背景位在一座湖邊的度假村靶場。每年夏天，岳翰都會和獨生女Anya去那裡度假，彌補他因繁忙造成的缺席。

「我是可以幫你問啦，但隊長，你都把我撞傷了，求人是這種態度嗎？」

岳翰看著阿洪點點頭，收起手機。「看你吧，我們可以馬上去醫院或警局意思意思，但也可以一直走錯路，今晚可以非常漫長。」他捲上袖子，拿下佛珠，露出那滿是傷痕的手臂。「你剛說你哪根肋骨斷了？」

深夜的警局，部分單位熄去了燈光，但偵查隊上仍舊燈火通明。

結束完訊問的岳翰，將高蛋白乳清、茶、提神飲料、一點威士忌倒入隨行杯咖啡中，這個大家笑稱「約翰命」的恐怖飲品，是他的提神物，也是紓解壓力的方法。他坐在會議室，看著白板上的資料，試圖掌握著所有人蛇集團的情報與狀態。

通常兒童失蹤的黃金期是十四天，而這已經是第十七天，各單位乃至於黑白兩道的查尋，仍舊沒有太多Anya的線索，就連無名屍也找過了。

女兒放學後失蹤，就像人間蒸發一樣，他唯一碰過類似的案件，就是三年前的何思婷案。不安與可怕的猜疑一直在他心中蠢蠢欲動，多年來的刑警直覺，告訴他有什麼極度的異常隱藏在這案件背後。

「劉隊，不稍微休息一下嗎？」一個女聲傳來，副分局長不知何時來到了岳翰身後。

「學姊，妳怎麼還在？」

「是副局長。」她特意更正：「這幾週事情特別忙，你也知道。」

「抱歉，添麻煩了。」岳翰搖頭苦笑，這不僅笑著尷尬，也笑著自己一回到內部，銳氣就少了一半。

「黑眼圈那麼重，衣服看起來都快長香菇了。調職前過勞死，你女兒也不希望這樣吧？」

「我現在就在喝飲料休息呀。」岳翰望著自己的隨行杯，「但也沒剩多少時間了。」

隊長室裡堆著打包的紙箱，印章也交給了副隊長處理。他很慶幸在這種狀態下，上面和下面的同仁都願意幫忙分擔事務。當然，他也知道，下週調到市警局公關部後還長期休假，一部分是在形式上讓他處理女兒的事，一部分則是架空他，來滿足那些可怕的內部暗鬥。

不過這一路來，學姊是站在自己這方的，就像他那些背靠背的可靠下屬們。但就是因爲如此，他才更著急。

嗡嗡！手機震動起來，岳翰立刻放下飲料，查看手機。那是來自荷櫻數小時前的信件，大概是因爲延遲，所以現在才通知。他打開信件，果然不出所料，又是一張犯人的速寫圖。

「請求臉部辨識……」

「怎麼了嗎？」副局長問。

「是何思婷案的那個媽媽。」

「那個心理師嗎？那案子……停很久了吧。」

岳翰沉重地點頭，一想起當時在記者會上陪長官信誓旦旦，保證會救出女孩、揪出犯人，如今不免胃痛起來。沒想到，昔日惡虎也有這一天啊。他這麼嘲笑著自己。

「你先處理好自己的事吧，定期慰問的事，我找人處理。」

「沒關係的，之後我打算親自拜訪。」

副局長望著岳翰堅定的眼神，也只好點頭，「有需要禮盒或什麼的，再跟我說。」

岳翰知道學姊心疼自己，打從在學校即是如此，但很多事已經過去了，他也不喜歡這樣。

「我會把這當成是去公關組前的練習。」岳翰笑了笑，看向副局長，隨後收起笑容，心臟就此停了一拍。

在她身後的會議室角落，燈管閃爍處……他再次看到了，那不該存在的身影，那懸於空中的慘白雙腳。

岳翰握了一下佛珠，喝了口「約翰命」，「先失陪了，我去一下廁所。」

「辛苦了，順便洗把臉吧。」

岳翰就此告別錯愕的副局長，離開了會議室。他壓抑著逃走的心，離開角落那糾纏多年的幻覺，那拔掉他惡虎虎牙的身影。他除了去廁所，也打算去關公神壇前晃一下，這是他以往看到不乾淨的東西時，必定會採取的動作。

他經過長廊，一時停下了腳步，直望著行政區牆上大量的兒童協尋海報。Anya的海報是用他手機桌布上的照片做的，他其實不太滿意美編把身爲父親的自己從照片上裁掉，偏偏那卻是他唯一能用、近期唯一一張女兒的照片。

而在Anya海報的右下角，何思婷在海報上的笑顏早已泛黃褪色，兩位同齡女孩在長相上略微神似，三年下來，遭遇也離奇地雷同。

岳翰一人靜佇在昏暗的長廊上，喃喃道：「原來是這種感覺嗎……」

6

清晨四點，線香早已燒盡，節拍器亦停止擺動，荷櫻自床邊醒過來。

窗外一片寂靜，月光黯淡，若不是鬧鐘上的秒針還繼續走著，她眞覺得時間如願停滯。

偏頭痛正提醒著現實，她起身走到化妝台旁。不會有其他人進來的臥房，早已亂了好幾年，但她還是可以從中找到藥瓶，靠著藥丸將痛楚吞回肚裡。荷櫻知道這樣下去不行，她有爲自己設好服藥的停損點，然而，這已經是第六個停損點，藥量也加重許多。

荷櫻嘆了口氣，這才注意到一旁的穿衣鏡中浮現出異象。有道黑影正聳立在她身後，光線讓她無法判斷距離，那黑影究竟是貼在她身後？還是融於身後的牆面陰影？她懷著不安，小心地慢慢回頭——

咚咚！敲門聲傳來。荷櫻驚了一下，那片黑影彷彿跟著她的憂懼煙消雲散，就此消失。

「妹妹？」荷櫻望向房門，門外一陣靜默，幽幽傳來了鈴聲，叮叮叮響著。那是女兒房中的搖鈴，但聲音又不太一樣，恰似來自更遠、更深的地方，被什麼東西包覆著。她一臉困惑，上前輕轉門把，打開了門。

「黛恩？」

清晨的寒冷沁入房內，門外空無一人。

幽暗的長廊裡，微弱的夜燈反而讓夜色變得更黑、更邪門，只有兔子玩偶躺在門前，它的雙眼染上一片紅；女兒房門正緊閉著，裡頭傳來細小的搖鈴聲。

荷櫻撿起思婷最心愛的玩偶，皺起眉頭，快步走過長廊，打開了門。

鈴聲驟停，女兒房內只有熟睡的黛恩，她背對著搖鈴，一切悄然靜止，毫無動靜，兔子玩偶也好端端地坐立在思婷的床上。

叮！

幻覺？那現在手中的是……荷櫻心想的同時，手中的兔子玩偶，變成了一隻冰冷的女童小手。

荷櫻猛然望向身旁，卻什麼也沒有，唯獨長廊深處，有個矮小人影正窺伺著。

如果黛恩正在熟睡，那麼……

荷櫻一時無法呼吸。「思……思婷？」

「媽咪？」

那是思婷的聲音。

荷櫻愣了一下，只見思婷慢慢探出身子，她急忙上前，按下電燈開關。

影子猛然竄大！一個焦黑的女人全身扭曲，朝她暴衝而來！

荷櫻試圖尖叫，卻早已沒了聲音。

「妳有為幸福犧牲過嗎？」熟悉的那人這麼說著。

荷櫻睜開雙眼，逃命般地驚恐坐起，好不容易才能正常呼吸，呼出一聲聲喘息。窗外的朝陽早已升起，身旁的手機鬧鐘是第三次響鈴。她緊靠著床邊，全身冷汗淋漓，憔悴的模樣似乎還沒準備好迎接早晨。

多年下來，她從未碰過這樣的狀況，彷彿精神還陷入那個假想空間中。

咚咚！黛恩敲響了房門。

「知道了知道了。」荷櫻趕緊起身，趁黛恩開門前將相簿和死藤水推到死角，隨後才想起來，自己早已鎖上房門。她雖鬆了口氣，卻仍心有餘悸，那不單是恐懼，還有陣陣刺痛勾著她的心，她實在不知如何面對逐步失控的心靈世界、又該如何做出解讀。她唯一能做的，就是提醒自己將專注力放在今天的直播大事，全力以赴。

在一番整理和梳洗後，荷櫻再次吞下藥丸。她幫黛恩檢查好該帶的東西後，母女一起出門。

思婷失蹤後，荷櫻不管多累，都一定親自接送女兒，如果不行，就會委託小姍與老師同時護送女兒；再不然的話，她寧可直接替女兒請假，也不想冒險。一般家長可能會笑她誇張，但她無法承受再失去一個孩子，無法承受孤零零地活在這個世界上。

荷櫻只要載著女兒，就會像戰場上的衛哨，對四面八方全心警戒，提防各種可能風險，一舉一動都想盡好母親的責任。不過，這不代表她開車時不會放鬆跟黛恩說話，母女倆還是會以輕快的音樂與美好的早餐，迎接新的一天。

直到這天。

她收到了岳翰對犯人速寫的回覆，就在剛到校門口的那一刻。

「**謝謝，任何線索都可能是重大突破，我會立刻請人協助調查。**」三年來始終如一的官腔答覆，但不同的是，這次岳翰在訊息後多了歉意，還提出了晚餐的邀約。

若是在思婷失蹤前，像他這樣的男人邀約，荷櫻八成會感到欣喜若狂。但此時，她只感到憤怒與無力。

荷櫻很清楚，如果案情眞有進展，絕不只是這樣的文字回覆。一個公務繁忙的偵查隊長想請母女倆吃頓好料，必定是有重大異動，而那絕不是往好的方向。

他要離開這個案子了，荷櫻迅速猜到正確答案。她在岳翰間接承認調職之後，果斷拒絕他的邀約與答謝，將一切不滿回傳過去：「我只要我女兒回家，而不是你們的謊言和同情。」她希望這股怨氣能烙印在他雙眼，每晚提醒他警方的自私和無能。

她希望還有人能像她和黛恩一樣，記得思婷。

黛恩注意到母親回完訊息後雙眼失去了神采，不免緊握書包背帶。

「怎麼了嗎？」黛恩比著手語問。

「沒事，隊長搞錯一些狀況，但放心，妳的圖像幫了很多，大概再幾次就可以找到了。」荷櫻笑著說。

但黛恩一眼就看穿母親笑容下隱藏的痛苦。

「我們……晚點去訂姊姊的蛋糕吧，昨天那家奶酪店滿不錯的，對吧？去看看有什麼口味。」

「草莓。」

「這次選妳想吃的就好。」

黛恩深呼吸後，毫不猶豫，還是比出了思婷最愛的口味：「草莓。」

荷櫻沉默了數秒，再多的話語，只會撕去她好不容易掩住淚水的面具。她僅能望著黛恩，點點頭並裝傻苦笑，在女兒小嘴上比了個V，而黛恩也回以心疼的微笑，抱住了母親，這是她還能做的贖罪。

母女倆就此下車，牽著手，走向校門。

7

鐵灰色的大樓外牆上，有著電視台斗大的標誌，聳立於陰沉的天空下。

直播棚位在電視台大樓的十五樓，上方三層已全隸屬網路業務部門，除了網紅經紀，也處理不同的網路節目。荷櫻先前的錄影通告是網路和電視兩邊跑，也曾參與過直播，但催眠直播結合靈異這種嘗試，今天還是頭一遭。電視台高層與製作人陳哥，非常看重此次的單元，寄望開啓新的潮流；他們不僅選用了最大的攝影棚，安置各種有模有樣的陳設與道具，還調整所有後台系統，甚至不改電視台作風要求彩排。然而，比起安全，他們更在意的是娛樂效果。

現場除了催眠療程需要的桌椅、同步呈現DIR畫面的大型LED螢幕與虛擬綠幕，還架起假以亂眞的道壇，由靈學老師宋瑞坐鎭。直播腳本在流程上是先由主持人講故事，隨後依序播放曉欣在家的催眠片段、假造的靈異影片，由荷櫻與宋瑞從不同角度剖析後，再進入重頭戲——荷櫻的催眠對決宋瑞的觀落陰，兩者皆會用DIR同步呈現曉欣大腦所看到的畫面。

宋瑞曾在鍾馗湖和荷櫻一起直播。一直以來，鍾馗湖東側靈異事件頻傳，連當地人都盛傳有神秘力量在那作祟。就在三個月前，幾名年輕人深夜探險，錄到了離奇鬼影，附近住戶也自此遭遇詭異現象，一時之間，網路論壇吵得沸沸揚揚。節目團隊見機不可失，立刻過去探訪，當時甚至錄到了傳說中的鬼敲門現象。但最終，荷櫻提出可信的科學論證，認爲一切鬧鬼，都是另一側的水庫或度假村工程影響了蝙蝠棲息生態，誘發出所謂的「鬼影」，而受訪者在自家門口種植蝙蝠喜愛的無花果，進而導致了「鬼敲門」。這個解釋雖只能說明一半的現象，卻大大折損了宋瑞作爲靈學顧問的威信。

若非這次直播通告費驚人，宋瑞實在不想再參與；相同地，荷櫻自己也不喜歡對方過於浮誇的鬼神說，尤其私下得知宋瑞對女信徒與工作人員的騷擾行徑後，更是令她堅決不與他有任何往來。

「觀落陰啊，又叫走陰、觀靈術，很多人誤解，把它跟乩童或牽亡魂搞混。」即使是彩排，宋瑞仍穿著紅色華麗絳衣，對曉欣解釋：「乩童啊，是被神挑選的乩身，神明會降駕在他們身上；所謂的牽亡魂，是我們下去陰間，把魂魄引到自己身上，來跟活人講話；至於觀落陰，就是叿，打開妳腦袋的頻率，帶妳去看陰間，見見過世的人啦。」

宋瑞拿起法器說明一番，滔滔不絕地對曉欣的遭遇提出解釋：「如果是一流道士叿，就不會有這些問題。妳只是道聽途說碰到了神棍，體內陰氣太重，引來不好的東西，需要的是找我們這種的！幫妳補些正氣，而不是不入流的護身符。」他吹噓起自己曾做過的祭厲（注）法會與觀落陰事蹟，聽得曉欣不斷點頭信以爲眞。

荷櫻一臉無奈，開始擔心在這樣的流程與環境氣氛下，別說深層記憶，恐怕連催眠本身都很難達成。

攝影機這時轉向了荷櫻與小姍，重頭戲來到她們身上。ＤＩＲ儀器早已裝設啓動完成，同步畫面也鏡像分享到ＬＥＤ螢幕上；曉欣戴上腦光學儀，在小姍的指示下，聽從荷櫻的引導，慢慢放鬆，保留一部分的意識，進入催眠狀態。

催眠的品質跟當事人的放鬆程度有關，一旦時間拖久了，成果就愈發有限。好在兩人早已有默契，荷櫻知道最適合曉欣的方法，也將練習的圖像編碼數據輸入到ＤＩＲ系統中，換句話說，她早就找到曉欣的記憶與意識捷徑，很快就探到了預期的催眠深度。

「好的，曉欣，放輕鬆，現在的妳很安全，就像隔著一道玻璃，望著妳先前所發生的事，我們都在旁邊陪著妳。告訴我，妳看到了什麼？」

「雨天，有個女的，站在房間，角落。」曉欣語速放慢說著，可見她真的進入了意識的世界。同時間，ＤＩＲ儀器也捕捉到腦波特徵，將訊號重新連上資料庫演算、比對，重建在螢幕中。

七十吋的ＬＥＤ螢幕中，可看見模糊的房間影像及模糊的黑色人影，那人影就像一層層霧，歪著頭，腳不著地。現場每個人頓時屏息，看著曉欣的靈異體驗。

荷櫻繼續下探，讓曉欣繼續深入自己的種種遭遇。隨著ＤＩＲ不斷放出各種撞鬼影像，她們在眾人面前，抵達了最重要的關卡。

「我們回到那一天，妳到了聚英宮，做了觀落陰。」荷櫻手持平板電腦，看著上面的筆記。

「對。我……想見……我女兒。」曉欣的聲音變得緩慢、小聲且低沉。

「那麼，妳看到了什麼？」

注 即孤魂信仰，或稱孤魂祭祀，古代時稱「祭厲」。該信仰是向惡鬼祭祀，避免無嗣、橫死、冤死者的魂魄，因無香火供養而於人間作祟，遂衍生而成。

曉欣開始自嘴唇顫抖起來，蔓延至全身。

「陰……間。」

螢幕中，影像同步出現四散、浮動的雜訊，只見濃厚的黑暗裡，有著一片霧，以及奇怪的人影。現場每個人都抱著畏懼與期待的獵奇心理，看著來自另一個世界的畫面。

然而，隨著曉欣身子一扭、猛烈晃動、嘴角抽搐，各種碎裂影像一一噴發。荷櫻出於長年經驗，立刻察覺有異，搶先在曉欣尖叫前，果斷結束深入，將這名受苦的年輕母親拉回到和緩的意識表層。

「沒事的，曉欣，沒事的，我們都在。」

「嘖，搞什麼。」製作人陳哥在副控室斥了一聲。儘管其他人已滿意這樣的效果，但他要的可不只是噱頭，而是在娛樂圈名留青史的瞬間！

「荷櫻，回到剛剛那樣，繼續深入。」他壓抑不悅，用耳機麥克風指揮著。

對於陳哥的無禮指示，荷櫻不予理會，反而直接讓催眠進入導出階段，敲擊響指，喚回了曉欣。小姍也立刻結束DIR程序，上前爲曉欣摘下腦光學儀。

「看到了……」曉欣一臉震驚地看向荷櫻，「雖然只有一點點，但我看到了。」

「是呀，妳眞的非常努力。」

「這些都是當時的畫面嗎？」曉欣回頭看著大螢幕上一張張模糊的DIR紀錄截圖，當中有著火焰、石頭、洞、刀、孩童，以及不明人影等圖像。

荷櫻點點頭，同時也看著手中的平板，隱約找到了可從醫學解釋的突破口。「這些都是妳的視覺記憶，但還沒有到完全深入。」

「我……真的因此中邪，真的被鬼纏上了嗎？」

「妳知道中文裡『鬼』這個字的由來嗎？」荷櫻在平板上開始拆解「鬼」的象形字，取出了「人」的象形。「原本指的是戴面具的人，祭天祭祖的祭司，換句話說，其實是人。而我們所謂的鬼就是我們的想像、我們的面具，鬼存在於我們腦中。」

「鐵齒就是一種自大。」宋瑞小聲諷刺著。

「而迷信是一種狂妄。」荷櫻不甘示弱地回擊，畢竟心理學就是她的主場。「曉欣，妳當初被附身時都沒什麼印象嗎？」

曉欣搖頭回答：「完全沒有……只有一種感覺，像是被關在某個地方，被別人偷走東西，看著別人做著恐怖的事情，但具體是什麼，完全記不起來。」

早在直播的企劃階段，製作單位就曾試著聯絡聚英宮，甚至假扮成一般民眾，想從任何管道打探所有說詞，然而全被廟方拒絕。倘若能知道祕密，或許，就能更早解開曉欣的恐懼吧。

荷櫻此刻只能以科學來見招拆招。「以前歐洲很多地區都有『調換兒』的傳說，老一輩的人相信，很多女人或小孩會在夜晚被地下的鬼怪抓走，調包成外表一樣、內在卻完全不同的存在，而本尊則永遠被困在地下世界，永遠回不了家。如果用文化觀點來看，這就是一種父權壓迫，一旦違背了權力結構，就用迷信將人的成長、獨特性與自由意志妖魔化，再用名爲驅魔的酷刑加以導正，把這種觀念輸進集體潛意識中。」

她繼續解釋：「如果從醫學角度來看，所謂的附身，加法上，很有可能是種人格解離，腦中產生出另一個人；減法上，則有可能是替身症候群（注），懷疑認識的人或是自己被替換掉、靈魂不見了，再也認不出來。」

「所以……妳覺得沒有鬼的存在？」曉欣問。

「我不會完全否認鬼魂，我相信人眞的會看到鬼，但有時候看到的，眞的是鬼嗎？」

荷櫻一邊瞥向宋瑞，一邊遙控平板，在大螢幕上播出了曉欣的一張靈異影像，影像中有一扇窗，窗外疑似有張哀怨的人臉。透過影像軟體不斷調高亮度與對比度後，「鬼」的眞相就此水落石出——那不過就是樹枝與光線反射，所形成的錯視。

曉欣頓時愣住了。

「人腦一旦習慣辨識某些圖形，就算有缺陷，也會自動塡補成完整，而我們從小就開始辨識人臉，很多時候也在無形中製造出我們的『鬼』，換句話說，是我們騙了自己。」

荷櫻把影像切回曉欣的ＤＩＲ紀錄，「當然也不只是視覺，更重要的是心理。古人說疑心生暗鬼，鬼寄生在我們的誤解、最大的創傷之中，我只能找到這種鬼。那麼，曉欣，妳覺得妳的鬼是什麼呢？」

荷櫻說完，便指向了螢幕。曉欣順著望了過去，盯著那模糊影像中疑似孩童的幻影，久久說不出話來。失去孩子的悲痛，至今仍舊像是鬼魅般深植她心，無法散去。或許，那就是眞正在她腦中作祟的鬼吧。

「大腦爲了求生，極度討厭錯誤。一旦遭遇創傷或衝擊，便會試圖回到日常，藏起恐懼與愧疚，甚至製造虛假的記憶與幻覺，合理化一切，在內心破洞時趁虛而入。這可能就是妳遇到的

『鬼』，而催眠，就是跟潛意識的靈魂和解的一種方法。」

「那我做的那些儀式、觀落陰本身……」曉欣看向了一臉嚴肅的宋瑞。

「只是一種民俗催眠療法。」荷櫻再度切換螢幕，放出了搜集到的觀落陰畫面，當中也包括了宋瑞的儀式影像。「這些師父透過聲光、味道及話語暗示妳，讓妳以爲到了陰間、找到失去的人，但其實妳只是看到了自己的潛意識、記憶，以及想看的事物、想找到的出路。」

「但妳自己也做過吧？」宋瑞突然從旁插話，毫不留情地嘲諷：「我有很多朋友能作證，妳在女兒出事後，有偷偷跑遍廟宇，哭著想看看女兒是不是死了。」

「所以我統統拆穿他們了，你師父沒跟你說嗎？宋瑞大師。」

荷櫻快轉影片，停在一個老人的畫面上。這下宋瑞怒不可言，就此要衝上台。荷櫻也絲毫不退讓氣勢地直呼：「執念會讓人蒙蔽雙眼，只看到自己的騙局，這就是我的結論。」

大燈霎時全亮！每個人差點睜不開眼睛。

「夠了！」副控室的陳哥大聲開罵：「曾荷櫻！我的觀眾是來看鬼的，不是國家地理頻道！」

「抱歉，陳哥，但我是諮商心理師，只會幫人治療，而不是怪力亂神。」

「妳的工作不是他媽的分析或治療！是狠狠地挖下去，挖出所有地獄畫面，挖出所有中邪的景象，嚇嚇觀眾信以爲眞，再讓宋哥去秀觀落陰。」陳哥抓著麥克風怒吼：「我們預支妳那麼多錢，

注 又稱卡普格拉症候群（Capgras Sydrome），一種精神症狀，患者無法正確辨識人事物，認為眼前事物都是假冒的。

就是爲了這個，懂嗎？」

「陳哥，」小姍看不下去，出聲直言：「現場這麼亂，曉欣能做到這樣，已經很努力了。」

「她簽過切結書了，不用怕。」

「你想降低職業道德是你的事，但我也有我的專業。」荷櫻看著副控室說：「你大可找人另外寫腳本、請別人來演，秀場催眠師也可以；但我是心理師，吳曉欣是我的催眠治療對象，我得對她負責。我知道失去孩子是多麼可怕的一件事，那不該被拿來作秀、譁眾取寵，尤其這是直播。」

一陣靜默。

陳哥火冒三丈地怒關了麥克風，大力蹬步，正準備衝出副控室。

碗！

一盞頂燈瞬間掉落！燈具重砸在地，發出巨響，連地板也被砸凹了一個洞。現場所有人嚇得出神，他們知道這種頂燈都是獨立鎖死在天花板上，要掉下來幾乎不可能，倘若有人不幸站在燈下，沒死可能也剩半條命。

霎時，整個錄影現場騷動了起來，大螢幕與ＤＩＲ畫面再度出現雜訊，而在荷櫻與小姍注意到異樣的那一刻，一道突波破壞了ＤＩＲ系統及現場的攝影轉播器材。

火花激起煙霧，攝影師們與副控室人員紛紛驚呼，發寒地望著這些器材統統失去訊號、無法開機，彷彿一道無形力量正警告著眾人。

荷櫻與小姍不約而同地對看彼此，臉色發青。不單是因爲ＤＩＲ系統故障，更是因爲在那突波驟發的當下，螢幕上的陰間截圖畫面中，那個孩童人影似乎轉頭了。

8

由於多項器材故障、無法換棚，後續彩排被迫採取備用腳本造假演出。對眾人而言，失去跟現實同步未知的戰慄與刺激，實在可惜，尤其陳哥與宋瑞兩人滿心不甘，卻又無可奈何。荷櫻雖略有同感，但能降低曉欣在公眾面前催眠的風險，也算鬆了一口氣。唯一的問題是，突波之後，因ＤＩＲ系統涉及極精密的捕捉與運算，全部一一檢查、重置不僅是大工程，甚至可能比直播設備更花時間。

這一連串的修復讓所有人員忙成一團，直播時間不得不一再推遲，從算好的良辰吉時慢慢移到了晚上，沒人知道是否能如願播出，「被詛咒」的說法也開始瘋傳。多數人當然是聽作玩笑，但隨著時間推移，漸漸也笑不出來。當陳哥被緊急叫到高層會議室後，現場更只剩下不安與紛亂。

眼看太陽逐漸西下，時針與分針慢慢來到放學時刻，荷櫻只好趁休息時間聯絡了學校，將女兒接到同層樓的休息室內。這不是她第一次這麼做，卻是第一次要女兒等這麼久。她曾考慮直接先回家一趟，但衡量距離成本與讓孩子一人在家的風險後，只能作罷。現在只能委屈一下黛恩，如果換作是思婷，大概也是相同的做法吧。

所幸，當所有器材整備完成後，ＤＩＲ也只剩最後檢測，陳哥就此宣布七點開始正式直播，即使他很清楚那是本日大凶之時。

「我猜可能八點半結束，」荷櫻為黛恩打開晚餐飯盒，「到時趕去蛋糕店應該還來得及。」

「那我等等可以進直播現場看看嗎？拜託。」黛恩比著手語。

「當然不行，說什麼傻話。」荷櫻沒好氣地說：「妳是小孩子，而且大家都爲這個累了一天，不能再有任何狀況。」

「假裝是童星來賓也不行嗎？」

「哼，妳連一個字都不肯說出口，還什麼童星……」荷櫻話一出，立刻驚覺失言，但早已傳到女兒耳中。

黛恩愣了一瞬，心中微微刺痛起來。她試圖開口向母親反駁，卻依舊出不了聲，依舊忘不了自己的言語是如何害了姊姊和母親，害了溫暖的家。黛恩只能點點頭，默認自己的不該，說服自己母親所言只是無心的玩笑。

「抱歉。」荷櫻輕輕地抱了一下女兒，正想說明自己並不是那麼想，但有那麼一剎那，她感受到無比的惡寒與恐懼，因爲那確實是心底曾有的想法，是她無法否認的潛意識。

「我去一下廁所，妳吃完飯後先寫作業，外面都有保全人員，沒事的。」荷櫻像是交代事項般，迴避著女兒的視線。「有事就傳訊息，不可以離開，知道嗎？」

黛恩點頭後，荷櫻就此逃離了休息室。

靜謐的女廁裡，水龍頭的水彷彿沖洗著荷櫻心中快溢出來的罪惡。

她迷惘了起來，自己究竟爲什麼迷失到這種地步，明明大學時還是人見人愛的女孩，殊不知，現在不僅身邊的人一個個離開，自己更成爲金玉其外卻帶刺的豪豬，持續刺著別人，更刺著腐敗的自己。

頭痛又來了。

「妳有為幸福犧牲過嗎？」熟悉的聲音再次在腦中響起，記憶卻模糊一片。每次回顧起那片記憶迷霧，腦中就只有痛苦與混沌，燃燒的人影、恐怖的慘叫、一聲聲憎恨，以及那一封絕交的遺書。她是否眞受到那個人的詛咒，只留下不幸與惡夢？就連唯一的救贖，思婷那可愛的笑容，到頭來也從身邊消失了。

「妳會以愛為代價……」那聲音這麼說著。

荷櫻吞下藥丸，閉上眼睛，試圖將聲音排出腦袋，但那話語反而不斷地迴盪，宛如從耳中擴散到整間廁所，繞到了她身後。荷櫻猛搖著頭，拒絕那惡魔般的低語，睜開了雙眼。

一排排的日光燈接連閃爍，明暗交錯。眼前，自己畏懼的鏡子中，有著一道鮮豔的紅，不屬於世界的紅。

那是一名歪著頭的女子。

她正在荷櫻身後，血紅色的身軀鮮明得令人作嘔，頭被長髮包裹著，看不清面貌，但即使如此，仍能感受到那瞪過來的視線。

荷櫻倒抽一口氣，一邊回頭，一邊側身衝向女廁大門，殊不知，大門竟離奇反鎖。她試圖開鎖，放聲大叫，但廁所中的燈光一一熄去。

黑暗降臨，女子掐住了荷櫻。

◆

「荷櫻老師！」

當荷櫻被呼喚聲喚醒時，已經是七點四十分。工作人員打開了廁所門，在隔間裡找到倒臥在藥罐旁的荷櫻，將她自冰冷的磁磚地上扶了起來。

她雖然一臉驚懼冒汗，卻毫不恍惚，只驚恐地看著四周。

「荷櫻老師，沒事吧？」工作人員著急地問。

荷櫻點點頭，頸部仍隱隱作痛，正要回話。

「那就好，我們快回去，有狀況！」工作人員鐵著臉馬上搶著說，絲毫不給她喘息的機會。

強烈的不安迅速籠罩荷櫻，她困惑地看著對方，馬上擔心起休息室的黛恩。然而，出乎意料的是，對講機裡的騷動竟是來自於直播棚，一場惡夢正在裡頭上演著。

荷櫻跟著工作人員快速奔跑，隨著鐵門一開，她的腳一踏進直播棚，現場攝影機便朝她轉了過來，快速特寫直播她那慌張的神情。副控室裡的陳哥看著直播的留言彈幕，不禁鬆了口氣，因爲觀眾們各種回應，無論是期待或謾罵，都暴增了許多，而這正是他所期待的。

相較於陳哥興奮的笑容，荷櫻對於眼前所見則是驚愕得說不出話來。曉欣頭戴著腦光學儀，癱軟在椅子上，無論小姍怎麼搖晃、呼喚，她都只像隻垂死的金魚微微抖動，而大螢幕上所同步的DIR畫面中，那個她曾稱爲陰間的所在，正映著一張人臉，雖然模糊卻讓荷櫻印象深刻。

那是黛恩腦中記得的犯人像。

工作人員在作業區議論紛紛，宋瑞則在道壇前搖著帝鐘，拿著天皇尺，邊撒冥紙，邊拉開嗓門唸咒驅魔。

「學姊，我完全都照妳指示的做，但……」小姍臉色鐵青。

「指示？這到底怎麼回事？」荷櫻一臉難以置信，走向小姍。「我剛剛才從廁所醒來。」

「妳不是傳訊息說妳人不舒服，要我直接代打？」

荷櫻愣了一下，拿出手機，只見通訊軟體裡竟出現一連串她從未看過的對話，不僅要求小姍執行催眠，連催眠策略都是她從未列過的。

「這不是我發的，我完全沒有印象……」

小姍在不安之餘，皺起了眉頭，「我也覺得很奇怪，但陳哥和其他人也收到了，才直接改變流程，進行儀式開場和分析鬼魂，我直接催眠深入記憶。」

荷櫻環伺現場，嘴唇略抖地說：「但這張臉……」

「資料庫顯示……和犯人有百分之八十六的相似度。」

「訊號逆流嗎？或是資料庫、DNN的問題？」

「全部都檢查過了，這是獨立且單向的，DIR沒有問題。我想繼續深入，確認她到底意識到什麼事，結果之後就變成這樣子了，想導出喚醒都沒辦法，但大腦狀態沒有異常。」

小螢幕中，除了心跳數值加快外，所有的指數皆顯示正常。荷櫻望向不斷抖動的曉欣，那是她也從未看過的模樣，簡直就像是——

「她中邪了！煞到了！」宋瑞大聲說著，刻意甩著絳衣衣襬，算準距離與角度，刻意走過鏡頭，朝向兩人而來。「有東西躲在她身上！」

「少在那邊。」小姍抱怨著。

「觀落陰啊，就算派系不同，但都是打開陰陽兩界的天線！你們不敬神、隨便催眠這種記憶，就會打開開關，連上陰間大門，讓鬼上來了。」

一時間，連日來的奇怪幻影一一浮現在荷櫻的腦中，但她不以為意。

「抱歉，宋大師，催眠並不會這樣。」荷櫻看向其他工作人員，大喊：「叫救護車！中斷直播！」

「不行，繼續。」陳哥看著現場畫面，直播正不斷刷出讚數，一共有四萬人收看著，而且還在快速飆升中。

小姍與荷櫻換手，上前拉開干擾催眠的宋瑞，兩人就此爭吵起來。

「我們需要安靜！」

「娘們懂什麼，我得趕快把她身上的東西趕走，關上門！」

荷櫻急忙按住曉欣的肩膀，點住其後腦穴位，隨後大聲拍掌，仔細觀察她的手部肌肉。

「曉欣，放輕鬆，我是荷櫻，聽得到我嗎？」

曉欣手抽了一下，嘗試抓住荷櫻。

「好，沒事的，我們都在旁邊陪妳，不用害怕。現在，慢慢感受周圍溫度，慢慢感受……」

「冷……好冷……」曉欣緩緩張大嘴巴，終於發出聲音。

「妳很安全，來，跟著我的聲音，我們一起走，一起回到之前，回到……」荷櫻一邊思索，一邊瞥向了大螢幕，那張犯人圖像恰似也回看著她。

那一刻，她猶豫了。

雨聲、撞車聲、哭喊聲，思婷的笑容同時迴盪於腦袋。

「任何線索都可能是重大突破。」她想起岳翰的訊息是這麼寫的。思婷失蹤的頭兩個月，所有人全心投入在協尋上，即使過了黃金時間，她相信在這科技時代，女兒很快就可以回來。殊不知，不到一年，這些感動就隨著退去的人們消失了，他們的熱情與關注轉向其他案件的孩子們身上，思婷彷彿只是個限期的聯誼闖關遊戲，或是用以提醒人們自己生活沒那麼糟的晨間特別節日；一切都走到了死胡同，在意的人屈指可數，只剩下荷櫻與黛恩獨自在迷宮前進，撞得遍體鱗傷，折磨彼此，還要像啣著玩具球的狗，帶著任何可能的線索祈求大家幫忙，祈求大家再一次記住思婷。

如今，在這數萬人收看的現場，這大概是最後的機會。

「我們……回到妳看到那個人的時候。」霎時，她背叛了自己的靈魂與職業道德，無視撤銷證照的風險，握緊拳頭，忍住眼淚，自私卻堅定地對著曉欣下達指令。

「學姊？」

「沉下去，慢慢沉下去，不要怕，感受它，用一切去感受它。」

「學姊！」

「沉到最底，讓自己被那世界包圍，用心去看，妳看到了什麼？」

「房子……花……叢。」

曉欣宛如被吊繩提起的人偶，癱軟卻緩緩坐起，手輕輕舉起，開始拍起大腿，擺動著上半身，就像那些觀落陰影片中，那群在夜晚參與儀式的民眾們。

DIR畫面中，霧裡逐漸出現一間平房，荷櫻吞了吞口水，後頸開始冒出冷汗，而周圍的工作人員也一片噤聲看著螢幕畫面。直播中，雖有不少觀眾仍嘲諷著造假，但隨著溫度驟降、寒氣逼人，攝影機拍到現場每個人開始吐出白霧，觀眾們也不禁開始佩服並躁動起來。

「那個房子和花叢啊，是我說過的元神宮（注）和本命花，代表她的軀殼和命運。」宋瑞也是頭一次看到那個世界被呈現在現實之中，但根據多年的道法經驗，他總感覺不對勁，有東西正藏身在這一切之中。

「剛剛，那個人……在裡面，附近……有女孩，的聲音。」曉欣擺動著頭。

「不可能！元神宮不可能有其他人，妳看清楚一點。」宋瑞大聲說。

荷櫻正想阻止宋瑞的干擾，曉欣卻做出了回覆：「那個人，就在裡面，我……」

「請幫我看看那個人，慢慢上前，看清楚。」荷櫻知道自己很自私，但此刻她非常需要捕捉到更精細的畫面。

「我不確定，那個人在……」曉欣開始喘氣，說話速度開始加快。

「我們都在這裡，妳很安全。」荷櫻說道，然而，無論是身旁的小姍或其他工作人員，都對眼前這未知的靈異世界感到頭皮發麻。

唯一的例外是陳哥，他在副控室裡一臉興奮，手指著螢幕裡的荷櫻，大聲說：「對！拉特寫！大聲點。」

荷櫻看向大螢幕，畫面裡終於出現了一個人的完整背影，隨著視線前進，身形逐漸清楚——那是一名女子。

一陣頭痛猝然鑽進了荷櫻腦門，像蜈蚣般竄著緊繃的神經。荷櫻對那身形感到說不出的恐懼。

「相……相似度多少？」隨著曉欣的視線移動，荷櫻問著。

「輪廓百分之九十七，但這不代表眞的是犯人，資料庫辨識現在沒那麼精準。」小姍操作筆電，進行著資料比對。

「曉欣，我們慢慢繞過去，跟著她，看著她。」

突然，螢幕一黑，人影消失，所有人愣了一下。

「不見了，她不見了……等等，還有別人……藍色、是個小女孩。」曉欣像是鎖壞的螺絲，卡頓地歪起頭來。螢幕中，元神宮裡出現了一個模糊的女童身影。

身爲母親的直覺重擊了荷櫻腦門，她閃過一絲祈禱，卻又害怕起來。

「妳叫……？何……思……婷？」曉欣對著人影說道。

眾人目瞪口呆，荷櫻則一陣抽搐，奮力搖頭，不敢置信。

大螢幕中，儘管維持短短不到一秒，但影像仍舊同步了。那是思婷的臉蛋，而頭上正別著荷櫻買的桔梗髮夾。

注 又名元辰宮。部分流派狹義上認為觀落陰與觀元辰為不同的兩者，有些則視為一體，認為觀元辰是觀落陰旅程之一，只是處於淺層、旅程初階，屬於當事人的內在世界。

荷櫻感到窒息，瞠大了雙眼，口中的寒氣傳不出任何話語。現場所有收音與麥克風頓時出現雜訊，大量的呢喃與哭聲傳到每個人的耳中。

邪門氣息帶來的惡寒與戰慄，蔓延至攝影棚每個角落，少數機靈的工作人員逃出了現場，而留下來的無不面露惶恐，就連陳哥也強迫自己鎮定，投入在從未見過的恐怖體驗。此時直播觀看人數已突破十萬。

「她說，想找媽咪、回家、兔兔……」

「不要開玩笑！」荷櫻無助地看向小姍和副控室。「這是串通整人嗎？不要太過分！」

面對快崩潰的荷櫻，小姍與其他人全都搖著頭，就連陳哥也透過耳機麥克風否認，要她繼續追問。

「不要鐵齒，傻女人。」宋瑞對荷櫻說完後，轉瞪向曉欣。「那個死小孩是假的，是厲鬼的伎倆，它是個強大的靈，別被騙了！」

荷櫻不知如何是好，隨著理性與科學觀念逐漸崩塌，她感到天旋地轉，全身發抖，已經不知道該相信什麼。

「思婷，姊姊我帶妳出……」話未完，曉欣便突然停下，恰似有什麼無形之物塞住了她的嘴，讓她說不出話，臉色一變，面目猙獰起來！她雙手揮舞，腳試圖站起逃離，卻像被釘在椅子上掙脫不了，不由得放聲大吼：「不要不要不要！救命！救命！荷櫻老師，宋師父，玄道長！快！快！道長……」

DIR畫面霎時失去了訊號，大小螢幕陷入一片黑幕，曉欣像被一條線往上牽住，脖子一縮。

「啊啊啊啊啊啊啊啊啊啊啊啊啊啊啊啊啊啊啊啊啊啊啊啊啊啊啊！」

她瘋狂嘶吼大叫，拱起身軀，不規則地扭動著，如同當年在聚英宮的遭遇，逼得荷櫻和小姍立刻上前按住她。

「吳曉欣，我們往上浮！離開那裡，跟著我們的聲音回去，回到妳喜歡的地方，數到三後……」

「媽咪？」

思婷的聲音從曉欣的喉嚨傳了出來。

那張戴著腦光學儀的臉，面向了荷櫻，蒼白毫無血色，傳來稚嫩卻刺耳的童音。

「媽咪！妳在這裡嗎？」

這一刻，所有人的心臟近乎停住，無不嚇傻在原地，全身雞皮疙瘩，以致於無人察覺天花板就此發生巨變。

磅磅磅磅磅！頂上的燈接連離奇落下，大聲撞擊地面。幾名工作人員被砸傷，後方的棚燈也猛地爆出火花！室內一時間失去半數光源，黑暗在冷冽和血味中開始凝聚，就連宋瑞都大感不妙。

「拜請威靈公，鎮守城內自靈通，一斷陽間保平安，二斷人間保平……」他大聲唸起咒語，跑向神壇，拿起法器。

相較之下，曉欣卻大哭起來，用著不屬於她的聲音說：「媽咪！好痛！我想回家！帶我回家！」

「思……思婷？媽咪在這裡，媽咪……」荷櫻腦袋一片空白，只能無神地連忙安慰：「媽咪很快帶妳回去……」

「來了……」

「什麼？」

「來了……不要！不要！」

「思婷？思婷？」

「不要！阿姨來了，救我！救我！媽咪！救我！」附在曉欣身上的思婷忽然陷入驚慌。

荷櫻一愣，正要回問，現場僅存的燈具開始劇烈閃爍。

「救命！媽咪！啊啊啊啊啊啊啊啊！」

曉欣突然從椅子上彈起，掙脫所有壓制，如猛獸般扯下腦光學儀，嚇得眾人慌忙退開。

一道人影衝了上來！只見宋瑞拿著符咒唸唸有詞，上前抓住曉欣用力向後一推，將她甩撞在放著香爐與法器的長桌上，一邊用天皇尺拍她雙肩，一邊將符咒貼在她的頭上。

「回去下面，妖孽！」宋瑞惡狠狠地說著。

「媽咪！」

曉欣用思婷的聲音嘶吼哀嚎，就此癱倒在地，壇上的燭火、線香也跟著熄滅。

一時之間，現場鴉雀無聲，沒人敢說話，在低溫與死寂中，呆立於恐懼漩渦。

「思婷？」荷櫻等了數秒後才開口，回應的卻是沉默。

「走了，驅走了。」宋瑞調整道冠，平息風波的他頓時走路有風，手扠著腰轉身瞪向所有人，直視著鏡頭。「這個吳小姐呀，體內有強大的術法，被厲鬼所佔據，恐怕這靈也眞的不簡單哪。觀落陰幾乎不會發生這種狀況，一般道行較低的一定出事，好險這節目特地找我宋某壓陣，秉持太上老君賜予的神力……」

宋瑞話說到一半，身體猛然一震，一股衝擊伴隨刺痛與黑暗冰冷穿入他腦中——道壇上的法刀刺進了他的眼窩！他血流如注，來不及叫出聲，曉欣已披頭散髮跳到他背上，雙手持法器，猛刺著宋瑞的臉與腹部。

她頭上的符咒早已消失，雙眼血紅。

宋瑞當場鮮血噴濺，就此倒下。所有燈具瘋狂閃爍，火花四射，現場滿是工作人員的慘叫聲，他們一一奔向直播棚大門。荷櫻與小姍從未見過這種狀況，一時也陷入腿軟。只見曉欣自血幕中站起身，燈光一盞盞熄滅，黑暗混雜著血腥味撲面而來。

副控室裡，陳哥等人無不嚇呆，好不容易回神，這才趕緊切掉直播。觀看數雖突破十六萬，但喜悅早已化成惡夢。直播螢幕上就此顯示離線，攝影訊號也全部中斷，然而，畫面中卻出現了各種模糊的抽動人影，一片紅霧似乎開始擴散，席捲棚內。

耳機中，傳來大量尖叫與尖銳笑聲。

「地獄。」陳哥在最後一刻這麼想著，隨後，副控室反鎖的門被撞了開來。

直播棚的紅燈亮起，將一切映得更加血紅。工作人員全部擠向大門口急著脫困，逼得荷櫻與小姍只好退向角落，壓低身子找尋其他出口。滴答滴答，伴隨著落下的血滴，曉欣以詭異的角度扭轉身軀，望著她們。她那不知何時脫下鞋的腳，沾黏著黑色液態膠狀物，踩著還未冷去的血，在昏暗的紅色世界裡，如鬼魅般半飄半走地步向荷櫻。

曉欣毫不眨眼便將刀鋒刺進自己的臉頰，手指按著刀身，劃開了皮膚，熟練地來回割著臉皮。

隨後，那張無辜又甜美的面容被撕了下來，露出只有肌肉、眼睛外突的腥紅醜陋面貌。

「把臉給我……」她幽幽地瞪著荷櫻，咧開嘴。

荷櫻望著對方喪失理智的恐怖行徑，一時不小心跌坐在地，曉欣就此撲上去，掐住她拖進黑暗之中。荷櫻死命掙扎，然而，一瞬間，在混沌的紅光閃爍中，她驚駭的雙眼竟映出一道藍色殘光，彷彿看見那尋覓的身影出現在這片昏暗。

「思婷？」

「媽咪……」

荷櫻聽到了女兒的呼救聲，但她已無法呼吸，在即將失去意識之際，腦中只浮現出思婷的笑容，以及——

全身浴火的輪椅女子。

「小娜……」

這時，一個身影突然上前！小姍側身飛撲，撞開了曉欣，將手中的香爐潑向曉欣盛怒的容顏，那是她曾在節目錄製時看到的驅邪方法之一。頓時間，香灰漫天，曉欣哀嚎一聲，置身一片灰茫。

小姍趕緊拉著荷櫻逃向另一邊較少人的出口，而荷櫻的雙眼逐漸闔上，昏了過去。

◆

警報器大響！室內剎那失去所有光源，僅留下安全指示的綠色燈光。

黛恩獨自待在黑暗的休息室內，外頭傳來各種腳步、慘叫與紛亂嘈雜，恐懼攫住了她的心，揪著她的胃。她放下筆，拿起兒童手機，用手電筒APP照著室內，一步步走向門口。

門外長廊傳來了保全的大吼聲，似乎正喝止著什麼，隨後，喝止變成了慘叫，慘叫變成了死寂。她看著自己的影子映在門板上，除了聽見自己失控的心跳，咚咚咚咚，不再有其他聲響。

就在她記起母親叨唸、鎖上房門完的下一秒，門把轉動了，帶著不明的寒氣。

黛恩下意識地慢慢後退，望著那猛烈轉動的門把和拍門聲，本能地遠離那打從心底發顫的畏懼來源。她的手快速按著手機，準備向母親求救。

「黛恩妳還在裡面嗎？快回答。」

那是荷櫻的聲音。

黛恩鬆了口氣，急忙上前，握住了門把。

沒有臉皮的曉欣，正持刀站在門外。

9

此起彼落的警笛聲割裂了市中心夜空，大量通報與無線電指揮，讓勤務中心進入緊急狀態。數十台警車與救護車閃爍刺眼紅藍光線，高速穿梭車陣，奔馳在商業區道路，趕往電視台大樓。好幾個街區陷入嚴重混亂，民眾極少看到這樣的動員陣仗，一股不安如風暴般就此匯聚。

失去電力的灰色大樓，已成為今晚全市最凶惡的黑暗之塔，玻璃帷幕反射出一整片警燈光芒。那些警車包圍了整個區塊，並還在陸續增加中。現場警員們搶在主流媒體抵達前，便已依照指揮動員調度，拉起三層封鎖線，開始疏散大樓人員，展開部署；然而，出了人命的直播，早已引起整個網路矚目，外圍開始聚集越來越多圍觀群眾與獨立媒體。所有警察、救護人員與電視台員工個個面色凝重，尤其先行上去直播棚的偵查隊員們紛紛失去聯絡，第一現場的情報混亂無比，死傷難以確認，沒人眞的知道樓上發生什麼事。

岳翰接到緊急通知時，他正趁著休息時間私心挑選要給荷櫻一家的慰問禮盒，面對命運如此巧合，自己還要在調職前應付這麼大的事件，他實在始料未及。更為諷刺的是，長官們因年度餐敘，一聽到臨時大案，個個手忙腳亂，使得現場緊急應變的指揮權落到他身上。

十餘輛新聞台SNG車在媒體區停妥、開始轉播，同時，維安特勤隊的裝甲車隊也快速駛來現場。壯碩的特勤隊員一個個跳下車，持著衝鋒槍與盾牌等裝備跑向集合區。

「早知道就提早調職了。」岳翰不免在心中抱怨，但身為曾多次衝鋒陷陣的「惡虎」，他知道這是逃不了的使命。他身著防彈衣檢視部署圖，聽取偵查隊員、特勤隊員彙整的最新資訊，接著果斷下令行動：派遣特勤隊員直上十五樓壓制犯嫌、確保民眾安全，其餘偵查隊員則由下方封鎖樓層，往上搜索。岳翰很清楚，如果再等下去，指揮權會轉移到市刑大。這樣或許可以輕鬆許多，功讓給他們也沒關係，但這之間還會有多少傷亡可沒人敢保證，而他無法對賭這個風險，畢竟犯嫌可是直接在直播上展開屠殺的人。

「何思婷案的重要關係人也在上面，請多注意點。」岳翰對同仁們特別強調：「安全第一。」

「收到。」攻堅警員們回答。

「拜託了！」岳翰轉了一下佛珠。

隊員們看著他們敬重的隊長，竟如此懇切託付重責大任，不由得苦笑了一下，隨後迅速換上最嚴肅的神情，與岳翰一同看向大樓，如臨大敵。

大門拉開，攻堅隊伍與疏散的電視台人員擦肩而過，一身黑的維安特勤隊快步魚貫而入，偵查隊員們則步趨於後，持著長短槍與手電筒，在待命於大樓內的警員們引導之下，進入所有樓梯間、快速上樓。強烈的光束交錯一根根欄杆，黑白閃爍，疾速旋轉而上。

急響的腳步聲在十三樓分成兩批，執行搜索與封鎖的偵查隊員們留了下來，由特勤隊與三組偵查小隊直奔頂樓。那裡籠罩著深不可測的闇影，不只無聲，也毫無生命氣息，只有寒風與濃烈刺鼻的血腥味，彷彿有極為邪惡、不該存在這世上的東西躲在裡頭。

他們從不同出入口攻進十五樓，快步踩著地板噠噠響，強光手電筒所見之處一片瘡痍。不一會兒，他們便找到失聯的偵查隊員，隊員們皆昏倒在地上，呼吸貧弱，而四周隨處可見血泊與肉末。

黑暗中，眾人好像聽到了某種笛聲，紛紛舉槍戒備，似乎有個人影正在最深之處，足不及地。

岳翰待在大樓外的臨時指揮所，看著螢幕中由特勤隊員肩上密錄器所傳回的畫面，他們正走在血淋淋的走廊上，步向出事的直播棚。一陣陰風從右後上方拂下，頓時挑起岳翰背後寒毛。他感受到強烈的不祥與噁心，本能地別過頭——與她對上了眼。

「爸爸。」

曉欣剝皮的血臉，上下顛倒地對他微笑著。這抹紅色身影頭上腳下、正飛速墜向偵防車頂部。磅！車身發出如混凝土塊撞擊般的巨響。重力加速度，讓曉欣如鎚子般壓穿了車頂，車身陷落，玻璃破碎，鈑金擠壓，整個人像番茄炸裂般四碎開來、散盡各處。

岳翰瞠大雙眼，他聽不到其他人如何驚恐喊叫，只呆呆望著那爛泥似的腥紅、曾經是人的軀骸。曉欣斷裂的腳掌沾染著不明的黑色焦油，肌肉綻開的臉依然對他笑著，而那張大得快裂開的嘴巴，似乎還停留在最後的話語。

岳翰懷疑自己剛剛究竟聽到了什麼。

須臾，大樓電力恢復，警方很快控制住所有場面。特勤隊在不同的房間救出了荷櫻、小姍等直播人員，以及獨自鎖在休息室的黛恩。倘若不是荷櫻即時清醒、傳送訊息要女兒待在室內，黛恩或許當時就眞的開了門，爲今晚再添一名死者。

破碎的窗戶不斷灌入晚風，吹動染血的窗簾。偵查隊與鑑識人員穿梭現場蒐證，等待檢察官與法醫勘驗屍體。儘管直播棚內燈火通明，過於殘忍的血紅現場依舊讓不少警員深感反胃，尤其地上那張被證物線圈起的臉皮，相較於被剝成肉塊的宋瑞與陳哥，更成了現場禁忌，人人避之唯恐不及。就連見過多起分屍案的岳翰，看了也頭皮發麻。

小姍、荷櫻母女三人被帶到十三樓會議室，配合醫護人員檢查、治療擦挫傷。她們本該是送去醫院或是分局偵訊，而非在這會議室裡接受訊問。但指揮體系正在交接，外頭一片混亂，更重要的是，岳翰有迫在眉睫的問題。一旦正式交接，他將錯失掌握所有線索的機會，現在只能把握時間，顧不得繁瑣的標準程序與警察政治。

岳翰在會議室反覆播放著無聲的直播紀錄，只見螢幕裡曉欣中邪般撕下符咒，拿刀準備刺向宋瑞。荷櫻摀住了黛恩的眼睛，此時發抖的究竟是自己還是無法出聲的女兒，她已無從判斷。黛恩並沒有看到任何現場畫面，但即使如此，聰明的她，當時被那些聲音、血腥味與懼怕的大人們包圍，大概也隱約知道發生了什麼事，更別說獨自受困在休息室的恐懼。

荷櫻知道，就算是大人，這一連串都足以對心理造成極大創傷。她抱著黛恩不停地道歉，即使黛恩堅強擠出微笑，她也難掩心疼、滿心愧疚，不只是對女兒，也對不幸身亡的人們自責不已，只願盡快結束這晚夢魇。

但……剛剛那真是思婷嗎？

理性之外，這個疑問也不時衝撞她的內心。她感覺三年來所有的痛楚即將爆發，自己也被剝下了名為堅強的外皮。

「就像我剛說的，專案小組和檢察官很快就會接手。」岳翰沉著臉說：「他們會不斷訊問妳們各種問題。」

「然後……我們會怎樣嗎？」小姍問。

岳翰思考了一下，看著桌上那理當馬上列管的ＤＩＲ器材，示意在場其他警員離開，隨後鎖上了門。

荷櫻雖充滿罪惡感，卻死瞪著他。打從他走進會議室的那一瞬間，她便感受到這一天盡是上天的惡意。眼前的岳翰早已失去三年前對犯人喊話的銳氣，不再是她所依賴、信任的警察，只是一具狼狽的皮囊、無可救藥的官僚。她實在無法理解，放棄追查思婷的他，究竟有何顏面在她們母女倆面前進行偵查。

但他正隱瞞著什麼，這是荷櫻分析岳翰所有的言行舉止後，少數能確定的事實。

「他們不會承認任何怪力亂神，正式訊問完後應該就會讓妳們回去。」岳翰回答道：「剛開始可能沒事，但全台灣的人都在看，因此就算全是曉欣的問題，兩、三天後，你們還是有很高機率會被列為犯嫌。間接正犯、過失傷害、過失致死等等，端看證據怎麼說，法條怎麼引用。」

「哈哈哈，開什麼玩笑！我們差點死在裡面耶，這樣電視台也有責任吧。」小姍拍桌抗議。

「最後接觸吳曉欣的，就只有妳們兩人和宋瑞，而妳們是催眠她、對她大腦動作的人。」岳翰指著ＤＩＲ器材。

「欸欸，我先說喔，ＤＩＲ沒有任何問題！我只怕你們檢查時根本不理解，胡搞瞎搞。」

「我承認我最後在催眠上徹底失職，該負起責任，」荷櫻說：「但這些都不可能導致失控，不可能。而且她當時完全保有自我意識，直播上所有人都看得很清楚。」

「她有精神病史嗎？」

「有，但不至於這樣。」

岳翰嘆了口氣。多年來的經驗，他其實很清楚自己遇到了怎樣的案件，打從看到曉欣墜下的那一瞬間，他就感應到了。

「我現在頂多趁交接前，幫忙用人情爭取一些時間，了不起一或兩天，盡量湊足其他線索。」

「那思婷呢？我女兒何思婷呢？」荷櫻知道自己這麼問很自私，卻仍看著岳翰的雙眼說：「這次也會查嗎？會有人記得嗎？」

岳翰一時無法應答。

「身爲心理師，我犯了大錯，我很抱歉，但作爲母親，我沒有辦法。你在影片上也看到了吧？劉隊長，你沒忘吧？那張臉、那個髮夾、那套衣服！」荷櫻全身發抖，眼睛激動地泛紅起來，「她說了『兔兔』……那是我送給她的生日禮物，只有我跟黛恩知道。」

黛恩望著母親的憤慨，縮起了身子。到頭來，一切都還是在姊姊的陰影下。

「三年來，身爲一個媽媽，我連觀落陰都試了十三次，拆穿了十三次。」荷櫻不自覺地流下眼淚。「只有這次……這次，我不知道到底怎麼回事，我……明明我才是思婷的媽咪……」

「曾小姐，我沒忘記過自己的承諾。」

「我要的不是承諾！而是我半夜不用再撕心裂肺、不用再擔心每一通電話響起；我要回家能看見我的女兒，聽見她們的笑聲，而不是只有我一個人的聲音！」

「我知道。」

「你說過，你也是個爸爸。」

「十月二十……」

「什麼？」

「思婷跟我女兒Anya的生日只差七天，兩個都要十一歲了。」

「那眞是祝她生日快樂，父女天倫。」

岳翰深呼吸後，憔悴地苦笑。「總之，我得調查曉欣所有資料，她的病史、妳們催眠的過程，還有那個什麼DIR的，以及聚英宮的資訊。」

荷櫻與小姍愣了一下，正要回話，岳翰卻搶先伸出手，再度逐格播放(注)直播紀錄的影片，放大他最在意的部分。即使手中的佛珠手鍊突然斷裂、散落墜地，他也不以爲意，直指螢幕上的暫停畫面。

陰間的影像裡，在思婷的身後，還有另一張女孩的臉孔。

「那是我獨生女Anya，三週前失蹤了。」他握緊拳頭，「她和何思婷，我都不想放棄。」

注　一般影片通常為每秒二十四格或三十格，而正常人的肉眼僅能辨識二十四格以下。

10

深夜，靈山，數道藍紅光交錯穿透灰濛，散上水田，快速劃過。四輛警車閃爍警燈，奔馳於滿是霧氣的田野路上。呼嘯的警笛聲，沿著黃土路駛過了山門，來到聚英宮前。在警燈與紅燈籠互相輝映下，大門的門神畫像更顯詭譎。

幽冥的殿內燭火微熠，唸咒聲停了下來，一隻年邁的手放下龜卦。那是相傳已久的占卜方式，唯有高人才能解之。玄道長聽著警笛聲，轉過了身，搖曳的燭光映出他眼下駭人的傷疤。

月兒與其他弟子解下門閂，打開了龍虎大門，頓時，警燈伴隨著山嵐夜風探入了殿內。道長早已算到此刻，他面不改色地迎風走向大門外，只見八名荷槍實彈的警察向他點頭致意。

血案在數小時內成爲網路熱搜之首，震撼全台，檢警不得不緊急聯合跨區偵查。玄道長過去曾協助鄰近警局辦案，但那已是幾十年前之事，如今，是他頭一次作爲重要關係人接受訊問。對於無端捲入死亡案件，道長百般無奈，慶幸的是老一輩警員們還知道他的名號，而直播當下，並沒有人提到聚英宮的名字，也算是維護了點名聲。

「從那影片，我感應到的可不止兩名孩子。她們是否死亡？說不準。若命中有幸，尚處彌留。」道長接受訊問時，道出了所知的一切。他邊摺著符紙，邊說出自己對案子的看法：「但就算有救，也十萬火急了，非得由血親親自喚一喚，才能知曉。」

當岳翰透過人脈私下介入視訊訊問時，道長這一番話，對他與荷櫻既成希望曙光，亦成為倒數沙漏。他們並不完全信任道長，但綜觀所有線索理性分析下來，隱匿在靏山的聚英宮，不僅僅有著他們所需要的眞相一角，有助於釐清慘案責任，更是找尋愛女的唯一途徑。

警方在檢察官的初步指示下，終究讓道長返回聚英宮。自那一刻，岳翰便聯絡了道長，抓緊最後的機會。

正式的跨縣市搜查，其繁複程序會浪費過多時間，而調查人員人多手雜，岳翰自己也即將調職，無法有效取得所有資訊。這樣一來，別說嘗試透過儀式尋找女兒了，恐怕連了解那邊的觀落陰術法都有困難。因此，在休假狀態下與荷櫻以私人名義拜訪，才是最快、最正確的選擇。而道長為了洗刷來自各界的猜疑，也願意協助調查、追凶找人。

對荷櫻來說亦是如此，唯有她親自拜訪玄道長、觀察儀式，才能從各方面剖析側寫，了解他的觀落陰儀式和曉欣藏了什麼祕密，與直播棚的凶案又是如何產生關聯；就算眞是超自然作祟，那她也能終於得以接近思婷。她很清楚，放棄理性去懷抱希望是多麼危險，但這世界上仍對思婷懷抱希望的，也只剩她了。

翌日，週六的朝陽比眾人所預期的更快自天際亮起，那魚肚白彷彿模糊了現實與善惡的界線，僅留下未知。岳翰一夜沒睡，在盥洗後祭拜了分局內的關公像，接著回家拿取Anya的衣服與玩具，開著私家小型休旅車來到荷櫻家附近的停車場，避開守候的記者們。據道長所說，帶著孩子們羈絆之物，能提升儀式中接觸的機率。

荷櫻與黛恩整晚也幾乎無法闔眼，母女倆一見到夜幕褪去，便立刻打包儀式所需的思婷衣服、玩偶，並依照岳翰的指示，用軟體阻擋手機所有不明通訊，巧妙躲開埋伏的採訪媒體，與他和小姍集合。荷櫻曾一度猶豫是否該讓黛恩同行，明明昨晚才遭遇那樣的夢魘，也不知聚英宮的環境狀況，讓女兒跟著長途跋涉恐怕太過殘忍。但如果這眞是最後一次機會，荷櫻也不得不賭上一切，做好萬全準備；再者，若再度丟下黛恩一人，自己反而更不被女兒原諒吧。

「雖然是備用機，但所有參數全都調整好了，會依學姊妳和黛恩的辨識資料庫爲主。」小姍打著呵欠，和岳翰協力將ＤＩＲ器材搬上車。「當然啦，如果昨天那台沒被一群白癡收走，就更萬無一失了。」

「我說過了，那是規定，我也沒辦法。」岳翰闔上後車廂，望向還未出發就已略顯疲態的黛恩。「放心，我和妳媽咪會保護妳的。」

黛恩苦笑地點點頭。

「那我咧？」小姍問：「你們會保護我吧？還是我可以不用去？」

「其實妳不用急著跟來，拘票沒那麼快，待在家就可以了。」

「是呀，必要的話，我也可以自己操作ＤＩＲ。」荷櫻說著。

小姍愣了一下。

「這是情緒勒索對吧？對吧？如果出事了，就只剩我扛了？天哪！唉，算了算了。」她打開了車門，憤恨地搖了搖頭。「而且沒有我的話，你們一定浪費更多時間。」

「那倒是。」荷櫻笑了笑：「拜託妳了。」

車子上了國道後，天空逐漸轉變灰濛。副駕駛座上的小姍，頭垂在安全帶上呼呼大睡，荷櫻則坐在後座，一邊陪著熟睡的黛恩，一邊看著平板，裡頭是關於玄道長與聚英宮的資訊。

「我現在居然寄望眞的有陰間，很諷刺吧，隊長。」

「叫我岳翰就好。」岳翰手握著方向盤，「我看過妳的節目，知道妳對鬼的看法，但有時親眼見過才能……眞正地了解。」

岳翰從小就跟著祖母見過幾次鬼，但從未眞正相信它們的存在，直到當上了偵查員，親眼看到酒駕車禍冤死的女子跟著肇事者一整晚，才終於接受另一個世界的存在。在大眾面前，警察是正義、秩序的形象，一旦承認鬼魂，恐怕頓失威信；但事實是，正因一直遊走各種生死前線，他們才比一般人更容易看見那些東西，僅次於醫護、殯葬與宮廟人員。岳翰自己也曾被纏上好幾次，最後都是靠局裡供奉的關公像解圍，但也不是每個都能驅散得了。

「你們科學界，很多事不也是拖了好幾個世紀，最後才成功證實嗎？而且某方面來看，神比鬼更難證明吧。因爲很多人相信，所以我也相信，否則我大概早就死在街頭了。」

荷櫻點點頭，望向掛在那後照鏡下的護身符，上頭綁著天珠，看起來是經過大師加持過的護身符，唯一突兀的是一道孩童筆跡：**爸爸**。

那是Anya在五年前和母親一起爲岳翰求的護身符。

一陣頭痛頓時刺向荷櫻的側腦，她痛唉一聲，趕緊吞下口袋裡的藥丸。

「怎麼了嗎，曾小姐？」

「沒事，叫我荷櫻就好。」

「我只是陪同追查而已，該有的禮數……」

「荷櫻。」

「好吧。」岳翰深呼吸後妥協地說道，只見後照鏡中，荷櫻正搓揉著自己的側腦。「暈車嗎？還是記憶障礙的事？」

荷櫻愣了一下，「你調查過我？」

「孩童失蹤，絕大多數不是走失，就是跟家人有關。當年妳是第一關係人，我們不得不查。」

荷櫻點點頭，嘆了口氣。「我只是看到你後照鏡的那護身符，想到一個相信科學卻又迷信的朋友。」

「妳同學嗎？自焚的那個？」

「是呀。」荷櫻苦笑了笑放下平板，看向窗外。「魏琦娜。」

那個四伏於她惡夢中的焦黑女子。

II

荷櫻本來完全不相信任何靈魂之說，她的人生就像一道清風，自然遊走於每座花園角落，等待花散風盡。直到高二分班時她遇到了一生的摯友，「曾經的好姊妹」——魏琦娜。在那之前，自己是怎麼過的，荷櫻並沒有太大的印象，而她也是頭一次知道，自己可以被歸類在大小姐的一端。相較於才貌兼具、天資優穎的她，琦娜天生體弱多病，被家族視為不潔的詛咒，即使在校成績再好，整個世界也沒人給過她好臉色，除了荷櫻。

荷櫻很欣賞琦娜的才智，當別人受不了琦娜身上的藥水味、迴避那因疾病而脫皮的身軀，荷櫻是唯一主動向她搭話的人，也是第一個發掘琦娜特色的人。那孤僻的個性，有著獨特的思考與厭世風趣，對於受夠太多膚淺、虛偽小圈圈的荷櫻來說，跟這樣的人互動反而輕鬆許多。

「小娜，有看到右邊第二個人嗎？她桌上有散文集，又有不同朝代的詩詞，眼鏡下還偷上淡妝，妳覺得她是不是想裝文青妹騙男生呀？」

「我我我不知道，但妳看一下她手指拿東西的樣子，我我我覺得她可能有在練團，淡妝和眼鏡看看看起來是想蓋住黑眼圈，或許是在想怎麼寫歌詞。」

「或者裝文青妹寫歌詞騙男生。」

成為摯友的兩人，總愛一起觀察周遭、分析推測每個人的行為，這是她們的「心理遊戲」。琦娜將自己住院以來吸收的許多知識分享給荷櫻，而荷櫻則帶著她玩樂，走出孤獨封閉的世界。

她們就這樣升上高三，再以剛好同樣的分數考進了同所大學，以各自的專業研究人類的心理。琦娜也著迷於超心理學(注)與民俗信仰，對她而言，那是人類心理底層的核心奧祕，是支配惡人、改善世界的方法之一。打從高中時期，她便曾研究過咒術，來反擊那些說荷櫻壞話的人，但最後被荷櫻制止了。當時引發的奇異巧合，一度讓荷櫻開始思索人是否眞有靈魂存在，不過最終大多還是歸給了科學解釋。

彼此分享生活一切的兩人，在DIR研究上取得不錯的成績，但耀眼的背後，陰影總是更爲深沉。當荷櫻厭倦學術、開始透過心理專業邁向人群，她便跳出了兩人的框框，心中的那陣風更誘使她找到新的花園，名爲戀愛的幸福。琦娜是祝福荷櫻的，看著姊妹幸福，她比誰都開心，甚至送了珍藏的護身符。然而，當荷櫻逐步邁向禮堂，琦娜卻漸漸失去了陪伴自己的陽光，她所憧憬、嚮往、珍惜的光彩一切都黯淡下來，她的花園枯萎了，氣運也開始凋零。

當荷櫻奉子成婚時，琦娜再次住進了醫院，只是這次她再也離不開病床。期待能擁有小孩與家庭的她，夢想徹底破滅。荷櫻滿懷不捨愧疚，回贈琦娜護身符，生了下思婷，即使丈夫與婆家勸阻，母女倆仍三不五時陪著琦娜，希望能多守護這位乾媽多一天是一天。

直到病魔最終摧殘了琦娜的心智，也摧毀了兩人多年的羈絆。

那一天，兩人依照約定，踏上最後一次旅行。本該愜意的祈福三日遊，最終卻變成荷櫻的記憶

注 超心理學（parapsychology），又稱心靈學、靈魂學，主要研究所謂的超自然現象，包括瀕死體驗、輪迴、出體、前世回溯等。

創傷，永遠的夢魘。

破碎的記憶裡，荷櫻只隱約記得兩人大吵後的隔天，琦娜在樹下乘著輪椅，化爲一顆火球。那瞪視荷櫻的容顏，挾帶著可怕焦味，任由呻吟與皮膚燒灼的劈啪聲伴奏著，連撲面的熱氣都帶著憎恨。

荷櫻在那一刻崩潰了。

尤其當她從遺書裡得知，是自己的冷言酸語害死了摯愛的友人，一切記憶徹底破碎，就像那輪椅上的灰燼，被終末的寒風吹散、遺忘。

最後，荷櫻在醫院裡靠著思婷的笑顏回到現世。然而，近乎全然失憶的她早已被下了詛咒，曾經美好的花園也開始枯敗。

如今的荷櫻，看著車窗倒映中憔悴的自己，想不透十年光陰居然如此飛逝且折騰。

「某方面來說，若不是思婷，我大概早就成了遊魂吧，所以我說過，思婷對我而言比誰都重要。」

黛恩瞇著雙眼，聽著母親的一席話，悄悄緊握口袋中的桔梗髮夾。即使她早就說服自己要習慣母親口中的刺，但心中總是如此地不堪一擊。

「抱歉，明明你也在痛苦之中。」荷櫻看向駕駛座上的岳翰，「我一直說很過分的話。」

「沒事，比起子彈算不了什麼，我也以爲自己早就習慣失去了。」

荷櫻點點頭，「習慣失去很可怕……我想，我不會放過奪走我孩子的人。」

「我也是。」

小型休旅車經過了寫著「霾山」的路牌，駛進被高聳樹林圍起的山路上。山霧自林間漫出，烏雲遮蔽了午後的日光，氣氛伴隨霧氣陰沉下來。這是一座沒有顏色的山林，宛如禁錮光陰的復古照片，封存著某種不能明說的龐大故事，就連熟睡的小姍也略感不對勁地醒了。

車子駛過老舊的小橋後，沒多久便轉進山谷裡的田野道路。好幾名異常年輕的農民站在田中，看著荷櫻一夥人，他們沒有任何喜悅抑或歡迎，也沒有困惑與好奇，只是站在激起波紋的水田，面無表情地凝視著這群外地人，空洞卻毫不眨眼地望著。

日光在山頭後顯得更加遙遠，彷彿此地已被世間遺忘。休旅車開上狹窄的黃土坡道，駛過那悠久的石雕山門。不同於一般廟宇的鮮豔華麗，這山門帶著肅穆，在幽暗的天空下如同一塊石碑鎮於此境，上頭寫著「聚英宮」。

風吹動高掛於左右兩排的紅燈籠，恰似兩條擺動的紅龍向荷櫻等人招手。小姍拿起手機開始錄影，只見輪胎下的黃土逐漸變成石板條鋪面，接著，一座合院式道教宮廟聳立於前，風格與牌樓相同，雖有細雕，卻毫無鮮豔色彩，以花崗石、青斗石、些許紅磚與靈木共築出莊嚴感，斑駁之處可見年代久遠。

歇山式屋頂上的牌頭泥塑，動作個個活靈活現，頂著不同的鬼貌，手持兵器對準著後方山頭。宮廟左右兩側延伸而出的石磚牆，分別雕著天界與地獄；牆的上方架有鐵網，懸著紅燈籠並貼有符咒，將後方的樹林一一隔開。

整座宮廟恰似依山而建，卻又攔擋著山林。

荷櫻等人走下休旅車，他們從未看過這樣的宮廟，神聖威嚴卻讓人恐懼，尤其那扇黑色木門和隨風飄揚的黑色令旗，與其說是宗教建築，不如說是一座山中堡壘。

「很好，起雞皮疙瘩了，我後悔了。」小姍說。

「妳想先待在車上嗎？」岳翰問。

「開什麼玩笑，在這種地方落單會死人吧。」

荷櫻無視兩人的對話，只一臉擔憂地望著發抖的女兒說：「會冷嗎？」

「不太舒服。」黛恩比著手語回答。

「要穿姊姊的外套嗎？」荷櫻指著包包，正要拉開。

「冷是正常的。」一道聲音自遠方回應。

荷櫻等人望過去，不知何時，黑色的三川門已被打了開來，玄道長將香插進天公爐後，與月兒等弟子走出來。

「霾山自古便是陰陽交界，當年日本更把這視爲祕密靈場。」道長一步步走向荷櫻等人，山嵐吹拂著他的白髮與黑袍，晃著兩側的樹林，騷動起那隱於林後的晦暗。道長身後的嵐霧略微散開，露出漸漸低垂的夜幕與巍峨山勢，呼應了冷寂的異境。

「我是玄向華總道長，聚英宮歡迎諸位。」

12

一行人跟著道長與弟子進入聚英宮前殿，裡頭雖透著光，點有燭火，但仍略有寒氣。他們浩蕩蕩穿過略短的中庭，經過約兩公尺長由黑色布幔封起的天幕，走入正殿。正殿挑高四公尺，天花板藻井刻有類似曼陀羅的黃色浮雕，卻又不同於佛教樣式，是由三彎刀爲單位，匯聚無數，宛如繁星。六根大石柱聳立於殿內，各柱以線雕、透雕、陰雕等方式刻著不同景象，由內而外分別爲：神明的天界、務農的人間、雲氣的鬼界、審判的地獄、人吃人的惡鬼道、動物相擠的畜生道，這是由道教五道所轉變，其中天界柱多了三彎刀符號，以及一名穿著袍子的人影。

這些石柱與外層的牆相輝映，令荷櫻等人目不轉睛。眼前這由燭光、油燈、燈籠映照的大殿，第一眼確實不華麗，但細看才知其天工之藝。大殿末端設有大型神龕與高壇，神龕最後方中間坐鎮的，是一尊黃袍老人神像，前方才是三清道祖、王母娘娘等神尊，最前方則是好幾具純粹木雕的小神像。荷櫻等人無法分辨所有神明，即使如此，他們仍能感受到一股強大的力量，正處於神龕之中。

「觀落陰係慎重的儀式與智慧，非旅行團，更非作賤的娛樂節目。」道長看著神龕說著：「它源自北亞，流傳千年，是請示神明將靈界投射於我們天靈蓋之下，連上三魂，用魂魄去連去觀。就好比建一扇窗，窗外是靈界，每人所見角度、視野皆不同，每間宮廟術法不一，窗台也不同。近看如照鏡，可微調運勢、健康、命運；遠看如望天，能看死去之人，見見天界與地獄。」

「很多宮廟神棍在被拆穿前也是這樣說，」荷櫻說：「但昨晚是我第一次不知道究竟遇到了什麼。」

「不不不，那麼恐怖的事，很多人都沒碰過吧。」小姍搭腔補充。

「恐怖？不，觀落陰沒什麼可怕危險的。記載上，有些大師不用任何法器，只帶著慎重，就可以在田邊或市集進行。」道長指著一旁的老舊布冊。「眞正的危險在人，觀者有何祕密？想觀何事？是否誠實？而主儀式之人又是誰？」

「那麼道長您覺得，吳曉欣出事是因爲她自己？還是……」岳翰問。

「劉隊長，我在警局解釋過，您應該也看過筆錄了？」道長笑了笑，他已許久沒有講這麼多話，但爲了讓這些人更加理解，也爲了家族與聚英宮的尊嚴，他必須一次說明白。「世間萬物乃一『迴』字，悠長曲折，匆匆行過，最終仍會回到原點。看似不同的兩面，實爲彼此牽引，陰中有陽，陽中有陰，孤陽不立，孤陰不生，終歸合一，回成天圓。此中產生之能量亦然，生與死，正與負，這些能量交錯纏繞、推擠、呑噬，以致各種因因果果，果果因因，最終繞著一迴圈，一髮動全身。」

道長繼續說：「而生死一事在人心的能量最大，探凶問案就是問生死、涉因果，乃至道的輪迴。吳曉欣當年隱瞞了一個事實，她說女兒是病死的，實非也。女兒是她誤用藥物而死的。」

荷櫻與岳翰困惑地覷視彼此，這是兩人都不知道的情報。

「當她欺瞞神明，看向人間以外，便會引來不好之物，更別說她女兒冤死的因果。如此之下，窗給髒了，她便被惡鬼上了身。」道長嘆了口氣，指著自己眼睛下方的傷疤，「我們付出很大的代價，才得以平定。」

月兒與弟子們聞言點頭，身體也不禁抖了一陣。如今的聚英宮，四處還是可見當年惡鬼肆虐的痕跡，那晚的慘叫與鐘鼓聲彷彿仍繚繞於梁，久而未消。

「這裡很久沒有類似之事，我們禁言不談，只希望曉欣回去不要再招惹另一世界。豈料，三年後，你們出現了。」道長苦笑著，眼神卻充滿無奈與斥責。「那宋瑞是個作秀的無能小丑，但有些事他還是說對了。妳們的催眠術打開了曉欣當下的頻率，而那是我們之前用生命封印的，換句話說，是妳們打開了她被惡鬼上身的連結，是妳們破了窗。」

荷櫻與小姍雙雙感到一陣惡寒，愧疚挾帶著恐懼與抗拒，她們臉上失去血色，看向一旁的DIR器材，久久不知如何回話。唯一能讓她們站得住腳的，就是證明世界上根本沒有鬼魂。然而，當她們為了思婷與眞相來到這裡時，便等於間接承認了鬼魂存在的可能性。

岳翰注意到兩人窘境，開口搶問：「那麼直播上的鬼和凶手又是什麼關係？是同一人嗎？」

「光憑此刻，難解。鬼跟人一樣擅長謊言，恐怕得觀一次、巡一次、找一次，方能知曉。」

「抱歉，道長，我知道這可能太得寸進尺，但可以的話，就像我們電話中說的，我希望能用DIR記錄觀落陰看到的一切。」荷櫻深呼吸後，直視道長說道：「這不是催眠，也不是宗教與科學的對決，而是兩個，不，加上警方，是三個領域的合作。請讓我們直接同步記錄另一個世界，找到孩子們。」

月兒皺起眉頭，道長則直望著荷櫻深邃且堅定的雙眼，沉默了數秒後，點點頭。「行善，乃奉天之道，我們能經得住考驗。倒是現代人們，該認知彼此的渺小。」

道長手一揮，月兒立刻帶領弟子們準備儀式。只見他們將一張老舊的藤木椅搬到壇前，開始擺設各樣法器，遠比宋瑞來得更爲愼重且大器。

小姍見狀，也立刻借了張桌子，架設起ＤＩＲ器材和攝影機。

「靈山道法，源自天師葛玄（注）後人分支的黑壇術，不同於直系的靈寶派，自古以黃衣天尊『一無元羅大道君』爲至上尊神，下分三清道祖。野史相傳，天尊曾以星宿之力降駕黃帝，突破蚩尤術法，是不少先皇開國祕術，當然，對道長我玄某來說，只是當當傳說罷了。

「我們玄家鎭守此陰陽交界兩百多年，如太極兩儀，調和靈場陰陽，生死互不侵犯。老一輩將黑壇術融入其他佛道術法、本土鸞書和地靈，到我祖父那代，更受山伏與化外神道影響，透過法力儀式匯聚陰氣，將那些你們所稱的負能量、怨念、鬼氣、凶煞，轉化爲好的能量，建立陽世所用。

「玄家低調奉天求進，以陰制陰，只求身爲迴中，永脫迴向。爲此，我們家傳各種禁術，不宜外人所知。」道長語畢，微笑地看向小姍和攝影機。

小姍跟荷櫻互使眼色後，本想裝作沒聽到，殊不知道長硬是咳了一聲，小姍這才不情願地拆下攝影機。然而，荷櫻還是打開手機的錄音功能，她不想錯過任何關於女兒的線索。

「放心，舉頭三尺有神明，這兒所有儀式，絕無虛假。」

「我只在乎孩子。」荷櫻說。

「我清楚，但在那之前，曾荷櫻女士，妳相信嗎？妳眞的願意相信鬼魂的世界嗎？」

「身爲母親，現在也只能相信了。」

「俗話說心誠則靈，妳瞞不了神明。這階段只有妳完全相信了、老實了、努力了，神才肯幫助你們。而我知道，妳也曾經相信過。」

「就像催眠一個人之前，被催眠者得先相信催眠是眞的，才有效？」小姍反問：「感覺有點騙炮邪教耶。抱歉，道長，我說話就是這麼直接。」

「你們當邪教，我無法反駁，畢竟這兒確實神祕，但也只有我們能確實地鑿開那扇窗。你們想當作東方催眠術也行，差別在西方往心靈，我們往神靈，最深處都是一樣的，都是靈的世界。」道長轉看向荷櫻。「妳得清楚，自己究竟爲何而來？心在害怕何物？爲了女兒會如何？」

荷櫻嘆了口氣，望向黛恩。這兩天來，所有的資訊快溢滿她的腦袋，她實在無法一一回答道長的問題，更別說正視自己的靈魂。

「只要心誠，就沒有風險對吧？」岳翰說：「不然，我先來吧。」

「抱歉，隊長，」道長拒絕了，「一次只能一人，而且你應該也明白，你背負太多血和命的業障，那會影響因果，找人萬萬不得。」

岳翰愣了一下，「但……我們很多偵查同仁都會偷偷去觀落陰……」

「哪間有你女兒的線索？」

岳翰一時答不上來。

「那些人就算眞的靠觀落陰辦案，行之不實，終究會有代價。」

小姍眼看荷櫻與岳翰皆面有難色，趕緊搖頭拒絕：「先說，我也不行。我不是血親，只是看在友情來加班的。」

注 西元一六四〜二四四年，三國時期的道教天師，為靈寶派祖師。

「只要我夠相信、夠誠實就好，對吧？」荷櫻問道。

「正是。」

荷櫻感覺心中的科學理性正不斷拉住自己，但那部分，也同時飛速地被她對思婷的思念挖空。她覺得自己像逐漸被剝光一般，面對深不見底的沼澤。諷刺的是，逼她的人正是自己，而她卻在痛苦中，漫起一絲解脫與破壞的快感。

她深呼吸後，看向岳翰和小姍，隨即，摸了摸黛恩的頭。

「我只想趕快找回我另一個寶貝女兒。」

黛恩抬頭看向母親，緊握著母親的手。即使聽不太懂道長所說的一切，但她也明白母親正準備失去一點內心的什麼。對此，黛恩想阻止母親，卻被愧疚與懼怕搶先一步攔阻，令她唯一能跟母親溝通的雙手僵在空中，如同那逐漸被寒氣吞噬的心。

荷櫻當然注意到了這些，但她心意已決。為了思婷，為了整個家，母女倆只能繼續戴上這三年來最習慣的假面。

「這是為了姊姊。」身為母親，她擠出回應的微笑。

而黛恩也如往常般習慣性地點點頭，在自己來得及意識到之前。

「那麼，請！」道長從高壇上取出一條血色紅布，遞給了荷櫻，指向那老舊藤木椅。

荷櫻雙眼炯炯地接下紅布，這不是她第一次觀落陰，卻是第一次如此面對這般恐懼。她望著岳翰和小姍，看向ＤＩＲ儀器。

「把陰間錄下來吧。」

13

大門門上，殿內點滿燭光與油燈。道長拿香拜向神龕，月兒敲響銅缽與木魚，兩人唸著開壇咒，其他弟子們則搖著小鈴鐺走繞大殿四角，燃起符紙，轉手畫圓，以火圈繞著柱子、高壇和老舊藤木椅，全力淨空儀式氣場。

聚英宮兩百多年來香火不絕，八卦鏡、刀劍屛、五寶兵器與各式符碑牌一一鎮邪壓煞，透過多重陣形擺放，將凶陰之氣引流轉化至儀式所用，極少出錯。但儘管如此，靁山畢竟是陰陽交界，是鬼氣凶煞凝聚的山林，一次也馬虎不得。

對道長而言，玄家人的魂始終與黑壇術相伴，他們從小就能感應幽冥，吸引不同的靈，因此他們自幼就得學習術法，侍奉天尊，保護自我，戍守人世。道長初次踏入殿內時，也曾一度懾於那驚人的陰氣，當時他只能硬著頭皮，踩著家族的腳步，以不爲外人所知的家傳術式與靁山共處，來回於不同的世界，求生壯大。那是無比艱辛、孤獨又駭人的悠長歲月，能力本不被看好的他，曾經懦弱膽小的他，最終還是到達了山頭，將自家術法徹底發揚光大，以總道長之姿俯視群山萬鬼，近乎無人能及。

倘若凶靈們的危害性如同火藥，那靁山便是一座不定時的炸彈庫，而道長就是那唯一的保險，生死界線的守關人。

因此，他絕不允許任何靈體擾亂儀式。

神桌上以紅線拉起法陣，中心擺放思婷的衣物與兔玩偶，月兒將紙蓮座、寫有荷櫻必備資訊的謄文與紙人點火丟進爐子中。一部分的弟子們加入唸咒行列，其餘的則跟著月兒，協助荷櫻坐上木椅。

老舊的木椅離奇地仍帶有木頭香氣，荷櫻赤腳踩著符紙，兩手雙捧給陰間神明的路關紙錢，眼睛被紅布蒙起。頭上的腦光學儀讓她感到沉重，眼前視線一片暗紅，燭光宛如星火點點。這景象她看過好幾次，在她拆穿的眾多觀落陰儀式中，有些就是透過視覺殘留來製造靈界假象，靠著事前的誤導與催眠暗示，讓人選擇性看到已設計好的圖形，再另外加以解釋。譬如，看到山的圖形代表著前世靈魂強勢，雲朵代表今世運勢不穩，但實際上不過都是現場光源造成的三角形和光暈罷了。有些宮廟則會讓看不到的人一觀再觀，倘若不行，再施以薰香，誘導心理反應；若還是不行，便以「無緣」或「思緒不清」爲由推託。

「陰間有四十九關，我直接用奇門遁甲折關，開捷徑，讓妳先直通妳的元神宮附近找起，儀式後就能馬上進去。」道長將香插進香爐，「妳要一直想著女兒，沒問題吧？」

「沒問題。」

道長並沒有給予過多的視覺暗示，似乎眞的篤定會看到東西。荷櫻在不安之餘，也更趨好奇，自己究竟會看到什麼。

「來吧。」荷櫻點點頭。

「好。」道長拿起敬神杯，將酒淋在荷櫻的眼睛上頭。儀式開始！

木魚敲打聲大聲響起，月兒等弟子奉旨唸咒，道長也手持天皇尺、燃燒符令，繞行荷櫻同時嘴中唸唸有詞。

「腦部數據一切正常，但DNN解碼與重建速度只有百分之八十五，同步率還算允許範圍內。」小姍敲擊鍵盤，確認DIR系統全部上線正常運作。

電腦螢幕裡仍舊黑紅一片，偶爾可見符紙火光經過。小姍、岳翰與黛恩三人緊張地看著畫面，他們已不知自己究竟想看到眞正的陰間，從此顚覆現實認知；還是寧可希望一切失效，保有僅剩的日常，即使那將失去思婷與Anya的線索。他們的潛意識裡，依舊試圖捍衛著理智。

「奉請奉誠天地敕，周遊八方神通傳，一遍清香專拜請，奉請上界使者降臨來。神兵火急如律令！拜請！拜請！」

隨著道長大聲喊出咒語，木魚、銅缽混合吟詠，這些文字與聲響彷彿幻化成透明飛蟲，飛繞著荷櫻，輕撞著她。荷櫻眼前慢慢失去光線，僅留下濃厚的黑暗。在那深層之處有股波動不斷襲來，一圈又一圈將她吸住，恰似在她身上鑿刻冰冷的印痕。她似乎看到了漩渦，整個身子浮起，一步步被捲了過去。寒氣如蛇般纏繞起她的四肢，竄上軀幹與腦後，漸漸地，她迷失方向，亦分不清楚上下；所有的聲音遠去，宛如只藏在她的腦中，保有最低限的一絲清晰。

「放輕鬆，曾荷櫻，試著當作催眠自己，感受這一切。」道長像看穿她身爲心理師的最後防線，讓她不自覺地呼了口氣，放棄了本能上的抗拒。

她的靈魂意識就此連接上另一個世界。

木椅上的荷櫻不自覺地點著頭，身體跟著前傾，嘴巴微張，抬起了手，輕拍起大腿；同時間，小姍面前的螢幕畫面也從一片黑色波紋中，浮出一點黑色形體。殿內的光線不知不覺暗了些許，燭光讓荷櫻的影子詭譎地晃動，黛恩跟著害怕了起來。

岳翰輕拍黛恩肩膀，試圖安撫這可憐的女孩，但自己的心跳也不斷加快。

「放心，我以玄家向天尊發誓，絕對會讓曾荷櫻平安歸來。」道長向兩人保證。

黑暗空間中，荷櫻終於找到立足之處，只見眼前終於變得略微明亮，她獨自站在如鏡面般的地上。

「妳看到了什麼？」

「一片黑，地上很像一大面鏡子，但只反射出我而已。」

荷櫻不安地看著腳下扭曲的鏡像，隨即避開了視線，滿腦子想趕快離開這詭異的地面。

「我說過，這就像一扇窗，多少反射著我們的現實。」道長的聲音在她耳中說道：「不用害怕，仔細看前面，把路關錢交給祂們，真誠地說妳想見誰。」

「祂們？」

荷櫻正一臉困惑，一陣白霧飄向了她，前方出現微微白光。

一道模糊人影站在那裡。

DIR螢幕中，畫面白亮起來，也映出那模糊扭曲的人影，彷彿那是不該被人世錄到的身姿。

「相信祂，敬畏祂。」道長說。

螢幕中，荷櫻舉起了手，現實的月兒立刻上前，接過她腿上的路關紙錢，丟進香爐。一陣白煙激起，如同螢幕中一格格延遲出現的白霧。

人影張開過長的雙手，慢慢穿越白霧，走向荷櫻。

「我是曾荷櫻，」荷櫻深呼吸，逼著自己壓下恐懼，顫抖地說：「我……想見我的女兒何思婷。」

人影跨大步伐，荷櫻見狀倒抽口氣，只見半透明的身軀穿出了霧氣，祂身高約三公尺，透著黑暗與霧氣的灰色面容長滿了眼睛，低望著荷櫻。

「我……想見我女兒，何思婷，拜託了。」荷櫻好不容易才再次擠出聲音。

人影發出細碎聽不懂的語言，手中拿著一張木牌。

「說謝謝，然後跟著鬼差走。」道長指示著。

「謝謝。」

荷櫻連忙致謝，隨即，木牌發出了翻轉聲。

黑暗變成了白光，隱約中可見傳統建築與水泥房的影子，似乎還有其他透明人影從旁經過。霧氣變得更濃，陰寒的笛聲幽幽響起，鬼差身影清晰起來。祂頭戴高帽、身穿黑袍，就如同聚英宮外田中的巨大草人，依舊以非人的低沉聲呢喃著，在霧中又飄又走地緩慢前進。但即使如此，荷櫻仍舊跟得吃力，沒過多久鬼差便再度沒入霧中。

荷櫻正感驚慌，只見最後那一抹鬼差身影回過了頭，一手握著木牌，一手直指荷櫻右方。她不安地順著望去，鬼差便隨霧消失。不寒而慄的笛聲持續從四面八方傳來，但冰寒的霧氣漸漸散去，取而代之的是灰燼與焦味。

天空暗了下來，荷櫻面向灰燼，獨自踩著步伐小心前進，遠方的火光一點一點地映入眼簾。那是一棵著火的枯樹，樹下有張輪椅正燃燒著。荷櫻想起道長所說的「現實反射」，不由得皺起眉頭，忍著那刺痛大腦的記憶，繼續向前。

樹後方是一整片如迷宮般的樹叢，上頭纏繞著大量焦黑的血肉，荷櫻不禁別過頭。難道這就是剛剛的焦味？她一邊想著，一邊避開這些如鋸齒蛇籠的樹叢，走向樹叢末端。

那裡有間陰暗的平房，牆面磁磚龜裂，窗內全黑一片。

來自記憶的痛楚，加重了腦中的抽痛，荷櫻急忙按住頭，冒出冷汗。

「我好像在哪見過這裡……」

「這都是和妳靈魂記憶所成的元神宮，象徵妳的本命狀態。」道長看向螢幕說道。

螢幕中，荷櫻的元神宮正隨她的腳步與視線，一格格地緩緩顯現，其破敗的程度讓小姍不由得驚呼出聲。

強烈的懼怕，正從那平房大門排山倒海而來。

「進去吧，曾荷櫻，照剛剛跟妳說的做，」道長下達指示：「我們召喚何思婷！」

14

笨重的大門被推了開來，荷櫻慢慢踏入陰暗不祥的室內，一切看似蕭索頹壞，電燈也無法亮起。明明這房子代表自己的本命，竟如此荒廢，昏暗漆黑，毫無生氣，空氣中滿是塵埃與腐敗氣息。

荷櫻將口袋中的紅線綁在門把上，紅線上每隔一段就掛有一顆鈴鐺，是用來探測與警戒其他靈體，也是回程的導航。她不斷放著紅線前進，踩著木頭地板軋軋響。蒙上一片灰的客廳裡，有著破裂的銅鏡，鏡面大量的裂痕彼此錯節，將光影割裂百面，什麼也映不出。一旁的神桌上，有著損壞的木牌與散開的流年簿，簿中的字模糊不清，看似不同的筆跡以不同方向重疊寫著。

突然，一陣孩童笑聲傳來！

荷櫻急忙看向簾子後的長廊，笑聲似乎是從那裡發出的。

「思婷？」

荷櫻的聲音迴盪在屋內，但無人回應。她持續放著鈴鐺紅線，掀開簾子，步入歪斜陰森的長廊。光線熒然，一切儼如與黑暗化爲一體，荷櫻勉強望見長廊盡頭立了一尊斷頭的佛像，牆上掛有好幾幅扭曲的肖像畫。這些肖像充滿冰冷死氣，即使看不清五官，仍彷彿盯著她，似有東西躲藏其後，就等著荷櫻上前，隨時襲來。

呼吸不知從何時開始變得疼痛起來，每一步都更顯沉重。荷櫻經過兩間空房與一片漆黑的廁所，深感心跳加快。來這裡的應該只有自己的靈魂，但不知是心理作用，還是靈魂還連著身體，她對潛伏於黑暗的東西深感恐懼。

這裡不止我一人。本能正告訴著她。

「思婷？」她謹慎地再度喚了一聲，踩穩腳步，隨時準備跑動。

啪啪，一道身影從她身後晃過，荷櫻的頭髮跟著揚起。她趕緊轉身，沒想到砰的一聲！身旁的門擺動了起來。

荷櫻急忙退向牆面，望著那微開的門扉。所有動靜就此乍停，房子內悄然無聲，宛若所有感知僅是錯覺。

「道長？」

「進去看看。」道長的聲音變得更微弱了。

荷櫻感覺自己就像獨自被丟在海底的沉船之中，而這艘船沒有寶藏，只有腐化與死亡，一切顯得冰冷、幽黑、戰慄，沒人可以立即拉她上岸。但或許，在現實人生中，她也早就沉在那最深的海底，誤把腐朽當堅忍。

她拎著紅線，湊向將房門打開。

瞬間，她打了個冷顫，差點落下手中的紅線。

眼前的昏暗房間，與思婷的房間如出一轍，無論是那窗簾、床鋪與書桌，都完美地重現。不同的是，牆面上貼滿思婷的照片，從她出生的嬰兒照到幼稚園，從收到兔子玩偶的生日派對到出事的那一天，零零總總數百張，拼貼成思婷的笑顏，宛如一顆巨大女兒的頭顱鑲在牆上。

每一張照片中的思婷都流著鮮紅眼淚，荷櫻甚至疑似聽到了女兒的哭聲，泣訴她身爲母親的無能。

比起驚駭，荷櫻更險些被這突如其來的傷痛擊垮。她忍著眼淚，望向房間地板中央。那裡有排成一圈的銅盤，每個都盛著水，圓心則是思婷最愛的兔子玩偶。

荷櫻按照道長先前指示，從另一邊口袋拿出糖果，一顆顆放在盤中，隨後像是布陣似地，將鈴鐺紅線綁在室內各角，仰天深呼吸，吐出所有氣息。她就此背向門口，趴跪在銅盤前，開始召喚愛女。

「何思婷快回來，何思婷快回來，何思婷快回來，何思婷快回來……」荷櫻呢喃著，不停地磕頭。

某個東西穿過了客廳大門的紅線，鈴聲若有似無地響起。

此時，荷櫻滿腦子想著思婷、專心呼喚，並沒有聽到鈴聲，即使第二、第三次鈴響，她依舊毫無反應，持續背對著陰暗的門外，磕著頭。紅線接連晃動，鈴聲不斷自她身後的漆黑傳來，那東西正不斷接近。

就連用DIR監看的小姍等人，也注意到了異樣。

「那是鈴鐺聲嗎？」岳翰問著。

「我不知道，DIR擷取重建的只有腦部意識視覺，但學姊腦部反應卻有聽覺，這……」

「曾荷櫻！躲起來！」道長眉頭深鎖，直接對木椅上的荷櫻說道。

但他的警告並沒有傳入荷櫻意識中，她仍舊跪在女兒房間裡低語：「何思婷快回來，何思婷快

來，何思婷快來……」

女兒房外，長廊上的電燈閃了一下，一張蒼白的臉與藍色身影猝然現身於門簾處，又消失無蹤。

「何思婷快回來，何思婷快來，何思婷快來……」

笑聲混和著鈴聲再次傳來！對方像是依循荷櫻的召喚，越來越近。一道女孩身影伴隨陣陣燈光明滅，如隨時分解的殘影，自長廊赤腳輕跑著。

噹！噹！

身後的黑暗中迴響著幽冥的鈴聲，荷櫻終於注意到聲音，包括了笑聲與道長的警告。

「曾荷櫻，快……」

「道長？」

鈴鐺聲已經過了廁所，矮小身軀越過一道道紅線，接著朝女兒房奔了起來。

「找地方躲！憋氣！」道長的聲音在荷櫻腦中說著。

躲？她愣了愣，正轉看向四周，門外的大量鈴鐺突然急響，腳步聲正快速接近！她迅速蹬地爬起，不加任何思索，一個箭步拉開衣櫃。她才剛躲進去，磅！房門接著應聲撞開——一名全身發白的藍衣女孩衝了進來！女孩扭著身軀，爬向糖果盤。

荷櫻差點嚇得叫出聲，思緒一片茫然。面對這突然破門造訪的靈體，她一時難以置信，無法理解現下狀況。

這是思婷？那麼快就來了？如果沒躲會怎麼樣？種種問題開始盤據，卻無法再思考下去。

荷櫻只能摀嘴屏息，雙眼不敢眨動，隔著衣櫃隙縫觀察這神似思婷的藍衣女孩，然而衣櫃的角度與室內的光線，實在看不清對方。

憋氣讓她無法詢問道長，急速攀升的恐懼亦拉扯著身為母親的焦躁。她天人交戰起來，最後，下定決心準備推開衣櫃門。

噹噹噹噹噹噹噹噹噹噹噹！鈴鐺聲持續大響，六名藍衣短髮女孩陸續爬進房中，直直衝向糖果盤。

這下不止荷櫻，連DIR螢幕前的人們也瞠大雙眼，望著七個小身影在地上如蟲般爬行。

「能……能再清楚一點嗎？」岳翰問著，他似乎看到了Anya的身影，但無法確定。在這一片恐慌氣氛下，身旁的黛恩也陷入強烈恐懼，緊抓著岳翰的手。畫面中的女孩們，可不是她所預期的姊姊樣貌。

小姍頓時結舌，花了數秒才有辦法開口：「現……現階段無法每個都做到，除非學姊再往前一點。」

荷櫻躲在衣櫃中，全身雞皮疙瘩，顫抖的手試圖壓制瀕臨失控的惴慄，全力壓著口鼻。衣櫃隙縫外的小女孩們個個齜牙咧嘴，宛如飢腸轆轆的野獸。

一名女孩抬起頭，像是聞到了其他氣息，四處探身，荷櫻就此看到了她的正面。女孩雙眼中空，臉頰枯瘦凹陷，嚇得荷櫻一時不敢動彈。

那不是思婷！

荷櫻強迫自己冷靜，一動也不動待女孩離去。眼看女孩們一一散開許多，她這才調整角度，在晦暗的光線中努力辨識。

終於，她在一團混亂中，注意到一名女孩拿起了兔玩偶，那神韻正是思婷！儘管瘦了許多，但身為母親，她不可能認錯。

荷櫻全身發抖，任由女兒身影映在她泛淚的雙眸。她緊握拳頭，選好帶著思婷逃跑的路線，輕推衣櫃門板——

咿！門板一扭。

所有女孩瞬間扭過頭，死瞪向衣櫃裡的荷櫻，她們張大嘴巴，嘶吼尖叫。

荷櫻閉氣已來到極限，急忙縮緊身子退向角落，死也不敢出聲。啪！她的背冷不妨撞到東西，立刻轉身一看。

一張裂口大叫的燒焦面容正貼著她的肩膀，直撲而來。

荷櫻不禁放聲大叫、跌出衣櫃，女孩們四散奔逃，而那焦黑的人影也扭動身軀，垂著手，攀著衣櫃，朝荷櫻爬了出來。

荷櫻的心臟已跟不上眼前的驚駭，她一時癱軟得無法起身，除了後退之外，只能拿起一旁的銅盤砸了過去。然而這一砸，水花四濺，人影就此消失。

衣櫃空無一人，只留下鏘然倒下的銅盤，反射出荷櫻一臉驚恐。

沒有多餘時間可以空耗了！荷櫻雖驚魂未定，仍馬上恢復理智。她趕緊回過頭，朝著一哄而散的女孩們大喊「思婷！」，奔向望著自己的寶貝女兒。

殊不知，整個空間在電光石火間扭曲震動！荷櫻一個踉蹌，眼前一片模糊，想撐起身子卻無法施力，逐漸與思婷拉開了距離。身體怎麼了？她這麼想著的下一秒，便見思婷與所有物件飛快上浮，一股重力將她向下拉扯。原來自己正和地面陷落而下——

床與櫃子頓時變成碎片四散，物件噴飛，差點刺傷了荷櫻。她墜到下一層，這片混亂不僅讓她再次失去思婷，強烈的暈眩與痛楚也隨著落地撞擊腦門。她急得大叫，只見上方闔了起來，所在之地變成新的樣貌。

這是一個高中少女的房間。

放眼所見一片模糊，唯記憶正與感官、直覺交錯著。荷櫻感受到劇烈的噁心，空氣中瀰漫著惡夢，那是相隔十年的藥水味，那個女人的味道。她似乎看到書桌上的心理學與咒術書籍、藥罐、素描本，以及兩名少女的合照。

十幾年前的記憶碎片，如刀刃般刺著荷櫻的理智，她察覺自己身處不該存在的房間。焦黑的人影與女童們都不見了，取而代之的，是照片上兩名互相比較穿著的高中少女。

荷櫻頭痛欲裂，跪倒在地。她試圖向道長求救，卻喊不出聲。照理說，ＤＩＲ能呈現她當前所見，那麼爲何道長還沒採取任何行動？難道是因爲自己被困在更下一層？還是大腦的狀態已經無法擷取資訊？

正當荷櫻滿腦迷霧、思索各種解答時，右眼餘光這才發現地上躺著兔子玩偶。

還有機會！荷櫻告訴自己，爲了思婷，她絕不會輕易退縮，更別說空手回去。

荷櫻下意識上前，手伸向玩偶，卻摸到了一隻枯瘦的腳。一雙細長的手搶先撿起了玩偶，扭扯下兔子玩偶血淋淋的頭。

那是一名披頭散髮、沒五官的深棕衣女子，腳上帶著黑焦油。她扭了一圈身子，身體宛若無骨，直對著荷櫻搖搖頭。即使對方沒有任何表情，荷櫻也感受到強烈的惡意，那與直播棚慘案當下相同的惡意。

恐怕在長廊時，這女子就已經躲在那裡了吧，躲在那些無臉無頭的人像之中。荷櫻這麼猜著，心中混雜了恐懼與憤怒。她從未想過觀落陰會讓自己經歷這些，但現在她相信了：唯有度過這關，才能拯救女兒。

然而，無臉女子似乎看穿了荷櫻的所有思緒，在她準備行動的那一刻，竟早一步轉身，從背後牽出了一個嬌小人影。

剎那間，荷櫻全身就此頓住，僅存的銳氣盡被挫去。

最寶貝的女兒就站在她面前，兩人相距不到兩步。

但女兒已不再是照片或印象中的甜美，枯瘦蒼白的思婷被女子摟著，近看更顯憔悴，手臂上滿是針孔，一臉病懨懨地流著血淚。她望著久違的母親，張開小嘴，試圖喊著媽媽，女子卻早一步把手指放在她嘴上，抹上不知何來的鮮血。

一股盛怒自荷櫻心中湧起，她撐起身立刻站起。女子連忙抓住思婷後退，舉起了一張木牌。

那木牌與鬼差所持的一模一樣，上頭皆刻著陰間各處的通行令。

她是鬼差？荷櫻愣了一下，焦急地思索起對策，殊不知，就是這個瞬間讓她失去了大好機會。

啪嚓！木牌一響，桌上的合照頓時裂了開來，記憶中的少女們相繼發出尖叫，一陣紅霧伴隨火光湧進。荷櫻才一眨眼，女子便抓起思婷衝向角落窗戶，破窗跳了出去！兩人像一抹深色雲氣，混入紅霧之中。

「思婷！思婷！」荷櫻衝向窗台，沒想到玻璃碎片卻快速倒轉，回到窗戶上恢復原貌，將荷櫻與女兒隔了開來。她咬緊牙根，試圖扳開窗戶，窗子卻不爲所動。

無臉女子身形飄渺，在紅霧中回瞪荷櫻，並拖著思婷向後退，抱起那幼小柔弱的身軀，彷彿嘲笑著荷櫻的無力。

幽冥的笛聲響起，窗外傳來陣陣狂風與低沉呢喃，恰似萬人以最深層的怨恨唸著不明的詛咒。

「思婷！思婷！」荷櫻瘋狂大叫，舉起一旁的椅子用力砸窗。然而，無臉女子早已抱著思婷向後一倒，落進了紅霧深處，就此消失。

「不行！思婷！思婷！」

「住手！妳不能過去！」道長的聲音忽然傳進荷櫻腦中：「神歸神，人歸人！乾元還主貞，十二條神魂歸本身，神歸神，人歸人……」

然而總算見到思婷的荷櫻，根本聽不進道長所說，她死命扛起椅子、怒砸窗戶，試圖追上去。

啪！窗戶在連續撞擊下終於破了一角，玻璃霎時出現大量裂痕。飛散的碎片彈過荷櫻面前，她怒吼一聲正要再擊一次。啪啪啪啪啪！女孩們的血手與驚恐面容瞬間出現、黏在窗戶上！破洞外，火光與焚風伴隨上萬的哀嚎與詛咒，直竄荷櫻瞳孔。

那是絕對的死亡。

15

一隻粗壯的手，抓住荷櫻肩膀，向後一拖——那是荷櫻在少女房間裡最後的意識。

在那之後，她在黑暗中一片恍惚，直到看到點點燭光，才知道已被道長帶回了人間。當月兒幫她卸下臉上的紅布時，紅布已被淚水浸濕。荷櫻頓時對自己的肉體感到陌生，無論手腳怎麼動，都只覺得那是具虛僞的殼子，紙所雕出來的假皮囊。但那股不甘心與哀痛，確實凶狠絞著她脆弱的心，像根釘子般將她硬是紮於現實，紮於這個她更畏懼、卻又逃不了的眞實世界。

聚英宮正殿的桌上，兔子玩偶全身焦黑，頭部斷裂落在桌面，沒人注意到是何時發生的。荷櫻望著它，本以爲自己會生氣，但到頭來只感到身心疲憊，彷彿這一切就是必然的結果。

「思婷思婷……」她不自覺地低語：「爲什麼……爲什麼……」

「學姊……」

小姍等人望向荷櫻，一時不知如何安撫。儘管ＤＩＲ系統正在重新辨識剛剛的紀錄，但這改變不了思婷再次消失的事實。

黛恩一臉擔憂，上前抱住母親，卻反被一把推開。荷櫻全身發抖，抗拒著周圍的一切，偏偏黛恩的臉只會讓她想起思婷在陰間淒慘的樣貌。

「爲什麼！」她怒斥著，怨恨著道長、無臉女子、自己，還有折磨母女兩人的命運。如果再給她多一點時間、多一點幫助，她就能拉回思婷。

「冷靜。」道長請月兒為荷櫻遞上茶水，「普通人一日連上惡鬼道就回不來了。」

荷櫻愣了一下。

「惡鬼道？」岳翰搶在荷櫻開口前發問。

「那是更深的地方，地獄的邊陲，與地獄、畜生道合稱三惡界。」

「地獄？我女兒做了什麼！思婷她只有八歲啊！」荷櫻激動地說。

「問題不在妳女兒，而是那女鬼。如此強的怨念能量極為罕見，她殺氣很重，也很會騙人、很會隱藏。如果我沒猜錯，她可能懂一點咒術。」道長臉色一沉，看著高壇上的法器。

「跟昨天的是同一隻嗎？」岳翰看向雷腦螢幕。

「呃，這個嘛，日前看來只有部分吻合。」小姍敲擊著鍵盤，上頭正進行多重辨識比對。「她把面容整個藏起來了。」

「你們遇到的，可能光用凶惡也無法形容。剛剛她手上的木牌，是我們所稱的『路關牌』，是鬼差用以行走陰間與三惡界的通行令。」

「她是鬼差？」岳翰問。

「不，完全不是，但她得到了。我無從曉得她怎麼做到的，又是出於什麼動機行動，但她確實能把冤死的靈魂們拖下惡鬼道。那裡的怨念是她的能量來源，也是她的巢穴。」

「冤死？」

「我的思婷……死了嗎？」無論荷櫻還是岳翰，皆無法忽視道長說的那兩個字。

道長一時沉默，面有難色，他不太擅長應對事主接下來的情緒。

「是的，很遺憾，」他看向荷櫻，鄭重點頭。「何思婷已經往生了，其他人無法斷定，但八成……」

有什麼東西斷在荷櫻的心中，在掏空的世界裡，發出無人聽聞的殘響。荷櫻身子再次沉重到不像是自己的，恰似一切支撐都已崩解，就像自她手中落下的茶杯化個粉碎，自己也成了希望湮滅的灰燼。道長的話語是兩道無形的牆，扭擠著她的雙肩，諷刺的是，她並沒有想像般哀傷痛絕。

或許她早有這般預料吧。她在衝擊中還能勉強站著，在意識的草原裡不斷地掘土，把自己深埋；是逃避，也是陪葬，讓心底深處有那麼一絲釋然。但就是這種矛盾，讓更多的罪惡感滋生在她的悲傷裡，她痛恨著這樣的自己。

因爲她終究對女兒的死亡沒有足夠準備。

荷櫻崩潰地閉上眼睛，不讓心裡隱隱作痛的餘波，沖過她淚腺的堤防。岳翰望著她，從旁走來。這曾被稱爲惡虎的男人，如今面對女孩們的死亡，也頹喪地忍著淚水，一臉歉意。

「抱歉，眞的很對不起。」一時之間，他哽咽地難以言語：「道……道長一定在胡說八道，這只是催眠術，又或者是線香、紅布摻了迷幻劑，我派人化驗……」

「不，」荷櫻說：「我知道什麼是催眠，什麼不是。」

她紅著眼眶直視著岳翰，指向ＤＩＲ系統。

「從擷取資訊來看，確實不像催眠狀態。」小姍憂傷地點頭，「我也無法解釋。」

岳翰欲言又止，他知道自己有部分只是奸詐地想藉由荷櫻與小姍，來消除自己的畏懼，殊不知，現在連她們也直接倒戈，令科學成了宗教的輔佐。

荷櫻嘴角露出無人察覺的苦笑，似乎唯有這樣才能不被傷痛吞噬。但當她注意到被她殘忍推開的黛恩時，這才發覺自己再次自私地傷了另一個女兒。

荷櫻愧疚地上前抱住黛恩，急著道歉。儘管女兒擦著眼淚，用手語比著沒關係，但做母親的知道，女兒早已傷痕累累，而自己究竟還能彌補多少？

「能換我下去嗎？」岳翰突然問道長：「只要再次抓到那個鬼就行了吧？」

「我說過了，隊長，你的業障只會見到別的東西。」道長搖頭拒絕。

「所以我們只能坐視那鬼挾持孩子嗎？」

道長一時無法回答。

「按時間推論，Anya失蹤三週，那麼這犯人或女鬼可能也才死沒多久吧！只要再下去一次，縮小範圍趕快比對……」

「隊長，你不知道你要面對的是什麼，我們無法這麼斷定一切。」

「難道聚英宮的能耐就只有這樣？只會天花亂墜？」

「請尊重一點，劉隊長！」月兒不得不怒斥一聲。

「沒事的，月兒，我能體諒隊長的心情，大家都一樣。」道長幫忙緩頰。

「道長，」荷櫻說：「您先前說過，『這階段』唯有我完全相信，神才會幫助我；您也說了，『家傳各種禁術，不宜外人所知』，這代表還有其他儀式，對吧？」

荷櫻站起身，眼睛直視道長。

「非也，妳大概會錯意……」

「不，我沒錯。」荷櫻分析道長的眨眼與手部動作，立刻反駁：「您有其他進去惡鬼道的方式，如果我沒猜錯，曉欣當時也曾用那個方法進去惡鬼道，對吧？」

岳翰與小姍愣了一下，但道長並未駁斥。

荷櫻繼續趁勝追擊：「我剛剛在下面看到的畫面和路徑，與曉欣這一個月的催眠是不同的，她看到了更多更下層的東西。」

月兒緊張地看向道長，這一陣沉默，等同間接露了餡。

「不愧是心理師，敬佩，曾荷櫻女士。」道長長嘆一聲，終於還是說出口：「玄家根據《冱山地書》，確實有個名為『入三惡』的儀式，一度被視為禁忌，係能闖進地獄、畜生道與惡鬼道，甚至把魂魄帶回，但代價極高，就像吳曉欣那次一樣，我已經不打算再做了。」

「但你說吳曉欣是因為謊報資訊才出事。」岳翰說。

「是的，她謊報資訊，所以神無法原諒她、庇佑她，而在更危險的儀式裡，只會發生更可怕的事。那天晚上，我所有的弟子，只有月兒和幾個活下來。」

月兒點點頭，顫抖地露出手臂，上頭的大量傷疤觸目驚心，「有惡鬼……追了上來。」

「你們……在訊問時都沒提到這些。」

「為了霾山，為了你們，我們不能提，也不能再做一次。」道長語重心長地說：「你身為警察，身為一名偵查隊長，應該也明白吧？有些事情即使是大義，也不能犯險。」

「今天我不是以警察身分站在這裡，玄道長。」

「這裡也不是讓你扮回好人的地方。」

「口口聲聲說行善，難道都只做一半？沒看到那些孩子在受苦？何思婷的媽媽和妹妹現在就在你面前啊！」岳翰激動地說著。

「拜託了，道長，請幫我們，一起救她們回來。」荷櫻說：「就算地獄十八層，我做媽媽的什麼代價都願意。」

「學姊……」小姍與黛恩皆擔憂地望著荷櫻，她們知道她已經豁出去了。

「我不是什麼好爸爸，但來這裡，我不會放棄，也絕不會讓警方跟著放棄。所以，」岳翰看著道長，深呼吸後，低頭收起了氣焰，「拜託了。」

道長望著荷櫻一行人堅定的氣勢，表情陷入糾結，沉默許久後，才緩緩開口：「癥結乃於，三魂分裂。」

「三魂？」

「每個人係由天魂、識魂、人魂，一共三魂所組成。天魂是妳與天的關係，人魂表肉體與感覺，識魂乃意識，也是俗稱的靈魂，三者必須合一。就算無視天魂庇護，把靈魂帶回，也要有配對的人魂肉身，小孩不一定能承受，多半只能解放歸西，但那也得找到屍體，明白嗎？」

道長繼續解釋：「何況，妳得先進惡鬼道找人，那不單要血緣，尚得向神明立書說清楚，妳是自願在此放棄陽世人身，放棄上天庇護，以陰制陰，以怨對怨，三魂分裂，暫時作鬼。」

「我不怕。」荷櫻說道。

「這就代表妳還不夠怕！地獄尚有秩序可言，但如今的惡鬼道乃無天之道，不再只是飢餓的『餓』，而是邪惡！那裡可沒有『平安』兩字！打從看到的第一眼，妳可能就瘋了，那裡詛咒褻瀆，鬼滿為患，弱肉強食，時空混亂，極盡妳無從想像地瘋狂暴虐。一失足，永無出期。」

「我們不能燒個紙紮GPS或AirTag嗎？」小姍舉手發問，但沒人理會。

「魂魄一離身，所有惡鬼、怨靈，包括下面或後面那山上的，都會順著靈道來搶妳軀殼還魂。以前這裡能完全擋住，但是吳曉欣那一次後，結界還沒完全恢復，一旦有靈體偷偷入侵、潛入妳身結合，妳我都不一定能察覺。妳會不知不覺被取代，沒意外，一天就會徹底合一；妳的靈魂將留在下面永世受折磨，身體卻永遠成了別人的。比起來，吳曉欣還算幸運了。」

聽著道長嚴肅警告，這回換荷櫻一行人陷入沉默。他們理智上還是無法相信這過於玄幻的說法，但歷經稍早的觀落陰後，他們知道此時已不得不信，畢竟思婷與Anya就被困在那個地方。

「但……」荷櫻隔了一會兒，才終於說出口：「這也是唯一方法了，對吧？」

「即使會死，會傷害到其他人？」

「等等，學姊，不要開玩笑，不管妳出於迷信或理性，這都不對呀。」

「如果風險這麼大，還是得討論一下。」岳翰急忙拉住荷櫻，隨即突然想到什麼似地看向道長。「入三惡不是觀落陰，對吧？那我也可以跟著下去，加快……」

「概念上還是一樣。以血緣連結和業障來看，只有她才能找到。若要快點，就是讓黛恩也跟著下去。」

「不！我一個人下去就好！」荷櫻斬釘截鐵，說什麼也無法再讓黛恩遭受危險。

岳翰狼狽地望著荷櫻，頭一次這麼憎恨自己的職業。

「先……讓我們討論討論。」

16

月光被烏雲遮蔽，夜風吹拂山坡下的田野，在霧中晃起巨大的草人，圍繞著聚英宮的樹林，也在風嘯中發出陣陣幽冥低語。紅燈籠內紅光悠盪，昏曖不明，映照在荷櫻與岳翰兩人身上。

「既然你們的機器都記錄下來了，應該還有其他方法……譬如我們再找更適合的人下去，我也可以派同仁用國民影像資料庫辨識……」

「但如果錯過這次呢？如果就差那一分一秒呢？如果你看到我所見的，就會知道我們不能再等，這是做父母的責任。」荷櫻看著眼前霧鎖靈山，本該愜意的群山風景，如今只顯得陰沉神祕。

岳翰凝視手中的高級菸，那是訊問阿宏時搶來的，明明自己早已討厭那種味道，但不點起它自虐，便覺得不對勁。

「我沒忘記我是Anya的爸爸，也沒忘記妳女兒的案子是我的。」

「你不是要調到內勤？」

「到後天以前，我還是有責任。」

「聽起來很像你早就打算調職落跑。」

「抱歉，爲了Anya，我得需要更多時間。」

荷櫻沉默幾秒，搖了搖頭。「我才抱歉有時候說話不太動聽。但就像你和道長說的，警察在這裡是沒用的，只有我能下去。」

「我知道。」岳翰苦笑了笑，隨後沉下臉，即使百般不願，還是說出了自己的故事：「我曾失去過兩個夥伴，一個是他自己心急、貿然行動，追犯人時一頭撞上分隔島；另一個則是我太心急導致他……我從沒出錯過，向來都是對等相待，禮對禮，狠對狠。當時我認爲那就是抓人的最佳時機，但我錯了……不，正確來說，我到現在很多事也不知怎麼做才算是最好，當時只是覺得不能再等，結果他就被子彈打中大動脈。他直升了兩階，我則是中了三槍，換了一個相對羞辱的星星，位子爬到現在，掛著外勤，三餐配公文。」

「這就是道長說的業障嗎？」

「不，才不是。如果能遇到他們，我還可以酸一下他們，『欸，有你們名字的茶杯還在我那生灰的抽屜裡啊』，然後厚顏無恥地請他們一起幫忙救我女兒，哈哈哈……」岳翰笑完後，便陷入荷櫻從未見過的陰鬱，彷彿她開啓了潘多拉的盒子。「我眞正的業障啊……」

「你可以不用說……」

「我殺了我太太。」

「什麼？」

「當然不是親手，是間接造成的。我跟我表哥本來是八家將，混廟裡的，當時誤以爲可以合法飆車的警察很帥很罩，才不小心進了警界，等後悔時已經來不及，還有了太太和小孩。我以爲所謂的負責，就是好好賺錢，用力多抓點人渣，家人才會更幸福點。結果，哈，到頭來只是想逃避她的等待和擔憂。後來，當她發現用自己和女兒勒不住我，就改用童軍繩勒她自己……直到現在，我還是只敢趴著睡，否則她到哪都在天花板上。」

不知是冷風還是純粹的懼怕，岳翰不自主地顫抖起來。他以爲自己已習慣時不時看到拉長的脖子、晃動的雙腳，但一想到那是他曾經最愛的女人，罪責更讓他恐懼。這就是他鐵面下最不爲人知的祕密，不得下陰間的業障。

「所以啊，其實非必要，我不太敢下去。」

「劉隊長……」荷櫻端詳這一天到晚被她怪罪的男人，不禁愧疚心疼起來。

「但我發誓會照顧好Anya，徹底反省並決心要改。在認識妳之前，我甚至還看過妳寫的書。我想當個好父親，答應她會戒菸，答應盡可能每天回家，答應每年暑假帶她去鍾馗湖玩、打打靶，希望她勇敢長大，勇敢前進、快樂，不是大家認爲只活在痛苦的單親小孩。結果我還是食言了，對妳和黛恩也是。我很想救她們，什麼都願意，但我不希望自己什麼都做不到，只看著妳或黛恩這麼善良的人受傷。」

荷櫻猶豫了一會兒，才緩緩開口：「每個人的心都是由錯誤拼起來的，我沒那麼好，只是習慣陪人分擔黑暗……你剛也看到最後那個房間了吧。」

「對，那是？」

「我的記憶碎片、黑洞，魏琦娜的房間。」

「但她怎麼會……」

「我不知道，但那真的是我們以前最要好的時候。她與我形影不離，很想變得跟我一樣。」荷櫻腦袋依舊隱隱作痛。「直到我在她最需要的時候，傷害了她。」

那是琦娜最後住院的時光，病房滿是藥水味，儘管明亮，卻充滿死亡氣息。

荷櫻雖然近乎天天抱著思婷陪伴摯友，但那只是她對自己的期望與強迫。看著琦娜一天天憔悴，望著摯友因身心劇痛而行爲失控、甚至開始玩起血咒咒術，荷櫻內心實在想逃，卻又害怕就此被痛恨，害怕知己眞的就這樣死去，兩人的緣分戛然而止，記憶化爲虛無。因此，一聽到琦娜的崩潰之語時，她也動了怒氣。

「我只是想要一個能有家人、小孩的人生，努力便能得到回報的人生！」琦娜當時瘋狂大吼。

「妳這樣想就是對不起所有人，還有妳自己，懂嗎？」荷櫻明知不該如此高姿態，但她眞的希望一生的摯友能更加自我肯定，努力好好活下。可是，她忘了，身在幸福的她，只是將一貫的自以爲是加諸在痛苦之人身上。

那一天，琦娜對她提出了祈福之旅，而那旅行的終點，就是化爲火球的焦黑屍體，以及長達十年的記憶創傷，鏡子中永遠的闇影。

這是對荷櫻的詛咒與報復。

「但就算妳遇到的眞的是她，死了十年，有驗屍報告在，她也不可能犯案。」岳翰說道。

「我也不覺得她是犯人，而且剛剛在下面有兩個女鬼，一個是自焚的小娜，另一個則是帶走思婷的女人，兩人輪廓辨識的結果不同。」

「會是共犯嗎？」

「兩人看起來沒有接觸，執念和目的也不太一樣，我眞的不覺得她們是共犯。」

「但轉換空間的是那個女人對吧。」

「這倒是沒錯。」荷櫻皺起眉頭：「她如果不是能挖掘心魔，那大概就是琦娜眞的對我腦袋留下了什麼吧，而那女鬼很清楚。」

「詛咒嗎？」

「我很確定琦娜在十年前那天就自焚死去了，雖然詳情我幾乎記不起來，就好像……靈魂和記憶眞的分裂，我不再是自己。但我忘不了她燃燒的樣子，在火焰中瞪著我的面容。也許，我眞的中了她的詛咒吧，最惡劣的血咒。畢竟逼死了朋友，被那樣憎恨也不太意外，但……思婷不該被捲入這些，大家都不該被捲入。」

荷櫻自責地閉上眼睛，殊不知在三川門後，小姍正與黛恩倚著門偷聽兩人對話。

「不是妳的錯，就像我說的，很多事妳永遠不知道會如何。」岳翰安慰道。

「我覺得自己的自私就像一場瘟疫，把思婷當依靠，以為多了黛恩，可以更幸福下去，但……」荷櫻緊咬嘴唇，眼角噙著淚光。「連我先生都過世後……我反而希望要是沒有生下孩子，人生會有多好……不知道孩子們知道媽媽這麼想後會怎樣，但我眞的努力了。我還是很愛她們，在詛咒中愛著她們、依賴著她們，我眞的是很差勁。」

一道嬌小身影竄出了門後方，黛恩無視小姍的阻止，趁著荷櫻一愣，上前緊緊抱住她。

「我知道喔，媽咪一直很努力。」黛恩比著手語，試圖告訴著母親。

荷櫻隔了數秒後，才弄清楚自己被女兒擺了一道。她兩頰一紅不知如何是好，但眼淚已然落下。她雙手無意識地回抱黛恩，任由晚風吹拂起兩人的頭髮。

「我已經盡量攔了，是她自己要偷聽的。」小姍走出聚英宮的大門裝傻地說。

「是啊，妳看，妳還有黛恩這麼棒的孩子。」岳翰說。

荷櫻點點頭，但就是因此才更加心痛。

「所以我才更要下去，因爲如果是黛恩她在下面，身爲媽咪，我也一定會下去，一定想盡辦法救她回家。」荷櫻輕摸黛恩的頭，心中百般不捨。她知道不管自己怎麼做，可能到頭來都是個錯誤，這世界就是有無法不後悔的兩難。

黛恩深呼吸後，認眞地望著母親。儘管才十歲，但這三年來，她比誰都更懂母親，那個她最信賴也最愛的人。

黛恩從口袋拿出了桔梗髮夾，遞給母親。那一刻，母女倆不用任何言語，僅靜靜地讓彼此多停留在對方眼中，爲了彼此，也爲了往生的姊姊。

「妳幫姊姊保管，等我們一起回來。」荷櫻輕握住黛恩的手，微笑地將髮夾退了回去。

「要趕快喔，不要丟下我。」

「一定，我發誓。」

17

籠中雞聲啼鳴，窗外仍舊夜霧瀰漫，不見星月。

咒語低聲迴盪於迴廊，月兒一邊重新點燃熄滅的燈籠，一邊唸著咒語，和道長帶領荷櫻等人攜著ＤＩＲ儀器，穿越大殿旁的合院迴廊，其餘弟子們則提著雞籠與各式法器跟在後方。木造迴廊不長，卻在晦暗光影下顯得迂迴，沿著潮濕的數道石階往下，石階繞著一塊天然黑色巨石，證明聚英宮確實依山谷坡道所建。這黑色巨石刻有荷櫻不懂的血色文字，貼著黑色令旗，旗上一樣又是黃色三彎刀的符號。

有那麼瞬間，荷櫻彷彿看到石頭如她緊張的心鼓動著，像在等待萬物到達定位，迎接即將到來的大事。

窗外，樹林隨谷底來的陰風擺動，枝條搖曳，鬼影幢幢。小姍一想起此地是陰陽交界，不免發抖了起來，趕緊靠向荷櫻與黛恩。

老舊鑰匙轉開了古老大鎖，深色大門被開啓，這是聚英宮最接近陰間的後殿。道長無須使喚，弟子們便立刻點燃殿前殿內所有的燈籠、燭台，紅紅光影映照出刻有「後殿」字樣的牌匾，讓刻有殺鬼門神的前後門顯得更加殺氣騰騰。

後殿氣勢不下大殿，色澤更深的木頭與石磚散發更古老的氣息，這裡是聚英宮的初始之地，牆壁滿是三惡界的石雕，神龕上也立滿老舊的木雕神像，由黃衣天尊坐鎮中央。弟子們很快就將整座後殿點亮，所有法器被擺在拜堂壇上，依循先前方式自淨水缽予以淨化。此處離大殿短短不到二十五公尺，越過巨石後的氣氛卻完全不同，宛如所有陰氣都凝聚於此，冰冷、沉重、晦暗，以及不祥。

這就是所謂的以陰制陰、以怨對怨嗎？荷櫻這下終於理解，爲何道長不能一開始就全盤說出，別說警察或心理師了，換作任何人都無法相信這是正派做法吧。

但這就是唯一能找到思婷的地方。

荷櫻望著天花板上巨大的金色三彎刀精雕，很難想像三年多來的折磨竟一夕驟變，在一連串巧合下踏出了這麼一大步。然而，這也意味自己將步入新的深淵，有些事情就此永別，有些暫時留下；所謂的希望，只是另一道影子在黑夜張牙舞爪，而她什麼都還沒準備好。

鐘鼓、木魚、銅缽、龍角再次響起。不和諧的低音傳繞後殿，比先前的觀落陰儀式更懾人不適。

荷櫻抬起手掌，讓月兒以刻著月亮的短法刀割開拇指，將血滴在綁有符咒紙人的石頭上，那石頭與巨石是相同的材質，屬於靈山的一部分。

兩名弟子小心翼翼護著石頭，推開了後門，強烈的陰風自黑暗山林席捲而來。他們面面相覷，低語著護身咒，點燃燈籠踏了出去。

後門的山道被稱爲「喚靈道」，是一條往下蜿蜒的幽暗土坡，通往被當地視爲黃泉之流的黃土河；換句話說，那並非給人走的道路。土坡兩側雖立有燈篙與燈籠，但後方的林子早已被亡者佔據，黑暗籠罩一切，寒風中多了好幾聲鬼魂哭嚎。

兩名弟子謹愼踩著步伐，大聲唸咒，沿著下坡來到一座古井。他們點燃井旁的燈籠，將染血的石頭放入水桶、沉入井內。

黝暗無聲的深井不知通往何處，傳說它緊連著黃土河和地下世界，但從未有弟子鼓起勇氣確認過，即使在白天，也不見眞正的底部。而如今，沒人觸碰的繩索，竟自井底被緊緊扯住、猛烈晃動，最深處似乎傳來拍水聲——有東西抓住了石頭。

後殿燈籠輝映，道長掐指捻訣，直望陰陽羅盤。須臾，弟子們提著燈籠回到了後殿，他們二話不說便將後門閂上，跟著其他人立起法傘與七星燈，光線映照上三惡界的恐怖石雕，呼應大殿的陣形與交界的巨石。聚英宮的擺陣，開始將霾山的陰氣導入儀式中心，縱使不具靈異體質的普通人，也能感受到空氣中逐漸匯聚的戰慄，荷櫻一行人就此打了哆嗦。

「等等會有很多東西在外面，請不要出去，不要往外看。」月兒小聲地說，並吹熄部分蠟燭。

「待在裡面就很可怕了，出去是要冥婚白助餐嗎？」小姍低語碎唸，試圖藉此壓抑攀升的不安。

荷櫻此刻坐上拜堂中央的陳舊檜木椅，它的顏色比大殿的藤木椅更深，看似歷史更爲悠久，上頭尙有著數道爪痕。究竟是什麼會讓人留下如此駭人的痕跡？荷櫻不敢過問，也無暇猜想，爲了女兒，現在已沒有其他選擇。

在小姍爲荷櫻戴上腦光學儀後，訊號連上了ＤＩＲ監看系統，顯示在螢幕中。即使有了兩次記錄另一個世界的經驗，小姍依舊細心檢查所有環節，畢竟入三惡是她從未聽過的儀式，與其祈禱一切順利，不如先把準備做得徹底。

弟子們用紅線與黑繩將荷櫻雙手綁在椅子扶手上，她挺著身子，手中塞了蠟燭，腿上擺著草人，這都不是普通觀落陰儀式可見。道長拿了兩根龍虎針走到她面前，刻意為接下來的舉動擋住黛恩的視線。

「忍住。」

荷櫻正感納悶，突然兩道銀光閃來！龍虎針深深貫穿了她雙手的虎口，將手直釘在椅子扶手上。異物入侵的冰冷與痠刺感差點讓她脫口尖叫，但她努力憋住呼吸，許久才把氣一口呼出，任血緩緩流下，沿著龍虎針落進把手凹槽。

黑布夾著冥紙，蒙上了她的雙眼，遮去所見光線。道長往她口中塞入一張黑符。

「嚼碎，吞下。」

這類的事對荷櫻來說，一直都是極為荒謬的迷信，但打從龍虎針一打下去後，那疼痛彷彿也打散了她僅存的科學矜持。荷櫻嚼碎黑符，在黑布裏住的幽暗中，她的感官能力伴隨不安跟著提升，包括手上的痛覺、紙的苦味，也包括耳中那來自窗外樹林裡的哭嚎聲，全都清晰了起來。

「DIR目前正常，但下去後，同步運算可能會衰落延遲。」小姗監測螢幕上數據，快速回報：「考量到品質、傳輸與運算等問題，學姊，我們最多只能追蹤一個小時。」

「在那之後呢？」岳翰問。

「可能會模糊、沒影像，最怕的是對腦部或儀式產生影響。」小姗語畢，一旁黛恩也跟著擔心起來。

「沒問題的。」荷櫻雙眼蒙住，硬是擠出笑容，模樣就像個坐上電椅的死刑犯，等待開關一開，電流帶下自己的靈魂。

隨著電腦螢幕顯現荷櫻所見的黑暗，道長掐訣唸咒，將另一張白符貼在她的頭上並割下她的一撮頭髮，換上長刀，斬下了雞頭！突如其來的血腥，一條生命就此逝去。黛恩一時嚇壞，岳翰趕緊遮住她的雙眼別過頭。

風吹動燭光，金爐燃著紙錢，眾弟子的樂音與吟詠愈趨嘹亮，火花愈像有意識般地飄散在人與神像之間。道長抓起抖動的斷首雞身，將血注入碗中，放進碎符、米與荷櫻的頭髮，吹了一口氣——入三惡就此展開！

口中唸起的三惡咒，宛如非人間的語言，道長轉向天尊像一拜再拜，嘴裡咒詞不絕，黑色雲鞋踩著複雜步伐，按著星宿之象轉身繞行，像一道黑色的風既無躊躇踉蹌，也看不出久違之姿，更不見年邁體衰，彷佛早就與咒法共生，殿內所有光影與生死，都操之在他手中。

短針攪和著血碗，神印一抹，便蓋在荷櫻眉間；鮮紅的三彎刀圍起了太極兩儀，反射出微微火光。隨即，那碗滿是腥味的雞血被傾倒在荷櫻臉上，染進黑布與她的雙眼。

五感放大的荷櫻，頓時感到前所未有的噁心，恰似那碗血是活物，滲入她的體內。她綻開全身毛孔，沁入後殿所有的陰寒鬼氣。

「陰曹地府如生請，識元斷此如鬼行，四方五海諸神放，迴避三屍淨眼明！」

火光迸發！道長燃燒起符紙，繞行荷櫻周圍。後殿眾聲轟隆，弟子們重複著咒語擺動身子，荷櫻的手腳也無意識晃動起來。一瞬間，周遭的聲音像是一場雨，不斷下在她的腦海，忽近忽遠，而那雨中有著不該存在的東西，挾著惡寒纏繞著她；她近乎窒息，連手腳也被彎曲舉起，只剩下龍虎針的疼痛，釘住她飄渺的意識。

啪啪啪啪！道長大聲拍案奉旨，在飛竄的火花中搖起帝鐘，炯炯雙眼映著神聖的天尊。

「人去殼，了無神，歸爲鬼，走惡道！汝者何人？所爲何事？」他拿起了天皇尺，看向荷櫻眼上的黑布。

「我曾荷櫻，祈求喚回女兒何思婷，甘願作鬼！」

「下！」

天皇尺一揮，霎時，陰風呼濤、橫掃後殿，燭光燈火一一熄去。靁山的樹林在霧中瘋狂搖曳，腳步聲與哭嚎聲自後門傳來，黑暗就此侵入殿內。除了荷櫻與道長，所有人彷彿被不明的力量壓住屏息，發不出聲。

木魚與銅缽依舊響著，黑暗如一道漩渦，將所有陰氣捲向儀式中心，捲入覆在荷櫻雙眼上的黑布。荷櫻全身發抖，張口呻吟，手緊抓著椅子扶手，指甲陷入爪痕中，龍虎針刺出的鮮血加速流出。瞬間，她覺得自己的眼睛連帶腦視丘，被一股力量硬是扯了開來——來自深淵的熾熱與凜冽，正一層層撕開她皮膚，將她剝離軀殼。

小姍與岳翰倒抽一口氣，只見電腦螢幕中，黑色的畫面開始閃爍紅色雪花雜訊。

所有聲音瞬間消失，室內陷入最深沉的黑暗。

霹哩霹哩！木椅激烈擺動，荷櫻愣了一下，著魔般一扭——火光猛然冒出，蠟燭與金爐全部噴燃！

數隻手從地面竄出、抓住荷櫻的腳，一旋，強力將她拖入地板。椅腳應聲斷裂，猛然向前傾！

惡鬼道的門開了。

18

世界頓時翻轉，荷櫻連人帶椅被顛倒過來！她頭上腳下尖叫著，整個人陷入黑暗空間，隨後椅子解體，她快速墜向深淵。

她感覺不到自己的身軀，那足以撕裂萬物的高速近乎快要拆解全身。黑暗中的紅色霧氣後，疑似可見巨大的扭曲壁面脈動著，彷彿有座從未見過的世界巨山，以不規則的樣態盤據這片黑暗。

觸犯禁忌的戰慄與瘋狂，交錯著無法停歇的高速墜落與旋轉。正當荷櫻懷疑何時才會停止墜落，突然磅的一聲，強烈衝擊險些貫穿了她的意識。她隨著椅子慘摔在昏暗地面上，眼睛上的黑布已消失，僅留著白符。

儘管疼痛竄上全身，她卻發現自己奇蹟似地毫髮無傷，成功落在如岩石般崎嶇的深黑地面。

荷櫻喘著氣，好不容易才忍住疼痛推開碎裂的木條，站起身。眼前的黑暗瀰漫著暗紅煙霧，四周鴉雀無聲，卻伏著更可怕的氣息。

每一次呼吸，都像無數倒鉤鑽入肺部，分不清是灼熱還是冷冽。

究竟來到什麼恐怖的地方？荷櫻這麼想著。儘管聽了道長的警告，這地方仍舊超越她的想像，讓先前觀落陰的陰間簡直成了兒童樂園。如果當時直接跟著那隻鬼下來，會發生什麼事？

荷櫻一時冷顫，戰戰兢兢地看向四周。黑暗交織著紅霧，她被像是有生命的牆包圍，見不清眼前的路。她舉起手來，手中的蠟燭自動點燃，然而照亮的範圍還是有限。

「道長？」荷櫻小聲問。

腦中的聲音像無線電般帶著雜訊，道長緩緩出聲：「保持誠心，不斷默唸女兒名，想著她，順著燭火走；不散發恐懼，不驚動任何人，不弄丟符。」

荷櫻點點頭，吞了吞口水。

「何思婷何思婷何思婷何思婷……」她低聲呢喃，緊咬著嘴唇，一步步走進那片黑暗。

晦暗的燭火向前方飄動，她的身體也隨之微微發抖。朦朧的黑暗中，窸窸窣窣聲傳來，似乎有著人影蠢動，一靜定下來，又頓時恢復悄然無聲，徒留浮動的紅霧，與逐漸攀升的心跳聲。

光影闌珊，影子在視線不及之處不斷聚攏，恰似隨時撲上。荷櫻強迫自己呼了口氣，不讓恐懼主宰大腦。身處在這個只有紅與黑的世界，她只能不停回想曾經的陽光與色彩斑斕，就像她催眠人時在腦中建立的安全區，只是這次是自己的——與女兒們的每一次玩樂，說什麼也不能忘卻的笑顏。

空氣中傳來了笛聲，卻不見任何人影，直到若有似無的腳步聲，沙沙，沙沙，慢慢接近。荷櫻轉過頭、縮起身子，眼見霧中一陣騷動。她把蠟燭伸了過去，燭火雖指向另一邊，但紅霧已浮現出一道深影。

紅色人影探出頭，從霧中扭動爬了出來！

一名血淋淋、脊椎外露的長髮女子，痛苦地向前逃著，眼窩、嘴巴到背上滿是鐵鍊鉤子翻著皮肉。荷櫻見狀一驚，就此倒抽口氣，女子立刻像是有所感知，死命爬了過來，鏗啷鏗啷。荷櫻被逼得連忙後退，眼看對方就要碰上，鐵鍊突然拉撐到了極限！女子顫抖的雙唇來不及哭吼，嗚咽一聲，就被拖回到霧氣之中，血肉撞擊著地上碎石。

那裡慢慢出現數個火光，隱約可見女子被拉扯抬升，數道黑影接連穿過她，連切帶劈，發出驚心的撕裂聲。女子身軀就此被切開，淒厲的哀嚎令薄幕更加鮮紅。

火光越來越清楚，邪惡的笛聲伴隨寒風自四方襲來，有東西過來了！只見紅霧那方出現更多人影。荷櫻連忙轉身——霎時，一張滿是樹枝的灰臉貼在她面前，咧開大嘴，驚得她險些喊出聲。

這個東西血肉綻開，頭骨外露，瘦得可見一根根骨頭；它破舊的黑袍染滿鮮血，手上的大鋸子垂於地，腰間插著火把，身上掛滿的鐵鉤與刀具淨是肉末。不用多做猜想，荷櫻便知曉這就是道長提過的「惡鬼」。那股惡臭與可怕的黏膩感貼近荷櫻臉龐嗅聞著，她一動也不敢動，連呼吸都就此止住。若不是白符護身，恐怕她早已淪爲跟剛剛女子同樣的命運。

惡鬼歪了歪頭，甩甩鼻子，似乎發現自己會錯了意，便扛起大鋸子走向一旁。惡鬼纖瘦如爪的手，撿起了地上的斷指放入口中。鏗啷鏗啷，它拖著腳步離去，荷櫻這才注意到它身後還牽一條鐵鍊，拖著另一名失去四肢的老人，沒入霧中。

她瞠大雙眼，緊握蠟燭，發抖地後退。那不單是恐懼，更是厭惡與擔憂，她已無從判別這份憂懼是針對自己，還是對深陷鬼域的思婷。忐忑的心，撲通告誡著她事不宜遲，逼迫她只能悄聲轉頭，順著燭火指引，繼續往前走。

聚英宮後殿內的螢幕中，惡鬼道的世界扭曲成了紅黑光暈的幾何圖形，雖無法完整清楚同步，但已足以辨識荷櫻所見的一切。強烈的嘔心與壓迫，正透過電子訊號漫入了殿內。

「畫面這樣，應該很難辨識？」岳翰問道。

「呃……不好說，目前只能壓縮解析讓我們看到視覺雛形，但錄下的資訊還是有啦。我們可以直接比對壓縮的編碼辨識，或者回去後用更好的硬體套回去做，讓DNN重新解碼。」

「可以講中文嗎？」

「唉，意思是，現在系統就像是近視沒戴眼鏡，只能模糊地去實況辨識；要看清楚的話，就得好好錄下來，回去再進行分析。」

「但是？」岳翰察覺小姍話語未竟。

「我……不確定訊號接下來的狀況，這都得看學姊自己。」

小姍監測著數據，不同於以往的催眠與觀落陰，荷櫻在惡鬼道中的生理負荷數值，都超過了承受標準。

黛恩不安地回望木椅上的母親。只見荷櫻正沉著臉擺動身軀，口中仍呢喃著姊姊的名字。

「何思婷何思婷何思婷何思婷……」

惡鬼道裡，紅霧所包覆的黑暗，隨著荷櫻一步步前行顯得更深更濃，恐怖的笛聲從未自霧中斷過，慘叫迴盪不絕。此刻，燭火遠處終於出現了一個白點，她加快步伐，看著白點慢慢變大，原來那是一張男人的臉，對方正從黑暗中看著她，雖然不似惡鬼般凶貌，卻一臉痛苦。

「也……來找……的嗎？救……救……」男人口齒不清地說著。

「什麼？」

荷櫻一臉困惑地回應，慢慢撥開煙霧走上前去。隨著距離接近，煙霧越來越淡，她逐漸看清楚對方「們」，心跳險些驟停。

那裡有五張人臉擠在一起，他們全身赤裸，全身串在如仙人掌般的巨大石筍上，石筍從陰部刺入，直直貫穿出嘴巴，突出的尖端更撐裂一張張嘴。無法閉口的他們，只能沾滿淚水、血水與嘔吐物，任由蒼白且沾染血漬的胴體不斷抽搐抖動，猶如在沸水裡掙爭扎的珊瑚。

「找人……的嗎？」

「不要來啊……」

「救……救救……妳自己離開！」

「留下……來！拜託。」

「快逃……」

他們二十隻手腳接連擺動，齊聲對荷櫻喊著。荷櫻不禁一陣暈眩，雙腳發軟、精神盡失。殊不知，餘光裡還有著其他白色殘影，只見上千個人串聳立於霧中，那是一片由痛楚構成白色海面，哭嚎一波一波傳來。

荷櫻一陣噁心，手急忙壓著白符，避開所有視線，口中不斷默唸思婷的名字，緊盯著燭火快速離開。

霎時，一道淒厲的叫聲從身後刺入耳朵！不是出自人串，而是另一名被惡鬼折磨的女子。她拖著裂開的身軀，從煙霧中奔逃出來，身體不斷一塊塊崩解，撞上了荷櫻。不待一秒，好幾名黑壓壓的惡鬼便高舉大鋸子追奔而來，它們合力鋸開了女子的胸腔與陰部，亂刀也揮向荷櫻。一陣血雨濺起！荷櫻即時退開，腳卻突然一陷踩空，整個人墜向抖坡、滾向懸崖。

她試圖抓住地面，手不斷摩擦著磈磊石礫而濺血，但身子就是不聽使喚，翻了數圈後滑出了懸崖，摔了下去！

百死一生之際，荷櫻即時抓住崖壁，那力道近乎要扯開她的臂膀。她全身撞向壁面，指引方向的蠟燭卻也因此脫手，朝深淵落下。她一臉張惶，瞠眼望著女兒的希望墜入黑暗，說什麼也不能罷手！於是奮力大吼，扭起身子一頂，有驚無險地在最後一瞬夾住了蠟燭。險些熄滅的蠟燭火光，灼燃她的腿部，但她依舊咬緊牙根，握住蠟燭，拍熄身上的火焰。

燭火指著下方，而搖曳的火光，終於讓荷櫻看清楚崖壁真正的樣貌——無數赤裸人身被縫成一面大牆！這群人身體被刨滿大量的血紅孔洞，皮膚一一被剝開、延展、相連，而荷櫻正攀在一名蠕動的女孩身上，她哭喪地望著荷櫻，眼神中只有絕望。

荷櫻嚇壞了，恐懼快捏破心臟，她只能試圖憑藉意志找回理性。然而，望著腳下深淵，再回看身後，這裡就是理性滅絕之地，道長所說的極惡無天之處。

大地竦峙著黑色的通天大山，天空深紅，不停扭曲胎動，恰似不明生物的體腔，卻又散發著快速變化的半透明膜般光影，綴著似有似無的浮空石塊。石塊如一具具血色石棺，牽著漫空難以數計的肉瘤長繩，拉撐著變形、掙扎的人們，吊滿人的四肢、臟器與一顆顆頭顱，或延至天際，或垂降地表各處。無數哀嚎從腳下傳來，紅霧中可見火光，滿山滿谷像一座座扭曲樹枝所構成的聚落，擠滿了高大的鬼差、肆虐的惡鬼，以及受難的冤魂。

這是一個只有血肉、惡意與痛苦的世界，呼嚎漫天，又充斥著大量戲謔的發噱聲。

遠方的大型火爐正翻騰燉煮被剝皮的人們，另一邊的巨大石磨碾壓無數慘叫肉軀，旁邊則轉著血色水車。水車是由人的軀幹與四肢所拼湊而成，血水不斷被翻起，不遠處的血池裡長滿彎曲變形的人株，大量的石樁上插滿了扭曲的冤魂。

但這並不是酷刑，如繁星點點的火光，正是鬼差與惡鬼的行動標記，它們拖著受虐的冤魂們，做著各式各樣的娛樂發洩。

「負責審判與處刑的地獄，早已鬼滿爲患，惡鬼道才是一切失控的地方。」道長曾經這麼形容過：「千年來所有的惡意匯流之地。」

一滴血滴到了荷櫻的額頭，她轉看眼前的人梯女孩，再抬頭，只見懸崖上的成群惡鬼，正頭上腳下開始朝她爬來！她一時愣怔，疲憊蓋過了恐懼。

儘管滿心咒罵，但她還是默唸女兒的名字，望著向下的燭光，踩著人梯們的肩上，將手腳插進那些身軀被刨開的洞中，伴隨擠出的鮮血與哀嚎向下爬。

「何思婷何思婷何思婷何思婷何思婷何思婷……」

19

小姍正忍住嘔意，頻頻發抖。螢幕裡雖然滿滿赤紅，亦充滿雜訊，但種種線條形狀皆能看到各種難以想像的殘虐畫面。在惡鬼道裡，所有的暴行毫無拘束，彷彿極盡釋放人心凶惡的狂想與愉悅，屬於變態者的天堂。

岳翰遮住黛恩雙眼，想安撫那幼小的心靈，手卻逕自打起了冷顫。那幅血腥奇景震懾了他的理智，十幾年的刑案經驗、瘋狂無比的犯罪現場，但放在這殘暴之前，根本是芝麻小粒。他無法想像宗教與文學胡謅的地獄眞的存在，更別說超越地獄暴虐的惡鬼道。一想到那是人死後的去處之一，他的胃便開始翻騰，不僅爲了那些可憐的靈魂，也害怕起自己沾血的職涯，而唯一的女兒偏偏就在那恐懼發麻的世界中。

他不禁佩服起荷櫻，爲了所愛，居然能隻身在那世界前進不停。

「眞該一起下去的。」他這麼想著。

荷櫻踩到了赤色地面，沐在紅霧與火光中。濃烈的血腥惡臭刺激著她的腦門，地面滿是死屍鮮血碎肉，慘叫、嬉笑同時洋溢四周。這是一個聚落廣場，高大的鬼差用黑袍扭轉、切割著無處可逃的冤魂，一旁的惡鬼們則肢解、啃食著哭嚎的人們，絲毫沒注意到荷櫻。

廣場四周有著各種扭曲的石磚房，蜿蜒的巷弄宛如漩渦迷宮，牆面皆用刺鐵絲吊掛著人皮，屋內的火光自這些人皮後方透出，映照出屋內的刑具及人肉工房。

咚咚！叭鏘叭鏘！咚咚！叭鏘叭鏘！這時，一支人龍隊伍浩浩蕩蕩地順著彎道斜坡走來，那呻吟哀嚎與魔性樂音，融合爲從未聽過的邪惡之聲，如同一路以來的神祕笛音，穿刺荷櫻的耳膜。隊伍前頭由鬼差領著，惡鬼們押隊吹奏、敲打著由人肉與人骨製成的樂器；隊伍中間則是七輛木板車，上頭的人們活生生被釘子與鋼絲扭轉、拼接成各種動物或藝術品，金屬與黑線強力塑出變形的血肉，火焰點燃著油脂。這就像一場地獄的花燈遊行，冤魂只能瘋狂痙攣、放聲嘶吼，失去一切心智，因爲，所有的祈禱早已無用。

惡鬼道的日常，永不停歇的血色狂歡，以最驚駭的面目迎向了荷櫻。

過多的恐懼與夢魘異景讓荷櫻開始麻痺疲倦，大腦似乎爲了保護精神，逐漸將這一切當作幻覺。她知道缺乏實感更加致命，卻已無法阻止生理機制，此時沒暈倒已是萬幸了。同時，她也不得不慶幸，這種防衛機制，讓自己更能專注於唯一的使命，專注於手上的燭火。

火苗正直直地指向隊伍的另一邊。

荷櫻屏息穿越身旁的惡鬼們，躲在一旁的石柱後，小心翼翼地觀察眼前，試圖避開遊行。沒想到，隨著燭火一晃，她看到了熟悉的身影。

一名藍衣女孩正抱著玩偶，躲進了巷子中，即將沒入黑暗。

思婷！荷櫻差點喊了出來。她找回令全身戰慄的緊張，遊行只進行了一半，然而，寶貝女兒正一步步消失在視線中。

沒多少時間了！她告訴著自己，壓低身子，盯著面前慢慢駛過的板車，計算著車與車、鬼與鬼之間的間隙，找尋最佳路徑。隨即，她呼了口氣，在周圍惡鬼察覺前一腳奔出去！

鬼差停下腳步，祂注意到了異樣，就此回頭。

在鬼差的視線死角下，荷櫻即時閃過隊伍中的惡鬼，從下方鑽過木板車，避開所有碰觸，迅速來到巷中。隊伍依舊前行，魔音仍舊迴響，她踏入幽暗歪斜的巷子，快步跟上了思婷。

「思婷！」荷櫻抓住女兒的手。

女孩的頭垂直翻了過來！

那是一張被挖空的臉。女孩身體長著三條臍帶，連著手中的玩偶，而玩偶縫著女孩本來的臉，但那不是思婷，是從未見過的孩童。

荷櫻一時愣住反應不及，而玩偶上的童顏開始扭曲猙獰，發出刺耳尖叫。霎時，女孩的手像蛇一般纏繞起她，撕下她額前的白符。

隊伍停下了，樂手一齊放下樂器，廣場上挖著孩童眼睛的無眼老人同時回過頭，連鬼差亦拖著滲血的人皮，走下了刑台。所有的暴行就此驟停，它們全都齜牙咧嘴扭過頭，直望向荷櫻身處的巷子。它們注意到了，那裡有等候已久的新鮮珍饈，還未死亡的空軀生靈。

瞬間，上千咆哮齊嚎，撼動大地！惡鬼們橫掃紅霧，爭相恐後朝巷子直奔而來。荷櫻立刻扯下女孩的手，在女孩撲上來前，一掌回擊其側顏，撞開對方直奔向巷底。

「快跑啊，曾荷櫻！」道長的聲音在腦中微微喊著，卻逐漸斷訊。

惡鬼宛若黑色海嘯奔騰而來，一一擠進巷中，甚至如雨般翻過牆面躍下，只為竄向荷櫻。她來到轉角，拔腿彎進別的巷子，依循蠟燭的指引，一步併兩步地死命快跑。震天的吼叫與腳步聲從後方傳來，除此之外，她聽不見其他聲響，只能在迷宮中不斷轉彎。

在上方，無數個黑影遮天，躍過磚牆試圖包抄。面對鬼影不時從旁或前方竄出包夾，荷櫻只能靠著即時反應，翻倒障礙物，蹬踩牆壁再三閃避，好幾次險些被撲倒，手腳更是擦傷連連。

她感覺自己的體力與四肢瀕臨極限，腳也快不聽使喚。然而，身後的追殺並未跟著緩下，數不盡的惡鬼們有如蝗害風暴，所到之處無不摧毀吞噬，即便自相殘殺、在浪頭激起血肉之色，也要奪得搶先分食荷櫻的資格。

聚英宮裡，螢幕畫面快速扭曲，訊號幾乎快跟不上。椅子上的荷櫻瘋狂掙扎，猛烈搖晃椅子，流血的雙手不斷拍打，雙腳跺步不止。那股來自地下的恐慌似乎蔓延到現實人間，黛恩望著母親受苦，急忙上前，卻被道長與岳翰硬是攔住。

「不行！妹妹，妳會破壞儀式。」道長說。

「難道不能馬上把她叫上來嗎？」岳翰連忙問。

「少了那符咒，一旦任意中止，很容易回不來。即便回來，靈魂也容易受傷。」道長望著一臉痛苦的荷櫻，不由得沉著臉。「得等她逃離。」

小姍冒著冷汗，看向螢幕，擔心地咬起手指。「加油呀，學姊。」

螢幕中，荷櫻速度慢了下來，燭火卻不再往前，反而轉往反方向。

「什麼？」全力奔跑的荷櫻沒料到燭火突然轉向，驚呼一聲。身後的惡鬼即將撲上！她猛然止步，強烈的疼痛扭著肌肉與神經，但她沒時間喊痛，手抓著牆角從另一條巷子折返回去。

數隻惡鬼從上方踩著牆壁，撲面飛掠將她撞倒，那股衝擊險些擊暈她，也扯開了她的衣服。好不容易才穩住身子爬起，那片黑色巨浪便排山倒海追了過來。荷櫻上氣不接下氣，踩著快撐不住的步伐，撒腿轉進了燭光所指的巷子中。

那是一條死巷，不僅幽暗、封閉，深處更聚攏著龐大暗影。荷櫻本以爲那是可躲藏之處，然而，隨著她快步上前，暗影卻疾速隆起，巨大的人形與黑袍逐漸清晰，她這才發現眼前是一群結隊的鬼差們！祂們瞠著咕嚕咕嚕轉動的眼珠，俯視荷櫻與她後方的惡鬼之海，身子挺立，伸長了大手，掩去所有光線與希望，如好幾座高牆箭步衝來。

強烈的風壓與絕望撼得荷櫻腦袋一片空，前有鬼差迎面，後有惡鬼追獵，自己已被前後夾殺，毫無退路。僅存的力量與意志就此急遽流失，勇氣也所剩無幾，一路的奔逃終究來到了死局。惡鬼道的黑暗對她毫無憐憫，就此一湧而上，吼叫震天，死亡逼近只剩數公尺！她錯失了向道長求救的機會，腦中只剩下思考對策，以及最後的思念。就在那一刻，她注意到，手中的燭火正指向一旁的木板台座。

荷櫻無暇思考，立刻上前使勁扳起木板——在那後方，一條血紅溝渠赫然出現。後方一陣強風襲來，鬼差們不等荷櫻回頭，朝她腦袋揮手一掃，惡鬼也紛紛自她背後飛砍而下。就在那一瞬息，她驚險地先躍了下去，撞破鮮血水面——木板應聲闔上！

木板外的鬼差與惡鬼對撞，殺戮引起各種狂嗷與慘叫。荷櫻難以置信自己居然幸運逃脫，她看著差點滅去的燭火，往前鑽進半身高的狹窄水道——磅！木板被撞破，一隻惡鬼倒吊半身鑽進了進來。荷櫻連忙一閃，卻晚了一步，血盆大嘴就此咬住她的背部。

荷櫻扭著身軀尖叫咒罵，殊不知，惡鬼反而更抓緊她，將利牙深入她的皮肉，狠狠咬著吸吮。荷櫻痛得反身使力一撐，甩下惡鬼，對著那臉連續猛踹，將它狠狠踢出木板外。

惡鬼向後一倒，身上的鉤子與刀具一時勾住木板，整具身體卡死在木板洞口，意外擋下了追兵。荷櫻就此短暫獲得喘息，儘管背部被扯下一大塊，鮮血直流，但那痛楚也令她重獲了求生的現實感，重燃身為母親的憤怒與戰力。她憎恨這個紅色世界、噁心的惡鬼，還有那個綁架她女兒的女人。

堵住木板的惡鬼慘叫起來，抖動地吐著血，只見無數利刃正穿過它的身軀鋸起木板，噴濺血雨。荷櫻知道此時能緩口氣，只是一時的奇蹟，外頭的惡鬼們正啃噬、拆解著擋路的一切。或許就是這般病態的執著，才能在惡鬼道活下去吧。

想在這世界找回思婷，是否也該抱有同樣的執念？

但如今，她僅能趁著洞口還未打通，握緊蠟燭，彎腰在陰暗的渠道中踩著血水，繼續默唸女兒的名字，加快前進。

充滿血肉的渠道陰暗狹窄，宛如生物的產道。水流中，處處是人的內臟肉塊、皮膚，腳還不時觸到斷首與四肢，強烈的惡臭熏得荷櫻難以招架，迫使她忽視一切感官。

「道長，道長？」她在微光中嘗試呼喚，卻毫無回應，一時片刻，她深覺自己被拋棄在夢魘之中，自己太小看了道長的警告。封閉的渠道曲折悠長，漆黑地看不到盡頭；死寂之中，只有她的喘息與涉水聲，若不是燭光指向前方，她甚至懷疑起前方是否眞的有出口。

受傷的背部不時擦撞著低矮的天花板，不知是否出於幻覺，狹窄的壁面似乎隨著她一步步前行逐漸收縮，在漫長的黑暗中越來越窄。她被迫低下身子，貼著冰冷的壁面，在血水之中擠身爬行。明知自己不在人間，但這般內縮與幽閉開始讓荷櫻喘不過氣，她意識到自己的呼吸失控了，渠道越來越小，天花板越來越低，強烈的壓迫與恐懼擠壓著胸腔，彷彿也切斷了中樞神經，影響自主換氣，窒息感不斷襲來。

出口在哪？燭光會不會只是指著思婷的方向？渠道終點會不會是一道牆？還要走多久？還有體力嗎？身體會不會卡住？氧氣會不會不足？腦中浮現大量的問題，令她在反胃中陷入恍惚，快到了極限。

啪唰！後方深處疑似傳來了聲響。

荷櫻停下腳步，細心聆聽。黑暗中似乎有東西蠢蠢欲動，接著，她聽到了大量水花聲。微微的火光伴隨惡鬼們的哮吼，它們從後方鑽進溝渠，快速朝她爬過來。

窸窣啪唰！窸窣啪唰！恐怖的腳步聲迴盪在渠道之中，血水被震得一波一波，速度比想像還要來得快。荷櫻像是突然驚醒，寒毛豎立，趕緊加快爬行。她手雙腳不停撥動牆面與漂浮的屍塊，猙獰地在黑暗中匍匐。

追兵的聲音越來越近，火光也快來到她身後，所幸眼前終於探出了一點光亮，壁面展開寬闊起來。荷櫻總算能挺起身子，快跑向前。

血水的流動改變了，她來到渠道的地下分流處，面向那如迷宮的五個分道。惡鬼的聲音迴響在所有空間，手中的燭火卻擺盪起來。

荷櫻愣了一下，她不知道這究竟是代表有多個出口，還是思婷正在移動？抑或自己的心模糊了？

「何思婷何思婷何思婷何思婷何思婷何思婷……」荷櫻深呼吸後，在腦中投射出女兒的笑顏，抑制崩潰的意識，直到燭光微微指向最右邊的分道。她不假思索，瘋狂踩著血水，衝刺進去。

這條分道比先前的水道寬敞許多，但坡度讓水流更為湍急。荷櫻本想抗拒那可怕的推力，試圖穩住身子，然而，全身肌肉正吃力地大聲哀嚎，最終讓她選擇一股腦順著水流，半跌半跑地往前奔逃。半晌後，她終於離開了溝渠，滑到一處寬廣的地下集水池。

荷櫻全身血水，就連頭髮也沾著肉沫，如果面前有鏡子，大概也分辨不清自己與那些淒慘冤魂的差別。她舉起蠟燭起身，直覺告訴她，這就是出口所在之處，而燭光也像回應她似地，指向了盡頭的梯子，其上方通往一道鐵蓋。

唯一的問題是，在她與梯子之間，正倒吊著八個纖瘦暗影，儘管它們背對著她、如雕像般一動也不動，她的本能仍發出強烈警告：那是不亞於鬼差的氣息。

荷櫻放慢呼吸，謹慎地遮掩燭光，腳緩緩劃過淹及小腿的血水，壓低身子悄悄向前。有限的路徑逼得她不得不貼近這些倒吊者，她直盯眼前的人影輕聲走近，一步一步踏入它們的範圍，小心經過它們面前。

倒吊者的臉是顛倒的，眼睛突出，嘴巴呈巨大的漩渦，吊著的姿勢看似頭長在身體下面，而那身軀長滿肉瘤，伴隨一次次的呼吸收縮為刺。這些倒吊者似乎正在沉睡，在靜謐之中等待著。

荷櫻望著水中的惡鬼殘肢，終於意識到自己並不是真的甩開了惡鬼，而是闖進了倒吊者的巢穴，惡鬼們不得不放棄。而她面對自己身處更危險之地，此時也只能祈禱安全脫困、順利攀上那只剩數公尺遠的梯子。

沒想到，才這麼一想，倒吊者竟全數睜眼！不是因爲聲音或燭光，而是荷櫻背上那鮮甜的傷口。它們滾著眼珠眨了眨，開始扭動身軀。

荷櫻嚇了一跳，閃過它們的肢體，奔向梯子，只見倒吊者頭部不停轉動，張開漩渦狀大嘴，眼睛也變成了三顆！它們嘶嘶叫著、翻轉身體，彷彿頭部與身體都沒有上下正反之分。一半的倒吊者踏入水中，剩餘的則開始在天花板爬行，全部朝向荷櫻。

荷櫻一腳跳上梯子迅速往上爬，倒吊者們也飛速行動。它們從腹部由內而外翻出了大量手臂，向荷櫻快速衝來。

荷櫻一手勾住鐵蓋試圖扳開，然而，鐵蓋卻不爲所動。嘶嘶！無數手爪撲向荷櫻，她賭上最後一口氣，一扳把手，向上一撞！

磅啷！鐵蓋成功被掀開，燭光透出。

荷櫻踩著梯子，不顧那勾住自己的手爪，即時一躍，爬出了地下。霎時，倒吊者的手也追了出來，宛如血肉之泥的身子即將竄出之際，荷櫻猛然轉身，全身一壓，闔上鐵蓋鎖緊——

倒吊者的手當場截斷！地下傳來驚天嘶吼，隨即，墜落的巨響伴隨著水花聲，震盪荷櫻耳膜。

她感到一陣暈眩，費力地撐起身子，退開鐵蓋，遠離下方的恐怖存在。

手中的燭光指向了她的身後，火紅、通明、筆直，沒有一絲飄移。她回過頭看著身處的空間，只見廢棄的倉庫裡牆壁斑駁、堆著雜物，而門外竄過了一道嬌小的藍色身影。

儘管身心疲憊、快要就此倒下，但這一次她沒看錯了。

「思婷！」

20

「學姊的狀態和系統運算，都快到極限了……」

螢幕雜訊雖然減弱，但荷櫻的生理數據讓小姍捏了把冷汗。過高的腦壓與心跳，隨時暈倒也不意外。如果只是催眠倒還能處理，但現在可是古老的神祕禁術，一旦荷櫻真的倒下，意識究竟會發生什麼事，她也無法保證。

小姍等人很想開口請示道長。他們已受夠如此膽戰心驚，只希望趕快將荷櫻喚回人間。

然而，螢幕中顯現的藍色身影，在系統辨識上確實與思婷有著極高相似度。倘若真的放棄了，這一路就真的前功盡棄；荷櫻白白受苦，女孩們、凶手及真相，也將不了了之。

到時，荷櫻也會崩潰吧。三人這麼想著。

此時的道長仍想聯繫荷櫻，他燃燒符紙，輕搖著帝鐘，在荷櫻身旁不停呢喃。

荷櫻的視角畫面裡，縱使訊號嚴重延遲，仍可以跟著她看見燭火，以及，綿延的長廊。她正快步走在一座中西風格混雜的廢墟建築內，四周可見廢棄的神像。

「惡鬼道也有這種地方？」岳翰問。

「萬物皆鏡，人心與現實接會反射，最惡處亦然。」道長直盯著荷櫻說：「角度不同罷了。」

「就像她在元神宮那樣？」

「是，不過，」道長拿起羅盤端詳，回看向螢幕。「現在這個地方，恐怕不是她的，而是思婷與那鬼的命運之地。」

岳翰與小姍頓時啞然，而聽不懂的黛恩，只能坐在一旁，緊握髮夾祈禱著。

線香燒斷，燭火晃動，弟子們的吟詠聲減弱了許多。

窗外，夜色顯得更加深沉，樹林裡的陰風越來越大，無數白色鬼影放聲嘶吼，甚至繞著聚英宮拍打起窗。

道長望向天尊神像，隨後對月兒下令：「準備喚靈！」

◆

漆黑的廢墟長廊，像是另一條通往惡夢的隧道，封死的窗戶雖有微風探入，但光影也被紅霧所遮蔽，讓黑暗更顯不祥。此時，手上的燭光詭譎地映上荷櫻的臉，她背上的傷口不斷傳來刺痛，滴下的血一路沿著她的步伐，似乎足以引來潛藏在黑暗之物。然而，廢墟長廊除了她的腳步聲，一片死寂。

她沒想過思婷消失得如此快速。這會是另一個陷阱嗎？但剛剛應該沒有看走眼才對？她一邊想著，一邊提防著周圍。在轉了數次彎後，她依循燭火，謹慎地來到走廊底部的房間。那是一道生鏽的大鐵門，正散發令人發毛的氣息——她知道就是這裡了。

荷櫻上前，以瀕臨耗盡的氣力使勁拉門，卻發現鐵門比想像中更容易打開。

隨著燭光探入，陰風挾帶血腥味從深處襲上荷櫻，黑暗漸漸散開了。眼前是一間大套房，中央正站著一名背對她的藍衣女孩。

即使憔悴纖瘦，荷櫻也忘不了那熟悉的身影，那身她親自買的洋裝，以及，出事前一天才買的桔梗髮夾。

「思……思……」荷櫻如鯁在喉，費了許久才終於喊出聲：「思……思婷？」

女孩抽動了一下。

「媽……媽咪？」

不再晃動的燭光，筆直照耀思婷的回眸。小女孩轉身望向荷櫻，削瘦的臉頰神情哭喪，一臉難以置信，雙腳就此癱軟。

三年來，一千多天的煎熬，一千多夜的淚水，爆發在母女彼此心中。荷櫻眼角抽搐得比背上的傷口還痛，眼淚不停隨心跳飆出，落在滿是血水的衣裳。她拖著身軀什麼也沒說，上前緊緊抱住了女兒。

那份實感重擊荷櫻的心靈，她深深擁緊，試圖忍住潰堤的淚水，只爲多看女兒一眼，多感受寶貝骨肉的溫暖。

「對不起……等很久了吧。」

思婷隔了許久，才終於意識到母親並不是幻覺，一陣鼻酸後，幾近崩潰地哭了起來。

「沒事的，不用怕，不用怕，媽咪現在就帶妳回去。」荷櫻用力抱著女兒，像是擔心再次被人搶走一般，將她摟在懷裡。強顏歡笑之下，她比女兒更加激動。

然而，「回去」兩字一出，好不容易找回動力的心臟，就像被現實割出一道殘酷，灌入苦澀。

思婷已經死了，是要帶回哪呢？荷櫻無聲問著自己。

最終是否只能找回屍體，讓女兒平靜離開人世呢？但這樣有什麼改變？除了這裡，永遠再也抱不到女兒了嗎？

一時之間，荷櫻好希望時間能永遠靜止，讓她可以好好留下、陪著女兒。即使惡鬼道如此凶狠，此時此地卻是她夢寐以求的天堂，有思婷在身邊的幸福世界。這是她最後可以擁抱女兒、親吻她、聽到她說話的機會。

「好痛……媽咪，我手好痛……」

思婷的哀嚎，讓荷櫻馬上鬆開了雙臂。

「啊對不起……媽咪是不是太用力……」

「頭也好痛……」

荷櫻看著思婷，只見女兒慢慢縮起身子，全身痙攣，憔悴的雙眼開始滲血，手臂上有數個發紫的針孔。她這才注意到，自己根本是活在自私的願想中，而女兒還在惡夢受苦著。

荷櫻心碎了，她知道一切希冀只是懦弱的謊言，悲傷不會戛然而止，不會在留下此處或回家的路上找到出口；悲傷只會如影隨形，宛如根生在體內的地獄，不斷宣告自己的死亡。

但沒有一個母親可以坐視孩子痛苦。就算孩子死了，也是如此。

「道長，聽得到嗎？讓我們回去，道長……」荷櫻呼喚道長，儘管多希望再多一點時間，但她還是得帶女兒離開。

突然，牆角傳來一陣窸窣聲！荷櫻警覺回頭，不知何時，房內竟多出了十幾名女孩。她們身形雷同，也全都跟思婷身穿同樣的藍洋裝打扮，除了那桔梗髮夾。

而女孩之中，有一位就是岳翰的女兒Anya。

荷櫻望著哭泣發抖的女孩們，不禁打了個冷顫。這女鬼到底囚禁、殺了多少女孩？她們又是怎麼被牽扯在一起的？

「道長……道長……」她舉起蠟燭看著眼前的改建套房，終於意會到這裡不單是第一犯罪現場，可能還是那犯人女鬼的巢穴，能找到女孩們屍體的重要線索。

她一邊牽起思婷，上前拉住Anya，一邊努力端詳、記著房間的樣貌。

「沒事了，我會帶妳們離開這裡。」荷櫻安撫著女孩們。

然而，藍衣女孩們個個頂著慘白面容，畏縮搖頭，黝黑的雙眼滿是恐懼。

「怎麼了嗎？」

「阿姨不會讓我們走。」沉默之中，只有Anya小聲說道。

「阿姨？哪個阿姨？是她帶妳們來的嗎？」

有些女孩微微點頭，有些則縮起身子發抖，什麼話也不敢說。

「不要怕，知道她是誰、長什麼樣子嗎？」

「她說妳知道。」思婷小聲回答。

「什麼意思？」

「她說……」

「噓！」低沉的女聲。

無臉女子貼在荷櫻身後，咧開了血紅嘴巴！

荷櫻倒抽口氣，正要抽身，女子手持一大把黑色破刀，搶先劈向她的手。刀刃迅速切開、劃進肉內，荷櫻的兩根指頭就此被削落，鮮紅噴濺。她大聲慘叫，連忙後退，女子卻飛快上前。荷櫻倏地閃過第一刀，殊不知，第二刀來得措手不及，刀子直刺入她的肩膀，她只能使勁將對方撥開，卻反被壓著撞上了牆面。

喀嚓，女子腰際上的木牌發出了聲響。

光芒中，荷櫻陷入了牆內。隨後，噗唰一聲，一陣巨大的水花湧出——

「來了！」道長喊著。

人世中，窗外的山林像被強勁的寒風激起，猛打著窗戶，鬼哭變得更加刺耳，燭光燈籠瘋狂搖曳。訊號嚴重延遲的DIR監視螢幕上，出現了大量雜訊，而在分割視窗中，辨識系統的吻合度百分比大量飆升，證實了思婷與Anya確實已身處另一個世界。小姍望向岳翰，正要開口——

「啊啊啊啊啊啊啊啊啊！」

荷櫻臉上的白符頓時染黑，嘴巴大叫急促喘氣，全身瘋狂痙攣。道長箭步上前，緊抓住她的肩膀，一手用力撥動龍虎針，另一手拿起染血的草人、繞著她的頭。

「月兒！請神喚靈！」他大聲下令。

語畢，只見月兒臉色一沉，二話不說立刻朝其他人揮手。弟子們個個如臨大敵，就此調整刀劍屏陣勢，拉著寫有「欽奉黃衣天尊之令」等字的黑色地巾布幔衝向前門，環繞起黑色巨石，一股力量頓時導引進了儀式中心。月兒帶著另外兩名弟子，拿起點燈桿與鯊魚劍奔向了後門。

「你們也去幫忙引路，快！」道長望向岳翰一行人，持起鑲有黑玉石的七星劍指向後門。岳翰和小姍面面相覷，只猶豫了一秒，便快步追向月兒。被留下的黛恩一時不知如何是好，望著母親痛苦的模樣，她惶惶不安，說什麼也無法坐視不管，眼看道長一不注意，她立刻拔腿跟了上岳翰兩人。

「何黛恩！等等……」

強大的氣流一波波震著門板，門上的殺鬼門神眼睛彷彿亮起殺意，就連一旁的符文亦發起光來。月兒與弟子拉開後門，陰氣頓時竄入，她指揮岳翰與小姍拿起點燈桿，一起衝了出去。他們必須即時在靈道上點起信號，引回荷櫻魂魄。但眾人不知這一踏出去，黛恩竟拿著燈桿跟了上來。

大人們本想勸退這孩子，但情勢刻不容緩。後門外，強風吹動樹林，掃向眾人，直灌後殿；風中有著邪惡的笛聲，傳響大量的哭嚎，而遠方坡道上，好幾個飄忽的半透明白影，正拱著破爛身軀及青面獠牙猛衝而來！

「三界內外，惟道獨尊，體有金光，覆映吾身！」月兒手比禁鬼訣，由一旁弟子揮著鯊魚劍，形成一道看不見的護身牆擋了出去——瞬間，那凶靈鬼影就此消失。

小姍與黛恩嚇得臉色一青，但很快便想起自己的使命，在岳翰的提醒下，手持點燈桿，逐步點燃坡道旁貼有符令的地燈與燈篙。頓時，一盞盞紅光在陰風中猛烈搖擺，與黑暗劃出強烈界線。

「眞他媽的，爲什麼不用電就好啊。」小姍一邊和岳翰護著黛恩，一邊氣喘吁吁地燃燈。

「天尊禁鬼，星降靈光，三界侍衛，五帝司迎。」月兒與弟子快步在前，揮舞著火與劍，一時間，又一名直奔而來的怒目鬼影消失不見。

燃燈的火光沿著下坡快速向前，光明的界線加速拓展。對於前一天還身處正常世界的岳翰三人，此刻宛如一場惡夢。他們一點也不想要踏入這樣的怪力亂神，每一陣風，每一聲哭嚎，都將理性推向更失控的邊緣；但爲了荷櫻，以及死去的女孩們，三人只能繼續點燃那一盞盞光明。

嬌小的黛恩心臟猛烈跳動，她壓抑瀕臨崩潰的恐懼，彎腰面向地燈籠，將燭火推了進去，亮起燈籠。火光映照著燈籠紙上的符文，但才短短不到半秒，就突然熄滅。她呆愣了一下，在風中試圖重新點起，火光卻又再次熄滅。

眼看自己即將脫隊，引路燈產生了黑暗破口，黛恩趕緊蹲下，擋著風，貼近燈籠，重燃火苗。

「呼。」一陣尖聲吐氣再度吹熄了燈火。

一張慘白女臉從樹林鑽了出來！黛恩連忙退後，卻叫不出聲，就此跌坐。女鬼就此撲上，緊抓著她的腳踝，拖向樹叢。

「幹拎祖媽咧！」小姍一陣咆吼，隨即另一個身影飛撲過來。岳翰抓起點燈桿，上前直刺女鬼，縱使燈桿穿透過去，但火光掀起火星，仍耀著女鬼一臉痛苦、就此退回黑暗。

小姍趕緊上前扶起黛恩，溫柔地抱住她，明明自己也很害怕，卻仍不忘守護那幼小的身軀。

「沒事吧，黛恩。」

「我沒事。」黛恩手語這麼比著，但發抖恍惚的神情，早已嚇得魂不守舍。

「妳知道鬼怕什麼嗎？」岳翰將落下的點燈桿交還給黛恩，偷指向小姍：「恰查某。」

黛恩一時錯愕。

「什麼時候了，還在開玩笑！」小姍說道，不忘帶著黛恩繼續點燈。

「人的氣眞的有差，」岳翰一臉不屑，提防著樹林，「所以鬼才抓黛恩，不抓妳，不是？」

小姍立刻翻起白眼，比起中指。

「所以，黛恩妳也要比它們兇一點。對這些早就死掉的東西，不用太乖。」岳翰雙眼瞪著前方說道。

黛恩不禁苦笑起來，一樣只有微微的氣音，發不出聲。但僅是如此，三人也多少鬆了口氣，繼續跟上月兒點燈引路，面對樹林越聚越多的恐怖白影。

21

噗唰！荷櫻倒在一片瀲灩血水中，遼闊無際的湖面恰似一面鏡子，水天一色，血紅色的天空瀰漫暗腥紅霧。遠方傳來鐘聲與鞭炮聲，這裡少了惡鬼們的吼叫與惡臭，一抹紅中多了股悲傷與孤寂。荷櫻感覺自己像待在一具失去生命的母體中，而那整池血湖就是自她心中流出的創慟。

她渾身滴著血水，起身站在血湖外圍，水深及腰。湖畔上，有著一棟棟不合惡鬼道風格的洋館廢墟，中西混合，屋頂仿歌德式尖塔。她一臉困惑，腳踩著陷下去的淤泥正要上前，一道銀光突然襲來！

冰冷的刀身從後刺進了荷櫻腹部，無臉女子腰掛路關牌，腳沾焦油，手一轉又快速抽刀，老練中挾帶著狂暴與仇恨。荷櫻慘叫一縮，在劇痛中，使勁全力閃躲女子的連續刺殺。

血色波光倒映著大量女孩的身影，荷櫻似乎聽到了哭聲，來自風中，來自洋館，也來自湖底。為了女孩們，她告訴自己不能輸給眼前的厲鬼。

然而，腹部、背部與手上的傷口，不只讓荷櫻流失體力與精神，也剝奪了她的平衡感，沒過多久，刀子連刺了她好幾刀，逼得她不得不緊握住刀刃，使力擋著。

女子立刻旋手抽刀，甩開荷櫻的防衛，一手掐上去——強大的蠻力，勒得荷櫻不僅出不了聲，也快陷入昏厥。緊接著，破損而不規則的銀刃架在她的下巴，一推就此陷入臉皮，劃開皮層，湧出鮮血，開始切入肉中。

「把臉給我——」無臉女子再次咧開嘴，精準割著荷櫻的臉皮，直到一個身影從旁撲了上來！

「媽咪！」熟悉的聲音這麼喊著。跑出洋館的思婷瞳孔泛黑，抱住了女子，硬是張嘴大咬。

一瞬間，儘管荷櫻意識迷茫，但也知道這是最後的空檔，機不可失。

女子甩下思婷的那一刻，荷櫻燃起滿腔怒火，一腳大力踢向女子腹部，扳下對方的刀。她搶在女子反應之前，一步上前猛刺對方臉部，像把三年來的憤恨與懊悔，一口氣爆發而出。

鮮血、肉塊與焦油不斷湧出，無臉女子放聲慘叫，震撼整個湖面——然而下一秒，反而是荷櫻陷入更大的恐懼，她頭皮發麻，所有惡寒直竄脊髓。

對方臉上的傷化爲滲血的大窟窿。

「妳忘了妳自己嗎？」

遠方傳來鐘聲，女子臉上黝黑的洞裡，是又深又濃的黑暗，恰似另一個超脫想像的可怕空間，是足以吞噬一切的宇宙黑洞，吸收荷櫻最後的理智與靈魂。洞裡有東西蠕動著，一雙手從洞口伸了出來，潔白秀氣還戴著戒指，將破開的臉皮慢慢由內而外扯開，握住了荷櫻猛刺的刀。

在黑暗消退、血水滑落的那一刻，眞正的女子自洞裡露出半張臉，現身了。

那是和荷櫻一模一樣的臉。

銀光一劃！哭嚎混著笑聲，女子暴衝刺向了呆住的荷櫻。

喚靈道上，井邊的燈籠瞬間噴燃，激起刺眼紅光，隨後化黑，就此熄滅。

月兒瞠眼一驚，吸了口氣，立刻回看向其他人。

「快回去！快！」

她急忙拿出符咒掐訣，一旁弟子同樣舞劍立起陣勢。岳翰等人愣了一下，這才注意到周圍燈籠開始熄滅。樹林裡頭，難以計數的白影如川流般流動，直向他們而來。

「那學姊怎麼辦？」小姍急問。

「回去！」月兒大吼著。

霎時，五道蒼白鬼影從井邊的黑暗處竄出，飛速撲向黛恩。

「金光速現，覆護眞人，急急如律令！」月兒燃燒符咒，將點燈桿朝向爬來的凶靈，掐訣打出劍指。火花一噴，鬼影瞬間向後彈，灰飛煙滅。

其他弟子們無不從旁迅速揮出鯊魚劍，斬殺這些凶靈。然而，白影仍不斷湧上。大氣開始亂了，月兒和弟子們所施的道法，就像把劍伸入群山煞氣之中，互相交戰卻也激起更大的反制。

「快走！」岳翰拉著小姍，一把抱起黛恩拔腿往後跑。

火光穿梭白影，掀起大量火星與灰燼，月兒與弟子們接連放法，卻依舊被來自黃土河的大量闇影突破界線。眾鬼襲世，追殺起生靈，而他們也只能撤退，緊跟在岳翰等人身後。

黑暗蔓延坡道，好不容易點起的燈籠一盞盞熄去，群山在黑夜中咆吼，蠢動的凶靈們全面鑽出樹林，追向他們。

滿是小石礫的上坡路，讓一行人跑得氣喘吁吁，彷彿連風都抽起他們的腿，拖向身後那黑暗深淵。光明界線不斷退縮，鬼飄得比水流還快，月兒這下不得不手掐陰將訣、快舌唸咒，將口袋裡的三片小紙人點燃往回一丟——頓時，三道金色幻影騰空一撲！震散第一波追上來的凶靈。然而數秒後，金光再次被白影後浪掩沒。

面對滿山的凶陰怨氣，眾人只能繼續死命跑著，眼看白影就要攀上他們的背，最後的燈籠之火就要熄去，而岳翰抱著黛恩的手亦撐不住之時，後殿之門終於來到了眼前。

「啊啊啊啊啊啊！」荷櫻膝上的草人同時拱起！她放聲大叫。

「曾荷櫻歸來！」壇前的道長舉起七星劍，用力拍擊荷櫻的頭。她全身如彈簧般拱起身軀，隨後便癱了下去。

「道長！」月兒等人即時躍進後殿，強烈的陰氣噴湧而入，吹落了門邊的燈籠。他們丟下手中法器，回身關門，緊緊閂上。門上的殺鬼門神雖綻著光芒、轟轟作響，仍難以抵擋這波撼動夜晚的恐怖。哭嚎四起，無數拍打聲亦震著門板與牆面，蔓延整座後殿；密密麻麻的凶靈白影圍起窗戶，門縫也裂了開來，數隻蒼白鬼手逕自伸進了門內。

月兒在黛恩面前快速掐著禁鬼訣、唸咒，同時，在壇前的道長亦撕下了荷櫻頭上的符，迅速轉身，手中的七星劍霎時貫穿符紙，燃起火焰。他拿起五雷印，劍指後門，隔空畫符，破地召雷！

「四溟破骸，天猷滅類，神劍一下，萬鬼自潰！」

燭光閃焰，強烈白光就此降下！以天尊像爲中心，波動橫掃而出，宛若瞬間召來的日光，抹下山坡，弭平所有白影，直奔黃土河邊，激起漫天煙塵。霧散了，繁星露出，散下祥和星光，宣告黑暗的敗亡。

鬼魂消散，哭嚎不再，一切回歸寂靜，徒留眾人的心跳如鼓聲迴盪。

DIR螢幕上仍停留在血色湖面，就此失去了同步訊號。

月兒與弟子們此時早已疲憊不堪，但爲了荷櫻母女，仍快步上前解開她身上的繩子，將龍虎針拔下。離奇的是，虎口的傷口竟已癒合，流出的血也滲進椅子裡。小姍牽著黛恩，與岳翰湊到了荷櫻身旁，協助拆下腦光學儀和黑布。

貼著眼睛的紙錢整張粉碎，黑布濕漉一整片，夾雜著汗水、淚水與血液。荷櫻在眾人的擔憂與警戒下，慢慢地抬起頭，微微睜眼——那雙眼睛血紅，深黑的瞳孔就像見證了世上最不該看到的事物，禁忌且不可侵犯。荷櫻流出鼻血，鮮紅的淚水自眼角沁出，令她摸了摸雙眼。

「思婷……思婷……」

一切就像夢境般，已分不清楚哪邊才是眞的，只有悲傷與恐懼相伴。明明回到了現實，荷櫻卻再度失去實感，掌心仍保有思婷的溫暖與觸感，斷指的疼痛依舊沒有消失，臉上、背上與腹部雖然沒有傷口，卻如同那恨不得停止跳動的心一樣，隱隱作痛。她知道自己又輸了，誰也沒有救出來，自己被無臉女子玩於股掌間。

最後到底發生了什麼事？她記憶模糊，但一想到那張臉上的漆黑窟窿，以及如照鏡般的恐怖面容，大腦深處就絞痛起來，來自海馬迴，也來自腦視丘，連結著雙眼。

黛恩望著母親痛苦地呢喃，趕緊接過岳翰遞來的紙巾，爲母親拭去血淚。

「妳有在吃精神藥物嗎？」道長冷冷地問著。

荷櫻不明所以，茫然點頭回答：「有抗憂鬱、減少幻覺的藥，有些會幫助睡眠，也有一些草藥……」

「爲什麼不早說！」道長突然大聲怒斥，嚇壞現場每個人。「你們收拾一下，立刻回家！」

荷櫻等人一時呆愣。

「思婷和其他人還在下面。」她惱聲說。

「妳不能待在這裡！」

「什麼意思，是儀式有問題嗎？還是藥怎麼了？」

「學姊，妳冷靜一點……」

恐慌開始擴散，荷櫻雙眼灼熱起來，正想開口時，身體不自覺地緩緩抽搐。道長見狀，迅速拿起護身符吟詠吹氣，戴到她的脖子上。

荷櫻的雙眼依舊一片血紅，虹膜滲著一片灰，不停地抖著。

「這是定魂用的，一個月不准拿下。」道長輕輕點了荷櫻的兩眼之間。「我說過，大腦是妳天線，是窗，藥物會讓窗台鬆動。現在妳的靈魂在下面受傷，陰眼大開，窗子暫時關不起了。」

「陰眼？」岳翰問。

「代表她會看到它們，吸引它們，待在這兒就是死路！」

「但我已經傷到那個女鬼了！思婷就在那，其他孩子就在那，只要再一次，我很快……」

「不要命了嗎！妳知道妳小女兒他們剛剛遭遇了什麼嗎？」道長指著黛恩，儘管黛恩什麼也沒說，但臉色蒼白已道盡一切。「這鬼故意設計你們！把所有相關的人捲下去，靈山很少陷入這種境地。而且，下面的孩子們已開始惡鬼化，妳也看到她們的眼睛了吧！沒找到肉身，現在我什麼也幫不了。」

對黛恩的心疼，對思婷的揪心，雙重矛盾撞擊著荷櫻碎裂的心靈深處，她無法釋懷思婷那疼痛的神情、乞求母親帶她回家的模樣，這比所有的傷更加炙痛，徹底烙在她心裡。但眼前的黛恩眼淚也快落下，小女兒背負了太多太多，而做母親的已經不知如何是好。

「**就算地獄十八層，我做媽媽的什麼代價都願意。**」曾說過的話浮現在腦中，但自己究竟又做了什麼呢？

荷櫻硬撐起身子，正想說點什麼，雙眼卻對上了殘留窗外的凶靈血目。

啪！視神經宛如斷掉一般，強烈的抽搐比龍虎針更銳利，灼熱地貫穿至腦中，痛得她摀住雙眼大叫。道長見狀，立刻拿起法刀射向窗台，鬼影瞬間灰飛煙滅。

「立刻回家。不准再碰藥物、儀式、催眠，或是任何跟內心精神有關的東西！」

「不行！」即使岳翰與小姍急忙扶起荷櫻，癱軟的她依舊用餘力推開他們，「不可以！思婷在下面，就只差一點！只差一點！她還在下面——」

小姍啪的一掌打在荷櫻臉上，令她頓時愣住。

「抱歉，學姊，冷靜點。」

「但……但是……」

「我們先去醫院。」岳翰說。

「醫院更危險！」道長說：「那裡是生死之處，煞氣凶靈多，回家吧。」

說完話後，他差了月兒，將裝有香灰與碎符的瓶子交給黛恩。

「灑在家裡所有門口，可以擋下鬼魂。守護好媽媽，知道嗎？」

黛恩抱著那半透明的深色瓶子，只見瓶身刻著符文，散發些微神聖的清香。如果是平常，她一定會開玩笑地嫌太輕，嫌大人太小看她。但現在，望著虛脫的母親，瓶子的意義已重得讓她喘不過氣，就像那小小的桔梗髮夾，重得難以承受。

身為罪人的她，此刻只能點頭，緊緊握起母親的手，在眼淚落下前，戴上堅強的微笑。

22

休旅車奔馳在凌晨的高速公路上，漆黑的夜幕依舊籠罩大地，一盞盞橘色路燈成了最迷幻的結界，隔著黑色的世界。

岳翰疲憊地緊握方向盤，卻不見任何倦意。連續兩晚的恐怖體驗，早已讓他身心緊繃，像是一份刑案簡報，被逃不了的現實釘在案件牆上。而Anya在惡鬼道的身影，讓整個世界在他面前崩塌，留下悲傷、懊悔、不甘及無從宣洩的恨意，那壓抑在心中的怪物，也快從那片沼澤浮出來。

小姍在副駕駛座敲擊著筆電鍵盤，三不五時搓手取暖，即使車內溫度一點都不冷，但每隔幾秒，在喚靈道上或螢幕前感受到的驚懼惡寒，就會從心裡不斷蔓至四肢末梢。儘管如此，爲了跟時間競賽，她還是以飛快的速度過濾DIR紀錄，透過解碼器分析荷櫻看到的紅色世界。

噠噠的鍵盤聲是車內唯一的聲響，伴隨著車窗外高速劃過的國道夜景，焦慮著每個人。黛恩坐在後座緊握母親的手，深怕她再次消失。此時的荷櫻雙眼蒙上布，呼吸沉重，虛弱地躺著，身前的護身符跟著胸口大幅起伏；在她隔著布、透光的視線中，紅霧仍舊瀰漫，隨著路燈一盞盞飛越而出，世界正不停與惡鬼道的紅天空交互切換。

「該死，極限了，最後房子和湖那邊的訊號重建有限，需要其他電腦或圖像資訊幫忙。」小姍說。

「如果用刑事資料庫呢？包含犯人和失蹤兒童？」岳翰問。

「人臉的話也許可以吧，但空間的重建就不確定了。」

「也許人臉就可以靠檔案列出地緣關係了，比較一下……」

「你們先備份紀錄，拿去分析……」荷櫻有氣無力地說：「剩下的我帶機器回家重跑一次。」

「別開玩笑了。」岳翰說道：「道長剛剛才警告過妳。」

「這次沒有干擾，我可以從記憶重跑一次圖像，可以更快更準確產生辨識模組。」

「學姊說的沒錯，但這負荷……」小姍搖著頭，同時黛恩也緊搖母親的手表示不同意。

「我有符，但思婷和Anya呢？」荷櫻緊握定魂符，「我們在現實再找不到，每拖一秒，她們就更痛一秒，往惡鬼化快一秒！更別說如果還有活著的女孩呢？」

前座二人頓時陷入沉默，他們知道荷櫻說的是事實，不管怎麼做，都無法兩全。岳翰向來很慶幸自己算是擁有不錯的警界資源，但現在不由得痛恨起自己的無能爲力，就像過去面對失去的同仁一樣。他用力深呼吸，像是吞進所有的怨氣，隨後用力一拍方向盤。

「只能兵分二路了嗎？」他無奈地說。

「大概是吧，」小姍說著：「但學姊妳可不能勉強啊……」

荷櫻點頭，正要回話時，一道白色影子扭曲地從眼前劃過。她愣了一下，在紅黑閃爍的世界裡，那影子顯得格外鮮明。她不免拉開眼上的布，望向了車窗。

路燈映在車窗玻璃上，快閃而過，一盞，兩盞，三盞，人臉閃現！即使是團模糊的白影，但她很確信自己看到了一張臉飛了過來，在這時速一百多公里的車子外。

荷櫻瞪著窗外，一時喘不過氣。

「怎麼了嗎？」黛恩比著手語問。

「沒事，我……」

一輛遊覽車自外線道駛來，恰似隻巨獸，遮去了路燈溫暖的橘黃光芒，黝黑車體消去所有光澤，讓黑暗掩蓋了荷櫻等人的車子。在遊覽車挑高的車窗裡，每扇窗內都有白影晃動，這些乘客懸在空中，好幾名斷了頭，或是個個皮開肉綻，瞪了過來。

荷櫻與它們對上了眼，車子就此來到沒有路燈的區段，遊覽車載著白影沒入黑暗。

「消失了？」正當荷櫻這麼想時，啪！一張臉飛趴在車窗上。一張插滿玻璃碎片的爛肉女臉，貼在急駛的休旅車上窺伺她。兩秒後，好幾個鬼影從黑暗中像飛蟲般，飛黏在荷櫻的窗戶旁。

荷櫻瞠大雙眼，手摸著胸前的符，喉嚨卻像被鎖住般叫不出聲。只見這些鬼魂們竟一一穿過玻璃車窗，瞋目鑽進車內向她爬來，然而，車上沒有任何人看得到。

黛恩察覺母親縮起身子遠離車窗，不由得傾身上前，豈料，荷櫻就此放聲尖叫！嚇壞車內所有人。

「怎麼了！」

「學姊？」

荷櫻揮舞著手腳，試圖撥開那些看不見的鬼，那模樣就像中邪一般，連黛恩也壓制不了。小姍見荷櫻拍打扭動，後座亂成一片，趕緊放下電腦爬向後座。岳翰見狀也按下警示燈，放慢速度往路肩駛去。

霎時！一雙蒼白的手拉住了岳翰，也掐住他的脖子，後照鏡中，一張鬼臉貼上了他。

岳翰來不及喊叫，手中的方向盤瞬間被奪去一偏，鬼魂們也飛撲小姍，拉開了車門。頓時間，整台車像被蜂群纏上，爬滿了鬼魂，車體就此蛇行左斜、衝向了分隔島。

磅！車子撞上內側護欄，往外側彈行激起大量火花，小姍與荷櫻若沒繫上安全帶，險些就在旋轉下被甩出車外。她們放聲尖叫，岳翰一個直覺，趕緊握住後照鏡下的護身符，一股灼熱突然從女兒送的禮物由外迸發，鬼魂們個個哀嚎鬆了手。

「去你的。」他踩放著剎車，抓回方向盤。

休旅車雖減速，卻仍舊打滑不止，一連越過數個車道，轉向迎面而來的貨櫃車。

砰嚓！兩台車擦撞而過，強烈的撞擊力拉扯車身，也差點將一行人撕了開來，鬼魂們因此散出車體，穿透貨櫃車的車輪。

休旅車側面撞上路肩水泥護欄，這才終於停下。

四人臉色發白，渾身發抖，許久說不出話。幸運地是，或許眞的是護身符庇佑，車體僅有鈑金凹陷、掉漆、車窗破掉，人也只有岳翰與小姍輕微擦挫傷。然而，即使如此，這車禍已足夠嚇掉他們半條命。

「鬼追人後是雲霄飛車嗎？」小姍崩潰地說道。

「妳們沒事吧。」岳翰調整呼吸後，看向荷櫻和黛恩。

母女倆喘著氣，不約而同地點了點頭。

「那就好，我們還有很長一大段路呢。」岳翰一邊說著，一邊想起國道警察朋友說的各種鬼故事，但此刻他只能放在心中，叮囑荷櫻重新戴好黑布遮住眼睛。對荷櫻來說，這一次無論看到什麼，她都絕不會再摘下來。

不久後，趕來的救護人員很快幫車禍的一行人檢查、包紮。岳翰也在國道警察協助之下，駛離了高速公路，將荷櫻與黛恩安全送回家；而儘管身心俱疲，他還是和小姍趕去分局，開始了同步分析。然而，荷櫻當時沒說的是，打從車禍之前，便一直有個聲音在她腦中，彷彿從惡鬼道跟了上來，讓她陷入無止境的暈眩。

「妳忘了妳自己嗎？」無臉女子當時這麼說著。

23

「思婷？」

「對呀，如果生女孩的話，就叫這個名字，希望她人生思想端正、婷婷玉立。」

「還還還不錯，但現實……很很少那麼美好，很多事情抱太大期待很容易失望，就算妳說有愛就好，但但但，愛的最後不是消失就是瘋狂吧。」

「妳是在唱衰嗎？」

「不不不是啦，可是這世界就是這個樣子。」

「媽呀，敗給妳耶，負能量女王。」

凌亂的少女房間裡，十七歲的荷櫻正對著鏡子試著剛買的衣服，當時的她早就是個衣架子，還是位才貌兼俱的高材生，舉手投足都顯得典雅從容。而相較於她，同學琦娜則縮在床上，用咒術書籍墊底、素描著荷櫻；持著畫筆的手有著被菸燙傷的痕跡，那是多年前被父親所傷，至於母親的傑作，則藏在其他看不見的地方。

「是妳太好命，」琦娜一邊咳嗽，一邊放下畫筆口吃地說：「什什麼都有，隨心所欲。」

「喔？」荷櫻就這麼跳上床，滾到琦娜身邊，正值花樣年華的她就是這般充滿活力與閒情。

「我有想要的，也是會衝去爭取的。」

荷櫻貼到琦娜臉旁，兩人近乎可以感受到彼此的呼息；她拿出一副和自己一模一樣的白水晶耳環，小心翼翼戴在琦娜耳朵上。荷櫻曾聽琦娜說過，她本來非常抗拒耳洞，每次看到耳針，就會想起在醫院的日子。沒想到升高中後，琦娜最後還是拗不過荷櫻，而也是自那時候開始，荷櫻教她穿搭、打扮。但儘管琦娜再怎麼努力，也不敵荷櫻的耀眼，不過總算是有活出自己的感覺。

「我……我也是。」

「最好是，看妳一臉逆來順受。」荷櫻偷戳著琦娜的肚子，「那妳有想過當媽媽的時候，小孩要叫啥？」

「我討厭小孩，也不要小孩。」

「我才不信，妳的眼神都露餡了，怎麼可能沒想過！」

「眞的啦。」

「那至少有幻想過覺得不錯的人名，譬如妳在畫角色的時候、寫文章的時候……」

琦娜深思了一會兒。

「男生是有幾個，女生倒是是只有一個，黛恩。」

「黛恩？」

「林黛玉的黛，恩惠的恩。」

「爲什麼？」

「不關妳的事，反正……也不可能啦……」琦娜自嘲地闔上畫冊，蓋住了身上的傷。

「那好吧，我如果生第二個女兒，就叫這個名字吧。」

「學人精。」

「妳才學人精。」荷櫻一把拉起琦娜，肩並著肩一同看向鏡子，用手輕彈琦娜耳上的白水晶耳環。「妳會是個好媽媽的。」

琦娜什麼也沒說，即使內心多麼想點頭，但依舊沒有那個勇氣。

數年後，事實證明荷櫻錯了。琦娜最終沒有成為母親，白水晶並未如民俗所說帶來健康與好運──病魔奪去了一切。

「小娜！妳就是太宅，藥又越吃越多，是要煉蠱喔，這樣最好會有男人啦。」在大學研究DIR的時候，她曾這麼開玩笑。

「妳不要太超過，我研究……只是希望自……自己的感受能更快、更多地被記錄下來，不會忘記。」

「人要往前走！妳長得又不差。」

「妳……妳妳想說還是沒妳漂亮對吧。」

「這本來就事實呀。」

「是是是。」

「啊不過結婚我會稍微等妳一下。」

「不稀罕。」

「不然，我有小孩時要他們叫妳乾媽好了？遲遲找不到乾爹的乾媽。」

琦娜握起拳頭輕揍荷櫻一下，荷櫻則回以鬼臉笑了笑。即使兩人早已成熟許多，私底下仍舊是當年一起打鬧的好姊妹。

荷櫻並沒有天真到以為兩人永遠不會變，只希望在人生漸行漸遠下，能一直保有那個羈絆。然而，琦娜始終沒有坦承自己所有的身體狀況；那一天，來得比她們想像還快。

到頭來，荷櫻的婚禮並沒有等候琦娜，就連孩子也來不及說出「乾媽」二字。每次荷櫻抱著思婷來到病房，琦娜彷彿顯得更加憔悴，隨時會碎去一般。荷櫻表面上讓她抱著思婷，私底下，卻害怕這一切殘酷光景。

「小娜，妳……在做什麼？」那天她走出廁所後，竟看到琦娜用血在思婷的額頭上畫符。

「喔這這……這這個呀，是祝福的咒語喔……會和母親……」

話還沒說完，荷櫻便上前搶回思婷，讓思婷頓時哭了出來，也一時弄痛了琦娜。

「哎呦呦，不要哭啊，媽媽在這裡，沒事的沒事的。」她一邊拿著濕紙巾，一邊拭去那個血符。

「請不要這樣，小娜。」

「這……跟我之前下下……下的黑符血咒不一樣啦。」

「夠了！我不管！這是我女兒，不是妳的！血也太噁心了，天曉得她抵抗力夠不夠。」

「我不……不不是細菌，也不是病毒，櫻櫻。」

「我知道，但做媽媽的……希望妳可以懂。」

兩人就此沉默了數秒。

荷櫻為了掩飾尷尬，就此埋頭逗著思婷。「皮卡皮卡，皮卡皮卡，啾啾小寶貝，笑一個，媽媽願意為妳做任何事喔。」

「櫻櫻……妳有為幸福犧牲過嗎？辛……辛苦過嗎？」

「廢話，妳又知道生小孩有多折磨了？夭壽痛呀！有夠後悔。」

「那只是一下下！妳……妳成功結婚有小孩，每個人都記得妳，恭喜妳。」

「十個月不算一下下吧。」

「我是二十多年呀！」

「這兩者不一樣，小娜，我當然也知道不能相比……好啦對不起，但妳不趕快好起來的話，說這些幹嘛呢？」

「這裡救不了我了。」

「那我們馬上轉院。」

「我……我要轉的是人生！我只想要 個可以有家人、有小孩的人生，努力是有用的人生，像妳一樣。」

「妳這樣想，就是對不起所有人，還有妳自己，懂嗎？不要讓自己的心也輸了，小娜。」

兩人對看數秒後，再次陷入死寂。荷櫻曾想過是不是自己講得太過，但為了琦娜好，她也只能這般用激將法。

但真是如此嗎？心裡的另一個聲音說道。會不會其實自己早已想逃離這一切呢？用傷人當作最好的藉口。

而琦娜也窺看著荷櫻，儘管心跳大幅飆升，她最終還是忍了下來，如同那已到眼角的眼淚。她看得出荷櫻大半的心思，也知道自己正強人所難，不由得嘆了口氣，揚起許久未見的微笑，對荷櫻點了點頭。

「妳的世界真……真溫柔。」

「是我太溫柔好嗎？」荷櫻緊緊抱著女兒，輕輕搖著她。

「那麼，如果可以的話……妳妳妳願意陪我去個地方走走嗎？」

「什麼地方？」

「當我們最後一次旅行嘛。」

「天啊！妳媽那套妳還信！」

「拜拜祈福……看看……」

「呸呸呸！」

「我也想保佑大家，還有思婷。」琦娜流下了淚水，「如果科學都沒辦法，也只能這樣了，拜託妳，櫻櫻。」

面對摯友落淚請求，荷櫻儘管嘴上抱怨，內心早已揪痛不已。她不確定哪個答案是正確的，但與其沒做再來後悔，不如相信兩人的姊妹情，至少一起享受最後的風景。

她終究還是點頭答應了。

夜幕下的鄉間道路，山林陷入沉睡，毫無路燈與來車，筆直地像是通往無盡的漆黑與混沌。從遠方駛來的小型租用車，成了唯一的光源，但在一片孤寂中，更顯得委靡無力。

「說什麼喪氣話，搞不懂妳耶，幹嘛讓人生這麼難！」荷櫻握著方向盤說道：「宗教也要適可而止呀，小娜。」

副駕駛座上的琦娜，臉頰凹陷，儘管依舊戴著水晶耳環，卻早已病懨懨地不像同一個人。她沉默不語，僅靠著車窗，聽著心中那不斷倒數的人生鐘響。

「我知道我這樣很嘴砲，但至少妳要相信這個世界，相信自己，那才有奇蹟。生病就咬牙戰勝下去！保持正能量，淬鍊、勇敢好嗎？」

「妳覺得……我沒勇敢過嗎？沒抱抱抱……持希望過嗎？」

「那就是還不夠，不夠！懂嗎？我都犧牲來陪妳了，妳自己也加油好嗎？加油！」

琦娜望向車窗倒影，終於明白兩人真正的距離，早已遠得讓人心痛無奈。她看不清曾經心有靈犀的姊妹，也認不出那削瘦如骨的自己。倘若荷櫻象徵的是幸福與光亮，那自己鐵定被分到了不幸與黑暗這邊。

爲什麼沒人眞的懂我呢？爲什麼沒人好好珍惜過我呢？爲什麼沒人肯眞的對我好呢？她不停地問著自己瀕死的靈魂。到頭來，她打從心底覺得，自己就是被生下來承受不幸的。本以爲，荷櫻是救她離開地獄的光，然而，最後還是只有她自己一人，被世界孤獨背棄在地獄的烈火中，恨著天眞的自己，等不到救贖。

她握起手中染血的符，猶豫數秒後，悄聲看向車窗倒影，下了血咒。

「妳也用痛苦淬鍊自己吧，祝妳以愛爲代價，再也不認識自己，永永遠遠看不見思婷的幸福。」

「妳在那邊嘀嘀咕咕什麼啊。」荷櫻不安地望過去，隱約看見琦娜手中的符。

「沒什麼，祝福而已，祝福大家。」琦娜氣若游絲地笑著。

在那之後，兩人一連吵了好幾次，直到琦娜差點暈眩、無法呼吸，雙方才以沉默作罷。最後的旅行，果眞成了懊悔與痛苦，不再是兩人期待的美好回憶。她們再也回不去從前，再也看不見彼此，十幾歲的她們曾約定不會有這麼一天，但命運還是發生了。一切碎了，逝去了，冰消瓦解在不為人知的異地，更成為荷櫻永久的創傷、惡夢的開始。

「是妳逼我的。」在最後的黑暗裡，琦娜撕開兩人的面具，狠狠地施下最凶惡的血咒。

「妳就好好解脫吧！魏琦娜。」荷櫻沐在微光處冷言回擊。

那是翌日清晨，寒氣穿霧，朝陽初升，一封署名魏琦娜的遺書，靜靜躺在副駕駛座上。林子中瀰漫濃烈汽油味，驅散了所有蟲鳴鳥叫，留下迎接死亡的枯枝。

琦娜失魂地癱在輪椅上，浸在油氣中，全身濕透無法掙扎，雙眼滿是哭求。然而，瞳孔中，曾經的羈絆，還是丟下了那兩根點燃的火柴。

「這輩子不會再痛了。」荷櫻心中滿是哀傷，卻只能冷眼苦笑，因為她找不到其他保護自己人生的辦法了。

火花撞上那浮著彩色斑斕的油面，掀起火焮，灼熱一瞬，燃起烈焰。琦娜轉眼成了一團火球，她叫不出聲，移不了步，只能瞪著眼前的女人，用最後的力量伸出了手。

是求救，還是憎恨？荷櫻無從了解。隨著水晶耳環斷裂，眼前的肉軀，多年陪伴的身影，在火與煙中被燒下片片皮膚肌肉，榨血萎縮焦黑。種種錯愕、罪惡與恐懼刺穿了荷櫻，扭著五臟六腑直竄腦門深處，意識與記憶陷入前所未有的衝擊。她發起抖來，望著腳下的火柴盒，望著沾滿汽油味的雙手，深深覺得自己不再是自己。

她雙腿一軟，就此跌坐在地。

地上的水窪倒映著那團火焰，也倒映照出荷櫻的容顏，一面亮，一面暗，彷彿身處窟窿之中，露著半張鬼似的臉。

「我們究竟幹了什麼？」她呆望著眼前的瘋狂，靈魂斷了線。

那一天，一切都被遺忘在那片樹林，害死摯友的荷櫻從此害怕鏡子，害怕自己，害怕自己想起眞正的祕密。

就像眞的被詛咒了一般。

24

一股黑暗與極致的癲狂，挾帶著刺骨的恐懼從體內不斷翻攪，彷彿將身體捲入漩渦，扯入那地下世界。

呼！荷櫻睜開雙眼，驚呼喘著氣，頭部的沉重感讓她一時虛實難辨。她猛然從床上坐起，摘下腦光學儀，眼皮正不停跳動。她的臉色鐵青，那惡夢仍舊令手腳直發抖，全身冷汗淋漓。

房間裡，夜燈微微亮著，而一旁的筆電螢幕中，ＤＩＲ監視程式跳出了「Signal Error」的字樣，看來在擷取過程中訊號就發生異常了。

此刻正值凌晨四點，回到家已過了快兩個小時，惡鬼道的記憶還是沒有重建成功。

晦暗的房間裡，黛恩正趴睡在荷櫻一旁。或許是出於恐懼，也或許是想守護母親，她手中還抱著道長給的香灰瓶，以及，思婷的髮夾。

「我真的有帶給女兒幸福嗎？」荷櫻心中突然這麼問自己。她看著女兒連續兩晚如此折騰，彷彿自己才是那個負擔，那個最傷害家庭的人。

荷櫻一臉痛心，輕拂著黛恩的頭髮，重度疲憊讓女兒睡得比想像中還沉。身爲母親，荷櫻不禁思索，究竟有多久沒好好這樣看女兒了？多久沒在夜闌人靜裡，聽著那微微的鼾息，好好感受女兒的依偎，感受那一再視而不見的小女兒心情？

荷櫻手輕放在黛恩的小手上，儘管熟睡，但那股脈動仍努力地跳著，傳到荷櫻的掌心，直達內心深處。隨著腦中浮現當初在產房的喜悅，一家人的畫面也跟著躍出，荷櫻的心再次自昔日的幸福中痛了起來。

而所有的美好已經無法復返，面對失控的人生，為了思婷，她已踩不了剎車了。

荷櫻輕輕抱起黛恩，將她送回到女兒房間床上，為她蓋好棉被。

「再等一下，寶貝，媽咪很快就會結束這一切了。」荷櫻小聲地說，隨後悄步準備離去。

一隻小手拉住了荷櫻。

她回過頭，只見黛恩一臉惺忪地瞧著她，嘴巴無聲開闔，看似還未真的醒過來。

「沒事了，好好睡，媽咪沒事。」

一聽母親這麼說，黛恩這才點點頭，放心地閉上眼睛，睡回夢鄉。荷櫻總覺得有東西滑落到自己的笑容旁，原來眼淚早已不知覺地落下。她撥去淚珠，趁著第二道淚水滑落前收起笑容，就此走向門。

門旁的身高表上，失蹤的思婷仍停在一百三十公分處，而黛恩也停在一百一十五公分，不再重新量過。荷櫻回看著黛恩，想起自己剛剛抱進來的吃力感，那身軀早已超過一百三十公分，早已超越了姊姊。荷櫻這才知道，自己這三年來似乎沒讓這個小女兒真正活過，整個家都被鎖死在那晚的雨夜中。

愧疚感敲下了她的第二道淚水，荷櫻不禁憋住哭聲與身為母親的吶喊，匆匆踏出房門，悄聲將門關上，逃避似地離開了女兒房間。

但她不知道，她的腳無意間擦掉了門前地上的線。那是剛剛她在睡眠中時，黛恩輕輕灑上的香灰結界，以防止凶靈們的入侵。

眞的是自己害死了小娜嗎？還是那只是罪惡感作祟，是幻覺？或是小娜死後的詛咒呢？荷櫻一邊這麼想著，一邊脫下衣服，打開了浴室蓮蓬頭。她知道時間已經不多，但唯有先好好沖個澡，靜一靜，消去身心負擔，才能重建那些惡鬼道記憶。

「**祝妳以愛為代價，再也不認識自己。**」琦娜的話再次傳進她的大腦深處。

水聲淙淙，熱氣鬱蒸，她望著鏡中自己，儘管近十年的恐懼仍警告著她，她依然凝視起鏡中反射出的臉孔——自己的面貌仍舊沒變。鏡像跟文字一樣，有時凝視超過二十秒以上，就容易「完形崩潰」，大腦會開始感到陌生，進而產生空洞與不協調感。但此刻，她很確信自己還是認識的自己：曾荷櫻。

荷櫻鬆了口氣，踏進浴缸接受熱水的洗禮。她手摸著頭，撐著牆，努力將所有雜念排出腦外，僅留最低限的思考在調查回憶上頭。熱水自上淋下，灑向胸口的定魂符，潺流她這兩晚瘀傷的胴體，也沖去殘留的淚珠。在騰騰的蒸氣裡，她千思萬想，縱使閉眼，思婷的笑顏與求救猶然交互顯現，無數惡鬼樣貌也彷彿竄出了意識……

熱水跟著化爲血水，迸流飛濺到荷櫻腳下。突然間，噗唰！她的臉被不明力量一扭，瞬間凹陷裂開，一隻長手從裂縫內扯下她的五官，血淋淋鑽了出來！

荷櫻驚恐地睜開雙眼，被那強烈的疼痛與噁心拉回現實。只見室內恢復正常，臉完好如初，沒有裂開，也沒有妖怪般的手臂，一切只是幻覺。

但即使如此，荷櫻總覺得有什麼正撕裂著她靈魂深處，有什麼正從體內快速流失消逝。她摸著那孕育思婷與黛恩的腹部，自己有如被掏空一般，逐漸被不知從何處沁入的哀傷溢滿。

浴室裡的燈恰似呼應她的徬徨，閃爍了起來，一明一滅地嘲笑她，把她困在這無助封閉的囚室。每一次亮燈，都讓後續的黑暗更加深沉。

找到了思婷之後呢？這個家會改變嗎，世界會不同嗎？在惡鬼道對自己的提問再次浮現。蒸氣儼然成爲那圍繞惡鬼的熾熱，如今赤裸的她，透明又稀薄，被人間遺忘在這片闇影角落，被名爲現實的巨獸殘暴咬個粉碎。已然虛無的人，最後還會剩下什麼？

嘶！一陣刺耳的摩擦聲。

起霧的鏡子被劃下了一道小小手印，是個V字。

荷櫻眨了眨眼，關上蓮蓬頭定睛一看。霧氣雖然緩緩漫了回去，但手痕仍舊清晰，而這次並不是幻覺。

啪啪！是腳步聲，只見門板半開微晃，燈光明暗交錯，地上的沾水小腳印走出了門外，在那幽暗的外頭隱約有道人影。

荷櫻二話不說，立刻轉身拿起毛巾，千卻纏上一股異樣，絲絲惡寒竄上了她的肌膚。

那是滿滿的深黑長髮！閃爍的燈光裡，一名蒼白女鬼咧嘴哭嚎，倒著身順著毛巾滑出，抓住了荷櫻！

荷櫻嚇得翻跌出浴缸，連滾帶爬撞上牆面。然而，她手上仍緊緊纏著女鬼如蛇的頭髮，那扭動的身軀正慢慢爬向荷櫻一絲不掛的身子。

手機發出了訊息提示聲，燈光再度恢復明亮。只見毛巾落下，女鬼消失，眼前什麼都沒有。

鏡子中只有赤裸蒼白的自己。

手機螢幕裡，小姍捎來了訊息：岳翰與她已從DIR紀錄結合了刑事資料庫，辨識出四名失蹤女童，其他被害者的資訊也陸續比對中。如果能建立更大的資料連結、分析出地緣關係，就能縮小範圍，甚至找到犯案模式，揭穿犯人身分；但最關鍵的場域與犯人影像，還是只能仰賴荷櫻的記憶重建。

一回想起那個窟窿、那張與自己相同的臉，荷櫻的後頸彷彿被冷意抽了一下，那股恐懼不下於在浴室遭遇的幻覺。她知道時間不能再拖，偏偏失控的腦子就是無法成功連上DIR，只能暫時先憑著印象回傳先前所見：**巨大的湖泊，中西混合的洋房或別墅，有著尖塔**。

她邊傳送訊息，邊換上衣服，頂著一頭濕潤來到幽暗的長廊。經歷惡鬼道的旅程後，如今的小夜燈在她眼中，並沒有帶來多少光明，反而更讓那暗沉的橘光與黑暗融為一體，褻瀆著，埋伏著，如同惡鬼道裡的山道，只差那片鮮紅與腥臭；而自己狹長歪斜的影子，彷彿是眾惡鬼的一員，靜候在腳下，等著將她取代。

地上仍有著沾水的小腳印，慢慢延伸至漆黑的客廳。她從未看過深夜的家裡如此黑暗濃郁，深得不見任何光影。

那真的是思婷嗎？荷櫻尚且保留一絲理性，但多重的幻覺已讓現實迷離惝恍。也許，這就是曉欣這三年所經歷、夜夜飽受無盡折磨的狀況，而荷櫻身為諮商心理師，否認那一切恐怖，輕視真正的夢魘，現在卻落得同樣的戰慄，心中不由得感到諷刺可悲。

「思婷？」她朝黑暗中小聲呼喚，身心保持警戒，「是妳嗎？思婷？」

照理說，思婷的魂應該還在那可怕的世界。那麼這些腳印又是誰的？荷櫻再度擔心是自己的幻覺，也擔心起真有什麼跟著回到了家。矛盾的是，心底深處卻有一絲希望，那真的是她與女兒的羈絆。

伸手不見五指的黝黑，一片死寂。

她緊握護身符，打電話給道長。然而，凌晨四點，想必是無人接聽。

荷櫻只能謹慎地踏進那一片異常，小腳步的水漬消失在客廳與長廊的交界，取而代之的是一張張畫紙。它們來自黛恩的插畫本，但上頭的蠟筆畫風更幼小、凌亂，黑色的線條暴戾，恰似幽谷枯枝，又如野獸爪痕，抽象地畫著一家四口。

隨著荷櫻一步步向前撿起，畫中的一家人一張張地消失，最終只留下一個高大的女人，以及三灘血紅，而那女人身處在火焰之中。強烈的邪惡自畫中傳來，爬進荷櫻的血管，她不由得打了個冷顫，急忙打開電燈開關。

啪！黑暗中，亮起的竟是身旁的電視，無法忽視的紅光轉眼淹沒了她。

五十吋的畫面，是五十吋的窗，是她一輩子也忘不了的美麗與凶惡。惡鬼道的紅色湖泊，波光粼粼的血色，如今竟在現實中映照她全身，像要把逃出的靈魂吸回那個夢魘世界。在紅霧飄渺的湖面上，此刻正站著一抹身影，那人微笑著，頂著和荷櫻相同的面貌，恰似來自地獄的鏡子，拿刀來回割下了自己的臉皮。

頓時間，荷櫻劇烈反胃，頭痛得如針扎，像是臉皮也被另一個自己掀起，腦中盡是曉欣剝下自身臉皮的那一刻。她急忙按下電視的開關，卻毫無反應，只好直接扯下插頭。

「媽……」

電視螢幕就此一黑，反射出她身後模糊的嬌小人影。

「媽……媽咪？」

黛恩睡眼惺忪說道，那是這個家睽違了三年的聲音！

「妹妹？」荷櫻一時呆愣，馬上回頭。

「媽咪？媽咪？」倒吊者模仿黛恩哭嚎著：「媽媽媽咪咪！」

它爬在牆上，臉部也擬態成黛恩瘋狂地轉著，本該待在另一個世界的存在，如今竟在荷櫻面前不斷放大，上前朝她衝過來。

荷櫻嚇得腿軟，來不及一閃，就此被撞向電視。一瞬間，她伴隨著紅色潮湧，浸身在滿是血水的世界裡。

紅霧瀰漫在她四周，邪惡的天空與群山不停傳來人類哭嚎，她又回到那個不該探訪的禁地！倒吊者濺起血色水花，一下切換成思婷的血臉！再次從腹部翻出大量數尺長的手，快速伸向荷櫻。

「媽咪！好痛！我想回家！帶我回家！」可怕的身形，嘴中卻喊著女兒揪心的聲音，當下近乎斬斷了荷櫻的理智。

那宛如腐肉章魚的巨大身軀，激起大量鮮紅湖水，並以神擋殺神的破壞力飛撲而來，荷櫻一時只來得及將手機用力砸出去，拔腿逃跑。殊不知，湖水淤泥令她腳一滑，就此陷入水中！長有嘴巴的長手，飛快劃破空氣從旁甩來，就此攫住了她，撐開她的嘴巴，撕扯似地準備伸進其內——

碗！荷櫻整個人撞上客廳牆面，癱軟倒下。她的肺部像被車輾過般喘不過氣，眼睛滿是血絲，瞳孔異常跳動。她戰戰兢兢地環伺周圍。自己又回到了客廳，倒吊者已不見蹤影，只有她一人留在這片無聲黑暗中。剛剛砸出的手機如今碎了一角，落在身旁，就像她裂開的心。

無形的邪惡徹底玩弄了荷櫻，她不知那是來自另一個世界，還是自己逐漸崩壞的精神。驚恐、無助、悲傷、憤怒，以及自毀的慾望不停交織，發抖的手逕自摀上嘴，壓抑所有嘔吐與尖叫，全身跟著猛顫起來。

而邪惡就像看穿了她的傾頹，不給喘息。

「祝妳生日快樂，祝妳生日快樂。」手機傳出她和黛恩不和諧的歌聲。

那聲音宛如一道隱形的牆，重重撞擊荷櫻僅存的理智。她呆然望去，只見手機螢幕中正播放過去的影片，思婷失蹤前最後一次慶生。

「耶，許願，吹蠟燭，切蛋糕。」當時的自己這麼說：「願望只有三個喔。」

「不可以多一個嗎？」

「不行。」

「那我許願再多一百個願望。」

「貪心鬼，作弊！」還未失去聲音的黛恩抗議著。

「對呀，姊姊，不行。」

「那……第一個我要有新衣服，希望我最可愛；第二個我希望上學可以晚一點……」

「這恐怕很難喔。」

「嗄？媽咪妳不是說願望嗎？」

「第三個呢？」黛恩催促著。

「第三個放在心裡就好，不能說出來喔。」當時的荷櫻說道。

然而，思婷竟看向了鏡頭，露出不屬於她的邪惡笑容。「沒關係，我希望……」

「不可以！」

荷櫻著急地上前，試圖將手機關掉。在她的印象裡，思婷並沒有把願望說出來，因爲那種願望一旦說了，就永遠不會實現，將變成詛咒。

「我們一家人……」

「不可以！」荷櫻試圖將手機用力下摔。

「都可以好好回家。」隨著思婷笑著說出，畫面出現雜訊，穿插著恐怖的哭聲，以及思婷在惡鬼道中的受虐影像。

「媽咪！好痛！我想回家！帶我回家！」被無限分割的思婷哭求著。

電話響了起來，破裂的電視也重新亮起，全都傳來相同聲音。

「媽咪！好痛！好痛！我想回家！帶我回家！」

「媽咪！救我！拜託！帶我回家！帶我回家！」

女兒來自深淵的刺耳哭求不斷重複錯置，迴盪整間房子，迴盪荷櫻的腦中，彷彿連浴室的排水孔下都傳來相同的哭聲。

「我的手好痛，頭也好痛。」

「不要再丟下我了！」

「帶我回家！」

「媽咪！」

荷櫻全身抽搐，想哭喊卻發不出聲，所有哭嚎在體內爆發出來，扭著她全身痛覺神經。荷櫻憋住淚水，一臉猙獰，恨不得就此拆開地板，徒手直挖向那困著女兒的恐怖世界。

黑暗就此吞噬荷櫻，直到一雙小手從背後輕輕抱住了她。那藍色微光殘影，不帶冷意，不帶刺痛，只有熟悉的溫暖，宛如善意的謊言，僅管毫不眞實、曇花一現，若有似無，卻足矣。荷櫻一陣錯愕，哭著回頭。

「思婷……」

那曾經的笑顏伴隨藍色身影，留下最後一眼餘光，就此消失。

「只差一點了，找到我們。」女兒的殘音在空氣中溫柔說著：「媽咪。」

那一刻，像是帶走了所有騷動，客廳再次恢復寂靜。黑暗淡去，恐懼散開，陪著荷櫻的，只剩下若有似無的餘溫，以及更多的悵然徬徨。

無論是帶思婷回家，或是找到她們的屍骸，如今在本質上是一樣的，而自己能做的也只剩這樣，並在事後接受失去的哀痛。

荷櫻哭喪著臉，僅管悲痛早已鑿穿身心，但她感覺得到，剛剛最後拯救自己的，就是寶貝女兒沒錯。那抹笑容和溫暖，即使是謊言、是幻覺，也是她最眞切摯愛的孩子。

她一點也不想辜負女兒的溫柔與期待，因爲那是做母親的責任，哪怕是最後的責任，現在也只有她才能拯救那些女孩。

荷櫻深呼吸，就此拭去淚珠，堅定地望向自己的房間，望向待機中的ＤＩＲ系統。悲傷是無法阻絕的，但還有更大的使命正等著她去做。

她想起這兩日來自己就觀落陰一事，與宋瑞和道長的爭辯。

「只是一種民俗催眠療法。」

「觀落陰啊，就算派系不同，但都是打開陰陽兩界的天線……隨便催眠這種記憶，就會打開開關，連上陰間大門，讓鬼上來了。」

「它……是請示神明將靈界投射於我們天靈蓋之下，連上三魂，用魂魄去連去觀。」

「想當作東方催眠術也行，差別在西方往心靈，我們往神靈，最深處都是一樣的，都是靈的世界。」

荷櫻想起了手機裡，還有著入三惡儀式的所有錄音紀錄。

她返回房間，眼睛緊盯著ＤＩＲ系統介面，唰一聲從黑色睡衣上撕下一條黑布，將死藤水混合藥物針劑打進自己體內。一瞬間，她感受到一股熱能與瘋狂竄入體內、不斷流動，眼前所見皆發出微光，大腦清晰起來。

即使知道道長禁止這麼做，但荷櫻已顧不得這麼多。爲了女兒，惡鬼道都去過了，生命乃至靈魂早已豁出。

荷櫻小心翼翼地戴上腦光學儀，別起藍芽耳機麥克風，啓動DＩR監測，將安全管制關閉，並把所有的電腦運算全部投入DＩR重建。死藤水的苦味，如今成爲甘泉，她用手機播放錄下的儀式聲，蒙上眼睛，在冥想中接受那片黑暗。

她必須貫穿自己的心靈和那片血紅，回去內觀那片記憶，重返駭人的惡鬼道，重返思婷與女孩們所在的地方。

隨著身體發抖、冷汗直冒，聚英宮的唸咒聲與樂音，宛如一雙看不見的手，纏繞著荷櫻，在她腦中開啓入三惡的門。夜燈暗去，房間陷入鬼魅般的漆黑，紅霧蔓延，血水湧入，荷櫻的意識被吸進了黑暗之中。

赤色天空、血紅湖泊、黑色的尖塔，就此迎面而來。

「大湖，挑高，中西混雜。」她呢喃低語，讓語音輸入電腦，直送給警局中的岳翰與小姍。

25

加倍提神版的「約翰命」喝下去後，缺乏睡眠的岳翰反而更加心悸。此刻的他洗著臉，試圖爲自己降溫，降下急於追案的躁動。早年的那股凶猛幹勁在悲憤中復甦，自己恰似又回到隨時上戰場的菜鳥時代。倘若不是爲了孩子們，他其實很想好好睡一會兒，不讓自己暈倒，也暫時逃避現實的痛楚，以及……那來自身後的恐懼。

懸在角落天花板的妻子，依舊垂著整條舌頭、晃著身軀，以死白的雙眼瞪向他。自從回到熟悉的地方，那身影就一路跟著他，比過去更加肆意猖獗。

如果搞砸了，會不會身後又會多了女兒的影子？他不禁這麼想。那樣的話，別說作爲一個警察，作爲一個人，又該以何種面貌迎接過長的人生？

多年來的忙碌，公平正義早已成爲塵土，努力所做的不過是維持醜陋的體系；信念只是雲煙，飄渺在無能的煙硝中，消散在每一杯名爲自欺的茗茶之後。

如今，電視台慘案在檢察官聯手主導下，偵查細項已由專案小組與接案的人負責，自己也被完全架空。那晚的亡魂既是燙手山芋，又是新的一場權力遊戲，或許自己最後也會變成警方缺失的代罪羔羊吧。

少數可慶幸的是，正是自己屬於外圈、免於爭鬥，所以現在多了餘裕。而稍早各方還爲了自保，在副局長的協助牽線下，讓他趁亂打聽到了內部情報。

警方不會特意追查思婷與Anya的案子，除非有絕對的相關確證；他們也不受理任何超自然線索，一切往精神疾病方向偵查，這也導致負責催眠的荷櫻與小姍，將成為第一波調查對象。擁有DIR重建模組的所有器材也將勢必嚴加列管，換句話說，小姍能分析的時間不多了。

另一個麻煩是，警方發現直播系統後台被植入了病毒，大量電子裝置無論內外，都在命案當天遭人破壞，連燈具都被動了手腳，這也令專案小組認定是有人預謀犯罪。他們清查了所有人，初步查出電視台高層有不明金流，也查到荷櫻多年前的病症。

短暫的解離性人格疾患。

但現在的荷櫻，在他看來並沒有那樣的狀況，除了需要服用一點藥物止痛助眠外，一切正常無異。難道會是在他看不見的地方發作嗎？小姍一直掩護著，而催眠只是另一場更大的騙局？岳翰並不是醫生，也無從斷定。倘若沒有親自和她們一起調查，或許他也會第一個懷疑荷櫻吧。唯一能確定的是，接下來專案小組將會找上她。

他們沒剩多少時間了。

「學姊說還要一些時間，但目前推測，湖面大概五十公頃以上，洋館廢墟約兩、三層樓；有高塔、鐘聲、鞭炮聲。」小姍在螢幕前一邊吃著宵夜米粉湯，一邊喝咖啡，對自廁所回來的岳翰說。

按照常理，她無法直接進來偵查隊與警方共用資料，而岳翰在調職程序上也有所限制，但正式離開前，他畢竟還是分局偵查隊老大，而哪個屬下不知道他正忙著女兒的事。

即使業務再繁忙，這些偵查隊員仍舊視小姍為上賓，並給予她所需的一切資料。或許，這就是胡亂體系下少數的好處。

電腦螢幕上，DNN模組正進行解碼，連結著荷櫻的數據紀錄，批次轉化並重建、最佳化湖邊惡鬼道的畫面。一旁的警用電腦螢幕列出大量失蹤兒童的檔案，那些解析完成的DNN女童鬼魂殘影，正透過自動臉孔辨識，一一核對著資料庫裡的孩童照片和資料。很難想像那一張張笑顏，會在地下世界被折磨成那般面目，小姍一想到她們可能的恐怖遭遇，不禁泛起雞皮疙瘩，思索究竟是怎樣的人與仇恨，會如此喪心病狂，對孩童下手？

所幸，找出了身分的被害女童們，已透過系統關鍵字比對，列出了數據圖，由偵查隊列出時間與地理關聯。這些紅點在地圖上按順序連成線，交集在中南部。

「五十公頃以上，中南部，不會是太深山；有廟，有一定的交通、開發過，尖塔建築，又有多少隱蔽性……麻煩幫我列出所有可能性，包括保護區變更，任何施工封鎖、公私有地都要。」岳翰對著屬下們喊著。

「收到，沒問題。」僅管少數人呵欠連連，這些刑警們仍埋首於偵查作業之中。

岳翰在地圖上畫圈，標上編號與南下的箭頭。

「犯案頻率近期急增，乍看南移，卻又北上綁走Anya。在監禁地不變的狀況下，這種針對性……」他看著案情統計數據及檔案，「如果分析結果正確，她們的身形和年齡近乎相同，而思婷是目前第一個被害者……」

「感覺啦，純粹是我猜的，如果不是對思婷情有獨鍾，大概就是思婷對凶手的計畫產生極大影響吧，或是凶手需要隱瞞更早的被害者？」小姍看著檔案說道。

「不，我感覺那鬼對荷櫻有一部分的針對性，而那針對性又延伸到我身上……」岳翰直覺一切是以思婷的失蹤爲開端，但Anya爲何被捲入，他苦思之下也找不到原因，彷彿整個謎團就是少了那最關鍵的一塊拼圖。

他想從針對性往回推，從恨意推敲——有可能是有過節的同行或病患，甚至是魏琪娜；然而魏琪娜在十年前就已身亡，荷櫻也確信自己看到兩個鬼：一個全身焦黑，一個無臉。

該不會一開始就出現盲點？岳翰頓時一陣惡寒。

專案小組正懷疑著荷櫻，而她短暫罹患過解離性人格疾患，也是不爭的事實。弔詭的是，這一連串討論下來，小姍又疑似把推論帶到另一個方向。

「犯人高智商，職業自由度高，有駕照，可能曾經失去過什麼而導致負面思想。」岳翰一邊側寫，一邊對小姍試探，試圖解開腦中的疑惑，「可能懂一點心理或精神科學，懂一點宗教信仰；體能驚人，言行舉止又可以讓小孩放心，是一名女性，可能還是一名母親。」

「不，隊長，我覺得現在這樣分析太過片面，就好像是在說……」

「妳覺得犯人是怎樣的人？」

「我不知道，除了黛恩，只有學姊和曉欣看過。」

「但曉欣到底有沒有眞的看到，沒有人知道。」

「你覺得學姊有嫌疑？她會對自己的女兒下手？黛恩也在說謊？」

「偵查不公開，但專案小組確實這麼認爲，尤其她是催眠師。我是持反對意見，但是，」岳翰指向螢幕問著：「有點在意爲什麼妳沒對那湖畔女鬼進行辨識和分析？既然荷櫻現在都重看了那段記憶。」

小姍一時間說不出話。

「除非，是在之前就已經有辨識紀錄，或者影像無法使用。」岳翰說著。

「我說過，是最後訊號太差，無法……」

「但湖和建築卻可以？」

「訊號衰落的情況下，物件比人臉簡單，而且有部分是學姊先說，我來查證。」

「妳忘了妳原本說那鬼沒有臉嗎？」

「我……」小姍一時呆愣，發現自己中了計，趕緊別過頭。

「請讓我看，拜託。」岳翰說道：「這裡可是警局。」

小姍看向岳翰，就此陷入天人交戰。她知道現在不管自己怎麼回答，都只會造成反效果，而岳翰雖然誠懇請託，身為偵查隊長的無形威壓卻更加駭人。早在她想到如何應付前，自己的手已搶先一步，切換了視窗。

血湖的畫面中，出現了略微模糊的女子鬼影，她持著刀，臉裂開一個大洞，晦暗卻仍露出了——半張荷櫻的臉部。

那鬼與荷櫻的面容相似度高達百分之七十三。

「先聲明，你們扣押我們的機器，害我們只能帶舊一點的去聚英宮，很可能訊號錯誤，逆流回學姊的大腦。」

「有可能是因為那種什麼解離之類的病嗎？妳應該也知道吧。」

「這不是電影！就算幻象是那樣來的，我也不認爲學姊會因十年前的病症對孩子們下手！」小姍嗓門突然大了起來：「她跟你都是受害家屬！你都調查三年了，不是應該最清楚嗎！」

這一吼，辦公間瞬間鴉雀無聲，岳翰也嚇了一跳，倍感慚愧。

「抱歉，我只是有點累，犯蠢了。」

「我⋯⋯很心疼學姊，很想知道到底是怎麼回事。但學姊是清白的，我比誰都清楚，她人眞的很好，不可能傷害任何一個孩子。」

「那妳認識誰跟她結怨嗎？」

「這你們不是應該查過了嗎？做心理諮領域的，很容易引來各種怨恨。」

「魏琦娜呢？」

「她不是死了十年嗎？」

「是啊。」岳翰點點頭，總覺得又深陷更錯綜複雜的迷霧之中。

茲茲！茲茲！就在兩人陷入苦思之際，一陣電子雜訊竄出電腦喇叭，刺耳地令人發麻，微弱的人聲隱約傳來。那是好幾名女孩的哭泣聲，交錯著不斷嗚咽，似乎置身深井哭嚎著。兩人愣了一下，冷顫不已。

「這也是紀錄之一嗎？」岳翰問。

小姍臉色鐵青地搖頭，「DIR只能擷取和重建腦部視覺，雖然聽覺還在實驗中，但現在不太可能，而且我早就把聲音關掉了。」

「有時候電子產品就是不能相信⋯⋯」岳翰話還沒說完，身旁的電腦也開始發出了雜訊，哭聲像是潮水般蔓延開來，就連頭頂的擴音器也傳來一聲聲悲啼，仔細一聽，裡頭還挾帶著湖水聲、鐘聲和鞭炮聲。

整個辦公間陷入了陰寒淒厲的哭泣聲中。

所有人不禁停下手中工作，呆看著自己的電腦與周遭，被女孩們痛絕的呼嚎包圍。隨著室內的電燈和電腦螢幕瘋狂閃爍，人們彼此互看，寒毛直豎，一動也不敢動，彷佛明滅中有什麼東西即將出現。對警察而言，靈異事件司空見慣，但從沒如此明目張膽，竟直接發生在警局多人面前。

岳翰率先站起來，立刻走向關公像。女孩們的哭聲頓時變得更加大聲，他身後那吊在天花板的身軀也跟上了他，不斷地痙攣晃動，像在配合著急速攀升的集體恐慌。

有人快速離開座位，有人唸起經文，但來自陰間的求救聲並沒有停止，直到岳翰停下腳步，注意到Anya的失蹤海報——看到了「答案」。

聲音戛然收束消失！只留下其他偵查隊同仁的驚慌聲，以及，岳翰那劇烈跳動的心跳。

「萬物皆鏡……」

他瞠大雙眼，快速折回，不顧亡妻的幻影，直直望著嚇得魂不守舍的小姍。

「那不是鞭炮聲。」

「什麼？」

岳翰掏出手機，秀出了自己和Anya的合照桌布，和失蹤海報一模一樣的圖檔。只見父女倆拿著靶槍，後面則是一大座湖泊。

小姍頓時瞪大眼睛，腦海浮現前陣子才協助的節目內容，那個盛傳大量小孩鬼魂出沒之地。

兩人不約而同地說了出來。

「鍾馗湖。」

26

女兒房間的窗戶外，大雨傾盆，烏雲讓夜變得更深，霖霖的雨幕包圍起荷櫻的家，長夜漫漫看不見任何曙光，連路燈也暗得縮入陰影。濕氣帶著陰寒又黏膩的氣息，與大量雨聲襲上了窗，沁入了室內，滑落的雨水光影照在牆上與地面，讓陰暗的藍色壁紙更顯冰冷。

啪！一道撞擊地板的尖銳聲響，驚醒了黛恩。她晃著頭，連夜的困倦腫著眼皮，她一臉困惑地從棉被中轉身，望向聲音來源。

迷濛的視線裡，裝著全家福照片的相框落在房門口，裂了開來，照片中的人臉全被挖空。房門半敞，正微微擺動，地上的香灰線也被抹去了一大半，而那透進的橘色夜燈光影，更讓黑暗顯得鬼影幢幢，彷彿有個人影輪廓躲在門外暗處，窺伺著她。

那不是母親，更不是姊姊，而是更不祥、不能明說的恐怖。

雨聲之外的靜謐，匯聚著強烈的死亡氣息，不斷從門外傳來。黛恩寒毛直豎，打了個冷顫，就連呼出來的氣也化成了白霧。她陷入猶豫，本能直覺不對勁，但是否該馬上打擾母親呢？

這時黑暗中有了動靜，慢慢朝她移動過來。

恐懼一下驅散了黛恩的猶豫，她抓起床邊搖鈴一響，叮叮！清脆鈴聲迴盪在森冷的房間與長廊，本該用以通知母親，如今，在一片異常中反而更像召魂儀式，在死寂中召來更濃烈的懼怕。

黛恩緩撐起身子，準備拿起一旁的香灰瓶。

叮！床邊的搖鈴響了，卻不是她搖的。

有人在身後！她甚至可以感受到，有道冰冷氣息正朝她的後頸呼氣。

黛恩裹起棉被擋著自己，試圖與對方拉開距離，好不容易鼓起勇氣回頭一看——叮！搖鈴擺動著，竟不見任何人影。

一道身影鑽進了思婷的被褥裡，露出了模糊的頭。

黛恩一陣惡寒，似乎看見了那顆頭正對她笑著，短短一瞬，「那東西」便縮進了棉被裡。

糟糕，有東西跟著回家了！黛恩壓抑著恐懼，小心坐起，準備隨時衝出房間。只見「那東西」也裹著棉被，慢慢以誇張的姿勢扭轉身軀，從床上站了起來。

「何黛恩。」思婷的聲音這麼說。

黛恩愣了一下。那確實是姊姊的聲音，但眼前的身形完全不像。房門砰一聲瞬間關上！「那東西」朝向黛恩作勢衝來，轉眼間卻又突然消失，僅留下空棉被，攤開落地。

黛恩正想弄清楚怎麼回事，一張慘白的女鬼臉就竄上她面前，大力將她拖到床下。尖銳的指甲刺進她稚嫩的皮膚，抓出一道道血痕，但她仍猛烈掙扎，趁隙滾到一旁爬起身來。

鬼影不見了，房內悄然無聲，徒留雨聲霎霎嘩啦，風雨拍打著玻璃。

鏗啷！突然間，一旁的櫃子晃了起來，床與書桌也跟著搖動，香灰瓶就此墜下，滾到牆邊。叮叮叮叮叮！搖鈴激烈響著，隨即，所有燈泡眨眼間化成碎片，哭嚎聲就此傳來。

黛恩這才發現，在拍打窗戶的不是風雨，而是好幾個死白鬼臉正貼著窗面，它們雙眼被黑布纏繞深陷，大嘴咧開，在女鬼的嘶吼中慢慢滲進窗內，露出扭曲的手腳，像爬又似滑地進入房間，潰爛的身軀越來越清楚。

面對闖進房內的鬼魂，黛恩縮緊身子，想尖叫卻出不了聲，只好連跑帶爬地衝向房門，但門早被反鎖，怎麼轉也開不了。

眼看鬼魂逼近，女鬼也爬上牆面、張開血盆大口準備撲來——黛恩靈機一動，撿起香灰瓶朝鬼一灑，就此撞開了門鎖，逃出房間。

她餘悸猶存地關上房門，抖著手，迅速將香灰灑上門口。然而，還沒來得及連成一線，數張鬼臉竟直接穿透房門撲來！

夜燈瞬間破掉，橘光消逝，黑暗隨著鬼魅滔滔湧入。黛恩一時看不清所有方向，唯一的光線只剩下荷櫻房門下的透光。她連忙趕在鬼魂追上前，打開了母親房間。

然而，門後的噁心景象，徹底重擊了黛恩。眼前滿室的紅光，毫無希望，成了更可怕的惡夢。死藤水與針筒被打翻在地上，荷櫻頭戴腦光學儀與黑布，整個人反身對折抽搐，像隻怪物般一邊爬行，一邊用頭猛撞著床腳，咧嘴笑著，頭手滿是鮮血。

「媽咪來陪妳了，媽咪來陪妳了，媽咪來陪妳了。」荷櫻又哭又笑地說著。

轟隆轟隆！窗外劈來割裂一切的雷聲，閃光照映著邪惡的紅霧，身後牆壁變成肉色，彷彿拼湊出一張沒有皮膚的巨臉。

「我曾荷櫻，祈求喚回女兒何思婷，甘願作鬼！我曾荷櫻，祈求喚回女兒何思婷，甘願作鬼！我曾荷櫻，祈求喚回女兒何思婷，甘願作鬼！」手機裡跳針播放著儀式的所有聲音，而牆上的巨臉似乎也同步說著相同的話語。

黛恩嚇得快喘不過氣，全身發抖。她知道母親就是鬼魂們的目標，也是此時的危機源頭，要保護好母親和自己，就得結束眼前這可怕的癲狂。

儘管恐懼摧殘著幼小的內心，黛恩仍舊鼓起勇氣上前，把手伸向連接著筆電的腦光學儀。

「妳又想做什麼？何黛恩！」荷櫻突然挺回身子，扭著整身骨頭發出可怕聲響。她齜牙咧嘴，含血大聲咆吼：「比起姊姊在受苦，不覺得妳活得太幸福了嗎？我不可能原諒妳的！就是妳！妳害了思婷！放棄了妳姊姊！害死我寶貝女兒！嘴巴除了說謊，什麼也不說！」

黛恩來不及止步，荷櫻便飛步上前，發瘋地一手掐住自己的女兒，另一手伸進黛恩的嘴巴，像要扳開那尚未發育完全的下顎，扯出當年說謊的舌頭。

小小的身軀猛烈掙扎，黛恩滿嘴鮮血，連忙推開母親，就此被拔下了搖搖欲墜的乳牙。她嚇得往後彈，只見荷櫻的背部隆起大顆灰色泡泡，湧出思婷與好幾名女童的半身殘影，她們眼眶一片黑又泛著血光，歪著頭從後抱住荷櫻，食指放在嘴前示意安靜。

黛恩努力告訴自己這不是真的，只是一場荒誕不經的夢魘，然而，女童的鬼魂們不斷吟詠著黛恩聽不懂的咒語，荷櫻的影子在震天雷聲與閃光中越變越高大，肚子也脹大了起來，甚至憑空長出一對雙臂，倒影被映在那宛如血臉的呻吟牆面。

「妳還是看不到妳姊姊嗎？我們一起來吧。」

惡寒纏上黛恩，數隻慘白手臂從後面抱住了她。荷櫻就此用黑布蒙住女兒的雙眼，彷彿要將她拖往另一個世界，不存在於人世的笛聲更不斷傳入耳中。

笛聲喚來了惡夢，惡夢掀開了記憶，三年前的雨夜就此撲面襲來。被思婷推下車的她，癱倒在雨水之中，腦中盡是徬徨，以及姊姊的大吼。

「快跑！」思婷當時那麼喊著。

那台車載著姊姊前往地獄去了，而試圖追上車的母親某方面也在那天離去，留下自己，被丟在大雨滂沱的夜晚，躺在大量雨水漣漪中，像是深陷無限的懊悔。她手握斷裂的髮夾，持著永遠無法被原諒的罪。

黛恩流下眼淚，她並不太了解何謂贖罪，但知道還有很多事等著她去做，那是她與母親、姊姊的約定，只屬於她們一家。

黑暗綁住黛恩的靈魂，攫住她的身軀，但在意識消失的前一刻，小手再次翻轉了香灰瓶。灑出來的灰，終究還是起了一點作用。

黑布與荷櫻的手頓時鬆開，小巧的身子雖然顫抖不已，仍甩開纏上的鬼魂，一腳踢斷連結儀器的插頭，推倒桌子、擋下荷櫻，在鬼魂包圍前逃出房門外。

漆黑長廊如幻境般無限延伸，鬼魅在轟雷閃光中一一現形，四竄追向黛恩。她死命奔跑，卻怎麼都看不見玄關，只能灑著香灰，並努力透過手語的肢體記憶，回想數小時前月兒在她面前掐比的禁鬼訣。

天空破了個洞，暴雨持續下著，即使到了早晨，仍黑壓壓地籠罩整座城市，在各地積起淹水。恐怖的雷聲從未停歇，一大早就驚起不少民眾，彷彿宣告著災厄即將降臨。

相較於窗外的大雷雨，荷櫻房間內倒是恢復了平靜。荷櫻一人坐在筆電前，頭戴黑布與腦光學儀回溯記憶，搖晃著身軀，就像觀落陰一般，沉浸在紅色世界裡，坐在腦中的血色湖畔。

但她早已無法分辨，這就究竟是幻想、記憶，又或是心靈深處靈魂眞正的連結？

「媽咪一直都有幫妳打掃房間，」血湖的水靜得像是另一片天空，荷櫻抱著虛弱的思婷，輕輕拍著她，憔悴地微笑道：「妳的那些卡通，媽咪也有幫妳買下來，一直一直等妳，一直一直……」

在她懷裡的思婷，臉色蒼白，直直地望著湖面，口中呢喃聽不見的話語。荷櫻湊身向前試圖聽清楚，然而，眼前突然一黑。

窗外，閃電落下、劈中了樓頂，強烈的白光與巨響撼動了屋內。筆電螢幕畫面頓時消失，連帶著腦光學儀失去訊號，中斷了荷櫻最後的美夢。強烈的刺激，將她喚回現實，也驅散鬼魅光景。

黑布自她眼上鬆落，露出滿是血絲的雙眼。她一臉茫然，宛如被剝奪了一切，從心中的天堂落回到名爲人間的地獄，回到毫無色彩的晦暗房間。她滿是失落與疲憊，只見室內一片凌亂、房門大開，而自己染血的手中有著一顆乳牙。

荷櫻愣了一下，好些時間才終於大夢初醒，知道血從哪來。她臉色慘白，拿著手機衝到長廊，女兒房裡亦一片狼籍。

「黛恩？何黛恩！」她著急地大喊，跑到了客廳。不只電視倒下，窗戶的玻璃也盡碎，狂風不斷吹進雨水，大力吹擺著玄關大門。

磅磅磅！大門不停撞擊門框，所有的門鎖都被轉開，恰似催促荷櫻趕緊上前。她急忙跑了出去，直望下方樓梯平台，一個熟悉的小身影正好映在她瞳孔中。頓時，她放下了心中的大石，然而，心也跟著一點一點碎了。

黛恩倚著牆，睡在一圈香灰繞成的線內，腳上滿是髒污與鮮血，領口與嘴角沾有血漬，任由四濺的雨水打著身體，沉沉不醒。荷櫻緩緩下樓走向女兒，殊不知才踏沒幾步，黛恩就警覺地彈起、瞪了過來，顫抖地對她比著禁鬼訣。

「妹妹？」荷櫻用力擠出微笑，「沒事了，媽……」

荷櫻本以爲黛恩只是防範著幻覺，然而，黛恩依舊面向她掐訣，無聲地唸唸有詞，阻止她接近。

母女倆各自憔悴，在雨聲中對看彼此，即使閃電雷聲激烈交加，嚇得黛恩縮起身子，她那警戒的神情依舊不變，甚至荷櫻再往前走一步，黛恩就拿起瓶子在兩人之間增添香灰。

她怕的就是我嗎？荷櫻看著女兒和自己手上的血。

荷櫻實在不知剛剛發生了什麼事，但隱約中，自己似乎釋放了藏在潛意識三年的怪罪；諷刺的是，她無法否認有一部分的自己，確實獲得了解脫。她恨那樣的自己，也深深明白自己爲了逃避而傷害了小女兒，手上的血就是最好的證據。

「真是個爛到極致的母親啊。」她心中對自己這麼說著。

荷櫻感覺整個肺腑扭成一團，不捨與懊悔猛搥著她的心，眼淚盡往眼角翻騰，只希望當時能控制好自己，只希望時間能倒回。

她深呼吸，頹然又哀傷地緩緩坐下，好不容易提起勇氣伸出手，黛恩見狀卻馬上起身準備逃離。荷櫻不得不垂下手，強忍眼淚看著黛恩，即使避開了那太過疼痛的視線，心仍感覺快被撕裂。

如果自己已成爲被痛恨的那方、連女兒也恨不得逃離的邪惡，那怎樣才能讓黛恩好好聽她說句話呢？

荷櫻對自己徹底失望與絕望，明明就快找到思婷了，自己卻越來越像個毀滅的漩渦，把所有人捲入深淵、拖進地獄，如同她深夜在客廳撿到的畫——成爲人間的惡鬼。她凝視著地上的香灰，無力地將手放了上去，總覺得自己才是眞正被驅邪的那個人。

就在黛恩急著阻止母親破壞結界前，荷櫻抓起眼前的香灰，放入口中，一口口地吞了下去，而這瘋狂的舉動嚇壞了黛恩。

「媽咪眞的不想再看妳們受苦。」荷櫻飲泣吞聲，試圖以笑容強逼自己不落淚，「但好像一直做錯，從好久以前就錯了。妳應該也很累了吧。」

「ㄨ……」黛恩愣了一下，試圖發出聲，卻依舊無法。

「媽咪可能不太正常了，傷害了妳，對不起……我很想救姊姊，也急著想讓妳恢復正常，可是卻一直做錯事……很自私吧？就是這樣，才這麼可怕又討厭，對不起。我也討厭這樣。」

「我才是錯的。」黛恩聽著那告解，望著眼前的母親，慢慢卸下了心防，用手語說出了一直放在心底的話：「我才被該抓走，活著的應該是姊姊。」

「別……我從沒怪妳，從沒有。我只是在逃，在騙我自己，只是好恨好怕，好想醒來回到從前。」荷櫻終於眼淚失控地止不住落下，「我好想跟妳們一起笑，好想有繼續當媽咪的勇氣。」

黛恩望著母親淚流滿面，也鼻酸了起來。三年來的罪責、愧疚、孤獨與愛，讓小小的心靈早已無法承受。儘管手仍因恐懼顫抖著，嘴巴還殘留著數小時的疼痛，她還是鼓起勇氣，選擇抱住了自己的母親，和自己一樣遍體鱗傷的母親。

「我誰都不想放棄，太貪心了嗎？」荷櫻哭著說：「我……還是好媽咪嗎？」

黛恩點了點頭，即使自己不斷被母親所傷，但她知道，荷櫻是世上唯一還可能愛她的人。

母女倆相擁在雷雨不絕的早晨，天空仍舊那般漆黑。而荷櫻的瞳孔中，思婷依舊在她的懷裡，從未離去，就像那還潛藏於她影子的某個東西。

手機響了起來。

27

深藍色高級房車開著霧燈，行駛在霧靄沉沉的山路上，縱使遠離了市區，天氣依舊沒有好轉，遠方尚下著綿密雨幕，而這就是岳翰在偵查隊的最後一天。

由於前一晚的國道車禍，岳翰不得不更換車子，講好聽是徵調租用，實際上是用條件剝削了阿宏的不法財產、徵用他的人脈情報，免費開著他車行的車，還不用擔心任何損壞。如有必要，還可以順便繞道經過，去撿一下他兄弟放在貨櫃的非法槍械。

但如今要對付的並不是多凶悍的匪徒，而係不知是人是鬼的連環凶手，恐怕除了單純的警方武力，或多或少還是需要宗教的力量。

一大早，岳翰便向上層申請搜索票，然而，案件的相關性與指揮權卻讓他一再遭拒。現在，他只能在局長與副局長默許下，聯絡鍾馗湖勤務區的警方，私自前去調查。

幾組小隊本想自願跟來，但對岳翰而言，這終究是源於自己的家事與責任，要熬油費火的屬下臨時丟下案子、冒上生命危險，他作為隊長實在做不到。況且，跨區偵辦別說程序麻煩了，與地方警員合作更有意想不到的衝突風險；如果是自己一人，以如今的職位來看不僅安全，也輕鬆自由得多，畢竟這不是普通的案子，正常人可能應付不來。

但說是這麼說，他某程度上算是拿了石頭砸自己的腳。岳翰一邊握著方向盤，一邊看著副駕駛座上的小姍，困惑自己究竟是哪根筋不對，同意讓她這個一般民眾參與行動。

「學姊會透過直播參與，我會建立起安全連線，希望那邊的訊號夠好。」小姍說道。

「都說偵查不公開了。」

「但她也算協力者吧，只有她知道是哪一間，要不是陰眼開了還要陪黛恩，她現在早就坐在後座了……而且你不也聯絡道長一起會合了？」

「那……是很一般的警民合作。」

「是是是，隊長說的都對。」

在懷疑案發地是鍾馗湖後，岳翰除了申請搜索令，也立刻聯絡了道長，一方面以防萬一，另一方面則希望找到遺骸之際能爭取時間，趕在孩子們惡鬼化前，將她們的靈魂救出惡鬼道。道長得知此事後迅速做了龜卦，種種跡象果眞顯示：女孩們就在鍾馗湖沒錯！即使無法斷定位在哪一個區塊，岳翰仍舊以人情與派系利益爲由，向地方警員交換情報、請求協助，鎖定了幾個可能性。道長也願意趕來現場展開儀式，保護眾人並協尋屍骸，透過岳翰和遠端的荷櫻作爲媒介，打破三惡、釋放女孩靈魂。

這些都不能對外曝光，否則別說警界，整個司法體制都可能陷入風暴。

多方協調之下，時間匆匆飛逝，天色卻毫無好轉之意，雨勢反而更大了。

「如果扣除產權已確認、谷歌街景已看過的，剩下的就只剩那幾間沒錯。」小姍一邊敲擊鍵盤，一邊比對著ＤＩＲ紀錄。

「好。」岳翰一邊開車，一邊用手機通知當地警員後，忍不住問小姍：「妳眞的確定要跟來嗎？前面有公車站可以回去。」

「查過了啦，四小時一班，是等到死喔？早知道就自己騎重機了。」

「現場不一定有人顧得到妳。」

小姍吞了吞口水，「我知道，不過再恐怖也沒有昨天在霾山恐怖吧。我大不了待在外面的車上，你負責在裡面直播給學姊。」

「我如果會直播，就不會天天在警局累得跟狗一樣。」

小姍嘆了口氣。兩人在出發前特地拜了神，祈求一切保佑，但越靠近目的地，心中越加忐忑，彷彿有某種力量，不斷警告他們切勿踏上此行。

「也只有我能確認DIR和其他儀器了。」

「是啊，但妳知道嗎？」

「什麼？」

「就算事成，妳可能也只能拿到感謝狀和微薄的獎金。」

「那又如何？怕歸怕，但我不想被說閒話，我希望DIR是真的能幫助人。」小姍看著自己的電腦，輕輕摸著這陪伴多年的工具夥伴。「我也不想再看到學姊和黛恩受苦了。」

岳翰瞥看著小姍，只見她短髮下難得流露出憂傷之情，即使不明說，那情感也表露無遺。

「有沒有考慮來鑑識組？」

「不要。」

「這麼果斷？聰明！當警察比剃髮出家還修行。」

「不過呀，等這案子結束，我希望不用再繳稅和罰單。」

「想得美。」岳翰笑了笑。「我最多請人幫妳銷一張。」

「有夠廉價。」

「而且，要我們回得去才行。」

午後，細雨濛濛，黑雲蔽日，本該的山明水秀，如今一片晦暗死氣。巨大的湖面如黑色鏡面，靜置於山巒中，就連雨水所激起的無盡漣漪，也彷彿被那片死亡般的陰暗吞噬，沉入二十多公尺下的湖底。

鍾馗湖，最初只是一座有著鯉魚精、水神傳說的中型湖泊，直到清朝後葉，漢人與原住民爭地殺伐後才被大規模開墾；到了日治時期，總督府爲了水利與發電，引水擴建，蓋起水庫、神社與觀景處，這才成了如今的大湖，奠定一切基礎。然而，百年下來，即使物換星移、時過境遷，那份神祕依舊不減。早期曾有大量人祭之說，後來鬼火、殭屍、水鬼抓交替等傳聞也從未間斷，可說是依據時代不同，替換成新的恐懼。再文明的地方，在看不到的陰森之處，也有著超自然的想像。

所謂的「鍾馗湖」，只是人們對鬼湖的美化想像罷了。

「還說五十頃呢，這裡至少有五百頃。」岳翰一邊挖苦著小姍，一邊別過頭，就此經過了度假村，遠離曾和女兒一同度假的樂園，那個找不回笑聲的傷心地。

「早就說是報錯了。」

「那樣可以省下更多時間。」

車子行駛在環湖的山林道上，像一顆劃破灰色雨幕的藍色子彈，奔向了湖畔對岸，那裡隱約可見數個藍紅色光點閃爍著。

根據通報，轄區警員們已經找到最符合的房子，而將先行畫面與街景、DIR紀錄比對後，也確實如此。

等待他們的究竟會是什麼？

各種情緒在岳翰心中擾動，打從人生第一次攻堅後，就再沒有這般緊張不安；打從同仁殉職後，就再沒有這般感傷憤怒；打從妻子自縊後，就再沒有這般嘔心絕望；打從確信世上有鬼有地獄後，就再沒有這般惶恐無措。他只祈禱一切順利，找到女兒，釋放魂魄，揪出凶手，揭露眞相。至於其他的，他已不敢多做奢求。

車子駛進了小路，儘管地上滿是落葉枯枝，長年無人整理，卻仍可見先遣警力的大量輪胎印痕。崎嶇的地面震得車子上上下下，左拐右彎後終於來到一座廢棄的中西混合洋房前。洋房屋頂有著哥德式高塔，屋面卻覆蓋中式圖騰，兩旁層層樹林陰鬱蔽天，四周亦築有高牆；牆上架設著鐵絲網，窗戶則大多從內部釘上木板，在灰色的天幕下顯得無比詭譎。

依據內政資料記載，眼前這棟名爲「春嵐館」的建物，本是某飯店集團的觀光別館，但在雷曼金融海嘯後，集團事業版圖銳減，建物因此多次停工、復工、改建，甚至轉爲私人用，最終在各種產權紛爭與觀光沒落下，荒廢至今，成爲鍾馗湖廢墟之一。曾經有一些廢墟迷會前來探險，一度成爲治安死角，然而不知從何時起，眾人便逐漸遺忘了這個地方。

正門前，華麗的噴水池傾頹塌毀，一旁還立著斑駁斷裂的神像，手持武器的祂們，已不像此地的守護者，倒像極了惡煞凶神。車道上一邊停著八輛警務車與偵防車，另一邊則停著貼有「聚英宮」三字的黑色貨卡，看來道長已經抵達。閃爍的紅藍警燈來回映耀洋房、神像與陰森樹林，即使是白天，此地仍舊陰氣逼人，毫無生靈之聲；紅藍交錯的光影，像極了血紅與陰間之色，營造出邪祟氛圍。

眼前的警力配置，以如此偏遠山區又沒有搜索令的情況下，已是很慷慨的支援。岳翰心想，看來人情攻勢還是很有用，畢竟花了很長時間溝通，而他也相信帶隊的王士山隊長極有能力。若非性情剛烈，對方或許也不會淪落此窮鄉僻野，但也正因爲同是性情中人，才肯伸出援手幫忙。岳翰滿心感激，甚至在車子後座都準備好給對方和其長官的酒。

但怪的是，現場竟不見王隊長，而留下的警員與道長的狀況，著實地讓人不寒而慄。

六名制服警員兵荒馬亂，一人著急地聯絡勤務指揮中心，兩人正與道長爭吵，剩下三名則不斷搖著坐在地上的便衣刑警。那名便衣穿著乍看與一般民眾無異，但從身形、衣服穿搭，以及對制服警員的態度，岳翰馬上判斷出那是名偵查隊員，而且頗爲資深。然而，那樣的一個人，此刻竟翻著白眼，不斷抽搐抖動，就跟在直播那晚中邪的曉欣一樣。

屋外的人數完全和車輛對不上，岳翰望著那敞開的洋房大門，心中生起不祥的預感。

「先待在車上。」他停好車後叮囑小姍，隨即整裝走下車，關車門前，還不忘回頭取下車上的護身符，將女兒的禮物掛在脖子上，偏偏這舉動反而令小姍更加不安。

岳翰身穿防彈衣，佩戴警槍，走向警員與道長。他注意到春嵐館正門角落處，設了一個簡易的醮壇，地上留有剛燒過的金紙殘骸，高牆旁的土堆也插了香。

「劉隊長！」道長向岳翰示意，他揹著黑色圓筒包，身穿較爲輕便的黑絳衣，年邁的面容面對這邪氣之地顯得更爲嚴肅，如履薄冰。

岳翰出示自己的刑警證，警員見狀，立刻點頭退向一旁。

「現在什麼情況？」岳翰問著。

「這裡怨氣極重，」道長指著春嵐館，再指向中邪的刑警，「慢了一步。」

「王士山隊長呢？」

「隊長他們進去了……但……」一名警員害怕地說不出話。

「我們在那片樹林先發現兩具骸骨，一男一女，他們被分屍、插上香，就像什麼儀式一樣。」另一名女警接下去說：「我們正要通報，屋裡就傳出小孩的哭救聲，然後隊長就帶隊進去了。」

「只有……廖學長跑出來，但發生了什麼事，我們……都不知道，沒人回應。」

岳翰面對廖姓刑警扭著身軀、詭異低語的狀態，立刻同意道長上前，爲其貼上符咒，灌下符水。一下子，該刑警便癱軟倒下，讓人扶到一旁的車上。

「爲什麼我都沒接到通報？」岳翰問著。

「我們全都通報了啊。」在場警員們個個面露恐懼，看來他們果眞第一次碰上這種案件。

岳翰嘆了口氣。此時，小姍也跟著下車，她望向眼前的春嵐館，房屋上的高塔尖影在黑暗天空下，邪惡地籠罩著眾人，連自湖面颳來的風，都在寒氣裡滲上死亡，滲進每個人的毛孔。

岳翰本想勸退小姍，然而見她架起直播工具，一時把話吞了回去，轉身拾起警員們的對講機。

「王士山分隊長，我是劉岳翰隊長，聽到請回答。」

對講機裡只有雜訊，以及微微的笛音。

「王士山分隊長，我是劉岳翰……」

「目前無異狀，搜索中。」對講機裡傳出了男聲，平緩沉穩，卻毫無生氣。

岳翰一臉懷疑，皺起了眉。這聲音雖然與他早上熱切聯絡時相同，語氣卻換了個人似地。

「有看到任何人嗎？」

「目前無異狀，搜索中。」同樣的回答，猶如答錄機般沒有一絲抑揚頓挫。

岳翰看向其他警員不安的神情，在陰風之下，心也涼了一半。

「王士山你違法犯紀，態度不佳，請立刻回電督察組。」

「目前無異狀，搜索中。」這一次，對講機裡隱約傳來了不明的笑聲。

岳翰立刻將對講機丟給其他警員，大喊：「呼叫所有支援和救護車！一直呼叫！馬上！」

「我們都在裡面，我們都在裡面，我們都在裡面，我們都在裡面……」對講機裡不斷傳出不同的人聲。

岳翰看向道長，兩人彼此點頭後，他就此拾起警槍，喀嚓一聲上膛。道長也從包包拿出羅盤與法刀，小姍則接連拍攝他們與春嵐館，努力壓抑打從心裡的恐懼。

「其他人跟我來，道長您跟得上吧？」

「年輕人少自以爲是。」

「但，劉隊長，這邊的指揮權……」一名警員擔憂地說。

「再不進去，就要叫靈車了！」岳翰沒好氣地返回車上拿起強光手電筒。

小姍將直播鏡頭對準春嵐館，調整直播訊號。「但學姊還沒跟我確認裡面的路線，ＤＩＲ紀錄的取樣不一定準確。」

「沒那個時間了，我們……」

小姍並沒有聽完岳翰說的話，因爲在她眼前，那扇沒有封起的窗戶裡，她拍到了一抹藍色身影——是思婷！即使那身形蒼白透明，鳩形鵠面，她仍舊認爲自己沒看錯。

「思婷！」小姍輕呼一聲，快步上前。

「等等！」岳翰拿出手電筒照向大門，急跟在後方。道長也立刻燃燒符紙，搖著法刀的小鈴鐺，直指著洋房大門。

小姍並沒有犯蠢直接湊到窗前，她謹慎地停在外廊，保持兩公尺的距離拍攝著內部，找尋思婷的蹤跡。

啪！一陣窗戶破碎聲傳來，卻是來自警車。

眾人回過頭，只見警車猛烈搖晃，廖姓刑警一頭撞破了警車玻璃，凹陷裂開的頭淨是鮮血。他咧嘴而笑，繼續把臉撞進那片碎玻璃，隨後竟騰空浮起，恰似有一隻看不見的手舉起了他，將他狠狠一拖——那臉皮就此被玻璃削下，癱軟的身軀被用力砸向另一台警車的擋風玻璃，高牆旁的線香也瞬間斷成半截。

同時間，另一隻看不見的手，揪住了小姍。

「咦？」

她撞向洋房窗戶玻璃，就此被拉進黑暗的春嵐館中。

28

筆電螢幕中，畫面一團混亂。

「小姍！」荷櫻戴著耳機朝直播畫面喊著，只見鏡頭不斷擺動翻滾，猶如被好幾個灰白色身影拖向深淵、撞上牆面，隨後失去了訊號。

荷櫻面色驚恐，濃厚的邪惡氣息從眼前的螢幕氾溢出來，從她腳下攀上全身，令嘴巴一時說不出話。她試圖重新連線，也嘗試再次聯絡小姍和岳翰，訊號卻始終無法接通。窗外的雨仍未停歇，在漫天灰色的鬱鬱濕悶中，用無盡的滴滴答答聲遮掩住一切，僅留那凶厄之氣。

房門被悄悄推開，黛恩探頭走入房內，困惑地望著臉色鐵青的母親。荷櫻並沒有讓女兒知道鍾馗湖的事，經歷過連續兩晚的恐怖與傷害，身爲母親，她只希望讓女兒暫時遠離這些慘劇、遠離所有鬼怪，以及，找尋思婷屍骸的過程。

一早收到小姍訊息時，幾乎只見好幾串亂碼，除了知道解碼成功、辨識出可能的地理樣貌以外，她一概沒得到小姍的任何回應，只能先安撫好黛恩，守著女兒入睡。等好不容易聯繫上時，小姍與岳翰已在鍾馗湖的路上了，而她只能在一知半解的情況下被留在家中，瞞著黛恩等待接收直播。但最讓她想不透的是，無論小姍或是岳翰，他們的反應都像是在跟另一個她互動，甚至聽從那個「她」的指示。

而如今，小姍果然出事了！

荷櫻著急的樣貌讓黛恩不得不上前關心，正當荷櫻想裝作沒事時，訊號頓時恢復。

春嵐館大門被用力撞了開來！腳步聲與數道光束，迅速前進於這被黑暗盤據的接待大廳內。櫃檯長桌、小酒吧、櫃子皆積著少許灰塵，曾經氣派的雙邊樓梯已剝蝕坍毀，牆上纏有紅線編織的圖騰與鈴鐺，以及寫滿大量的紅色符文；地上滿是由不同動物頭骨排起來的法陣，禁忌、陰邪、瀆神，散發著生人勿近的氣息。

一群人劃過靜止般的空氣，道長搖著短法刀上的鈴鐺，岳翰則將警槍架在強光手電筒上，率警員快速奔向眼前的混亂。磅達磅達！小姍被拖行著掃撞牆面，她虛弱發出一聲聲哀嚎，直至深處。

「黃衣天尊，教我殺鬼，聖道合鳴，與我神方。上呼星君，收攝不祥！」道長一展怒顏，甩著黑袍，射出法刀，頓時，空中一陣火花！銀光猶如穿過一團黑霧薄膜，伴隨灰燼落下。

一臉死白的小姍就此摔落在地，不僅渾身瘀青，手腳與臉上更有數道傷口、皮開肉綻。儘管她嚇得嘴唇顫抖，卻仍緊握直播的穩定器，調整了訊號。

殊不知，當她打開直播的大燈時，一張朦朧的鬼臉殘影，就此閃現後消失。

「先送她出去！」岳翰扶起小姍，正對其他人下令。

然而，磅！玄關處恰似回應般，立刻傳來巨響！眾人回望，這才發現大門就此關上，連窗戶都被家具卡住，無法搬移。

「太遲了。」道長撿起法刀，燃燒起符咒，將羅盤對準面前的長廊。「這房子看來是不太願意放人，外頭的林子和裡頭都被下了很重的咒。」

在場警員們個個面色凝重，不斷發抖地互看彼此，不知如何是好；相較之下，連續兩日來的撞鬼歷練，倒是令岳翰與小姍習慣了這種處境。

「學姊，聽得到嗎？」小姍調整手機視訊直播，只見螢幕下方出現了擔憂的荷櫻與黛恩。「我們現在只能繼續往前，請幫忙聯絡其他人幫忙，還有妳至少欠我一台跑車、二十場米其林飯局和一棟房子。」

「請……務必……小心。」荷櫻面對小姍的玩笑，仍面不改色地回答，音訊卻斷斷續續。

於此同時，岳翰要求所有人將小姍與女警圍在隊伍中心前行，倘若是平常，或許有歧視之嫌，但此刻無人有心顧忌，每個人無不提防著這邪氣懾人的漆黑，緩步向前。

「王隊長，聽到請回答。」岳翰雖不抱期望，仍再三呼叫王隊長一行人。陰暗的空間內，混雜著陳年霉味與濕氣，他們彼此壓抑急促的呼吸聲，近乎毫無聲音；對講機中也只剩下雜訊，以及若有似無的幽冥笛聲，細聽之下，反而越來越分不清究竟是來自對講機，還是看不清的前方。

道長手中的羅盤不停旋轉著，

「曾小姐，我需要妳喊『何思婷何思婷快快回來』，一直喊。」道長直盯面前的幽暗，很清楚羅盤之所以旋轉，乃是有大量凶靈圍繞四周，伺機於暗影之中。

「何思婷何思婷快快回來！何思婷何思婷快快回來！」手機螢幕裡的荷櫻點點頭後，小姍便打開了擴音，讓她的聲音傳入眼前的黑暗，自遠端召魂。

叮叮叮！道長搖著鈴，唸著召喚咒，引著一行人向前行走。即使強光手電筒散著好幾條光束，依舊無法穿透這片黝黑。黑暗如深海般包覆住他們，以極高壓力攫住每一絲呼吸，吞噬萬物。

突然，頂上傳來了腳步聲！那似乎不在樓上，反而像是在天花板上倒著跑，然而眾人往上一看，卻什麼也沒有。呢喃與風聲四竄環繞，啪達啪達，一連串小腳步聲開始跟在後頭，嚇得在後方押隊的警員們不安回頭。他們強光一照，數個白色身影瞬間如霧一般消失。

「壓低呼吸，不要理它們！」道長警告著。

然而，話才一說完，小姍便倒抽了口氣，只見一團白色小身影從天花板竄出，落在地上，扭著爛泥般的臉，陷入地板消失無蹤。縱使霾山的遭遇比這險惡得多，但本能卻告訴她，這裡才是真正危險之境。

此時，眾人已分辨不清究竟是太過寂靜而產生了幻想，還是無形中真有各種呻吟挾著笑聲與笛聲，自黑暗傳入耳膜。恐懼隨著一步步前進，曳住他們的影子，勾著他們每一吋神經，逼得他們越來越拉近彼此距離。

「何思婷何思婷快快回來！何思婷何思婷快快回來！」荷櫻的呼喚與鈴聲，讓寂靜拉長了整個空間，連室溫都急速下降，視線也緊縮起來。

隨著水滴不停自上方滴落，地板軋軋作響，地面上，隊伍的影子也不知不覺地增加了，某些東西的氣息從背後貼了上來，越來越多，越來越近。

光束所及掃過一尊尊斷頭的佛像，來到了蜿蜒長廊。他們穿越數個破舊區塊，兩側的空房鬼影幢幢，半掩的門扉內好幾個身影蠕動。

咚咚咚咚！鈴鐺的聲音變了，有如被布幔纏住般低悶。霎時，羅盤的指針晃動了起來，指著前方猛烈跳動，所有的門板也猛地快速開闔，發出磅磅磅磅磅磅的巨響！像是抗議他們一群人的到來。那片黑暗正瞪著打前鋒的道長與岳翰兩人，令所有人情緒緊繃快到極限。

「就在前面。」道長說道。

岳翰深呼吸後點點頭，緊盯著前方。

一陣陰風猛然呼嘯襲來！砰砰槍響傳出，槍火自前方黑暗閃爍，子彈紛紛飛來。眾人在錯愕之中連忙閃避，唯獨岳翰立刻反應，鳴槍示警。

「警察！放下武器！」

眼見光束盡頭，一道黑影竄動離去，岳翰對著道長使了個眼神，加快步伐追上。光束向前交錯橫掃，岳翰緊盯著闇影奮迅追擊。殊不知，一股看不見的力量突然扯下了道長法刀上的鈴鐺，拔下羅盤指針，差點震倒道長。每個人的手電筒不停閃爍，數道撕心裂肺的哭聲瞬間震耳、撲天而來。

那不是幻覺，不是孩童的啼泣，而是男人們的慟哭與哀嚎。

「是王隊嗎……」跟在小姍身旁的女警低語，但每個人都心知肚明，除了失聯的先遣人員，這裡應該沒有其他人了。

微弱的手電筒光就此來到了塌陷的天井，一時間，嘔心的血味飄散刺鼻，有如惡鬼道的景象就此浮現。岳翰放低槍口，雙眼難以置信地瞠大，小姍也趕緊切掉直播畫面，不想讓荷櫻母女看到這一幕。

天井的佛教圖騰近乎碎裂崩解，滲入的風雨就此浸蝕一切；挑高的牆面傾圮龜裂，纏著大量的深色苔痕，配上紅色符文，更顯邪門。柱子上倒吊著好幾名警員，像是某種邪教儀式，他們間隔地懸在上方微微擺動，頭部連著脊椎拉了出來，衣服連著皮被剝到一半，全身更插著玻璃與鋼筋，活像一隻隻紅色刺蝟。血水混著雨水，落在地上的赤色水窪。

地面上，有兩名刑警還活著。其中一人看似二十餘歲，年輕得很，他坐在地上分不出是哭是笑，雙腳已成了爛肉，骨頭碎在血肉之中。而另一名中年刑警，正是王士山隊長，他全身赤裸披著不屬於他的臟器肉末，持槍的手插進年輕刑警的肚子內翻攪著。王隊長黝黑的眼窩被刨去了眼珠，嘴巴浮誇地裂開來，和年輕刑警發出一樣的哭笑聲。

「王隊長，把槍放下。」岳翰並沒有被這幅地獄景象擊倒，很快恢復了神智。

「目前無異狀，搜索中。」王隊長一邊回應，一邊用手翻動著年輕刑警的肚子，而岳翰這才發現，那對講機被硬生生插在王隊長的脖子裡，低沉的恐怖嗓音一併傳到了其他警員們的對講機中。

「看起來沒救了，直接開槍吧。」小姍忍著不安，小聲建議。

「把槍放下！聽到沒有！」岳翰再一次警告，並對準了王隊長。

「沒有人可以得救，沒有人可以離開……」緊接著，王隊長的口中冒出了好幾名女孩的聲音：「媽媽，媽媽，媽媽，媽媽，媽媽，媽媽，媽媽，媽媽。」

女孩的呼喚聲自所有對講機響起，迴盪在整個天井與長廊，隨即，變成了尖銳笑聲。本該純眞的童音，此刻聽在耳中無不寒毛直豎，轉眼便擴散化爲了現實。白影蠕動浮出地面、穿透牆面，一一化爲灰色，十名半透明女童就此頂著惡鬼的樣貌，爬了出來。

死亡圍繞起眾人，他們終於意識到自己早已成爲亡者的獵物。

「三界內外，惟道獨尊，體有金光，覆映吾身！」道長趕緊手比禁鬼訣，卻發現此地的怨氣與咒術，大幅提升了鬼魂們的凶惡程度，更超越了霾山！

「該死……」岳翰也正想採取行動，不料，女孩們竟搶先飛快四竄！

同一時間，砰砰砰！王隊長連扣扳機，噴裂了年輕刑警的體腔，並將槍口對向其他人。岳翰不再留情，迅速開槍射擊，頓時雙方槍火互激，子彈交錯。岳翰的子彈全擊中了王隊長，但直到最後一顆打穿了腦袋，王隊長才就此倒下。

「天尊禁鬼，星降靈光，三界侍衛，五帝司迎。」道長面對惡鬼化的女童們，唸咒對抗著這些來自黑暗的怨氣。

笑聲與嗚咽哭嚎環伺，手電筒燈泡一個個破裂粉碎，黑暗與陰風襲向眾人。隨著一聲慘叫驚起，有警員被一股力量拖進了黑暗之中。另一名警員連忙回頭，還來不及弄清楚，就被一名女童猛然從背後攀上——尖銳指甲戳穿了水晶體，在軟熱中扳開他的眼窩，直入腦顱葉。警員痛得發狂，朝四周揮舞開槍，急著甩下那毫無實體的女童。

「所有人退下，壓低身子和呼吸。」道長連忙大喊，然而，那名警員還是撲了過來。道長別無他法，只好手一揮，掐訣丟出符咒，伸出法刀。

「黃衣天尊，教我殺鬼，聖道合鳴，與我神方。上呼星君，收攝不祥！」

符咒貼上警員，剎那間，人和女童一起燃燒了起來。但女童依舊宛如野獸般大聲咆哮，掐著警員衝向道長。岳翰緊急上前扣下扳機，子彈瞬間擊碎警員的膝蓋，卻憑空穿透了女童，打中後方的牆面。

寒風猛灌天井，牆面一磚磚剝落，地板一片片翻起，所有雜物騰空飛舞，猶如有意識地砸向現場所有人。

「快離開這！」道長閃過女童後，用力推出一掌，再丟一符，這才讓女童化爲煙塵，焚身的警員也終於倒下。然而，大量碎片還是從周圍飛來、撞個粉碎，逼得眾人連忙走避，卻更深陷女童鬼影的包圍。

岳翰緊握僅存的手電筒，憋著氣息，持槍跑位、提防著鬼影，腦中不停地思考：該怎麼防禦？該往哪裡逃？該怎麼保護大家？不料，他一腳竟就此踩空，陷落了破裂的地板之下。

周遭槍聲大作！其他警員們嘗試瞄準鬼影們開槍，殊不知，子彈全數在擊中後穿透而過。絕望就此蔓延，失去自衛武力的他們，個個陷入恐慌，有的哭著逃跑，有的開始求饒。

女童鬼魂們像一道道風中殘影，面目猙獰，腳步輕盈，足不及地，在閃爍微光中暴衝，找尋道長的法力死角，並伺機殺向倖存者們。岳翰屏住氣息，撞破卡著自己的木板，哪怕吸引其他鬼魂的注意，也死命拔出腳部，帶著其他人閃避。沒想到，後方的女警卻慢了一拍，跑錯方向。

女童鬼影前後瞬間襲上，不顧女警放聲哭喊，便以利爪尖牙扯下她小腿大塊肉，將手伸進她喉嚨、扯下下顎，撕開全身咬了起來。

腥風血雨，慘叫不絕。這等人間煉獄，嚇得小姍全身癱軟、差點倒地，以至於沒注意到一名馬尾女童鬼影竄過了地面，一把攫住她，大力一拋甩向鋼筋——幸好一隻手即時抓住了她。

「小心！」道長連忙將小姍拉起，推給岳翰。

馬尾女童眼見道長自毀陣勢，迅速扭身撲來！沒想到，道長一個箭步閃過女童，敏捷地不似白髮之輩，轉身將硃砂繩纏上法刀，刺穿符咒，燃起火焰，一把舉起——

Illustration by Joshua Tu

「神劍一下，萬鬼自破！」

馬尾女童出手擊中道長，道長的刀刃也同時貫穿了對方！霎時，女童火花四射，轟然解體，彈至角落，化爲煙硝。道長雖被擊退兩步，那絳衣下的虎背之軀仍舊迎風而立。

「道長！」岳翰擔心大喊。只見一名女童也從旁偷襲岳翰，卻在接近護身符的當下立刻退開，如同前一晚在高速公路的情況。

「先往深處退！得找到那個房間！」道長一邊說著，一邊掩護眾人。他捲起硃砂繩，面向上前來的女童們，燃起殺鬼怒火。

符咒與針射向了女童，令她們瞬間化成火焰、灰飛煙滅。道長俐落翻身，抓著繩子，如舞般連甩帶劈，一連斬下好幾道殘影，令女童們在哭嚎中化爲火花與灰煙。

然而，就像道長所說，整棟建築都被下了咒。

隨著另一名警員被大量磚瓦碎片削去下半身、隱沒於黑暗，女孩們與其他靈體仍不停自角落出現，如潮水般湧出、席捲而來。道長飛刀速斬幾道靈體後，果斷比出了陰將訣，隨即，順手燃燒五片小紙人，唰一聲地擲出。那召來的陰兵陰將就此化爲金色幻影，襲向了女童們，儘管只擋住了一時，也足夠讓他成功退向岳翰的方向。

九人瞬間只剩五人，原本的攻堅氣勢如今只剩下畏懼、懊悔與絕望。隨著岳翰的手電筒終於失去光線，追擊他們的哭笑聲再度四起，鬼影亂竄。一行人只能憑小姍的直播燈，昏天黑地不斷向前跑。

「不對！這邊我們剛走過了吧？」小姍說道。

「不可能，我們都跑直線！」岳翰回應。

「但這裡不可能那麼大。」

「我們得找到那個房間才行。」

一行人慌亂地看著四周，無論跑了多久，終究辨識不了方向，迷失在不停置換的黑暗迷宮中。眾人甚至紛紛產生起錯覺，懷疑腳下的地板似乎越變越軟，光線越來越暗，女童鬼魂們也越來越近。

「鬼打牆了嗎？」岳翰著急地說著，即使知道繼續跑可能找不到目的地，腳也不敢停下。

「奇門遁甲……」道長低語思索地說：「如果能用兩組房間爲基準，就能解開路徑的陣式與方位，但那也要有熟悉這個空間的人。」

「屁啦，最好會有人知道……」

霎時手機震動，不僅打斷了小姍，更嚇得她差點摔下手機。

那是荷櫻傳來的視訊畫面，而且已切換成ＤＩＲ影像，成了眾人名爲希望的火種。

「前面右轉，穿過餐廳。」荷櫻正頭戴腦波儀，用ＤＩＲ指揮著。

29

荷櫻並不想這麼做，尤其黛恩此時就在身邊。

她深怕自己一旦再用昨晚的方法進入那個世界，無論是記憶、幻覺或是腦中天線又連上那個空間，她都將再次著魔、傷害女兒；同時也戒愼恐懼，深怕一旦又見到思婷，自己再也不想離開。到底該如何說再見？該如何不被悲傷撕碎？該如何接受只有自己一個人回家的現實？她還是沒有找到答案。

然而，當注意到岳翰與小姍一群人出事時，她知道能夠引路的人，只剩自己了。身爲思婷的母親，又是當中唯一見過春嵐館內部的人，她對沒能親臨現場一事感到無比慚愧，而如今那一聲聲慘叫，聽在耳中既是指責又是詛咒，更讓她反胃自責不已。

再等下去，別說找到思婷和那些女孩，所有人可能眞的會死在洋房裡。

荷櫻一時不知所措，偷偷望向了黛恩。然而，或許正是母女連心，黛恩反而看穿了她的心思。

「用昨天的紀錄……」黛恩比著手語。

荷櫻搖搖頭地說：「室內還沒解碼完成。」

「所以只能……」

「像昨天晚上一樣……由我去帶路。」

母女倆沉默了數秒，僅看著對方。她們都知道一旦拖越久，死傷越慘重。

「那我能做什麼嗎？」黛恩深呼吸後問。

「幫我視訊給他們，如果我發作就阻止我，或把我鎖起來，找人報警。如果沒有……就待在我身邊，再相信媽咪一次。」

黛恩深呼吸後，點點頭，伸出了小手，母女倆就此打起小勾勾。三年來，那小手已經有著比自己還堅強的溫暖，此刻正一點一點地傳到荷櫻心中，她感慨之餘，陰霾也頓時消失了一半，輕鬆許多。

荷櫻雙手快速啓動電腦中的DIR程式，播放起儀式錄音，隨後從上鎖的抽屜中拿出調好的兩根針筒，注射進自己體內。由於時間緊迫，她必須立刻進入那個世界，因此她得仰賴腦部與DIR紀錄的連線，以及更重的藥劑。

「**不准再碰藥物、儀式、催眠，或是任何跟內心有關的東西！**」道長的警告言猶在耳。

她知道自己這麼做的的代價，等同再次打破自己與另一個世界的窗，甚至造成意識混亂、損害腦部。但人命關天，她已顧不了那麼多。

荷櫻趕在藥效發揮的剎那，戴上了腦光學儀器，蒙起黑布。世界再次變黑，她面目猙獰，鼻子緩緩流出鮮血，感受到腳底一空，無數隻手再一次抓住了她，硬是將她拖向紅黑色的殘忍世界。

只是這次，她將直抵惡鬼道鏡射的洋房，那監禁她女兒的地方。

「我曾荷櫻，祈求喚回女兒何思婷，甘願作鬼！」

「左邊死路，從另一邊過樓梯後，有個通道！」

模糊的深紅世界裡，空氣污濁滿是腥味。荷櫻扶著頭，手持蠟燭，獨自奔馳於空無一人的春嵐館。她不斷默唸並召喚著思婷，跟著眼前的藍色身影轉彎，回報定位。

「跟得上嗎？」荷櫻那來自惡鬼道的聲音與模糊畫面，自大腦化成難以計數的電子信號，轉譯成訊號編碼，透過ＤＩＲ和黛恩的轉播，最後送到了現實中的春嵐館中。

儘管訊號斷斷續續，但她的一路引路仍舊幫了大忙。道長立刻找到標的，解開了奇門遁甲的術法。

「再右轉後，就快到了。」過量的腦部負荷讓荷櫻臉部發紅，青筋浮現，全身抖了起來，眼角也開始滲出血。

腦光學儀的擷取指數開始下降，畫面越趨模糊，但岳翰等人還是趕上了。在春嵐館中的一行人轉彎後，果眞看見荷櫻所指示的門。那道關著女孩們的生鏽大鐵門，藏有一切眞相的房間！

一行人立刻直奔向前，然而，鬼嚎與女童殘影依舊從後面直來，不但沒有拉開距離，反而加速追上。

磅！一根鋼條猝然從牆壁穿出，貫穿長廊，嚇得眾人心驚肉跳。只見鋼條擦過道長左手臂，絳衣也爲之裂開。

「道長！」岳翰急忙回頭。

「先走！」道長一人殿後，甩袍蹲下，將血抹在法刀上，穿過符咒刺在牆上，大喊：「天尊當陣！急急如律令敕。破！」

牆面瞬間噴出煙霧，鬼魅慘叫傳來！但即使如此，後方的鬼影也仍未停下，持續湧來。

另一頭的岳翰迅速開槍打掉門鎖，憑藉著腎上腺素，飛奔扯下鐵鍊、撞開鐵門，讓其他人先進入房間後，便握起護身符，轉身掩護道長。

大量的鬼魂不只從地面疾步，還攀起牆面和天花板，撲向那絳衣之軀。眼看即將被追上，道長只能快步拉起硃砂繩，往回丟出符咒。一瞬間，鬼魂便被震得倒地翻滾。

道長趁隙箭步一滑、衝到門口，電光石火之際，岳翰一把抓過道長，將他甩進房間，磅一聲！關上鐵門。

「金光速現，覆護眞人，急急如律令！」道長迅速以硃砂繩拉起星形，釘在門板，手沾血畫咒。眼看鬼魂們正準備穿透門扉鑽進來，霎時，一陣轟然作響！火花、黑煙伴隨鬼魅們尖聲慘叫，震盪整個空間。

眾人戰戰兢兢地遠離那扇門，獨留道長與岳翰戍守在前，直到鐵門外咆嗥不再，恢復了寂靜。

他們終於得以暫時喘息。

「安全了嗎？」荷櫻虛弱的聲音自手機中傳來。

「希望。」小姍喘氣回答。

「那思婷……就先交給你們了。」

「喂？喂？喂？學姊？學姊！」小姍看著手機，這才發現對方已切斷了通話。這瞬間的靜默，無須任何言語，都讓她和岳翰擔心起荷櫻，就連道長也無奈嘆了口氣。但也正是多虧了她犯險引路，一行人才能平安脫困。

荷櫻離線後，小姍便將視訊直播從私人通訊調整成社群公開。縱使岳翰注意到了，但此刻，他決定睜隻眼閉隻眼。畢竟兩人都很明白，在訊號隨時會斷、生死不明的狀況下，必須得盡早把眞相傳出去，讓案情水落石出。

昏暗的空間內，腥味混合著濃厚的不明花香，這種違和感反而帶來新的不安。岳翰和其他人喘著氣，用手機光線回看身處的房間。

眼前淨是一片粉紅色。

二十多坪大的房間，貼滿粉紅壁紙和兒童畫作，除了地上有著香爐外，房間調性與整座春嵐館的風格大相逕庭。

這是間獨立套房，卻是給兒童的。溫暖愜意，充滿童趣，沙發、衣櫃、家電、廚具、衛浴樣樣不缺，一切都有長期生活過的樣子。

房間四處放置芳香瓶，天花板上貼著夜光星座圖，牆上寫有斗大的紅字「媽媽不會放棄妳」，並貼有動畫貼紙與大量照片。書桌上散落著兒童讀物、畫作，以及荷櫻的著作《超越個人地獄》、《窺眠術》，同時還放有一本筆記本，彷彿等待人上前翻閱。

若不是在廢墟之中，眼前不過就是間大一點的兒童房，平凡無奇。但正是剛經歷死難，這股甜美的反差更讓人不寒而慄——這裡就是那些女孩鬼魂生前被監禁之處，甚至是行凶的第一現場。

隨著燈光繼續往前探，眾人這才發現，角落的牆上貼滿密密麻麻的符紙，而另一旁則有道簾子，半掀開的簾子後方是一張有欄杆的雙人床。

所有人停下腳步，陷入靜默，因床上的人影僵在原地。

啪！岳翰的手機掉落，他的理智瀕臨斷線，壓抑已久的恐懼就此降臨。

一名蒼白女童，形鎖骨立，雙顴突出，眼珠混濁，有著黃灰色三角斑；她靜脈凸出卻褪色，口鼻黏有血末，整個人躺在玩偶堆裡一動也不動，雖裝扮像個公主，身體卻已步入死亡：死了三天的腹部膨脹腐蝕，滿是屍斑，而那對滿是針孔的手臂，則銬在欄杆上腐化斷裂，綁著鐵鍊的小腳亦是如此。她身穿藍色洋裝，頭戴桔梗髮夾。

她不是思婷，而是岳翰的女兒Anya。

嘔心蓋過了驚愕，虛無超越了絕望，岳翰全身無力，心臟每一下脈動都發出聲聲哀嚎，像好幾把鑽子一點點鑽著，撕裂至靈魂深處，刨得他一切都空，痛得喊不出聲。昔日讓罪犯聞風喪膽的警界惡虎，如今頹喪如病犬，他半倒半衝地上前抱住女兒，全身抖動、忍著眼淚。即使早已有心理準備，但成眞的夢魘，仍掐著他苦不堪言。

面對嬌小的腐爛之軀、慘死的唯一骨肉，岳翰腦中不自覺溢滿父女倆的幸福時光，又同時宣告著自己的失敗，每一道笑容已徹底消亡，從此不再。他讓妻子、女兒都失望了，而懲罰就是他被留在世上苟活，沒有任何一個家人陪伴。

女兒生前很痛苦嗎？會怕嗎？會恨自己的父親嗎？種種問題趁隙而入，猛竄在他僅有的思考空間。岳翰覺得自己還是有些自私，想現在就把女兒帶回去，厚葬在其母親身旁。但在那之前，他還得解開這房間的眞相，讓大家活著離開。

儘管一夥人尚未脫離險境，但眼前的哀傷，迫使其他人不得不在沉默中，把時間留給岳翰哀悼。兩名警員小聲地走到一角，繼續呼叫對講機，而小姍則轉頭望向牆上的照片。有什麼異樣正催促她上前，隨即，身後便傳來了一陣風。

騷動來自那面滿是符紙的牆，眾人愣了一下，只見道長在判讀符咒的當下，無意間觸動了簡單的機關，牆面就此解鎖打開——原來是一扇氣密門！若觀察仔細，所有的管線都被連接到門後，而剛才的風就是從門縫傳來的。道長上前拉開門，一股惡臭隨即蓋過了花香。小姍和警員摀鼻跟了上去，就連岳翰也暫時放下女兒，壓抑潰敗的情緒，困惑地上前。

氣密門後是一間陰暗的大庫房，微弱的工具燈綻著幽冥微光，工業風扇不停呼嘯吹動。地上有著切割工具與大量的深褐污漬，在場的警察都知道，那是乾涸已久的血跡。而在庫房的深處，放置著一台台大型發電機，以及好幾排三十二吋行李箱。每個行李箱都用透明塑膠套、熔膠和膠帶層層封死，並貼上了符咒，綁著紅線與鈴鐺；然而最怵目驚心的，莫過於釘在箱體上那一張張女童的照片。

十八個滾輪行李箱，十八張不同的女童照片，附上十八個姓名，深色的箱體個個鼓滿，沉重地靜置在這幽暗陰冷的空間，不知被世人遺忘幾年。在場每個人都很清楚這些行李箱裡裝了什麼，也清楚那撲鼻而來的味道是來自何物。

小姍與警員們摀面欲嘔，別開視線。光是味道就足以讓胃翻騰起來，更別說那喪心病狂的駭人景象。

思婷就在其中嗎？也遭遇了那麼可怕的事嗎？小姍害怕地想著。一個念頭油然而生，她猛然顫抖，奔出了庫房，跑向剛剛兒童房裡貼滿照片的牆面。岳翰與其餘警察見狀也跟了上去，唯獨道長緊盯庫房牆上的陣法，端睨一具落在門邊的草人。

小姍來到照片牆前，頓時驚呼了一聲，手中的直播器材險些落下。散亂的三十幾張照片中，都是不同的藍衣女孩。正中央的是思婷，其餘全是扮成和她相同模樣的女童，每個人都是同樣的黑色短髮、藍色洋裝、桔梗髮夾，身形相同，蒼白羸弱，神情鬱悶，而她們全都牽著同一名女子——曾荷櫻！

奇怪的是，細看之下，荷櫻的臉部下緣出現違和的黑線，在不同角度的直播燈光映照下，便可以發現臉是另外列印貼上去的。小姍本想撕下，卻突然憶起自己身處犯罪現場。她瞥向岳翰，才正要開口，岳翰已搶先撕下荷櫻的臉，揭露出犯人真正的樣貌。

所有人瞠大雙眼，岳翰也難以置信。他瘋狂地連續撕下其他幾張，但驚駭絲毫不減。

女子真正的身分竟是吳曉欣。

「不可能，她又不是專家，怎麼可能騙得過催眠……」話一說完，小姍便回看向書桌。她快步上前，緊盯著那一本本荷櫻的著作。「但就算如此，沒受過專業訓練也不可能辦到呀。」

「我們被騙了一圈嗎？」岳翰全身無力，緊盯著那三十幾張曉欣的笑容。

小姍快速翻閱著筆記，用手機直播下來。上頭寫明了所有催眠技法、電工與駭客策略，記載了曉欣如何用前男友與劇團學姊的屍骸下咒，也記載了所有小女孩的名字與綁架日期，洋洋灑灑足滿三年之多。

「直播棚的慘況……是她一手設計的？」小姍覺得腦袋思路就快炸裂，一時無法面對眼前的資訊。倘若按照這脈絡，或許真能解釋直播棚的怪事，但某些環節上仔細想想又說不太通，一切過於複雜，又太過理所當然。

「但怎樣的深仇大恨，能讓她可以剝下自己的臉殺人？」岳翰緊握拳頭，撕下牆上Anya的照片，只留下女兒的那一半。「處處針對我和荷櫻，殺了我們孩子，還殺了這麼多女孩！」

「這……她是有寫到前男友曾經參考學姊的催眠術，對她下予暗示，害她懷上孩子，拋棄她又害她見證孩子的死亡。但……這不太可能，催眠術很難做到這種程度。所以，要嘛是她本身就被前男友騙，要嘛就是她胡亂牽拖，自我欺騙。」

「所以就因爲這樣而針對荷櫻？」岳翰上前搶過筆記不停翻閱，絲毫不管指紋是否沾染在上頭，隨後用力將本子摔在桌上。「這完全說不通！跟這些孩子的死更是說不通。」

一張面具自筆記本末頁落了下來，那是由荷櫻臉部照片輸出的一比一面具。

小姍看著那面具，瞬間頭皮發麻。明明是熟悉的荷櫻學姊，爲什麼自己打從心底感到不適呢？她總覺得那臉越看越不眞實，越來越不像荷櫻，純粹就只是一個僞品，一個想假扮成荷櫻的物品。

僞品？假扮？模仿？

小姍愣了一下，打了個冷顫。她看著眼前這精心打造的兒童房，看著牆上照片中央的思婷，她終於意會到某個可能性。

「替身症候群……」

「什麼？」

「一種解離症狀，覺得身邊的人變成另一個人，而這也包括她自己。」

「可以說清楚一點嗎？」

「唉，吳曉欣可能基於某個理由，好比失去孩子、催眠或其他的原因，因此產生解離症狀，把自己當成了荷櫻學姊。」

小姍快速翻著筆記，倘若從末頁往前翻，便可看出這是一本曉欣針對一名女性的觀察筆記，即使沒有寫明，種種資訊也看得出她一直窺伺著荷櫻。

「吳曉欣羨慕荷櫻，嫉妒她，把她當作厲害的催眠師，厲害的單親母親，厲害的另一個自己，甚至想取代她。搞不好這就是為什麼吳曉欣會一直對荷櫻說『把臉給我』。」

岳翰聽得腦袋發疼，其他警員更是一臉糊塗，他們只能拿起對講機，繼續呼叫：「237呼叫！237呼叫！春嵐館現場多名同仁傷亡，另找到多名被害者遺體，約十八名，犯嫌疑似他案死者吳曉欣……」

「收到，支援同仁已在路上……」縱使訊號不佳，但無線電確實傳來了好消息，讓眾人彷彿看到了曙光。

但岳翰心中早已失去光明，他看著女兒的屍體，瞥向牆上的照片。「所以她把自己當荷櫻……如果思婷又不小心意外死亡……」

「她就得綁架別人，來填滿自己完美的替身形象。」

「完美？她殺光了這些孩子！」

「有可能這個完美是……她能把孩子從瀕死救活。」牆上那句「媽媽不會放棄妳」像是道盡了真相。小姍看向死去的Anya，再翻開筆記本上的所有名單，繼續說：「如果她真有心殺戮折磨，我不認為她還會為女孩們做這麼多。她是真的把自己當成母親，一個聖母。」

岳翰沉默了數秒，最後默默走回到女兒的遺骸邊，想方設法闔上女兒的眼睛。然而，屍體死亡已久，眼皮早已無法輕易闔上。

「所以她綁架我女兒，就是因爲我偵辦思婷的案子嗎？還是覺得她自己可以當更好的母親？」

「隊長……」

「不覺得一切太可笑了嗎？」岳翰的淚水終於潰堤，一滴滴落在死去的女兒身旁。

「但這是目前最合理的解釋了。」

合理的解釋，岳翰也很明白這點。他們來這座廢墟要找的，就是屍骸、眞相，以及能說服檢察官的合理解釋。但他打從靈魂深處覺得哪裡有誤，說什麼也不能完全相信這番推論。

磅！岳翰拭去眼淚，怒揍向牆面。那股憤恨與血仇一時嚇壞了小姍，道長連忙上前，按住小姍的手機搖了搖頭，小姍這才識相地關閉了直播。

「我女兒的死，到底哪裡合理……」岳翰悶了一聲，接著，用力地深呼吸，像是把所有悲憤吞回體內，保有最後一絲理性。「如果眞要合理，那我不懂，爲什麼是針對荷櫻？爲什麼要自殺設局，在陰間攻擊荷櫻？還有……」

岳翰回看向身後的道長。「三年前，吳曉欣觀落陰時，到底驅了什麼魔？」

這下輪到道長長嘆一聲，沉默了。

「如果小姍是對的，道長，你信誓旦旦的證詞就有問題。」

「我玄某對天尊發誓，當時眞有鬼上了吳曉欣的身。」道長鄭重地說：「若眞如小姍所說，我懷疑正是那鬼被我平定後，在吳曉欣心裡留了個怨念、開了洞、留了咒，讓她見鬼，還誤以爲自己是曾荷櫻，著魔殺人。到現在才察覺，我實爲慚愧。」

岳翰與小姍一時呆愣，腦中不約而同產生可怕的猜想。

「這個鬼不單聰明，會說謊，會咒術，也對荷櫻有很深很久的理解與怨念，想成爲她。在陰間設局，就是爲了讓這咒延續下去，延續到荷櫻本人身上。」

道長語畢，岳翰與小姍頓時寒毛直豎，回想起荷櫻觀落陰時，那具躲在衣櫃裡的焦黑身軀。

「魏琦娜……」

「魏琦娜……」

兩人同時說出口，陰風就此竄進所有毛孔，直刺骨髓。

「我不認識這位魏小姐，但如此一來，一切似乎就說通了。」道長放下自己的包包，開始翻找著。「你們大可繼續反推細究，可不過，當前我更在乎離開此地，擺脫這些惡鬼。」

道長深呼吸後，拿出了一個玻璃瓶，不斷朝四周潑灑，隨後轉身丟進了庫房。一個不夠，甚至還拿出了好幾瓶砸向行李箱，碎了瓶身，濺滿大量的液體。

「等等，道長，這是犯罪現場！」一名警員大喊著。

「不淨化，我等跟她們永遠無法離開。」道長丟出了在庫房門口撿到的草人，鄭重警告：「這房子的咒術會吸取所有陰氣、困住靈體，而打從我們一打開庫房，另一個陣法就被啓動了。」

「什麼意思？」

「我的術法是以陰制陰，而這房子的術法被反轉了，所有的陰將會反制我們。想必是三年前過招時，那靈所意會到的。」

道長走到鐵門前，手一指，眾人這才發現所有的硃砂繩皆已斷裂，就連鎖門的鋼條也不知何時落在了地上。

「再過幾分鐘，剛剛那群鬼就會闖進這兒，我們會被殺個四分五裂、永不超生，警方來再多人也只是徒然，除非我們徹底淨化這個房間。」

「等一下，再過幾分鐘？」小姍瞠目說道：「然後你現在才講？」

道長拿出符紙薄片與綁有紅線的平安水瓶交給每個人，「等我開始唸咒作法，吞下，護體。」

「聽著，我不可能讓你就這麼燒了。」岳翰接過薄片和水瓶冷冷地說。

「不管你信不信，貴千金已經往生，甚至可能就要變成惡鬼了。你要救她和你自己，只能燒了這裡！」

「還有很多事情還沒查清楚！吳曉欣爲什麼選這裡？還有多少女孩？所有布局如果只是爲了這樣，那爲什麼這邊……」

「小姍已經用直播保留有影像了，再不護體來不及了！相信我……」

霎時，笛聲伴隨鬼哭聲再次響起，來自門外不遠處。所有人雞皮疙瘩瞬起，惡夢提早重現！

道長趕緊拿起符紙，咬破手指沾上自己的血，唸起咒語：「天地黃衣，萬氣本根，修星異宿，證吾神通，三界內外，唯道獨尊，體有金光，覆應吾身。」

小姍和其他警員立刻吃下薄片，拿起水瓶喝下。岳翰看著女兒的照片，無從選擇地正要吃下薄片，卻突然瞇起眼睛。他總算察覺到照片牆上的另一個異樣：所有照片中，每個女孩脖子上佩戴著一條紅線繩，就連Anya也有一條，唯獨思婷沒有。既然已讓女孩們的服裝、裝扮都相同，爲什麼會多出思婷沒有的紅繩？他到底在哪看過那種熟悉的紅繩？

岳翰心悸不已，強烈的預感讓他渾身發毛。他轉身看向床上的女兒，上前撥開領子，拎起冰冷脖子上的紅繩，費力拉出來。那一瞬間，他瞪大了眼睛，大腦霎時一空，捲入比任何鬼魂、死亡更喪膽的惡寒——紅色的方形紙，黃色三彎刀符號。

是聚英宮的定魂符。

道長前一晚才爲荷櫻戴上相同的定魂符，儀式時的種種話語玄機，一時間浮現岳翰的腦海：

「把靈魂帶回，也要有配對的人魂肉身，小孩不一定能承受。」

「一旦偷偷入侵，潛入妳身結合，妳我都不一定察覺，妳會不知不覺被取代。」

「妳的靈魂在下面永世折磨，身體永遠成了別人的。」

「這是定魂用的，一個月不准拿下。」

岳翰感受到前所未有的暈眩，即使是同仁殉職，也沒有這股惡意來得震盪、令他害怕。他拎著定魂符，凝視女兒手臂上的針孔，瞥向所有藍衣女孩照片與符咒，望向牆上的大字「媽媽不會放棄妳」，直視桌上那本筆記和面具，腦中閃過所有荷櫻、思婷與琦娜的檔案。

所有線索終於串成了一條線。

「糟了！」他恍然大悟，這才意識到**眞正的答案**，**眞正的敵人**。他趕緊看向其他人——

然而，早已來不及。

三個水瓶落地，激起透明液體，腐蝕地面。小姍與警員們雙眼露出了驚駭與絕望，痛苦跪地，喉嚨與嘴巴跟著腐蝕變成褐色，冒著煙開始潰爛剝落，露出血肉、再也無法發出聲音。但道長並沒有就此停手，反而拿出玻璃瓶用力砸在他們身上。

岳翰立刻拔槍，卻撲了個空，警槍早在先前就落入道長手中。砰砰砰！數顆子彈擊碎水瓶，擦過岳翰，穿入Anya胸口，也一一射穿小姍等人的身軀，直到彈匣清空。

「平定邪靈，不代表將其趕回地下。」

「我操你媽的！」

「上道和女兒說吧。」

岳翰不顧傷口震怒撲上，不料，道長搶先丟下警槍，將火符丟向小姍等人。刺眼的光芒炸開油氣，旋起橘黃火流！小姍等人無法慘叫，只能望著火焰瞬間燃起，直竄上他們打滾的身軀，竄進每一吋肌膚與食道。惡火同時點燃了地面，掀起熱浪，飛速延燒至書桌、沙發與衣櫃等所有家具，燒進了庫房，點燃一個個裝有女童屍塊的行李箱，整個空間就此焚燒。

小姍的身體內外都是火焰，她瘋狂掙扎，就這樣被烈火燒融皮膚和雙眼，身軀焦化萎縮。岳翰在這熾熱閃光中陷入了茫然，才一眨眼，所有昏暗就炸起一片刺眼火幕，連空氣都無比灼熱。他隔著烈焰看見道長打開了房門，臨行前，那黑色身影還將另一個點燃的玻璃瓶，朝他丟了過來。

岳翰即時閃避，玻璃瓶就此撞上Anya的面容迸裂粉碎，當著父親的面燃起火苗。看著愛女身陷祝融，岳翰心急地想滅火，火舌卻迅速吞噬床面與牆壁，Anya一下就被熊熊烈火淹沒，燒得體無完膚，惡臭嗆鼻。

磅！道長用力關上了鐵門。高溫的黑煙與火光讓岳翰猛咳，看不清眼前，但他還是不顧火焰追了上去，殊不知鐵門已被堵住。

「玄向華！」他大聲怒吼，用僅存的力氣憤怒拍門。

「太平必有影，生死本一道，」道長站在門外幽幽說：「恭喜你，隊長，破案了。」

笨重的鋼棍從外卡死了鐵門，門縫鑽出黑煙與火苗，再也聽不見拍門聲，房內的岳翰就此沉默於那片煉獄火海。

道長抽著菸，背對著火光，在飄散的火花中，踩著謊言獨自離去。菸中帶有靄山檜木、綠檀等草藥及黑石的成分，伴隨裊裊縷煙，在道長手中形成無形術法。數個女童鬼影從旁現身跟著他，她們全都一改先前凶猛的模樣，面露驚恐地低下頭宛如侍從，其中一位懊悔地顫抖，伸手按著那裂開的絳衣，遞出了道長先前落下的鈴鐺與羅盤指針。

道長點頭收下後，頭也不回，快刀斬下了女童頭顱。女童頓時魂飛魄散，就此灰飛煙滅。鬼魂們無不駭然，準備逃離，只見道長用菸在空中畫符，手揮一揮，所有陰氣便被吸入了他掌中的黑玉石，鬼魂一一消失無蹤。玄向華抽一口菸後，將菸丟出。

身後的火，燒得更大了。

30

火焰燃去了眞相的顏色，焦黑餘燼成了虛假的證言。

世界翻轉，穿過意識訊號，進入無人所知的地下時空，一切沒入幽暗，刺眼嘈雜不再。荷櫻仍處在那深紅又模糊的世界裡，待在另一個世界的禁閉套房中，渾然不知現實的慘劇。

打從她進入鐵門後的房間、切斷視訊後，就虛弱地抱著思婷，哀傷地親吻著那永遠停留在八歲的女兒。

「要結束了，寶貝，媽咪和他們就快找到妳了。」

「太……好了。」

即使不知自己究竟身處在虛假的幻想，還是眞正的惡鬼道，對荷櫻而言，她都如同沉在冰寒深井之中，被高聳的絕望環繞，慘然頹唐地望向那永遠無法到達的救贖。

她不斷祈禱小姍等人平安，順利找到思婷和女童們的屍骸、釋放靈魂，結束這場太過漫長的惡夢。但悲傷不會消逝，她的人生早已被炙痛燒穿，靈魂已成爲殘篇斷簡。

如今，大概是最後的道別了。

荷櫻用了讓大腦超越負荷的藥物，來到了這個地方。雖然已告知黛恩喚醒自己的方法，心中仍渴望能在思婷身邊待久一點，甚至一度希望此處就是眞正的惡鬼道；要不是身爲母親，對黛恩早有約定與責任，或許，死在這裡也沒關係。

她看向懷裡的思婷，即使瘦骨嶙峋、冰冷如雪，那道笑容仍是自己的寶貝，那抹靈性已不再是幻想或記憶，而是眞實的女兒。她想抱著她，直到女兒暖起來，直到僵直的身軀放軟，直到心跳重新跳動。除此之外，母親已經沒有其他能做的了。

「媽咪最愛妳了。」荷櫻說著。即使滿心準備了道別的話語，最終還是一片空，留下這簡單的六個字。

「我知道，我也是。」思婷回答。

荷櫻很想尋求思婷的原諒，但什麼也沒說出口，因爲她深知此刻不該是自私的時候。她雙手緊抱嬌小的身軀，很清楚再過幾分鐘，醒來後，就眞的失去女兒了。現實世界將找到屍體，孤絕的家裡眞的只剩下自己和黛恩。那可愛的面容、抱著自己的小手、嬰兒般的香氣，都將徹底消失在黑暗之中。

這段時間不該留給話語，而是記憶，在一切忘卻之前。

懷孕十個月的日子，她近乎忘了，但這八年的點點滴滴仍舊歷歷在目。她不想忘記一切，哪怕是最爲痛苦的現在，或是置身在比地獄更可怕的地方，她都想逼迫自己記下與女兒的每分每秒。眼角泫然欲泣，心臟也痛了起來，但還能抱著思婷道別，已是最大的奢侈。

或許是察覺到荷櫻的心思，思婷看著荷櫻，含淚微笑，輕輕地在母親的嘴唇上畫了個V，母女倆在靜謐中相擁，相視而笑。

「再見，寶貝。」荷櫻心中浮現這般話語，卻不知如何開口。她好不容易鼓起勇氣，一切竟剎那靜止。

地板微傾，紅霧開始飄動，荷櫻感覺到有股力量正在拉扯自己。要醒來了嗎？她驚慌地想著。霎時，天搖地動，視線全面扭曲！鬼魅般的笛聲傳進她的耳中，挾帶著可怕笑聲，女人的笑聲。荷櫻趕緊抱著思婷起身！一轉頭，只見最後一絲光線裡，棕色身影貼向了她，逼得她趕緊退後。

光線乍亮！荷櫻愣了一下，猛然回到了現實的臥房內。她驚聲站起，摘下了腦光學儀與黑布，胸口劇烈起伏，整個人驚魂未定且耳鳴不已。顫抖的手揉揉雙眼，看向窗外，緋紅殘雲，餘霞成綺，已不見任何雨線，反倒是迷幻的紅光，末日般地散上那城市光景，透入室內。

荷櫻全身也被染得火紅，她感覺到手上一片濕熱，定睛一看，手中竟染著不知從何而來的鮮血！身上並沒有傷口，腳前卻躺著一把沾血的水果刀。她順著血跡望了過去，只見黛恩倒在地上，湧出大量鮮血，恐懼地望著砍殺自己的母親。

眼前的景象嚇壞了荷櫻，她趕緊抓起黑布，上前抱住黛恩、壓住傷口，然而，偌大的傷口根本止不住，女兒被割開的動脈依舊狂噴著鮮血。荷櫻著急地撕下床單，一邊止血，一邊撥起手機，大聲求救。

「妳忘了妳自己了嗎？」手機中的女聲這麼說道。

陰暗的門外，一道黑色身影悄悄鑽進房內，顛倒的臉轉動著與荷櫻相同的面容，不停抖動。那倒吊者張開了大量擺動的手臂，發出嘶嘶咆吼，蠕動爬向荷櫻。

荷櫻一時傻愣，怎樣也無法接受眼前的超現實，她嚇得一癱，無處可逃，鬆手跌坐在地，黛恩的血便如泉般濺灑在她身上。

那血紅令倒吊者飛步奔上，迅速捧起黛恩慘白的雙頰，在血雨中高高舉起、升至天花板。荷櫻還來不及阻止——噗滋，女兒的頭斷了開來，幼小的身體連著斷頸癱軟落下。

「不！不對！黛恩，黛恩，黛恩！」荷櫻驚恐地捏著自己，說服自己這只是腦中錯亂的幻覺，只是藥物造成的惡夢。

窗外的光迅速暗下，一切化為紅黑色，倒吊者扔下黛恩的頭、爬向荷櫻，她趕緊閉上眼睛，連續敲起響指。

「三、二、一！醒來！三、二、一！醒來！三、二、一！醒來！曾荷櫻，醒來！拜託！醒來！」

然而，荷櫻睜開雙眼，仍處在同一個空間，無論她怎麼搓揉眼睛，撥著頭頂、試圖弄掉現實中的腦光學儀器，仍無法喚醒自己，脫離眼前夢魘。

突然間，一頭黑色長髮從背後垂降到她眼前，那棕色身影，那偷她臉的惡魔之姿，腰上掛著路關牌，正倒瞪著她。隨後，一把水果刀刺進了荷櫻的臉，將她用力向下拖。

磅！惡鬼道的春嵐館大門就此關上。

同時間，**真正的現實裡**。筆電畫面滿是雜訊，打從荷櫻抵達密室後，ＤＩＲ就離奇失去了訊號。

黛恩坐在荷櫻身旁，一臉擔憂。距離汁射完甦醒用的針已過了十分鐘，響指也敲了，母親仍未醒來。她只能拭去母親眼角與鼻孔的血液，手輕輕搖著，既想喚醒，又不敢打擾母親與姊姊的道別。

黛恩心底也想再見一次姊姊，但三年來的罪，怎麼樣也無法抵銷，別說見面，恐怕連道歉都沒有資格。畢竟，她就是一切災禍的罪魁禍首。罪咎與痛苦並沒有讓黛恩早熟釋然，而是讓她更意會到殘忍。每一次照鏡子，每發現自己越長越大，愧疚感就愈發沉重。

她討厭自己，討厭自己丟下了被害死的姊姊，自私地向前走；所謂的長大，所謂夢想的人生，到頭來也不過是個空殼替身。真正的自己早就死在三年前的雨夜，成了影子，成了沒死的鬼，成了一家的錯誤。

正當黛恩這麼想著的同時，身旁的母親身體猛然一震，握住了黛恩。母親慢慢且笨拙地拿下腦光學儀與黑布。荷櫻眨了眨眼，瞪大雙眸，端詳著眼前的一切，看著自己的手臂與身軀，恰似重獲了新生一般，環伺周遭世界，恨不得將所有光影統統烙印腦中。

荷櫻望著鏡中的自己，所有感觸撚著她的心，全身發顫激動不已。她用力地呼吸空氣，甚至掐著自己的手，直到握拳出血，才止住那股悸動。那淚光閃閃的雙眸緩緩轉看向黛恩，看著那不安又驚恐的弱小身軀，虛弱地上前緊緊抱住。

「**媽媽**回來了。」

黛恩愣了一下，點點頭，雖略感異樣與尷尬，還是回抱了母親。

「我找到姊姊了喔……但是她的靈魂還在下面，她跟我說，只有另一個方法才能救她。媽媽我等等會聯絡道長，我們一起回聚英宮，一起下去救她回家，好嗎？」荷櫻看向黛恩，輕拂著她的頭髮，「媽媽再也無法獨自一個人了，媽媽需要妳，然後一切就會結束，好嗎？媽媽答應妳，真的會結束。這是妳和我應該做的，我們一起應該做的，救出姊姊，讓這個夢結束吧，就只差一點點了！

黛恩。」

黛恩瞇眼懷疑，心中深感猶豫，但一想到「這是自己應該做的」，而且母親需要她！幼小的內心不免掀起波濤。她凝視著母親眼中的自己，望著母親三年來從未有過的信任眼神，一瞬間，雙眼差點迸出淚水。她終究點了頭。

「媽媽有妳眞好。」荷櫻牽起黛恩的手，緊緊抱在懷裡。

鏡子中，無臉女子正擁著黛恩，牽起她的手。

31

沖天烈焰轟然響起，燃得夜空火紅一片。即使天空無雨，赤月之下，火光搖曳，騰騰熱氣與黑煙映照於湖面，交錯著來自山頭另一側的霧氣，形成詭譎橙紅色，抹在春嵐館湖畔。

數艘船艇高速劃過水面，打著大燈，在湖邊來回奔馳，噴射救災水柱。空拍機在空中俯瞰著現場，只見春嵐館被燒得宛如通天火柱，建在湖上的後半部屋體逐漸塌陷，煙霧瀰漫方圓三百公尺。

紅藍警燈與光束閃爍照耀如洋洋星火，數十輛警車、消防車與救護車，將大門前的山道周圍塞得水洩不通，警消人員四處奔波救火、找尋受困者，也急著保留證據。就連媒體、周圍民眾也到外圈湊起熱鬧，若不是在鬧鬼禁地死傷無數，眼前此景，甚至可能被誤認為某種大型晚會現場。

電視台的殺戮直播讓全國譁然，如今，在這偏遠山區不只查出案外案，更揭露已逝的曉欣正是殺害大量女童的凶手，現場還死了近二十名警力，連警方高層都包不住火。小姍的直播，赤裸裸攤開了火災前的所有密室畫面，不僅成了偵查功臣，也成為這晚社會最不寒而慄的惡夢。

所有人都難以想像，三起大規模的死傷竟是來自同樣源頭。跨區檢察官忙成一團，警政署也發布緊急命令，提升專案小組級別。但即使如此，大眾還是人心惶惶，他們就算不相信鬼魂與催眠，也被那詭計多端、殺人無數、天理不容的曉欣，嚇得毛骨悚然。

在中央與地方檢警會同專案小組偵查，快速合作下，一下便從物件證實了春嵐館前樹林的屍體身分，確實是曉欣的前男友與學姊。主建物雖付之一炬，但經由直播畫面的資訊比對後，也全都印證了失蹤孩童的身分，以及曉欣的犯案紀錄。一切都符合科學、都合理了，所有人一致相信，曉欣就是犯人，只差補全剩下的證據。

至於，火到底怎麼焚燒起來的，警方當前只能在一片混亂中，詢問唯一的倖存者。

「不好意思，我總結一下，道長您說劉隊長最後抱著女兒發了瘋，開槍拉大家一起陪葬？」

「是。」道長坐在救護車擔架上，一邊接受救護人員的包紮，一邊看著眼前的刑警們，他們每個面色凝重，飛快做著筆記。「他大概無法接受眞相，無法報仇又無法放下，覺得都是我們串通好的。你們可知道，他長期看得到死去的妻子身影？」

「這……是非常嚴重的指控，道長。」

「但事實即如此。他認爲大家是共犯，便朝每個人開槍，庫房的油就這麼起火了。我是用這傷口裝死，才有機會躲過一劫。」道長指著身上的擦傷，「你們之後也會進去鑑識不是？」

「火都這麼大了，鑑識也不是萬能，再燒下去大概也只剩灰了，希望渺茫呀。」

「要不是天尊在我耳旁指引，我這骨頭恐怕也成灰了。果然，人在做，天在看哪。」

刑警們互看著彼此，尷尬地點頭。「所以，道長您確認直播裡面都是眞的？現場全是吳曉欣的照片和東西？」

他們用平板播放起小姍的影片，道長看著那放火前的畫面，再次確認一切沒有穿幫後，故作嘆氣地說：「是，一言不假。我想，可能眞如這個女生所說，吳曉欣觀落陰失敗後，對女兒執念過深，心也生病了。」

「了解。詳細會同時轉告專案小組，我們一定會查個水落石出。不過，」刑警看向道長：「如果跟您的廟有關，也請您多多配合。」

「請便。但是今兒我累了，人老了，親眼看見這麼多年輕生命這樣離去……搜索、筆錄什麼，改天吧，既然差不多破案，我也算仁至義盡。」道長說完便鞠躬致意，甩袖離去。

「道長……」刑警原本想叫住道長，然而，對講機卻在此時發出滋滋一聲，突然傳來意想不到的緊急消息。

「呼叫同仁！呼叫同仁！湖裡疑似發現大量行李箱，重複，疑似……」

一艘救難船艇在行經湖面時，撞上了一個行李箱。救難人員本來不以爲意，豈料船身不斷被撞擊，震得異常，搖燈一照，才驚覺那些載浮載沉的恐怖之物。

這下刑警們個個聞之色變，陷入另一波混亂。轟！春嵐館後方再次爆出閃焰，巨大火球撼動夜空，所有人嚇得一跳，唯獨道長在一片分不清是灰是霧的朦朧中，走回了自己的貨卡。

年邁的身體確實是累了，但內心無比舒暢。春嵐館內的高溫將會抹去所有眞相，殘存名爲證據的假象。無論是小姍的直播、警員的通報、館外的屍體，乃至於直播棚、吳曉欣家，都會連成一線，指引另一個方向，成爲思考陷阱，讓自以爲聰明的人們，自以爲找到了答案，找到了正義。而這樣的檢警，迫於輿論、政治及甫點燃的派系問題，很快便會憑著這些要證，換取權力籌碼，就此結案。檯面下的眞相將被徹底覆去，不再有人知曉。

所有人當中，大概也只有岳翰在死前察覺到了謎底；作爲誘導，他和小姍都是非常優秀的棋子，但也正是太能幹過頭，差一點就被他壞了局，危險至極。想到這裡，道長不免感到惋惜。在他眼中，岳翰實在是上等的素材，若不是爲了大局著想，他一點也不想如此草率收了對方。

道長端量著手中的黑玉石，確認洋房後方那密室所在之地塌陷後，眺望眼前那漫天燃燒的山水之景、敬仰天尊的血色之月，隨後，在交通指揮下，駛離了自己的鉅作，那布下黑壇術的禁忌之地。

◆

無盡的紅黑色中，長廊一尊尊斷頭神像彷如宣告著神的缺席。蕭瑟的邪惡笛聲刺著耳膜，震動的地板令荷櫻睜開了迷茫雙眼。這是惡鬼道裡的春嵐館，沒有火光，沒有傾頹，沒有警消，沒有人聲，僅有幽暗赤紅，腥味撲鼻，一切被遺忘在死後的惡鬼世界，連時間也背棄的深淵。

紅光透著黝黑的流線長廊，一個個房間無限綿延，宛若生物的腸道，即使已是第三次前來，她仍膽戰於那空間隨時扭動、絞碎的可怕想像中。

荷櫻倒在地上，發覺自己的臉頰滲血，流出滿滿的茫然與恐懼。那是無臉女子刺下的傑作，刺入肉裡的刀鋒雖不再，但冰寒仍未退去。昏暗中，兩個影子在不遠處背對她蠢動著，荷櫻很快就從臭味與吼叫聲辨識出那是惡鬼。它們彼此對吼，並用刀指向了荷櫻，像是爭吵著獵物的所有權。

到底發生了什麼事？爲何她醒不過來？爲什麼眼前會出現惡鬼？荷櫻滿是憂懼與困惑，擔憂著兩個女兒與其他人，也擔心身處惡夢境地的自己。她越來越清楚，自己可能眞的連上了惡鬼道，而才轉眼之間，這裡狀況已改變。早先，洋房並沒有任何鬼怪入侵，僅是作爲女孩們的牢房，同時也是惡鬼道內的庇護所。但現在，惡鬼赫然出現於此，她不知是否該說服自己樂觀，慶幸鬼差和倒吊者沒跟著出現？但倘若連惡鬼都能進來，那些更恐怖、更難以對抗的存在，橫阻在自己面前也只是早晚問題。

荷櫻趁惡鬼們一不注意，屏住氣息，小心轉身，如同道長在前一晚儀式時的指示。她雙眼提防黑暗中的身影，手撐住地面與柱子，仗勢爬起。然而，盤算總是跟不上意外，碎裂的柱子竟使手臂深陷進去，直直插入倒鉤的鋼筋！

荷櫻痛得一臉猙獰，險些咬破唇才忍住尖叫。惡鬼們並沒有回頭，荷櫻鐵著臉，壓抑著幾近剝奪她聽力的心跳聲，試圖緩緩抽手。諷刺的是，多虧了這疼痛，臉頰上的傷已算不了什麼，她清醒無比，似乎連視線都清晰起來。

窸窣，一張臉從黝暗的天花板滑下。

倒吊者模擬著女童的臉，像是窺伺已久的蜘蛛，張開其滿滿的手臂，遮去了僅有的光源，籠罩下方那一動不動的獵物。

荷櫻已經對剎那的驚駭感到麻痺，如今，心中多的反而是憤怒與煩躁。眼看倒吊者手就要撲來，她就此忍痛猛力拔出手，拉著鋼筋一撞。

砰唰！柱子發出巨響，整道長廊發出哀鳴，結構應聲斷裂！

荷櫻快步奔跑在解體的長廊，看著磚瓦一塊塊脫落，淹沒惡鬼，煙塵四起。倒吊者的嘶嘶聲響起，很快就從後面追了過來。紅光浮動，空間彷彿不斷壓縮，荷櫻猜想一定是現實的廢墟中，岳翰與小姍發生了大事，才讓惡鬼道的春嵐館如此丕變，而鬼怪們大概就是透過裂縫入侵。

荷櫻祈求岳翰他們平安順利，同時也不禁問起自己，究竟要逃向哪？要怎麼才能離開這個世界？難不成又只能躲回密室？

然而，本能使然下，她還是經過了最後的轉角，直奔向那深處的鐵門密室。地面震動，牆壁傾圮，一個身影撞破了牆面！倒吊者伸出所有手臂，撲面朝荷櫻一把抓來。

荷櫻不假思索，飛步連衝帶滑，上前握住了門把，用力一開，躍了進去，倒吊者也同時追上，將臉伸進密室中，正要咬上荷櫻——磅！荷櫻朝那脖子重重關上鐵門，宛如巨大的鍘刀，一瞬間，倒吊者的頭削了下來，噴出大量鮮血與眼珠，砸在地上滾動。

那模擬女童外貌的面容放聲尖叫，隨後，浮出大量人面瘤，腐蝕融化，成為一灘焦油般的黑泥。

荷櫻喘著氣，對自己的幸運感到不可置信。她回看四周，思索其他對策，雙眼卻被面前景象震懾。路關牌的聲音隱隱迴盪，房內不再陰暗——她回到了曾經的少女房間。

淡淡的藥味與少女香氣混合成苦澀與恐懼，鑽入了荷櫻腦門，身後的鐵門也變成過去的普通木門，無論她怎麼轉動門把也無法打開。昔日友人的床、桌子、衣櫃，讓人作嘔發毛。不同的是，在這虛假的幻境裡，多了自己和琦娜高中樣貌的紙紮人，多了好幾面鏡子，有大有小，散立在不同地方映照出荷櫻的身影，而牆上貼了大量的思婷照片，寫著大大的血字：叛徒歸屬。

痛苦、悲傷、憤怒與荒謬，讓一切回憶嘲笑著荷櫻。她緩步向前走，捏著手上傷口、撕下邊緣的皮，即使確認了疼痛，依舊無法醒來。疼痛更蔓延到了胃，竄到了心，狠狠鑿進了她腦中，像顆帶刺的球，不停在裡頭撞著每一塊記憶，刺傷每一個感官。照片中的思婷流下血淚，紙紮人琦娜發出哭笑般的聲音，荷櫻痛得抱住頭。

「妳這變態，到底想怎樣？」荷櫻狠狠地喊：「魏琦娜！」

她終於對惡魔叫出了這名字。曾經的姊妹，如今變成彼此生命的罪人，彼此在地獄深淵的仇人。

哭笑聲消失，彷彿默認了荷櫻，卻絲毫未減她的頭痛。她很清楚人的腦袋並沒有眞的痛覺，只是神經在作怪，但那些疼痛的感官，還是會從感覺與記憶中催眠大腦，產生虛幻的痛。對荷櫻來說，魏琦娜永遠是腦中那根針，扎得太深，鏽了靈魂，穿壞了記憶，也刺破了她的人生。

「想懲罰我、想成爲我，就來啊！」荷櫻扶著頭，上前看著琦娜的紙紮人，等著那輕薄的嘴再次發出聲音。

然而，室內靜默死寂。

一個個鏡面中的自己，就像是發瘋崩潰的女人，被忘卻在時光中。曾幾何時變成這般模樣？她在這孤獨又絕望的空間裡，感慨了起來。看似要好的兩個紙紮人，成爲心中美好又不敢過度回想的影子，然而，一旦起了念頭，回憶的跑馬燈便不聽使喚開始轉動。

那些感觸、氣息、一句句耳語，匯聚成她的眼淚。荷櫻憶起兩人幾次的午後時光。十年來，這是她第一次面對那段過去。但那片美麗早已凋零，花園只剩下灰燼，究竟是因爲生死無常，還是兩人本就屬不同的世界？

荷櫻想起琦娜最後在醫院的時光，感受著對方的寂寞與病痛。換作是自己，面對那種絕望，大概也會崩垮吧？憎恨起這個不公平的世界，憎恨起所有人。她深深後悔自己說過那些惹人厭、自以爲是又傷人的話，也檢討自己是否太過炫耀、強勢，忽略了琦娜一直以來的自卑感受。

但是，這不代表琦娜可以在思婷頭上偷偷畫符，甚至在旅行那天，下了那麼惡毒的血咒，換來被火焚燒的結局。

「祝妳以愛為代價，再也不認識自己，永永遠遠看不見思婷的幸福。」琦娜在死前如此下咒說道。這血咒並沒有因火而解開，它確確實實應驗了。思婷死了，在七年後的滂沱雨夜，在母親的面前，永遠離去。

荷櫻走到琦娜的紙紮人面前，儘管她不知道實際對女兒下手的是誰，但從所有跡象，乃至於現在這個空間，她比誰都清楚，一切惡意就是來自昔日的姊妹。荷櫻相信，琦娜一定是找到方法奪走了思婷，而現在還不肯放過她們母女倆。

她不假思索，一巴掌打破紙紮人的臉，狠狠撕扯個粉碎。

「放了我女兒，來啊！小娜，是我燒了妳的。」荷櫻披頭散髮，衣服髒亂，用力踩斷紙紮人琦娜的頭，「我曾荷櫻就在這，我的罪我來贖，就算下地獄，我也會救回女兒！」

笛聲與帝鐘聲幽冥響起。

荷櫻愣了一下，這才發現腳下的紙紮人變成黛恩的外貌，支離破碎，流著眼淚，而另一尊則化成了思婷的模樣。

「說謊。」她彷彿聽到了女兒這麼說。

32

灰燼飄散在夜晚的山林間，洋房大火雖已控制住，但在那血月輝映下，夜空仍舊染著怪異的深紅，慘劇結合怪談的色彩，令好幾座山頭的居民都爲之戰慄。

此刻，大眾對鍾馗湖的關注，已不單單只是那燃燒的洋房。二十餘艘大小船艇正亮著刺眼燈光，湖面上猶如白晝，消防隊與民間團體投入大量潛水設備與十幾名潛水員，深入湖底，只爲搜索打撈那些沉沒的行李箱。這些潛水員們心中皆是五味雜陳，當地除了前幾年的風災，已許久沒有出現大量死傷；就算是一般的溺水失蹤，打撈的多半也只有一、兩具浮屍，蒼白浮腫又被魚啃食的面容固然可怕，但如今面對大量被肢解的孩童，即使是屍體被封在行李箱內，也讓他們內心頻頻發毛，不知在冰冷的湖水底下，藏了多少殘忍與冤氣。

而就在剛剛，第八個行李箱已經被打撈上岸，加上警方先前在洋房直播中的推估，已有二十六名孩童葬身此地，創下台灣最凶殘連續殺人案件。倘若再算上儀器探測到的，數目還會再攀升到三十幾個以上。夜晚的山嵐變得更加冷冽，烈焰的熱氣也驅不了現場每個人心中的寒意。

另一側遠岸，湖水盪漾，被眾人遺忘的行李箱，正撞著岸邊石頭激起漩濆。一道人影趴在箱子旁的湖畔，載浮載沉，背部與手臂有些許的燒燙傷，薄弱的意識彷彿也跟著那水面晃漾擺盪。岳翰很想起身，但虛脫感不但剝奪走身體主控權，更浸蝕他餘存的精神。

他並不確定自己是如何活下來的，一切來得太快，像場華麗的幻境，又凶惡如夢魘。

在道長離開後，濃煙與高溫嗆得他不得不貼到地面喘息，然而，烈火早已征服整間密室，無論是小姍、警員們，或是已死去的女兒，這些在他記憶中好端端的人們，都在火焰中縮成一團黑炭，再也認不出。他的臉被燻黑，在地上流淚猛咳，痛苦的生理反應讓他沒有太多時間哀傷，思考的速度也因爲那股蒸騰不斷下降，思緒一下想到曾經看過的美國九一一事件報導，那些受不了高溫的人們，最後選擇跳樓結束自己。倘若身邊有槍，他是否會選擇朝腦袋開上一槍？或許這樣就能見到妻子和女兒了？儘管害怕，但能見面、能贖罪也足以讓他鬆一口氣。

贖罪？不，眞相不能如此被燒盡，玄道長也不配繼續活著。一部分的理性，挾帶著「惡虎」曾經的凶悍，在岳翰腦中大喊著。

或許，就是這股蠻橫與不甘，當他視線逐漸模糊時，聽到了不該存在的說話聲。那懸在空中好幾年的腳，居然踏足於地上，黑煙中雖看不清容貌，但還是依稀能見那曾約定攜手一輩子的美麗容顏：鳳眼、棕色鬈髮，以及不帶任何怪罪的微笑。岳翰很想對她說話，但熱氣封住了他的嘴，愧疚、懊悔與一點點期待，令他腦中一片混亂，深深覺得妻子是來迎接他，前往另一個世界。

然而，出乎意料的是，妻子竟牽起了另一個嬌小人影。三週不見的Anya，氣色恢復到他記憶中的可愛面容，彷彿這陣子只是一場惡夢。她像是活生生般，緊緊依偎在母親懷裡，帶著微笑望了過來。岳翰好想跟她們回家，好想回到心中最能放鬆的那個時光，但母女倆一同直指庫房的地上。

那裡，有一塊地面的氣流與火焰明顯不同，旁邊還有一個把手，離奇地彈了起來，若不是因爲火，根本難以發現。岳翰這下終於意識到，這個密室是由船屋連結改建，曉欣選在湖邊監禁、分屍和裝箱，除了隱密，就是爲了更方便處理屍體，這也解釋了爲何行李箱和照片的數量對不上，因爲那地板下就通著湖面！

岳翰憑藉最後的力氣，穿越致命的烈焰與黑煙，咬緊牙根打開那扇地下門。在那之後，他只記得自己聽到了爆炸聲，全身涼意刺骨，與數個行李箱重重墜入水中，掀起波瀾與大量氣泡。

光映照著湖底波光，從橘黃漸層到深青，最後化爲憂傷的黑暗。那時，岳翰懷疑自己會溺斃在這一片幽靜中，成爲另一個死在這美麗湖底的亡魂。正當他意識朦朧之際，耳邊傳來了鈴鐺聲。

本該沉在底部的數個行李箱，竟紛紛離奇浮起，載著岳翰撞出水面。待他醒來時，已是好幾個小時後。他自行漂到了岸邊，只有一個行李箱陪著他，上頭貼有一名綁著馬尾的女童照片。

「謝謝。」岳翰小聲地對著照片說，如同他在水中昏厥前，聽到的那些來自湖底的聲聲感謝。爲了這些感謝，以及心中仍未褪去的怒火，他終究努力撐起身子、爬上了岸邊，因爲再拖下去，荷櫻與黛恩將有危險，道長眞正的計謀即將得逞。

骨頭不斷發出哀嚎，傷口也感覺到撕裂痛楚，水火伺候一輪的皮膚分辨不出灼熱還是刺寒。血月之下，岳翰緩緩迎風站起，手機已經碎裂，證件與女兒的照片也在那場火中化爲了灰燼。

眼前是一片漆黑的森林，來自遠方的火紅，讓樹影變得更深也更加鮮明。他一步步走進林子，踩著泥土，虛弱地撥開樹叢。即使只是緩緩的上坡，也讓他筋疲力盡，似乎連靈魂都在這一路上磨得稀薄，隨時消失。

重新喚醒他的是一道紅藍光芒，自不遠處的環湖山路，交錯著一道道樹影，閃爍駛來。岳翰加快上前，憑著腎上腺素穿梭樹林，趕在警車的車燈錯過自己之前，躍到了馬路中間。

突如其來的人影嚇壞了開車的年輕警員，他緊急剎車，警車頓時打橫停下，險些撞上岳翰。

明滅的警燈散上兩人面容，除此之外山路毫無燈光，他們在無聲中對看，彼此都只聽得見自己的心跳聲。雖然只有一瞬間，但岳翰注意到了年輕警員的表情變化，從驚愕到慌張，從不解到警戒。尤其當警員按下對講機時，岳翰察覺到些微的異樣，對方似乎認出了他……而且畏懼他？

岳翰困惑地上前，只見該名警員按了一聲喇叭以示嚇阻，隨後走下了車。儘管那神情看似親切，但戒備在腰際的手，已透露出警戒。

「請問是……劉岳翰隊長？」

「是。」岳翰點點頭，騰出雙手，「你手確定要放在辣椒水旁邊？」

「習……習慣而已。」

「我骨頭都快斷了好嗎？麻煩載我到局裡，有要犯要通報。」

「當然……當然沒問題，我也打算繞回去。」

「那就好。」岳翰鬆了口氣，慢慢走上前去，「道長人呢？」

「什麼？」

「玄向華道長。」

「學長他們好像問完話，就讓他先回去了。」

「回去？」

正當岳翰一臉納悶，對方的對講機傳來了通報：「呼叫！犯嫌疑似出現在藍雀園北側兩百公尺處，請支援同仁立刻前往，重複一次，犯嫌疑似出現在藍雀園北側兩百公尺處。」

岳翰瞥向路旁的「藍雀園」路牌，轉瞪向眼前愣住的年輕警員。一眨眼，雙方不給喘息，各自出手。對方掏出了辣椒水，但岳翰早一步上前扭住對方，並訝異起自己還有這般體力，果然「惡虎」一稱尚未淪爲虛名。他一下就壓制住年輕警員，一掌擊昏。

「抱歉，沒時間了。」岳翰立刻將警員拖到樹林，取下所有裝備，將這可憐的後輩銬了起來。從情勢看來，道長似乎早已準備將惡行嫁禍給自己，要是現在被同仁攔截，不但無從辯駁，還會被限制行動，等查明清楚時，邪惡早就獲勝。那麼，他也顧不得準則與良心了。

岳翰就此帶著槍械等裝備上了警車，破壞定位系統。遠方依稀可見警燈奔來，他毫不猶豫地關閉警燈，重重踩下油門，加速駛離。

引擎直嘯，岳翰冒青筋的手緊握方向盤，身上傷口依舊作痛，所幸已不再流血。他拿起警員的手機撥打給荷櫻，卻無人接通。難道已經來不及了？他考慮著直接舉發道長，但問題是有多少人會相信？他深知再拖下去對自己不利，但要對付道長那老狐狸，隱藏在黑暗中、算準最佳的出擊時機，或許是最好的方法了。就像過去的「惡虎」一樣，狠狠殺個對方措手不及。

岳翰其實也很清楚，自己眞正不想讓他人介入的原因。不單是爲了眞相與尊嚴、秩序與安詳，更是爲了最單純的私心。作爲正義的警察，作爲深愛妻女的父親，他不能原諒這一切。胸口的護身符已燻黑，女兒的笑顏與火焰頓時重疊在一起。他實在忘不了Anya甜美的笑聲，以及道長那惡毒的話語：「上道和女兒說吧。」

岳翰眼眶泛紅，雙眼布滿血絲，怒顏之下咬破嘴唇，最終只選擇了一個人，將訊息傳了出去。他相信只有那個人，能夠好好利用這張名爲「情報」的牌。隨後，他將手機丟出窗外避免被追查，並看向備在身旁的警槍。

「子彈好像不夠呢。」他更加猛踩油門，希望還來得及繞道借個傢伙。

在這身爲偵查隊長的最後一天，心中的惡虎，將展開最後一次獵殺，制裁眞凶，勢不寬恕！

◆

夜霧籠罩蜿蜒山道，灰色轎車亮著霧燈，向前奔馳。荷櫻開著車，黛恩坐在後座，緊握著髮夾，而她缺乏睡眠的幼小倦容一臉悲傷與不安。身上的新洋裝，是稍早荷櫻臨時爲她買的，說是補償，卻一點也不同於黛恩的穿衣風格，反而像是買給姊姊思婷的，如同身旁袋子裡的另一套。不過對黛恩而言，能夠有新衣服，還能吃一頓好吃的義大利麵，已經值得高興了。

然而，心中一直有種異樣感。

母親在拿下儀器後，彷彿換了個人似的，不僅重新找到方向，更自稱「媽媽」而不是「媽咪」，連開車方式都有著微妙不同。如果這個方法眞能因此拯救姊姊、結束這場惡夢，實在再好不過。但道長也說過，姊姊已經過世了，那麼，這場夢眞的會結束嗎？那一晚的罪責眞的會消失嗎？母親眞的會回頭看自己嗎？黛恩直望手中的髮夾，心中積了好多話語，想對母親、姊姊，甚至三年前的自己好好傾訴——卻什麼都說不出口。

晚餐時，餐廳裡所有人都從手機、電視得知鍾馗湖的新聞，荷櫻與黛恩也嚇了一跳，難掩驚駭。黛恩本以爲母親的賣命引導，幫助小姍等人找到了眞相，能讓一行人成功逃脫那棟鬼屋，沒想到失聯至最後，除了道長外，全數喪命。案子線索確實推進了一大步，但前一晚還好端端的人們，疼自己的小姍姊姊、溫柔可靠的隊長叔叔，竟就這樣命喪黃泉，黛恩根本無法接受。

「我們不能讓他們白白死掉。」荷櫻當時一臉憂傷，卻極爲鎮定地看著黛恩，不落一滴眼淚。大概淚水都留給了姊姊吧，母親比自己還堅強很多呢！黛恩這麼想著。

追根究柢，倘若三年前沒有自私地偷髮夾、說謊，或許這些人都不會死了。儘管母親沒有怪罪她，但黛恩明白那是事實，自己終究有責任，必須忍住所有悲傷與憤慨，絕不能再浪費這些善良的犧牲。如同母親所說的，這次一定得救回思婷。

荷櫻從後照鏡看著黛恩，確認著女兒的狀態，隨後望向眼前漆黑的道路，一手緊握胸前的定魂符。早先使用ＤＩＲ時，身體被注射了過量的藥劑，如今針扎之處正傳來陣陣的痛楚，彷彿體內殘餘的靈魂正撬著她的腦門。她一臉猙獰，扶著頭，大力踩下油門。

夜間的霾山，血月將那赤紅灑在群山霧嵐，風中傳來了神祕的吟詠與呢喃，似人非人，盤山綿亙。荷櫻的車子穿過沉沉霧氣，經過那一格格紅光粼粼的水田與叢叢芒草，在田中巨大草人的注視下激起路面沙塵，終於來到了聚英宮前。

紅色的燈籠隨寒風搖擺，呼應被霧氣迷離包覆的紅色月光。吟詠與唸咒聲自宮裡傳來，只見道長帶著兩名弟子特地前來迎接。

「時辰略遲了，識魂還沒穩嗎？」夜風吹拂著道長的正式絳衣，道冠上的黑玉石如今在紅色天象之下，顯得更加深邃，詭譎熠熠。

荷櫻點頭，嘆了口氣，一邊請弟子們幫忙搬移ＤＩＲ儀器，一邊舉起手臂，露出了針孔。「看到了嗎？三針！到現在還沒退。」

「蠢，卻也令人佩服。」道長上前一手按著荷櫻的脈搏，一手壓著她天靈蓋，直盯她雙眼，端詳那隱隱的赤瞳，「是比想像慢了沒錯，但放心，天一亮，靈肉就差不多徹底合一了。」

「差不多？我要的不只這樣，你答應我會結束一切。」

「有小女兒在，若沒意外，會成功。」

「那就不要有意外。」

「當然，事關天尊，妳我有約。」

道長轉頭看向黛恩。她從剛剛到現在就跟不上兩人的對話，困惑不已。

「黛恩妹妹，只差最後一步了，妳眞的願意嗎？陪媽媽下去救姊姊？」

夜風吹拂黛恩的頭髮，眼前的聚英宮在月色下紅得宛如幻境。她曾看過類似的色彩，是母親在惡鬼道時的ＤＩＲ紀錄，她猶記得那畫面沁出的嘔心與恐懼；她忘不了母親的駭然與慘叫，更忘不了在那後方山林追逐自己的鬼影浪潮。恐懼撞擊著黛恩的胃，她實在疲憊又害怕不已，但即使如此，看著母親的微笑，她仍緊握手中的髮夾，點了點頭。

「入三惡就像昨天那般，非常可怕，但我們會陪妳，隨時叫妳上來。妳確定要下去嗎？要發自內心願意下去喔。」

「媽媽也會在下面等妳、保護妳，不要怕。」

黛恩深呼吸後，鄭重地點了點頭。

「眞勇敢。」道長幽幽地說道。他輕輕將手放在黛恩的頭上，並指向聚英宮上方，「那麼，妳等下要好好在心中跟神明說喔，說妳願意三魂分裂，說妳願意放棄上天庇護。」

黛恩以無聲點頭回應。

「以及最重要的，放棄陽世肉身，」道長和藹地微笑著，「自願和媽媽一起變成鬼。」

「我願意。」黛恩再次比出手語，點了點頭，毫不遲疑。

33

凌晨時分，三川門再次被閂上！三殿內，煙香裊裊，燈火燁燁，驅散了先前的幽暗。荷櫻和黛恩各自割開手指，任血滴落在兩顆石頭上。再一次地，石頭被放入喚靈道的井中，沉入那通往冥河般的黑暗。

木魚敲響，鈴聲繚繞，弟子們持續請神唸咒，吟詠聲漫出了宮外，彷彿山谷也回以古老的語言，令血月下的聚英宮更顯詭譎。儘管比預期晚了些許，「入三惡」儀式還是在道長的帶領開始了。他敬拜著天尊像，傾倒雞血，燃燒符紙，操著奇門遁甲，誠如前一晚的步驟。不同的是，這一次的儀式中心多了黛恩，作法變得更加繁複，時間也爲之拖長。

「放輕鬆，媽媽會一直等妳下來。」荷櫻在下去之前這麼說道。

架設在一旁的ＤＩＲ系統已成功上線，連接著荷櫻頭上的腦光學儀。只見螢幕中，自動模組正展開探測，將所有數據同步記錄到外接硬碟，畫面從一片黑暗慢慢浮現出不存在於現實的紅色。荷櫻早一步先下去了惡鬼道，坦然自若，毫無畏懼，就像早已習慣那個世界。

看在黛恩的眼裡，母親的樣子十分不可思議。身爲孩子的她，無法有那般母愛與勇氣，一想到要拋棄活著的肉體，進入那滿是惡鬼凌虐的恐怖世界，她已害怕到失去了現實感，禁不住全身顫抖。

「如果妳眞的會怕，姊姊我可以……」月兒湊了過來，小聲地說。

黛恩搖了搖頭。她已經跟神明和母親立下了約定，而母親也在下面等著她。事成定局，無法回頭，今晚就要救出姊姊！

隨著龍虎針貫穿小手，蒙起黑布的黛恩，忍下了所有血腥與疼痛，嚥下所有恐懼，任吟詠環繞四周，任火光燃燒符咒，就像催眠一般，她的意識被一波波引導著。她知道比起鬼怪，自己更害怕一個人被丟下、永遠失去母親，什麼也沒做到地化爲虛無，毫無存在價值。

「陰曹地府如生請，識元斷此如鬼行，四方五海諸神放，迴避三屍淨眼明！」

看不見的風雨圍繞著黛恩，有股力量正擺動起她的手腳，像操控著她在無形空間前行，擠壓肺腑，讓她難以呼吸。

「人去殼，了無神，歸爲鬼，走惡道！汝者何人？所爲何事？」

「我何黛恩，希望叫回姊姊何思婷、保護媽媽曾荷櫻，甘願作鬼！」黛恩用盡全身氣力，無聲地開口喊道。

「下！」道長就此揮下天皇尺。

刹那間，陰風滅去了所有燈火。隨後，火光噴現，黛恩身體一扭，靈魂便被無數隻灰手抓到了地面之下，三魂分裂，落入了惡鬼道。

「好好叫妳媽咪，陪媽咪吧。」道長輕聲說。

幽暗的紅霧世界，腥臭彌漫，灰煙四起。黛恩倒在滿是球體的地上，那冷不防的墜落與重摔嚇得她魂不守舍，痛得全身難以動彈。她額頭貼著白符，重重地呼氣後才終於有點力氣，緩緩爬起，手中的蠟燭也冒出了火苗。

當火光向前映照，她愣住了，無法言喻的驚愕衝擊大腦。眼前的地上，是一顆顆斷裂的人頭，一望無際散滿在這片黝黑之地，像被種在土下、蠕動地直望著她。人頭蒼白的面容沒有眼皮，沒有舌頭，沒有悲憤，沒有恐懼，只有漫長的木然，是千年生死不得的絕望。

「媽咪？媽咪？」黛恩慌亂地看著四周，卻不見母親的影子。

這些人頭窸窸窣窣，咕噥呢喃起悲傷又邪惡的話語，即使黛恩聽不懂任何一句，寒意也依舊爬滿了全身。

風中捎來了毛骨悚然的笛聲，黛恩打了個哆嗦。她擔心跟母親走散，然而在這地獄邊陲、最惡的世界裡，是不會有人幫她的。她只能持續默唸著母親，看著燭火指引，小心翼翼地踩著人頭間的空隙前進。霧氣變得更濃，有道人影也舉著小火光，慢慢朝她走來。

「媽咪？」黛恩無聲地說。

隨即，人影越變越壯，分散了開來——它們一一竄出濃霧，高舉著鐮刀與火把，覷向黛恩。

「惡鬼……」黛恩倒抽了口氣。她理性相信道長應該會保護自己，惡鬼也理應看不到自己，但當下她已無從判斷。那些惡鬼若不是在看她，究竟還看向什麼？

即使到現在，黛恩仍未注意到額頭前的白符已破了一半，散發出生靈的氣味。她仍未察覺自己早已成爲飼料，被道長丟棄到惡鬼道。她聽著那些衝向自己的嚎叫，下意識地只能選擇用矮小的孩童身軀死命地逃，呼喚著聽不見她的母親。

此時的荷櫻，正在惡鬼道的另一邊，那間包覆著過去的密室裡。

荷櫻一腳踩碎紙紮人，破壞了房間家具，然而無論怎麼敲擊牆壁、撞擊門板，她仍然無法離開密室，被困在對方設下的陷阱之中。

腦袋與手上的傷口都在隱隱作痛，但她實在不明白，琦娜把自己困在這裡究竟有什麼目的。

「我眞的錯了，我不對，我願意付出所有代價，但作爲一位母親，我不會放棄孩子，只要女兒們平安，妳要怎樣都行。」她轉身拿起書桌上的大剪刀，那是高中三年級時，她送給琦娜的日本製十吋裁縫剪刀，當時琦娜口口聲聲想做衣服，結果最後反而做了一個詛咒娃娃。

說來諷刺，但如今，或許這剪刀就是破除詛咒的方式。

荷櫻舉起剪刀，轉身看向被卡住的門板，頓時間，一陣異樣讓她打了個冷顫。她瞥看向身旁的穿衣鏡，感受到一股攫人而噬的黑暗。

「咦……」荷櫻才剛感到困惑，便見鏡中的自己將剪刀猛地刺進臉頰——她驚呼一聲，手跟著不聽使喚，同樣大力將剪刀刺進自己的臉！

鏡中的自己歪著頭，優雅地撕開了臉皮，荷櫻看著那片鮮紅，趕緊一把拔下剪刀，丟了出去。血流漫出，不只她的臉上，也來自鏡中。

啪咧！鏡子頓時裂開，那不斷蔓延的裂痕，就像在元神宮客廳看到的鏡面一樣，將鏡像切割成蜘蛛網般模糊起來。漸漸地，荷櫻察覺鏡中的自己變了個樣子，披頭散髮，血把衣服染成一片褐色，而臉也化爲一片虛無，成了無臉女子。

「魏琦娜……」荷櫻愣了一下，瞪著這個想變成自己的女人，不由得怒火中燒，將染血的手掌拍在鏡面上，「去妳的賤人、小偷、垃圾！把女兒還給我！還給我！」

女子搖搖頭，笑了一聲，特地模仿她將手貼於鏡面，隨後——竟伸出鏡外，拽住荷櫻！

事情發生得太快，荷櫻根本來不及反應，只見女子迅速上前，手中的剪刀幻化成刀子，精準直刺進荷櫻臉上的傷口，深深沒入。

荷櫻放聲慘叫，同時眼看第二道銀光襲來！她趕緊撥開刀鋒，退開鏡子，無臉女子立刻破鏡而出，在四射的碎片中撲上荷櫻。那刀來得又快又猛，不只砍傷她肩膀，更深深刺入她的腹部。

荷櫻抱痛後退，近乎暈眩，臉頰與腹腔鮮血不止。此時，所有鏡中的荷櫻，都再次拿起了刀子，割開自己的臉。

錯愕與戰慄席捲而來，荷櫻臉上傷口瞬間向旁扯開，臉皮被掀開一半，暖熱的鮮血奔騰湧出！她痛得哇哇大叫，精神理智也瀕臨恐懼極限。

快逃、快逃、快逃！她不斷對自己喊著，但放眼望去，除了那扇被封死的門，還能逃到哪去？

荷櫻翻倒著家具蹣跚竄逃，無臉女子則輕步跟上，沿著血路，挑砍了荷櫻後腳跟，切開皮肉韌帶，斷了她腳筋，令那鮮血淋漓的身軀磅一聲倒下。

荷櫻終於體會到惡鬼道的絕望。無臉女子重重踹了她腹部傷口後，跳坐到她身上，擠出臟器與血液，無論荷櫻如何用餘力揮手阻擋，都被狠狠反制住。

女子那虛無的面容，裂開了一道宛如嘴般的弧線，嘲笑著荷櫻。隨後，像氣球似破開，緩緩鑽出了一張被剝了皮的血臉和另外一對雙手。

荷櫻瘋狂發抖，出自本能的恐懼就此擊潰了她，不單是畏懼死亡和眼前的怪物，更畏懼著她所能想到的可怕預感——來自心裡，來自記憶深處。

「把臉給我，把臉給我，把臉給我，把臉給我，把臉給我！」女子多出來的手，以指甲猛然鑽進荷櫻臉上的傷口，擠出鮮血。荷櫻痛得猛烈痙攣，身軀卻被女子以蠻力壓住，令她只能放聲哀號，望向天花板的鏡子，直望女子的手挖開了自己的顏面肌肉，狠狠剝開血肉黏液。

「把臉給我——」

女子大吼著，隨即扯著荷櫻臉皮，整面撕拔了下來！

「還來！」

34

「重生吧，**眞正的曾荷櫻**，回到妳眞正的軀體。」道長搖起帝鐘，舉起七星劍，以掌心頂著荷櫻的額頭，將劍放在她頭上。只見她渾身起伏，雙眼前的符咒染黑，浮現了三彎刀的黃色符號。

「三魂速至，七魄急臨，從元入有，分明還形！曾荷櫻，歸位定魂，迎朝日！」

聚英宮後殿內燭光飄逸，爐火焚天，一波一波不停明滅。血月的魔力遠遠超越三年前的夜晚，共鳴著天尊的星軌，如同龜卦中所看到的異象，迎來這不凡的重生之夜。

入三惡，自古以來，便不單單領人遊覽三惡界而已，更愼重於煉魂，藉天地之陰氣，進入亙古神祉的夢境底層。自《亙山地書》所記，過往黑壇術大家就曾以此術，將敵人送下三惡界，使其飽受無盡的凌虐，藉此換取更強大怨憤的凶煞鬼氣作爲法力，並將空軀另謀使用。施術更厲者，尙能將惡鬼、煞神等提來陽世，差遣爲陰兵陰將，甚至置入空軀之中，百戰不殆。

儘管部分的詳細術法業已失傳，但玄家先祖仍透過不同信仰、派別的法術，去蕪存菁，融入貫通，千錘百鍊，樹立自家脈絡、集成一格。他們尤其大改了回魂步驟，重新定義了生死，不只做到死後還魂，還發揚光大，達到了「竊身換魂」的境界。

悠久以來，玄家瞞天昧地看守陰陽，執行數以萬計的換魂儀式，獲取錢財、權力、人脈、自由與生死法力，隱密低調於各個人鬼交界，布下自家的地下世界，就連玄向華道長自己也執行了百餘次。如今，他重獲了兒時的悸動，曾經麻痺的心再次運轉起來。要說有什麼不同，便是他從未看過這麼強大的能量，這個足以打造鑰匙、接觸天尊的能量，正來自眼前荷櫻即將合一的三魂。

月兒將白色的小符紙捲成小球狀，浸上硃砂，同藍牙耳機一起塞入黛恩耳中。隨即，她按照指示，將DIR分支的訊號線以她一概不通的裝置，導入黛恩的腦中。如此多餘又戲謔的舉動，道長實在嗤之以鼻，但地下的當事人想這麼做，要讓黛恩跟著見證一切，他也只能陪著尊重這般惡趣。

咒語聲下，聚英宮外的霧氣變得更濃了。

替代道路上，閃爍的紅藍光如直奔的彗星，驅散了濃厚深沉的夜。一輛警車正以時速一百八十公里奔馳著，岳翰緊握方向盤，連續超車，嚇得用路人駛慢遠離。

警網系統的盲點，讓他得以知道所有警力動向，避開絕大部分的追捕，而一般民眾則會以為他在執勤中，不會有多餘的通報。唯一的危險，就是偶遇的警用機車與監視器，幸好這些只發生在行經市區的時候，幾下就可以甩掉。倘若在更大的都市裡，自己恐怕就沒這般幸運了。

後座的袋子中，放著從阿宏的兄弟那搶來的武器，這些裝備可是連一般警察都為之稱羨。岳翰本以為打開貨櫃會花更多時間，殊不知，自己渾身是傷的樣貌與殺氣，才掏槍報上名字又提了一下阿宏，馬上就勢如破竹，取得了黑幫的小小收藏，連自己都不免覺得荒謬。

但這並未減去他心中狂亂的風暴，反而越加失控。

岳翰看著擋風玻璃外的深夜山野，紅色月光與晦暗大地急速劃過，他感覺自己是隻著火的猛獸，孤獨地在荒原暴衝，並非尋求水源滅火，而是追尋讓他發洩痛苦的獵物。他覺得自己回到了過去，沉睡過久的「惡虎」徹底甦醒。心中的正義，對惡的恨意，對殺人犯的仇，燒得比灼傷自己的火還烈。

算命師說自己是破軍星，不發則落魄慘絕，一發則不可收拾；豪邁霸氣，殘暴又不肯認輸，燃盡天下也要打贏。帶著這種個性進了偵查隊，就像橫衝直撞的颱風席捲著罪犯。可怕的機動力，好鬥好勝的意志力，加上智力與暴力，他踩著規範漏洞，撞出了成績，打得犯罪集團聞風喪膽。他猶記得幾次攻堅，自己舉著正義大旗的狩獵，那些合法的暴力、社會的成就，都讓他熱血沸騰。直到夥伴倒下，那股罪惡感與責任擊潰了他，妻兒也成爲他的束縛，驕傲的衝勁反而引來更多麻煩。

然而，現在束縛沒了，暴虐之氣挾帶著仇恨混在血液中，流滿全身。

女兒送的護身符懸在他胸前，撞著心臟，變得沉重無比。他想念著摯愛的妻女，想念她們的笑聲，想念那曾經在家等候他的笑顏，甚至想念那每天讓他難以入眠的幽昧鬼影。

但什麼也看不到了。

道長燒光了一切，燒死了前來幫助的同仁、搭擋兩天的小姍，更燒去了所有證據，燒燬了他爲之努力、相信的事物，以及那牽著他最後理智的韁繩。倘若對一般罪犯都能凶狠無比，那麼面對殺害自己愛女的凶徒，豈能簡單放過？

一時間，岳翰對於自己莫名的冷笑，感到毛骨悚然。原來自己就是在等待這個機會。藉著保護荷櫻母女，藉著制裁要犯，好好地順著炙熱的愛恨，瘋狂一次。就算毀天滅地，也要拆了聚英宮，殺了玄向華道長。

車輪快速捲起路旁的落葉，血月下的陰森霧靄顯得深紅晦暗，卻掩不住那高速侵入山谷的閃爍警燈。標示「靁山」的路牌，在擋風玻璃外一閃而過，岳翰知道自己離目標越來越近，脈動的心急響起來，但他並沒有被翻騰的情緒淹沒，理性上仍盤算著所有進攻策略。

如果計算沒錯，或許整個村的村民都是敵人，那麼再強的火力也還是有限，他必須掌握好最佳的攻擊時機。

岳翰關閉警燈與霧燈，戴上後座袋子裡的夜視鏡，讓車子沐在黑暗之中。

然而，一雙眼睛還是看到了他的到來。霾山長久以來就設下了防線，由外圍村民們負責警戒，那是他們得以替換身體、免於死亡與病痛的代價。

農舍裡一位守夜的農民看著窗外，望著深夜自遠方霧中駛來的車影，深感不對勁。他趕緊走下床，儘管外表年約三十多歲，心裡仍維持七十多年的老派作風，謹慎踏好每一步。他急著通報道長，但今晚是非常重要的儀式，如果隨便打斷，自己恐怕只能以死謝罪。

無奈之下，農民披上了大衣，拿起對講機和獵槍走出家門。他亮起前門大燈，將光束照向道路，試圖看清楚來車。沒想到，警車的車速比他想像還快，眨眼便穿破霧氣、經過水田，從他眼前擦身而過。

不妙！農民雖搞不清楚狀況，但沒開燈的警車讓他察覺事情極度危險。他連忙轉身跑回家，直到刺耳的剎車聲突然急響，引擎聲衝了回來！他才一回頭，警車便已高速倒車一甩，將他撞倒在地，狠狠輾過他的雙腿。

農民痛苦大叫，隨後便被岳翰大開車門，撞斷了鼻梁。

岳翰並未下車，僅撿起了地上的對講機，移開夜視鏡。冰冷雙眼中，滿是足以殺人的怒火。

這一次，輪到他殺個措手不及。

黛恩瘦小的身影止奔跑於血色樹林中，惡鬼的咆吼與腳步聲不停從背後傳來，彷彿從未歇止。眼前的林子乍看像樹，實則無數人身穿刺在上頭，就連樹身也是由人體扭曲變異生長出來，個個蠕動肢體，頂著拉扯變形的臉看著黛恩。

「曾荷櫻，何思婷，曾荷櫻，何思婷，曾荷櫻，何思婷。」眼下的超現實感，讓黛恩神智陷入迷茫，她只能低頭默默呼喚著母親與姊姊，學著母親先前逃跑的方式，左彎右閃，穿梭在這片恐懼之中。嬌小的身子是她唯一的優勢，在盤根錯節中保有靈敏與速度，然而惡鬼們就像洪流，一路破壞擋著它們的一切事物。

唰！銀光一旋，惡鬼的刀從後飛了過來，險些削過她的腦袋，直直砍進樹身。剎那間，那「人樹」轉起身子，灑出大量鮮血，連著板根搖擺起來，震起地面，無數冤魂肢體就此從空中落下。黛恩差點因此跌倒，好不容易才閃過氣根與落下的肉塊，惡鬼便從另一方追了過來。

她鑽過由人骨和人皮編織的樹網，撒腿向前一躍——惡鬼撲了個空，她卻也被地上的倒刺穿過了腳板！強烈的痛楚由腳底直竄腦門，她哭了出來，內心祈求道長協助，祈求母親和姊姊盡快出現，一起平安離開。可惜，在被遺棄的世界裡，終究無人回應。

樹林大幅晃動，一道巨大的黑影正高速逼近，黛恩很快就認出那個可怕的物體，心中愈發絕望起來。高大的鬼差，伸長如刀刃般的手臂，大力砍伐一棵棵「人樹」，有如一個巨型的旋轉砲彈，所到之處赤地千里、血肉飛濺，甚至點燃烈焰，只爲獵捕黛恩。

樹林扭曲擺動，冤魂四散，發出震耳哀號。那淒厲尖聲幾近戳穿黛恩的耳膜，熊熊火光如浪襲來，血雨也濺滿了她全身，竟也間接蓋過了她部分的味道。

鬼差與惡鬼就此緩下腳步，嗅聞著黛恩的去向，而她早已被恐懼吞噬所有思考，只能憑藉生物本能不斷向前，直到前方山坡後傳來一聲聲廟堂鐘聲，喚醒了她一絲理智，帶來一線希望。

縱使在惡鬼道中，這般鐘聲更令人感到不祥，但黛恩手中的燭火亦指向同個方向。她毫不猶豫拖著受傷的腳，奔了上去。

黑色的山坡後方，是六十四排以石塊、骨頭構成的環形古街，半穴建築上頭披掛腥紅人皮如呼吸般脈動著，間隔的巷子裡堆滿一座座小石堆，有著密密麻麻的洞穴。此景與荷櫻先前所見不大相同，尤其正中央有一座類似石碑的龐然廟堂，嵎嵎屹立，高聳驚人，滿是人軀的八角屋脊更指向赤色天幕。黑色的牆面雕著交纏的變形龍鳳，寫有大量血符，畫有黃色三彎刀的符號，裡頭正發出幽冥的鐘聲。

黛恩不確定那是否眞的是鐘聲，強烈音波振盪著一切萬物，既像自亙古就有的裝置，又像不明生物的鳴叫、整片大地的哀鳴。鐘聲一波波旋轉她的意識，撼動她的靈魂，恰似這個聲音不曾存在於外界，不被允許出現在任何宇宙時空，純粹來自人類原始心靈深淵的召喚，來自黑暗的聲音。

腳步與吼叫再度響起！惡鬼與鬼差從山坡爬上來，黛恩就此拔腿向前跑去，跑向那不該存在於天地的恐怖廟堂。

她耳內漸漸傳來母親的聲音，左眼卻逕自浮現出駭人幻象，竟是一名無臉女人的哭嚎。

被奪去臉皮的荷櫻淒慘尖叫著，彷彿整個腦袋都被痛覺掀了起來，視線被血染得滿是腥紅。

無臉女子等著這一刻，等了十年之久，觸目驚心的景象無比美麗，慘絕叫聲實為悅耳。但還不夠！距離她理想的天籟依舊十分遙遠。她將剛剝下的臉皮血淋淋地撐開，戴上自己的臉部，輕輕地按著每一吋，轉眼之間，臉皮便完美密合在她的臉上，有如天生就該長在那上頭。

女子眼角不自覺泛出了淚水，如瞬息一般落在時間長河，既是慶祝又是惋惜。她渾身顫抖，扳開自己的外層皮鞘，沐著淋漓鮮血脫下，爬了出來。她全身赤裸，冰肌玉骨，沾滿自曲線流下的赤紅；姣好結實的體態，像是展現自己本應有的無暇，妍姿仙色，又帶著惡鬼道獨有的妖豔鬼氣，直瞪著眼前的荷櫻。

「妳忘了妳自己嗎？魏琦娜！」女子的雙眸，是歷經多年凌虐後的冷冽殺意。

荷櫻聞聲愣住，她失去皮膚的臉部肌肉正扭曲滴著血，痛得讓她無法思考。女子立刻上前，扯起她的頭髮，一把拖行到鏡子前。髮根牽引著被挖開的臉皮邊緣，令荷櫻放聲慘嚎，而聲音才來到咽喉，女子便抓起她，直直砸向碎裂的鏡子——

「想起來！想起來！想起來！想起來！想起來！」女子大吼著，可怕的蠻力抓著荷櫻的臉不停撞向鏡面，連牆壁都為之震盪。

噗唰！無數尖銳的碎片，接二連三插進荷櫻早已滿是鮮血的肌肉顏面。她發出劇烈慘叫、陷入茫然，看著自己的血臉被割去一塊塊肉，斷開一條條神經，模糊成一抹血團。隨後，她慢慢變成另一副樣貌，另一張面容。那張臉有別於本來的美豔，陌生卻又熟悉得令人寒顫。她瞠大了雙眼，心跳飛快加速，被前所未有的恐懼狠狠貫穿。

那是之前被自己踩碎的紙紮人，被遺忘的病氣面貌，是自己曾經痛恨、詛咒的普通容顏——魏琦娜！

「想起來！魏琦娜！誰才是眞正的小偷！誰才是眞正的賤人！」女子手未停歇，咧嘴持續對她嘶吼。

荷櫻所有思緒像極了她那顆被扯撞牆面的頭，重擊砸開，一一絞碎。變回「琦娜」面容的她，看著鏡子徹底失魂，只能跟著女子大叫，任由感官盡失，意識墜入比惡鬼道更深的恐怖深淵。

「想起來！魏琦娜！誰才是思婷眞正的媽媽！」

霎時，虛假的記憶破碎了。塵封已久的罪惡，從記憶的箱子裡釋放出來。

她終於想起來了！那來自十年前的邪惡。

35

琦娜打從高中以來是喜歡荷櫻的，正因如此才那麼痛恨她。

相較於自己的陰暗，荷櫻作爲姊妹，實在太過耀眼，無論自己在她的陪伴下如何蛻變，那差距仍舊遙遠。亮麗的輝映，只讓自己的影子變得更加斜長、深暗。

但琦娜並不羨慕或嫉妒，也不因情生恨。她其實滿享受待在荷櫻身旁，即使作個陪襯，那份友誼卻是眞實的，讓她能在悲慘的人生中喘口氣，找回光明。

魏家一直視她爲詛咒的產物，從夭折嬰身換體而來，而正因天生缺陷，使得衰敗成了她重生的代價和病魔的來源。他們自幼凌虐她，又對她抱持病態的期待，在這片痛苦下，荷櫻反而成爲她的救贖——只要那張嘴不多話就好。

琦娜憎恨家族，憎恨命運，憎恨旁人眼神，憎恨生下自己的世界，但最受不了的，卻是荷櫻過剩的自我意識。在那自信、樂觀、驕傲和奔放的個性下，她的言行舉止總是在無形中刺傷著琦娜；縱使琦娜多次試著逃離那美好的刺，仍舊會被抓進荷櫻的世界裡。

她深深明白，荷櫻並不需要自己，需要的只是能對話的怪咖腦袋，能夠更襯托荷櫻獨特的人。舉凡日常對話，都能看出那極高的優越感，即使荷櫻自認謙遜、善良，依舊在細枝末節裡散發出目中無人的傲氣。

琦娜憧憬這樣的個性，依賴這份陽光，卻也無比作嘔，對一輩子的好友，也對矛盾無救的自己，感到噁心。

兩人的差異在升上大學後逐漸拉大，生活也開始分歧。

爲了避免荷櫻多話，琦娜始終沒有坦承自己的壽命。當荷櫻夜夜笙歌、積極享受大學生活時，琦娜已獨自與病魔奮鬥、詛咒看不起她的人，將夢想寄託在ＤＩＲ系統的研究上，並請求荷櫻一同參與。

琦娜口口聲聲討厭著世界，但在心中，還是很想活下來，多看一眼世界，多聽一聲萬籟，多感受病痛之外的人生片刻。ＤＩＲ系統能讓她在逐漸邁向死亡的人生，建立起大量回憶資訊，倘若搭配心理諮商、催眠療程，那麼在倒數的生命下，很多事情就能在大腦做到，甚至修復自己崩壞的心靈。

琦娜口口聲聲厭惡著家庭，但在心中，還是深受家族意識的影響，渴望著遇到心愛的人，就此成爲一位母親，擁有更好的家人。可惜，那永遠無法實現。她的身體早已承受不了任何生育，連家族都放棄了她，ＤＩＲ系統因此成爲她延續生命意義的夢。

那天，在大學教室討論「恆河猴實驗」時，她不自覺地落下了眼淚。當時，荷櫻立刻遞來衛生紙，笑她善良脆弱，絲毫不理解她哭的原因。

恆河猴實驗，一直是上個世紀中葉美國備受道德爭議的心理實驗。這個實驗係將幼猴關在籠子，奪走牠眞正的母親，替換成一個由溫暖柔軟的布做成的布母猴，以及一個由鐵製成、冰冷堅硬的鐵母猴。實驗中，奶水只能從鐵母猴身上喝得，布母猴則是不定時冒出鐵釘刺傷幼猴，然而實驗結果是：幼猴竟選擇了布母猴。無論被刺多少下，牠們仍會依偎那個帶給自己一絲溫暖的假母親。

琦娜也想要那樣的愛，她渴望著母親的溫暖，也渴望著能有孩子那樣愛她、在乎她，讓她知道自己生命是有意義的。

然而，當她在深夜的研究室倒下、確知自己死期時，先結婚並成爲人母的，卻是無憂無慮的荷櫻。

那個陽光公主簡簡單單地就達成了她一輩子的夢想。

琦娜努力說服自己，那股背叛感只是來自不公平與自卑。被家人拋棄的她，看著自己日漸崩壞的身軀與意識，祝福荷櫻一家，希望他們幸福快樂，代替自己活下去。殊不知，每當荷櫻帶著女兒思婷來探望時，她在喜悅與感動之餘，那股不捨與不甘越來越重。嬰兒的體香交錯著刺鼻藥水味，笑聲交錯著腦中的哀嚎，新生與死亡如同天平的兩端，而她逐漸讓整個世界傾斜，尤其在注意到荷櫻早就想逃離她的那一刻——琦娜終於了解自己不再是對話的對象，而是虛榮與偽善的騎座。

她又回到只有一人的世界，獨自面對死亡與遺忘。

那一天，她在思婷頭上寫下了祝福的咒語，卻被荷櫻誤解，兩人因此起了衝突。倘若在過去，荷櫻只會笑笑帶過，但如今面對瀕死的自己，荷櫻彷彿終於找到了甩掉姊妹的藉口。

「櫻櫻……妳有爲幸福犧牲過嗎？辛……辛苦過嗎？」琦娜問著荷櫻，眞切地想知道，這人一生中到底有什麼是透過九轉丹成獲得的。

「廢話，妳又知道生小孩有多折磨了？夭壽痛呀！有夠後悔。」

就這樣嗎？琦娜愣了一下，無法理解自己的夢與忍耐，在對方眼裡只是玩笑；曾經最了解她的人，竟然無視了自己最在意的事。生理的折磨放大了琦娜心中所有黑暗，她想離開一切，瘋狂對著世界大吼，但她還是忍了下來。

「這裡救不了我了。」她說著。

「那我們馬上轉院。」荷櫻直率地回答。

「我……我要轉的是人生！我只想要一個可以有家人、有小孩的人生，努力是有用的人生，像妳一樣。」

「妳這樣想，就是對不起所有幫助妳的人，還有妳自己，懂嗎？不要讓自己的心也輸了，小娜。」

對不起？輸了？誰輸了？輸給誰？琦娜不敢相信自己所聽到的。眼前的女人即使面對將死的摯友，仍舊高高在上，活在幸福的溫室，什麼都不懂！妄自責備她二十多年來的努力，蔑視她二十多年來的痛苦，連吶喊、發洩的出口都不留給她。

「**我要贏妳，我要讓妳體會相同的人生。**」琦娜在心中說著。

那一刻，生理折磨和前所未有的憤怒奪去了她的理智，差點逼出眼淚。她想起家族曾傳言的宮廟，那個將人送去死後世界、竊身續命的神祕禁術。那是她最後的願望，身而為人的最後希望。

於是，琦娜選擇掩飾自己的怒意，對荷櫻點了點頭。

「妳的世界眞……眞溫柔。」

「是我太溫柔好嗎？」荷櫻像是證明自己一般，溫柔地逗著懷裡的思婷。可愛的嬰兒頓時笑了起來，好奇地瞧著母親，也望向琦娜。那雙水汪汪的大眼，再次讓琦娜的心被狠狠揪起。

「如果可以的話……妳妳妳願意陪我去個地方走走嗎？」琦娜擠出微笑、故作溫柔地說。

兩人驅車上路的那一天，琦娜滿心不安，猶豫了起來。如果荷櫻眞的那般無情、眞想擺脫自己，應該會找一大堆的藉口，無限拖延旅程，直到她病得下不了床。如今，面對離別前才眞正流露的姊妹情，琦娜備感羞愧，質問自己是否眞的要爲了活下去，弄髒自己的靈魂？是否眞的爲了達到理想幸福，成爲天理不容的罪人？

理性與良心當時勸退了她，要她接受死亡的命運，決定好好珍惜姊妹倆最後的時光——本該是如此。殊不知，晚餐後，兩人因服務生的差別待遇，再次陷入大吵。荷櫻看不慣病懨懨的摯友逆來順受、視死如歸的態度，而琦娜也對荷櫻感到失望。她失去了平靜，再次感受到那一句句激勵話語下的優越與嫌棄，再次點燃怨恨的邪念。

「至少妳要相信這個世界，相信自己，那才有奇蹟。生病就咬牙戰勝下去！保持正能量，淬鍊、勇敢好嗎？」

「妳覺得……我沒勇敢過嗎？沒抱抱抱……持希望過嗎？」

「那就是還不夠，不夠！懂嗎？我都犧牲來陪妳了，妳自己也加油好嗎？加油！」

沒有經歷過眞正苦痛的人，憑什麼認爲別人沒有努力過呢？琦娜心裡笑了起來，她就此拿出了口袋中的染血黑符，注視著車窗上的荷櫻倒影，毫不猶豫地施下準備已久的血咒。

「妳也用痛苦淬鍊自己吧，祝妳以愛爲代價，再也不認識自己，永永遠遠看不見思婷的幸福。」琦娜的血咒只是個開始，就像是定了個目標，寫進大氣運行，植入荷櫻潛意識，催眠她一步步失去自我、落入陷阱之中。

當兩人在深夜抵達聚英宮時，荷櫻已失去防備之心，待她有所警覺，身子早已坐上了木椅，而沾有血的石頭也落入深井之中。

「這眞的可以看見我們家和妳的未來，幫助改運嗎？」她不安地看向輪椅上的琦娜。

「玄……玄玄道長很靈的，如……如如果妳不相信他，也要相信我。還是說……妳會怕？」

「才沒有。但如果這是什麼奇怪的儀式，我眞的會很生氣喔，小娜。」

「不會的。」

「沒錯，」道長親切地說著：「此即流傳千年的愼重儀式，能調整人之運勢、健康、命運，也能看死去之人，乃至天界地獄。很多人做過，但正因爲太玄太眞，爲避免麻煩，我們只在這靈場低調行事。」

荷櫻望著道長、摯友雙雙保證，即使懸心焦躁、半信半疑，仍蒙上了黑布，讓龍虎針刺穿自己的手，開始了儀式。

燃燒的符紙、激烈的樂音，以及大量的唸咒聲，圍繞著徬徨茫然的她。在這場騙局之下，她自願向神明立書宣告，擱下一切。

「我曾荷櫻，祈求全家人與摯友魏琦娜永遠平安，甘願作鬼。」那是她在人間的最後一句話。

三魂就此分裂，天魂斷開歸天，她的靈魂被地面下的手抓到深淵，流星般落到了紅霧世界。

三惡界大門闔上！曾經的曾荷櫻永遠被封印於惡鬼道，僅留下美豔的身子癱坐在木椅上，保有肉體基本意識與感覺，成了琦娜那夢寐以求的空軀。

「是妳逼我的……」琦娜頂著死白病顏，有氣無力地看著荷櫻的肉身。她推著輪椅上前，輕摸著那美好溫軟的健康軀體，聽著咚咚的心跳，內心五味雜陳。明明興奮，卻又充滿哀傷、憤怒與痛苦，但她已破釜沉舟，無法回頭。

她將準備好的大筆金額交給了道長，那是她省下的醫藥費，以及，謀害家人後獲得的保險金。

「她她……上天堂後不會記得吧？」

「天堂？不，她去的可是下面。」道長意味深長地說：「比地獄更可怕的地方。」

琦娜詫異地說不出話。她貪圖荷櫻的身軀，從未認眞想過死後世界是指何處。一想到自己竟然把一輩子的姊妹關進慘絕無道的恐怖禁地，她滿是驚駭，對自己、道長、與往後的人生皆噁心至極。

她感覺眼前這燭火輝映的聚英宮，就像一座陰暗的魔窟，自己變成了惡的一員。但其實打從自己聯絡道長開始，便已準備好犯下惡行、墮落魔道，差別只在程度的不同，所以她並不後悔。

「她她……會回來嗎？我還會再遇到她嗎？」

「只要妳不下去，就不會碰到。」

「只要……不回來就好。」

「妳朋友的能量非常驚人，光是在人間，就像大氣繞著她轉一般。我們把這能量一反，丟下去，想必怨念及天，成爲千年一遇的凶煞鬼氣都不爲過。」

琦娜頓時沉默不語，害怕極了。

「放心，怨念越強越是好蠱，我比妳更期待她受困下去的果。」

琦娜深呼吸後，只好點頭，並對著那神龕上的天尊像用力一拜，祈禱惡夢不會輪到自己身上。

隨著帝鐘搖響，符咒燃起，虛弱的琦娜拖著膏肓之身，坐在荷櫻的空軀旁邊，任由黑布蒙上雙眼。月兒揮起線香，道長則踩著步伐、掐訣唸咒，展開了第二道儀式——切割琦娜三魂，分離靈肉，正式竊身換魂！

「人魂聽命！有女魏琦娜識魂與汝相接，重歸于人。」道長藉由羅盤重新定位琦娜的靈魂與荷櫻的肉身，建立起連結。對他而言，這就好比家傳的心臟手術，高超玄妙，當今世上幾乎只有他才能做到。

當儀式來到了最後，他以掌心頂著一旁荷櫻肉身的額頭，並將七星劍放在她頭上，引回琦娜的靈魂，置入其身。

「三魂速至，七魄急臨，從元入有，分明還形！魏琦娜，歸位定魂，迎朝日！魏琦娜歸來！」月光散下聚英宮後殿，殿外的巨石脈動，發出了低鳴。沉睡在晦暗深淵的琦娜靈魂，頭貼著白符咒，像是被不明的力量攫住，從深處飛升，自黑暗看見了光明。她的五感全面迸發，宛若被新世界包覆，每一根神經、每一吋肌膚，都連結到了眞實肉身，煥然一新，血液清澈起來，一股活著的生命感流動全身，川流不止。

琦娜就此取代了荷櫻的身軀，徹底重生！

當儀式宣告結束後，她慢慢坐起，隨著顫抖的手摸著新的面容。黑布下緣露出了泫然雙眼，直望著那剔透玉潤的肌膚。

「這身的人魂尚可能有所掙扎，休息一、兩天，沒意外，就全是妳的了。」道長爲她戴上了定魂符，「戴好，四十九日內不可拿下。」

「謝謝。」琦娜用荷櫻的聲帶說著，那清脆優美的嗓音連她自己也嚇了一跳，彷彿說不出眞正的話語。而事實上，比起感謝，她內心更畏懼、厭惡著眼前的白髮長者，這個擁有害人禁術、掌握她祕密的危險之人。

「妳的身體打算怎麼做呢？這麼破，我們可用不到。」道長指著琦娜原本的軀殼，那身子像是終於沉入彌留殘夢，癱在輪椅上，既不算活著，也未眞的死去。

「我會解決的。」琦娜說著，露出了荷櫻那張臉從未有過的表情。

翌日清晨，寒霧籠罩山林，車子來到了旅行預計造訪的森林。那是她們升大學前暑假露營的地方，琦娜第一次在戶外過夜的回憶之地。如果她要自殺，絕對會選擇的美麗風景，尤其在太陽初升之際。

琦娜在車上留下自己準備已久的遺書，推著她過往的身軀，來到了樹下，並刻意和樹保持一段距離。畢竟自己的告別式應該是美好、愜意的，她不想造成森林大火。

汽油淋上了昔日肉身，那具失去靈魂的自己，雖然醜陋不堪、散發著藥味，但心臟仍在虛弱地跳著。琦娜總覺得自己出生以來就是命運的玩偶，而如今，操偶的線終於斷了，自己的靈魂躍升成眞正的人類。那具什麼也不剩的空偶身實在太過悲慘，無助無夢又無法掙扎，毀滅成了它最好的結局。

「妳就好好解脫吧！魏琦娜，我噁心又可憐的身體。」她對著過去的自己唸下悼詞，即使那無魂的雙眼回望著她，彷彿哭求主人住手，琦娜還是點燃了火柴一拋，就此道別。

烈焰燃燒，蒸發了凋零軀殼的淚水，將自己曾經的肉身燒成火球。反胃與巨大的悲傷刺上心門，琦娜頓時也好想大哭，爲那悲淒的自己、背叛姊妹的愧疚好好地哭喊，恰似火也燒著她的胸口，任由空虛與不捨隨煙湧入。

「這輩子不會再痛了！魏琦娜，從現在起，妳有新的人生。」她擦去不小心落下的淚，堅強地宣告，鼓勵自己前進——直到她望見那身軀，居然用最後的力量朝她伸出了手。

懸空筆直的手臂，燃著騰騰烈火，燃著僅存的生命力，似是求生，又像死前的詛咒，直向著琦娜而來。她發現在那張萎縮焦黑的臉上，一雙即將溶解的眼睛正直視自己，瞪著背叛的自己，放棄自己的自己。琦娜這下終於意會到：原來自己的人魂還是有意識的，空軀仍能感覺到焚燒的痛楚與哀戚，還想以「魏琦娜」存在這個世界上。

這不是自殺，而是另一種謀殺——以最殘忍、最毫無道德的方式。

她殺死了她自己。

「我殺死了我，那現在的我究竟是誰？」

山風襲來，黑煙漫起，火光舞動，屍骨成灰。哀傷、錯愕、懼怕、罪惡、懊悔、愧疚、絕望，一切形成強大的漩渦，震懾並絞碎了琦娜混沌的大腦。瞬間的創傷令她感到天旋地轉，所有器官連腦門都像捲入了烈焰，燒灼疼痛不堪，身體就此癱軟跌坐。

自我感消失殆盡，大腦無法面對錯誤，爲了求生只能啓動保護機制，重新建立另一個我，屬於身體應有的人格、應有的替身。但那究竟會來自荷櫻人魂的記憶，還是琦娜靈魂的想像，她早已分辨不清。

地上的水窪倒映著那團火焰，也倒映著她臉上那張荷櫻的容顏，一面亮，一面暗，宛如生死，宛如兩人。她慢慢閉上眼睛，從最原始的意識中捏出自己尋求的影子，任由那些記憶碎片被火燒去，被遺忘在樹林山嵐之中。

「魏琦娜自殺了，不存在了，我才是曾荷櫻，我才是曾荷櫻，我才是曾荷櫻。我才是人生的勝利者，眞正活下來的人。」

等到再度張開眼時，她已經身在醫院中。她頭包著繃帶，對於警察的盤問什麼也不知道，什麼也記不清，只依偎在丈夫身旁，直到懷裡的思婷摸著她的臉，這才終於回過神——作爲一位母親，望著那夢寐以求的孩子。

「思……思婷？」

「對呀，妳的寶貝女兒，記得嗎？」其他人都這麼說著。

女兒稚嫩的臉蛋對母親笑了起來，溫暖了那虛無冰寒又惝恍的心。她們輕輕地握住彼此的手，有如世上最幸福的家人。

「思……思婷，我……我是妳媽咪……媽咪好想妳，一點都沒忘記妳喔。」琦娜笑著說：「我會一直守護妳長大。」

自那天起，她徹底變成了自己的姊妹，忘卻眞相；她趁著失憶，跟著周遭拼湊出荷櫻的過去，製造虛假的記憶與幻覺，扮演好新的角色。即使死去的自己三不五時化爲鏡中魅影，她仍合理化一切遭遇，並且深信不已，深信自己就是好人，就是那溫柔、美豔、聰明且幸福的催眠師。

思婷唯一的母親——曾荷櫻。

◆

投射於黛恩眼中的幻象，朦朧得像是ＤＩＲ畫面，晃動的殘影與線條更散發出不明的悲傷與邪惡。傳進耳朵的話語字字清楚，卻讓她更大感不解。視線中，受傷的女人是誰？這又是誰的視線？為什麼似乎跟母親、姊姊有關？

幼小的腳步跑在環形古街裡，身後的鬼差如一道黑色旋風。黛恩死命奔跑也來不及跑進廟堂，眼看就要被鬼差追上，趕緊學母親靠著假動作折回去，躲進巷子的洞穴。她整個人差點疲憊倒下，不僅身體不堪負荷，手腳綻開的傷口，更令她面露猙獰、痛苦不已，只能縮起身軀、藏在陰影裡，努力調整氣息；同時，她也一邊聽著那傳入耳中的詭異對話，一邊警覺任何動靜，等著鬼差與惡鬼們遠離。

但這種熱鍋上的等待，反而更令她心驚膽跳。她擔心自己是否逃得掉鬼怪們，也擔心母親和姊姊的下落，甚至懷疑自己是否已經發瘋，做著生不如死的惡夢，夢見自己被母親丟到了罪惡的地獄中。

「那是媽咪的聲音嗎？」她問著自己，儘管耳中的聲音很像，但她從未聽過母親如此可怕的怒吼，那股強大的恨意甚至比昨晚著魔時更加可怕。

那眞的是她嗎？

燭火未熄，儘管微微晃動，橘黃火光仍像回應黛恩似地指著遠方，成了她手中唯一的溫暖與依靠。頓時間，她想起道長說的信念——唯有相信，才能找到自己最珍貴的家人，而她只能抱著那份執著繼續走下去，就像母親對姊姊一樣。

鬼怪們的腳步雖然遠去，但那股氣息與陰暗依舊徘徊在周圍，遲早會包圍自己。黛恩盤算著離開的時機，拿起石堆上的石頭，放進自己的口袋，隨後，將一顆丟向了遠方。

噠！石頭撞擊聲立刻引起眾鬼怪齊轉向廟堂，大吼追了上去。黛恩深呼吸後，看著蠟燭，就此朝反方向拔腿狂奔。

「曾荷櫻，何思婷，曾荷櫻，何思婷，曾荷櫻，何思婷。」

此時——嗡咚！嗡咚！嗡咚！廟堂再次響起了鐘聲，彷彿通天警報，空氣傳響了陰邪的笛聲，聲音撞在一起，共奏變樣。黛恩逐漸產生迷離的錯覺，彷彿那些並不是樂音，而是某種不可明說的存在所擁有的話語，連色彩與聲音都活了起來，成爲靈魂不得接觸的禁忌。

廟堂外觀歪曲扭轉，在紅霧中露出五道黃色星芒，腳下的地面也逐漸融解，既像流沙，又似波浪泫沄。黛恩分辨不出自己正在陷落還是攀升，在她眼中，天空像是被割裂一般，整個世界被折疊、翻滾。

惡鬼與鬼差們各自殺伐，爭先恐後地跑離那座廟堂。只見本該是建築的物體與山峰，分解成一團軟泥般的混沌，當中又有無限個八角體閃耀著，伸出無限隻帶有鉤刺的彎形力爪，貪婪地攫取、敲擊，任由環形古街成了反過來的嘴，像極在吞噬周遭一切的太極漩渦。這未知與無以名狀的恐怖，撕裂了黛恩的理智，她知道自己身在地獄的邊界，在名爲「惡鬼道」的地方，卻不知眼前這足以威脅整個世界的「山」是什麼，彷彿對祂而言，唯有毀滅一切，才是眞正的共有與平等，才是眞正的「道」；黛恩只能不斷逃跑，在走山的天崩地裂中，踩著滑落的大地，循著燭光快速往前。

鐘聲是來自天光的語言，笛聲放慢成上以萬計的哭嚎，那座變形的「山」超越了空間概念，不斷隆起並與天空相連、變得透明，宛若祂就是這個世界自然的組成之一。

「曾荷櫻，何思婷，曾荷櫻，何思婷，曾荷櫻，何思婷。」

紅霧之中，黛恩腳步從未停過，爲了母親與姊姊，也爲了那近乎永遠不可能的贖罪，她忍下了所有疼痛與絕望。腳下傷口徹底撕裂開來，就連握著蠟燭的手也流著血，痛得她險些昏厥。但她說什麼也不能停下，在無盡的紅霧中逼著自己一步再往前一步。

眼前終於浮現出一大面鏡子，就像回應黛恩渺小的祈求。她逃過了一劫，一座血湖橫於她漸漸模糊的視線中，空澹澄淨，如同母親說的那般；手中燭火縮短，筆直地指向湖對岸的房子，宣告著深愛的家人就在那裡。如今，她滿心悸動，熱切地希望在自己倒下前，還來得及再見母親和姊姊一面，好好和她們說聲：「我好想一起回家。」

那是她最後的心願。

聚英宮後殿內，道長望著椅子上的黛恩痛苦地拍手跺腳，再看著手上的羅盤，來回監視著荷櫻母女兩邊。儘管有一絲異樣，但一切仍按照他的計畫走著。

木魚與吟詠聲持續繞梁迴盪，時辰已到，星宿之位也道盡了天尊的旨意。道長拿起法刀，割開了黛恩稚嫩的的手，將溫潤的血滴在草人上。那一瞬間，他和月兒都注意到黛恩眼角落下了眼淚，但道長不爲所動，很快地燒起符咒，繞著黛恩兩旁，宛若驅走那不適合的哀戚，用力按著黛恩的頭，呢喃唸咒。

月兒知道，眼下距離大功畢成只差幾步，面對虐童的殘忍，自己身為共犯早該司空見慣，但或許就是這終於快結束的解脫感，讓她不由得喘氣、卸下面具，在最後的良心中潰堤。

月兒逃也似地離開了儀式現場，不顧道長質問，違反禁忌地帶著她的菸，自後殿回到了大殿。守在大殿的弟子們，一見到師姊居然在儀式中離開，都大感意外。他們心中滿是猜疑，卻沒一個敢開口，就這樣望著她逕自推開三川門，走進那紅色夜月之下。

群山吹來的陰風依舊呼嘯，怨靈們仍在林子中穿梭，隔著結界嗅聞著軀殼的味道，怒瞪著聚英宮的人們，覬覦肉體，似乎也同時提醒著，道長與月兒他們與鬼無異，天地難容。

月兒這副身軀也是辛苦換來的，付出什麼樣的代價她已記不得，只知道現在的她並不快樂；想學黑壇術，卻幹盡了骯髒事，實在窩囊噁心透頂。因此，抽菸既是放鬆，又是無聲的抗議，就像慢性自殺，懲罰那毫無道德的自己。

月兒深呼吸後，將自己的法刀丟進門旁的水缸裡，拿出香菸正要叼起——

風揭開了一抹霧氣，山門下，一台警車正停在那裡，宛如潛伏幽暗的猛獸。

恐懼襲上了月兒，她趕緊轉身，殊不知，一隻手搶先勒住她，迅速將她拖到陰暗處。不久後，厚重的磚塊角砸破了她的頭。

岳翰滿臉殺意，在赤月與燈籠的血紅下，宛如活生生的索命惡鬼。

36

當所有記憶全部復甦，琦娜感覺自己就像被一刀刨開了腦袋，讓世界每一隻蟲子鑽了進去，密密麻麻共舞著極致的癲狂。她看著眼前的鏡子碎片，望著那浴血的醜惡面容，全身抽搐，痛苦地吐了出來。

完形崩潰。

假扮爲「荷櫻」的完美人格已徹底崩毀，聖母成了萬惡淵藪，最惡的罪人。她一度懷疑自己被眼前的女子洗腦，但隨著那些回溯往事完美地貼合，如同荷櫻本尊奪回自己的臉，她深深地感受到，每一個記憶確確實實地刻在她靈魂每一處。

「記得嗎？妳說的歐洲調換兒傳說，」眞正的曾荷櫻貼在琦娜身後，幽幽地說著：「女人或小孩被鬼怪抓走，調包成外表相同的怪物，本尊永遠被困在那該死的地下世界。」

「對不起，對不起……」琦娜寒毛直豎，面對昔日的姊妹，陷入從未有過的恐慌。

「現在，妳覺得妳的鬼是什麼呢？魏琦娜！」荷櫻笑著說：「妳認識妳自己了嗎？還是妳也以愛爲代價，再也不認識自己了？」

燈光晦暗，荷櫻向後一退，轉身看向角落那不知何時出現的藍衣身影。思婷恐懼地縮在漆黑處，眼睛凹陷露出了黑窟窿，浮現些許的紅色。是惡鬼化的徵兆。

「對不起，對不起……」琦娜低著頭，絲毫沒有注意到思婷的出現。

「太遲了。」荷櫻收起笑容，「妳說就算下地獄也會救回女兒，但妳眞的了解那種感受嗎？眞的了解地獄？了解什麼叫比地獄更可怕的地方？」

整個房間彷彿扭曲起來，像滲進最深的黑暗，灌入最深的冤氣與怨念，無限聚合。那如刀刃般的恨意與寒意，開始切割琦娜的身軀，恨不得將她撕開，就此掛在牆上。

「妳眞的了解爲愛忍受痛楚的感覺嗎？」

「對不起，櫻櫻，我眞的錯了……」

「沒關係。」荷櫻示意思婷上前，「妳想要臉，我給妳臉。妳想要鬼，我就給妳鬼。不懂的，我讓妳懂！」荷櫻拖著琦娜，大力將她朝碎鏡子與牆面來回摩擦。琦娜在哀號中血肉模糊、瀕臨恍惚，但在惡鬼道多年的荷櫻，早已對暴虐得心應手，掌握住疼痛與意識的訣竅，而她可不准許昏厥發生。

她要琦娜醒著，切身體會她的感受，哪怕只有兆分之一。

「眞正的痛，是妳再也感受不到痛，只能看著最愛的人痛。」荷櫻直視鏡中凶惡的自己，瞥向孱羸死去的親生女兒，緊接著，自己也流下了血色眼淚。「眞正的邪惡，是妳再也不覺得邪惡，看著自己變成一隻鬼。」

荷櫻暴力地撥開琦娜雙眼、撕裂眼皮，讓琦娜流血的雙瞳睜睜倒映著她的面容。那無盡絕望的漆黑裡，無數點點的並不是星空，而是時間磨成的針，注滿了一名母親的悲憤與怨恨。

十年了！她終於等到這一天，讓曾經的姊妹、萬惡的凶手，好好地看一看，那眞正的恐怖。地獄邊陲、生不如死的三千多天！

那一天，荷櫻就像顆流星，自瑩亮人生墜落，重重摔在惡鬼道，茫然不解地陷入一片晦暗紅霧，惡夢的十年。

她本以爲所見到的神靈世界，會像琦娜說的那般光明奪目、七彩斑斕，殊不知眼前紅煙瀰漫，除了手中燭光外，東南西北、頭上腳下皆一片漆黑，死寂地令人寒顫。

「道長？道長？小娜？小娜！」荷櫻頂著白符，驚恐地看向四周，除了幽幽的笛聲外，沒人回應她。

起先，她懷疑自己弄錯了什麼，試圖撥開紅霧，不停地閉眼睜眼；她認爲自己可能是在哪個環節意外走失，落到了不該到的地方，還斷了訊息。她強逼自己冷靜，一口氣將所有想得到的心理療法套在自己身上，與忐忑恐懼拔河，樂觀向前，直到她聽到了撕裂聲。

頭上的白符碎了！

看不見的冰冷拂過她的臉，全身不由自主地雞皮疙瘩，彷彿那一片邪惡紅霧就此沁入毛孔，發麻的預感襲上頭皮。黑暗騷動了起來，紅霧飄散方向丕變，地面跟著震動，大量吼叫聲傳來。

本能驅使荷櫻轉身逃跑，但等到她高傲的意識終於下定決心時，無數影子已浮現於紅霧之中，血味與暴亂之氣如海嘯湧來。她趕緊撒腿狂奔，爆發全身所有肌肉，努力伸長所有肢體，死命地盡可能遠離那些快速聚集的闇影。

這時，一座矮山不知何時聳立於前。奔跑的荷櫻視線紊亂起伏，急忙繞過那籠罩自己的龐然巨影。突然，一陣冷風橫吹雙腿，只見一大片黑色布幔劃過。荷櫻感覺身子一輕，不聽使喚地往前飛撲，雙腳竟被硬生生斬了下來。

鮮血濺染塵土，荷櫻一臉驚恐，被這片駭然震懾放空。籠罩自己的影子變了，那山慢慢地現出原形——偌大的鬼差步出霧中，擺動那削斷荷櫻雙腿的袖子，直瞪著染紅的生靈祭品。絕望與死亡竄上她的心頭，但如果這已經是另一個世界，這裡的死亡又代表著什麼？她是否還回得去原本的世界，還是一切就真的這麼消融在這片黑暗之中？她這麼想著的同時，一瞬間也終於意會到，自己被拋棄了，被道長，也被自己信任的最好朋友謀殺、陷害，拋棄在超越死亡的惡夢深淵。

惡鬼搶先圍了上來，在她備感憤怒哀傷之前，將數根鉤子穿進了那逃不了的身軀。荷櫻在勾扯撕裂中猛烈掙扎，這下惡鬼反而更加激動興奮，大力刺穿她滿身，串過內臟、肌肉，勾住肋骨、脊椎、骨盆，將她拖行遠離鬼差。

無數的刀刃、器械，甚至變形的肉塊，挾帶著瘋狂的惡意侵入了她，凌辱、撕咬、切剖。在這比地獄更惡的世界，殺戮不只放大了所有痛楚，荷櫻亦無法像在現實人間那樣，在至痛中失去意識、就此死去——她無比清醒，感覺到自己被超乎想像的殘暴，蹂躪拆解。頂上的血霧大氣一片朦朧，在惡鬼們的火光之中，血霧宛如一片深邃星雲，漸層的迷幻紅色直達黑洞，當中究竟乘載著多少惡意與殘虐，多少怨恨與悲傷，而她已恍惚成了那片紅的一部分。在惡鬼們拔除她的腦袋與脊椎、拋甩在空中戲謔之際，只剩疼痛的她，總算了解那霧中的每一粒粒紅塵，原來都是一個折磨破碎的冤魂，就像此刻的自己。

惡鬼道裡沒有時間，沒有空間，整個世界恰似靜止，又像不斷依照主宰神明意識改動的變形蟲。這裡沒有死亡，沒有希望，只有疼痛與絕望，惡意永無止境。受困在此的靈魂們，超越了弱肉強食，它們自相殘殺，在永無出期的瘋狂下，被痛苦扭曲所有心性，視暴行玩虐爲自然，成了千萬年來唯一的生活。它們不是成爲獵物祭品，就是崩潰成爲惡鬼；人不再是人，也不再被當作人，理性善念全然消失，只留下屠戮等最原始病態、毫無拘束的惡行慾望。

荷櫻死不了，只能在幾近發瘋下，漫長地從血霧中恢復成原本的樣貌，即使那不是她陽世裡的眞正肉身，但在這惡鬼道裡，仍象徵著完整的靈魂。

靈魂好不容易重生後，感知再次復原，痛覺更加鮮明，惡鬼們就像是算好時機一般，立刻抓住她，不待喘息，便活生生剝下皮，丟進了巨大的石磨，狠狠地一步步慢慢來回推磨，直到荷櫻全身應聲碎裂，被磨成濃稠血漿流入血池。

再有意識後，荷櫻就僅剩頭部與脊髓，被綁在血池的木桿上，宛如「人株」種在血池，慢慢復原，從刺網長出扭曲的身軀。她被無數惡鬼反覆拿刀收割，被鉤子吊在空中擺動，被穿刺的鐵絲扭成交配中的犬隻放在遊行中，被切成擺盤，被刨空做成弦樂器，甚至被插在鐵樁、大刀上融入其他冤魂的身軀，彼此共享著加倍的疼痛，彷彿自己已不再是人類。

無日無月，時間不再流逝，各種羞辱與變態凌遲，感覺如千萬年之久。在這只有慘叫與暴行戲謔的世界裡，荷櫻血肉遍及四處，就連街道上都有以她皮做成的燈籠，身體遭受大量的殘殺變異，心理也逐漸歪曲。

她經歷太多的殺戮與折磨，活在一片腥紅與漆黑，甚至也見證無數靈魂化爲惡鬼的那一刻，慘叫變成悶哭，漠然化爲邪笑。看不到光明與未來的她，很清楚自己如果發瘋變成惡鬼，或許會比較好受；然而，一旦踏上了那條不歸路，就徹底回不了家，對不起自己的靈魂，也對不起自己最掛念的女兒，永遠成了深淵的魔物。

從小到大，她都不喜歡輸，不喜歡示弱，即使自己在國中時就被親戚與好朋友的兄長侵犯，她仍舊忍下、封住內心，戴上更優秀的面具，不讓邪惡擊敗她的美好與驕傲，在最美麗的心靈花園，告誡自己必須強悍到他人無法動手。

她之所以鑽研心理學與催眠，就是爲了掌握人心，扮演各種面向，提高自己在各方面的獲勝機率。爲了那虛假的光彩，她只能踩著孤獨陰暗的道路，而琦娜是她路上第一盞遇見的燈，雖然個性古怪孤僻，卻是她得意的助手，最珍貴的知己摯友，最安心、喜歡的人之一，也是唯一陪她度過痛苦青春、建立價值的人。

豈料，好不容易結婚生下可愛的女兒，來到了幸福一刻，卻在刹那間，被最信任的姊妹奪走了一切，輸得如此狼狽死絕。她曾檢討是否因爲自己太過孤傲、逼人又虛僞，才導致憾事發生、落得這般下場。但無論如何，她不覺得自己罪該如此！在這夢魘裡，她依舊不想示弱，不想被埋葬於這片痛苦，更不想忘卻自己曾經擁有的美好。

靈魂被撕碎得難以數計，荷櫻仍牽掛著家人，靠著記憶與想像，心繫著唯一的女兒思婷，努力在忘卻之前，惦記那稚嫩可愛的臉龐、香氣，以及世界上最溫暖的懷抱。

但事實是，女兒早已離她遠去，隔著不同的世界，生與死，僅留最卑微的幻想碎片。惡鬼的凌虐固然痛苦，但身爲母親的思念更令她撕心裂肺。她能做的就只有忍耐，爲自己和女兒堅守心智，盲目地祈求，並用盡所學的種種，不停地自我催眠、開啓冥想之路，將思婷視爲地獄裡唯一的光明，唯一能夢見的天堂，絕不能放棄希望。

「曾荷櫻，忍下去，沉下去，想想思婷，所有痛苦都是幻覺、是考驗，妳是勇者，是最好的媽媽。妳不會輸，會出去！為了思婷，為了等著妳的寶貝，妳會變強！只差一步，只差一步，讓他們見證妳是最好的媽媽。」每當惡鬼摧殘著荷櫻，一刀一肉，一血一淚，她只能這麼咬牙默念，思念那已然模糊的幼小笑顏，想像逃出去的生活，並捱過所有被肢解虐殺的痛楚，保留最後的人性與理智。這是只有她才能辦到的，不光是心理與催眠能力，還有那份依戀與強大的精神。

而或許就是這樣，祈求才有所應驗，降下了奇蹟。

那一天，當另一名年輕女孩靈魂被惡鬼凌虐殺死，那悲戚哭嚎就像最後一滴溢滿堤防的雨珠，衝破了荷櫻看似空無的心，全面潰堤。她終於找到平衡點，在死亡與發瘋之間，人與鬼之間，殺與被殺之間，溫柔與殘暴之間，她領悟了一切——琦娜所說的：「愛不是瘋狂就是消失。」

曾荷櫻選擇了瘋狂。

只要能見到思婷，只要能逃出去，且不喪失最後一縷人性與心智，再殘忍瘋狂，都只是身為母親的必要手段。

「愛本來就得懂得殘忍。」荷櫻告訴著自己，於是，她放棄了一切矜持，決心只以女兒當目標，透過自我暗示，在惡鬼下手前徹底偏執瘋狂，只為逼自己成為理性的惡鬼。

前來收割的惡鬼，從沒碰過荷櫻這種特例。當鐵鎚與鐮刀向下砸，荷櫻看似瘦弱的身軀居然閃過了，惡鬼化不僅讓她變得敏捷、凶猛，也喚醒了遙遠的記憶——琦娜曾在鬼月時教過她的護身咒。不待惡鬼驚呼，荷櫻便從束縛自己的刀網上扯肉掙脫，一把搶過鐮刀、砍斷了惡鬼的手。這是她試過上百次反擊以來首次成功。

於是，道長所期待的鬼氣就此覺醒。

荷櫻冷靜出擊、快速防禦，利用護身咒與血池的地形優勢，憑藉著理性分析，成功持刀反殺一隻隻惡鬼。每一閃銀刃與血花，都是她的憤恨與思念，她恨不得毀天滅地，虐殺復仇，卻也在當中體會到了當惡鬼的樂趣。那份喜悅令她滿足舒暢，卻也害怕不已。諷刺的是，此刻唯有這份殺戮才能讓她生存，找到回家的方法。

她渾身淌血，披著惡鬼們的衣裝，持著刀具四處躲藏，獵殺落單的惡鬼，研究著這些嗜血成性的怪物。但就像她推論的，所有惡鬼都只是一般靈魂變來的，真正要脫困，唯有等人間打開門，或是找到鬼差。

荷櫻曾目睹鬼差穿越空間，當祂們舉起路關牌、唸起咒語，就可以在空間甚至不同的世界來去如。那些光波折射著不同的色彩，讓她清楚看到不同的可能：地獄、畜生道，甚至鬼界、人間和無以名狀的天界。但鬼差從不踏入人間與天界，彷彿那有著更大的界線，需要更多通行的機制。

荷櫻長期觀察鬼差的行動，並伺機等待機會，趁著鬼差與惡鬼們互相殺戮，上前補刀偷走了路關牌。然而，即使自己真能以咒語看見那不同的世界，她也未曾跨越而入。人間與天界，她無法進去；其他的世界，她深怕一旦失足，反而更深陷險境。她只能不斷地觀察，用曾經的專業研究著，不斷地漫走在紅霧的世界。

在世界的井底，不絕的哭嚎與暴行，就像是巨大的漏斗匯聚全人類的惡意。她重新思考人的心性與本質，深深感受人類的黑暗就像不同的宇宙，彼此牽引迴旋。同時，她也不免思索如今自己與人間的關係：人間到底過了多久？有人注意到自己的失蹤嗎？自己是否已經死去？出去會變成怪物嗎？思婷沒有母親過得還好嗎？種種意念無時不刻竄在荷櫻的腦中，她甚至驚覺自己還沒聽到思婷對她喊一聲「媽媽」。

路關牌總是微微發光，就像那渺茫的希望，有時反而讓她更畏懼著一切會就此幻滅。在這樣的心靈折磨下，她滿心疲憊地走到了一座山丘，來到那座共振著微光的巨大廟堂前。不同於惡鬼的建築，在她眼中那是更神聖又更邪惡的地方，由正常人類與非人之物所建造而成。

她聽著鐘聲與笛聲走了進去，裡頭只有一件聳天的黃袍，像是主宰著宇宙的生命與時間；才一瞬間，強烈的瘋狂就注入了她的腦中，那是遠超過人類所能知曉的惡意與侵犯，逼得她急忙逃離。霎時，她的靈魂被烙上了三彎刀的符號，某種超越所有時間的生物意識偷偷沁入其中，讓她與腳下的山丘，成爲某種連結。

在那之後，紅色的天空深處出現了流星，恰似一條金色的絲線，劃破紅霧薄膜，急墜而下。鄰近的她聽到了來自人間的聲音，也看見了尙未消散的人間光波色彩，宛如希望。

曉欣啊的一聲，重重摔倒在地上。眼前的晦暗嚇得她直發抖，連忙站起。她右手握著點燃的蠟燭，直愣地望著包圍自己的紅霧，縱使萬籟無聲，朦朧的霧裡卻似乎有什麼正在竄動、環伺著她。

曉欣害怕極了，完全沒料到劇團學姊說的儀式竟如此可怕。但爲了再見孩子一面，她只能故作鎮定，眼角望著飄動的燭光，按照道長的指示，一邊唸起女兒的名，一邊緩步向前。

咻！有東西劃過了身旁。她猛然一照，卻什麼也沒有。紅黑之中毫無任何動靜，唯獨霧中傳來了戰慄的笛聲，來自每個方向，尖銳地讓人發麻。她開始懷疑學姊和道長是否騙了她，將她丟進了更可怕的境地。

突然間，她感到一股異樣的氣息。有東西似乎跟在身後，逼得她加快腳步。然而，無論怎麼快步前進，跟在後頭的東西似乎越來越多。曉欣好不容易壓抑緊張的心，轉身一看，眼前依舊只有懾人的漆黑與未知。

她想放棄了，恐懼徹底征服她的心。

「道長，我……」話還沒說完，一隻手便抓住了她的臉，將她拖進黑暗之中。

一隻披頭散髮的女鬼，腰際發出微光，割開了她的腳筋與喉嚨，隨後，搶走了蠟燭與白符。

草人炸裂！銅盤翻起！三年多前的那場歸魂儀式只到一半，曉欣便失控尖叫，身軀對折拱起，上下跳動，嚇壞聚英宮眾弟子。

惡鬼上身了！

道長立刻指揮弟子，拿起令旗和朱砂線包住曉欣，儘管這不是第一次處理這種麻煩事，但燭光斜晃，有什麼氣息讓他直覺異樣。曉欣的身軀原本是要賣給富商的，倘若無法準時換魂，還能想辦法補救，然而一旦惡鬼闖世、展開殺戮，後果不堪設想。以玄家尊嚴、霾山的安定，說什麼也得立刻平定。

弟子們合力抓著曉欣，壓制那不停扭動掙扎的身軀。道長一邊唸咒，一邊怒瞪那大膽褻瀆的惡鬼，緊握著法刀對付她。

「天尊當陣！何神不伏，何鬼敢當，急急如律令敕。破！」

隨著刀光一旋，法力直衝曉欣頭部——她一聲哀嚎，就此癱軟倒下，如昏睡般靜默無聲。

道長成功擊退了那闖世惡鬼，靜待些許後，才上前查看曉欣。殊不知令旗一掀，脈搏一摸，他馬上因詭異的脈動，喚醒悠久的記憶，注意到曉欣胸口的微光。

「天殺的狗日，是路關牌！」道長心裡一陣驚呼，察覺眼前的惡鬼只是裝睡。

篡奪曉欣身軀的荷櫻，頓時睜開雙眼——她口唸護身咒，迅速握起龍虎針，直刺道長眼窩。道長雖機警一閃，拿起法刀招架，卻仍被劃破了眼角。

不待一秒，荷櫻那在惡鬼道受虐多年的怒火一口氣爆發，將瞳孔燒得一片血紅，瞬間怨念震天，鬼氣齊臨！陰風破窗，撲滅所有燭火，黑暗伴隨鬼哭席捲殿內。道長緊急護身迴避，其他弟子們則來不及反應，看著荷櫻以曉欣的身軀融入黑暗。

她憑著在陰暗世界殺戮惡鬼與鬼差的經驗，飛速搶過法器兵刃，有如地獄猛獸般怒吼暴衝，在黑暗中拖行弟子們一刀又一刀，撞翻壇子與架子、撕碎令旗，繞著殿內各處，摧毀擋路的一切，彷彿連地心引力都攔不了她。才一轉眼，鮮血四濺，臟器橫飛，弟子們無不淒厲慘叫，現場蔓延著前所未有的恐懼。

唰！一陣摩擦火花，七星劍就此燃起！

道長高舉焰劍，霸氣一吼，手掐指訣，直向黑暗。然而爲時已晚，殿內早成了血池，弟子們橫死四處，個個死無全屍，石雕與天頂都掛著滴著血的殘骸。只有月兒和兩名弟子躲在桌下布簾後，嚇得魂不守舍，說不出話。

道長從未看過這般驚人的怨念能量，腦中逐漸浮現出一個身影——那多年前被他送下去煉蠱的女子曾荷櫻。

腥氣與邪惡襲上道長後頸，荷櫻從後撲上，道長急忙閃開，用劍身反擋一推，拉起硃砂線。

「破鬼！開壇！」他憤怒大吼。

月兒和倖存的弟子一聽號令，立即拔腿狂奔衝出了後殿，夥同大殿弟子急鳴鐘鼓。頓時間，燈籠全面亮起，將血月下的聚英宮連著山門映得更爲火紅。警鐘震撼山間，也喚醒沉睡的村民召集防守武力。兩百多年來，從未響起的警報，宣告陰陽破界，惡鬼襲世！

荷櫻掐著道長撞破了後殿大門，道長也以符紙與焰劍還擊，雙方殺得你死我活，在火焰與鬼氣中猛烈交戰。荷櫻的速度與凶殘，令道長嘗到久違的吃力與驚險。

兩人殺傷彼此，攻守交錯，在道長的暗自引誘下，來到了三川門外。赤色月光穿透霧氣灑上兩人，被斬裂的燈籠落在地上，隨陣陣陰風點綴更加鮮紅。他們流著血，踩著影子，以刀刃切開山嵐，在冷冽與烈血下怒視彼此。道長的絳衣袖子裂了開來，手臂劃出血痕，而荷櫻也破了衣裳，手腳與臉頰分不出是曉欣還是弟子的鮮血。

紅月增強了惡鬼的力量，同時也提升黑壇術的法力。但荷櫻不知道的是，玄家打從建立聚英宮時，就在三川門外也設下了「甕鬼」陣法，不同於後殿那側，這裡是專門爲守護陰陽界限所設下的術法，阻擋惡鬼入侵的防線。

倏忽，腳下的塵土像是無數隻手攫住荷櫻，削弱了她的力量與速度，道長很快從死角以硃砂線困住了她。當村民們手持各式刀具與土製獵槍趕來，大勢已成定局。

但道長對於荷櫻那不斷湧升的能量，實在無法掉以輕心，心中滿是不安又略帶興奮。眼前的惡鬼是他從未看過的型態，那不單是天資、母愛、精神能力，更似乎與天尊的子民做上了記號。

「曾荷櫻？」

道長說出了荷櫻許久沒聽見的名字，令她愣了一下，也間接承認了自己的身分。

「沒瘋還上得來，弄得如此驚動山林。這靈魂能量果眞天選之資，千年難遇。怨念煉蠱至今，難得，也値得。胸口那光，是妳殺了鬼差，搶了路關牌？」

「我只想殺光你們和那婊子。」

「妳進得去那天尊堂？」

「我要肢解你，切碎你，燒死你！」

「不想見女兒了？」

荷櫻再次呆愣，剎那間失了點銳氣。

「記得沒錯的話，她應該也七、八歲了，叫什麼來著……」

「你不配記得！」

「如果我玄某可以幫妳呢？」道長不顧月兒等人勸阻滅去火焰，反收七星劍。「如果我可以幫妳奪回渴望的一切呢？女兒、身體、未來、永生、財富，只要妳把自己奉獻給我和天尊。」

「那些本來就是你欠的，你這該死的騙子！」荷櫻惡狠狠地說著，試圖掙脫那硃砂線。

「曉得嗎，曾荷櫻，妳被天尊子民做上了記號！只要取回身子，三魂合一後爲我生個乩身，成爲鑰匙，讓我直達天尊，我什麼都會幫妳。」道長的瞳孔映出荷櫻眞正的樣貌，不僅看見了那路關牌，也望見她靈魂上那黃色三彎刀的印記。

「那你先幫我躺下來切腹去死。」

「妳沒得選，要嘛現在我送妳回下面，要嘛接受。」道長拿起了符咒。「也許妳女兒也在等妳，但沒人幫忙的話，誰又會相信妳？。」

荷櫻內心動搖起來，陷入沉思。她實在不想向這人低頭認輸，但自己確實已經戰敗。理性上，倘若多一些幫助，自己就可以盡早找到女兒，奪回自己的身軀。就算失敗了，最後要逃或反殺，都還有機會。

重點是自己和女兒的人生，以及絕不向這披著道袍的惡魔眞正低頭。

她深呼吸後，就此長嘆。「先還我思婷，還我人生，還我眞正的人生！」

「我要妳對天立誓，徹底奉獻玄向華與天尊。」

一陣靜默後，荷櫻嘆了口氣。

「我……發誓，我徹底奉獻玄向華與天尊。」對荷櫻而言，作爲一隻鬼，她早已放棄一切上蒼，誓言已不再重要，只有思婷才是她唯一的信仰。

「那好，」道長點點頭，手沾著鮮血伸了出去，「君無戲言，等妳。」

隨著硃砂線鬆脫，荷櫻點了點頭，但沒有握住那隻手。

因爲她知道，合作只是暫時的。

自那夜起，荷櫻接管了那不屬於她的軀體與身分，學會了些許黑壇術法，並在道長的金援與牽線下，踏上了找尋女兒的旅程。

七年，對現實中汲汲營營的人們來說，或許說長不長、說短不短，但對於被困在惡鬼道、迷失於時間長河的荷櫻，宛如來到了新世界。即使熟悉的事物還在，太多事情已經離她記憶遠去，尤其那片光明祥和與生命，更讓她毛骨悚然。

她很慶幸自己脫離惡夢，但重獲軀體的人生並不全然是好事。她失去現實感，失去了自我，害怕起再度喪失一切；諷刺的是，這樣的人間才是她原本的歸屬。

在徵信社的幫忙下，荷櫻很快地找到思婷的個人資料，同時，也得知了另一個自己。她翻閱外流的警方檔案，比對道長告訴她的換魂儀式，終於了解琦娜是如何假造自殺、盜用她的身分、偷走她的一切，還藉此失去了關鍵的記憶，更生下了第二胎——黛恩。

至於其他的家人，則全都離世了，包括父母，以及荷櫻那結婚不到一週年的丈夫。

「賤人。」閱畢資料後，她立刻脫口而出，隨後在廁所吐了出來。她對琦娜，對鏡中的自己，對於整個世界，都感到無比噁心。或許這個世界不像惡鬼道充滿無止境的血腥殺戮，但那險惡的人心、笑顏背後的算計與背叛，以及玩弄善意的惡意，卻更加讓她嘔心膽戰。

不能相信任何人，就像在惡鬼道一樣。荷櫻在悲憤中告訴自己，同時，也哀嘆自己成爲惡意的共犯，因爲她也奪走了曉欣的人生。

她熟記曉欣的資料，扮演著切合外表的身分，同樣作爲失去孩子的年輕母親，活在謊言與算計之中。她租了房，買了車，換上久違的人裝，盤算著所有計畫，暗中觀察女兒一家。

一切自欺欺人、故作堅強，只爲了女兒與公正。

殊不知，當她第一眼看到思婷一家時，心便裂了開來。

如今的思婷，已比照片與想像中還要成熟，記憶中的嬰兒笑容、曾經在手中的溫暖，就此如虛幻般灰飛煙滅；那曾在黑暗裡仰賴的光芒變得無比朦朧，變成了一個連荷櫻自己也認不出來的小女童，完美且快樂地融入在家人的陪伴下——和她的妹妹，以及，偷走別人人生的媽媽。

荷櫻逃跑了。她害怕思婷，也害怕那個自己，甚至懷疑起自己究竟是誰。直到數天後，她才重新鼓起勇氣，趁著週間午後來到女兒的住處，潛進沒人在的老公寓中。

牆上的丈夫與父母遺照讓她哭斷了腸，淚水不斷漫到了女兒房間。她翻看著思婷的書桌，望著女兒的照片、女兒的衣服，望著心肝寶貝的點點滴滴，終於深切體悟到自己完全錯過了女兒的一切。她完全不認識自己的女兒，而自己則被遺忘在黑暗中，成爲不存在的母親。

荷櫻在無人的家中泣不成聲，好不容易才冷靜下來，研究起琦娜的房間。只見桌上有著冠上荷櫻名字的著作，有著ＤＩＲ的原型機資料，還有兩個女兒獻給她的卡片。所有的東西，看似她的，卻又偏執地虛僞，就連衣櫃裡的衣服，也沒有一件是她眞正會穿的。

但這女人已經戴著她的臉七年，成爲世人心中的「曾荷櫻」。那麼扮演起曉欣的自己，究竟又是誰呢？

荷櫻脫下了衣服，全身赤裸地站在連身鏡前，直看著不再是自己的面容，摸著鏡中的臉，緩緩閉上眼睛，眼淚不斷流著。

她認知到懷抱希望是件多麼恐怖的事，知道自己已不再是自己，比影子還要虛假。

在那之後的每一夜，她都夢見自己回到惡鬼道，回到被凌虐的日子，也夢見自己喪失了臉孔，誰也不是，連人類都不是；每當醒來，她也害怕鏡中的曉欣幻影，那種殺害無辜之人的罪惡感，牽動著她一直以來的仇恨與無奈。她感覺自己再度化為血霧中的紅塵，只留下徬徨的靈魂，消融在這片現實的虛無。

只有思婷是她的錨，是她唯一的良善，是她唯一能分辨世界的方法。唯有連結記憶與幻想，建立起身為思婷母親的那份價值，她才能好好地被固定在現實人生，在陽光中走下去。

荷櫻用盡所有方法了解思婷，從各方面窺伺著女兒，試圖讓自己成為最好的影子母親、眞正的生母。她不想輸給琦娜那個賊，更打算隨時將女兒奪回來。然而，每每望見思婷的笑容、那不屬於自己的笑容，她都懷疑自己只是做著可笑的夢，什麼也不敢做，自私自溺地幻想著守護女兒。

「思婷，我才是妳眞正的媽媽。」她很想上前和女兒說說話，親口道出眞相，卻深怕嚇壞了年幼的女兒，深怕自己被無視、討厭、拒絕，深怕所有受盡苦難堅持的結果在一夕崩塌。她害怕自己失控，害怕永遠失去最美的陽光。到頭來，她甚至想放棄一切，為了女兒的笑容而承認自己的死去，甘願退回到黑暗之中，遠遠看照著。

她確實這麼想過，直到那一天傍晚下起了大雨。

披著荷櫻外皮的偽物帶著女兒們來到速食店，而身為本尊的她也跟了進去。即使自己頂著曉欣的外貌，她仍舊戴著口罩，隱藏自己的面容與情緒，乍看就像一名普通的大學生。她點了一杯飲料，靜靜地坐在不起眼的陰暗角落，看著窗前的女兒。

窗外的雨洗淨著城市，卻淨不了她的悲傷。望著那玻璃倒映，她看見思婷一家三口，在橘黃暖光下擁有著彼此，而自己則在另一個世界，寂寞地不被任何人知曉、記得。明明都在同一個人間，距離卻比在惡鬼道更遠，心被扎得更痛。

內在的黑洞吞噬著已化爲鬼的自己，荷櫻再也忍受不了，拿起可樂就此離開，希望外頭的雨能將自己沖刷打散，徹底化爲無盡的淚水，宛若童話中最後變成泡沫的人魚公主，虛幻消逝。

「等我。」

「才不要！」

「笨姊姊。」

「啦啦啦啦……」

噠噠，小小的腳步聲傳來。她一陣錯愕，還沒來得及反應，那追逐嬉鬧的身影便一不小心撞了過來，撞進她停擺的世界。那夢寐以求卻懼怕的溫暖、香氣與臉龐，一頭埋入了她的懷裡，喚醒七年前身爲母親的一切。儘管只有一瞬間，那衝擊卻從肉體刺穿了她的靈魂，湧出所有情感。

思婷身子一彈、向後跌坐，荷櫻也一個踉蹌，手中的可樂爲之落地，濺了出來。

「對……對不起！」思婷一臉驚慌。

不！不要這個表情！荷櫻頓時無措，只能強逼著所有理性，擠出看不見的微笑，顫抖地握著那細嫩幼小的手，一把扶起親生女兒。她只希望思婷能好好爲她綻放笑容，即使只有那麼一瞬間。

「沒……沒關係。沒受傷吧？」她聲音顫抖，小聲得連自己都快聽不見。

視線已被淚水弄模糊，心臟的跳動聲淹沒了所有聲響，所有光影在剎那成爲永恆。她死命將女兒烙印在眼中，也寄望自己能多待在女兒的雙眸一秒，將七年來的心意傳達出去：「**妳真正的媽媽就在這裡，就在這裡啊！思婷！**」

「阿姨，對不起，眞的很對不起。」思婷害怕地鞠躬道歉。

荷櫻心揪了起來，並看見女兒瘀青的手臂，深深不知那只是思婷和黛恩打鬧的傑作。惡鬼道的暴行與凌虐一時躍入她的腦海，她想起了自己是如何被毆打虐殺。面對女兒身上的傷，一股烈炎從體內蔓延開來，讓她分辨不出是憤怒還是急著保護女兒的衝動。

琦娜頂著荷櫻本來的美豔臉皮，跟上來鞠躬謝罪，宛如散發著聖母光環，拎著錢包想要賠償。但荷櫻什麼都不要，僅輕輕拍著思婷的頭，稱讚女兒道歉的態度，雙眼則瞪向那永遠的仇人。

她只要女兒平安快樂幸福，回到自己「曾荷櫻」本尊的守護之下。

雨水撞擊著擋風玻璃，被雨刷迅速甩下。荷櫻在車中披著雨衣，眼神銳利地用GPS跟蹤琦娜的車子，一路驅車來到人少的重劃街道。她只想奪回，奪回屬於她和思婷應有的人生；她只想保護，不讓女兒被這世界上所有的邪惡所傷，即使沒有任何一個人記得她。

規劃已久的計畫，重新燃起，而她已不願等待，就是今天，就是現在！

當琦娜踩下剎車，亮起車尾紅燈，荷櫻毫不猶豫地打亮遠燈，重重踩下油門，穿透雨幕用力撞了上去。女兒雖然坐在後座，但只要拿捏得好就安全無虞。

琦娜一家車子就此打滑，差點撞上分隔島停了下來。荷櫻迅速背起包包下車，隱身在那強光與闇影，潛伏在那滂沱雨霧，甩出甩棍，就像習以為常的獵殺，化身雨夜的惡鬼，等著昔日的身影踏進陷阱。

血紅的雙眼，彷彿暫停了世界，直望著琦娜如預期地撐傘而來。再冷的雨水也澆不熄荷櫻胸口的火，她蹬起雨珠、飛步竄上，朝那張曾經的面容揮下甩棍！荷櫻用力且精準地將仇人與過去擊倒在地，琦娜當場鬆開雨傘，痛得撞在引擎蓋上，濺血倒下。

荷櫻沒時間爲自己的肉體惋惜，畢竟要換魂、討回身體，還是得設局讓琦娜在儀式上自願三魂分裂才行，而這等下一步計畫再來引誘即可。她趕緊踩碎琦娜的手機，像一道幻影奔過水窪，鑽衝進思婷的車中。只見姊妹倆立刻尖叫起來，驚慌失措地準備開門逃離，但她已顧不了那麼多，直接拿出藏好的鎮靜劑，扎向思婷的手臂——那一刻，思婷早已將黛恩推下車，卻反被荷櫻拉了回去。

車門關上，強烈鎮靜劑流入了思婷的血液。荷櫻立刻坐入駕駛座，反鎖車門，換檔踩下油門，如同計畫中的每一步，毫無失手。隨著引擎轟隆作響，後照鏡裡的琦娜竟頭破血流，撐著身子追了過來，那哭喊的樣子，彷彿她才是思婷眞正的母親。

這是荷櫻從未想過的意外插曲。

聽著那一聲聲拍窗，望著思婷對琦娜伸手求救，荷櫻分辨不出自己的心是更冷了，還是更加灼熱，驚愕中參雜著更多不甘與心痛，腳下的油門也踩得更重。她一扭方向盤，蛇行甩開了琦娜，加速朝黑暗的大雨奔馳，墜入了心中的地獄。

「沒事的，眞正的媽媽會保護妳的。」

但她忘了，太長太長的惡夢，早已讓她被邪惡污染；她只知道思婷喜歡與討厭的東西，卻不知女兒自幼對藥物過敏的致命體質。

兩天後，荷櫻殺死了自己的女兒。

無人打擾的的春嵐館，是道長事先爲荷櫻張羅的躲藏地，依山傍水，寧靜清幽，資源充足，在隱密與交通上都有優勢，附近設下的靈障也提供了安全。荷櫻幾度換車，按照計畫，一路謹慎銷毀蹤跡，好不容易帶思婷來到那裡，來到她打造的夢幻房間。但才第一天，思婷就因過敏性休克倒下。

警方將案件列爲重大刑案，連夜布下天羅地網，擴大全國警網查緝，各家媒體也爭相報導，醫院與診所頓時成了禁地。荷櫻原以爲女兒只是疲憊不適，等察覺有異後，趕緊在道長的介紹下尋求密醫協助，殊不知接連遭拒，最後只能緊急施打腎上腺素。

然而，思婷的痛苦只減輕了一會兒，數小時後，幼小的身體多重系統加重病發，頭痛、腹痛、皮膚腫脹甚至失去知覺，連針孔處也開始發紫、呼吸困難。荷櫻嚇壞了，她想盡辦法搶救女兒，祈求在風頭結束前，讓女兒安然度過危機。豈料，終究爲時已晚，思婷越變越虛弱，陷入了瀕死。

「請把孩子還給我！」當電視新聞裡，琦娜頂著偷了七年的臉向大眾哭訴，岳翰一方面請媒體自律，另一方面信誓旦旦緝捕殘忍歹徒、救出肉票；而荷櫻作爲眞正的受害者，正哭紅著眼，緊抱癱軟的思婷。

「醒來，寶貝，醒來，媽媽求妳醒來。拜託！醒來！」她試圖將思婷揹上車，放棄所有計畫，決心直衝醫院被捕也沒關係，只求思婷平安獲救；然而，那幼小的軀體還是冷了。來不及走出春嵐館的荷櫻，緊握著不動的小手，看著女兒放大的瞳孔，自己的雙眼也變得空洞。

女兒的冰冷成了無數刀刃，流進荷櫻的心，將她切得肝腸寸斷，遠比那七年深淵的任何酷刑來得疼痛與絕望。本該溫暖的女兒房成了人間煉獄，所有的光芒已然消逝，陷入比惡鬼道更深層的黑暗。荷櫻終於意識到，無論在哪個世界，自己都不再是人，而是不被允許幸福的惡鬼。

她親手殺了自己的世界。

「遲了。」聚英宮內，道長手貼著思婷死白的臉頰，搖了搖頭，「人魂壞死，天魂歸天。」

「沒有其他辦法了嗎？用你們的黑壇術。」

道長回看荷櫻，很清楚她已走投無路。「我幫妳的也夠多了。」

「這是你欠我的，你和琦娜欠我的！你也發過誓了，玄向華！」荷櫻悲痛怒斥。

一旁的月兒想上前勸阻，卻被道長擋下來。他指著上次廝殺留下的痕跡，明示荷櫻的靈魂早已不是人類，而是被天尊子民做過記號的惡鬼。

「那麼，妳去找適合的殼吧。」道長幽幽地對荷櫻說：「但別奢望太多。」

「用別人家的……小孩嗎？」

「怎麼？事到如今還嫌手髒？妳忘了自己怎麼上來的？妳應該很清楚妳來這的目的吧。」

面對道長的反問，荷櫻一時無法回答。她本以為自己回到了人間、搶回女兒，就可以慢慢回到自己的人生，從沒想過，自己最後還是得重回鬼物。她一點也不想再糟蹋自己的良心，弄髒在人間的雙手。然而，天人交戰下，為了女兒，似乎已別無他法。

「但提醒妳，曾荷櫻，換魂並非像妳奪身那麼簡單。」道長指著銅盤與龜卦說：「那關係著因果、三魂、氣與本命，就像藥物對每個人都不同，每個魂跟身體結合的狀況都不大一樣，更別說小孩了，妳女兒不一定熬得過。不只得快，也得狠、得準；就算找到適合的，也得做好心理準備。」

「什麼準備？」

「不會只有一次，殺人和喪親。」

道長聯絡了人蛇集團，傳授荷櫻挑選軀殼的方法，然而，那並非萬能。不論如何精挑細選，到了換魂儀式最終還是失敗。思婷是從鬼界回到了人間，新的身體卻承受不了病逝已久的靈魂，在歷經數週病痛後，仍然再度離世，也再度撕碎了荷櫻脆弱不堪的心。

人蛇集團開價高昂，縱使每年都有不肖父母把未成年兒女賣掉，但一來這些孩子早有缺陷，二來集團重視安全，只做出口生意，像這般內銷孩童，風險實在太高。他們雖看重道長的面子，卻不全然信任荷櫻，因此當電話第二次鈴響，便聯合拒絕了她。

沒有身軀，思婷只能帶著痛苦，以冤死鬼之姿在鬼界遊蕩，直到被鬼差帶下三惡界，那是荷櫻說什麼也無法接受的事。她身爲母親，實在不忍女兒如此受苦，只希望能給思婷最大的幸福、一路守護，偏偏自己就是鑄下大錯的元凶，罪疚深深，彌補難成。

「妳也用痛苦淬鍊自己吧，祝妳以愛爲代價，再也不認識自己，永永遠遠看不見思婷的幸福。」琦娜當年的血咒言猶在耳，就像纏住她的靈魂，永不消除。

荷櫻自責那自私的自己，憎恨著所有人生抉擇。但諷刺的是，爲了思婷，她也只能不擇手段繼續自私下去，含淚扼殺所珍惜的良善，含恨接受命運的捉弄，徹底放棄當好人的機會。於是，現實的自己再次染血，沒有救贖和饒恕，荷櫻成了喪盡天良的罪人。

她親自動手，跟時間賽跑，透過社群網路、徵信社資料，不斷找尋適合的女童，列表、篩選、觀察、計畫，所有行動與路徑都經過謹慎計算，如同放大了當初綁架思婷的所有規劃。她事先研究起警方的程序與習慣，擬出不同策略與路線，不只針對行動當下，也預防著後續的查緝。

荷櫻深知台灣監視器之多，宛如天眼網絡，但每年平均還是有八十位孩童就此人間蒸發，除了孩子的親友外，不會有多少人在意，再可愛的臉孔最終也只是海報上的圖像。而她只需要遵循數據脈絡，利用人的心理找到黑數與盲點、小心下手，就能不斷地為思婷找到還魂活下去的軀殼。

第一次是一名雙馬尾女孩，長相甜美，健康活潑，父母滿滿的前科而讓她飽受孤立，嘗試逃家。荷櫻在治安死角突襲，誘拐目標上車，直往聚英宮，交由道長入三惡換魂。

當木魚響起，龍虎針穿過了女孩的手，黑布蒙住了水汪雙眼。道長的謊言引誘著一句句童言在哀嚎聲中自願作鬼，孩子的靈魂就此墜下那無盡的恐怖世界，再也逃不出黑暗與凌虐，身體成了思婷的容器。

荷櫻雖然滿心罪惡，但唯有確認思婷用新的身軀重生，確認那定魂符下的靈魂歸來，她才能喘息，不讓自己陷入崩潰。然而，即使如此，思婷還是有如中了詛咒似地撐不過一個月。無論荷櫻如何百般呵護，給予思婷所愛的甜點、玩具、衣服，甚至告訴她眞相，讓她知道自己才是眞正的母親，那些換上的身體最終還是敵不過崩壞，連醫院也束手無策。

一次次失敗，一次次逝去，一次次綁架，一次次弑童。多少身軀在檜木椅上來來去去，多少女孩淌血哭嚎落入惡夢，這天理不容的惡行令荷櫻無比痛恨自己，就像被罪惡感剝蝕、日日鷹啄一般。但這就是她心中做母親的責任，曾在惡鬼道催眠自己的使命，為了讓心肝骨肉平安、重拾笑顏，只能強抑噁心、犧牲別人的孩子，不停至各地找尋替代品。

「再一次就好，再一次就好。」她再三地說服自己，化身社會闇影獵捕著嬌小的身影，即使思婷也同樣痛苦地按耐不住，她仍不願放棄拯救自己的女兒。

「媽媽，可以不要再讓我回來了嗎？我不想醒著了，可以嗎？」那天晴空萬里，母女倆在鍾馗湖畔散步，望著夕陽，拍著合照。晚霞的餘暉映著思婷憔悴的臉龐，金色光芒勾著髮絲，逆光陰影又像步步接近的死亡，而她小聲地哭求著。

「媽媽對不起妳，媽媽知道妳也很辛苦，但媽媽一定會救妳！我一定會讓妳回家，再給我一些時間。」荷櫻溫柔地向女兒下跪說道。

思婷雖年幼，卻也不是笨蛋，她深切感受得到荷櫻說的都是真的，深切感受到那份眞實的母愛。這名母親總是疼愛著她、照顧她，想方設法帶給她溫暖與快樂。但思婷她還是思念自己的家人、自己的家，思念自己那不再存在的身體，心疼愛她的所有人，並害怕一再地重生、生不如死。

生生死死，死死生生，荷櫻知道女兒不願意，也不想逼迫下去，但自私與罪咎早已讓她虛空麻木；爲了心中那道虛幻的光，她習慣了與悲傷殘忍共存，就像一台著迷於誘拐和綁架的機器。她深知自己已經成了惡魔，比琦娜更令人髮指，不僅熟悉殺人犯罪，也熟悉起另一種生活：將聚英宮視爲醫院，定期爲思婷換身體，持續監禁、養育女兒，催眠自己暫時將就這般母女生活。

荷櫻將自己的光明與溫柔放在女兒身上，少數的善念則留給對女童們的悼念。每當換魂完留下孩童屍體，她並不讓道長銷毀，而是帶回去春嵐館藏著，趁著思婷安穩熟睡，在女兒房間隔壁，在那安靜的庫房中，歸檔、分屍、裝箱，貼上照片與符咒並寫上名字，任由血水漫延悲傷，湖水沖刷罪惡。

她會在深夜或清晨時分，獨自在霧裡划著小船，將行李箱與自己的良心沉入湖中，讓孩子們也睡在這一片美麗湖底。即使是自欺欺人，對她而言，父母思念失蹤兒女，倘若懷抱不切實際的幻想，有時只會換來更大的痛苦；即便結果是死亡，也比永遠不知道來得好。她發誓等一切結束，就會讓所有人知道這些孩子們的下落，並坦然接受所有仇恨。

一季又一季，一年又一年，罪行未歇，母女倆持續一起生活，以愛爲名，折磨彼此，沉浸在這份硬求的緣分與謊言中。道長協助在春嵐館外設下更多陣法，將少數孩子的魂魄化爲保護機制，同時也暗地搜集那些充滿怨念的鬼氣凶煞，算計著荷櫻三魂合一、打造鑰匙的最佳時機。

然而，一切在第三年發生了巨變。

思婷還魂的速度越來越慢，身體卻加速崩壞，代表靈魂明顯出現了劣化，惡鬼化已箭在弦上！長久以來的平衡與克難皆已失效，容器需求也變得更加頻繁且緊急。

「如果不行，就只能用下策了。」道長對荷櫻這麼說道，警告著即將到來的離別。

儘管荷櫻知道道長的意思，心中卻無比抗拒那個建議。

翌日清晨，鍾馗湖面霧氣瀰漫，毫無色彩，就像被眾神遺忘的灰色山水，飄渺虛幻。小船靜浮於湖面，行李箱撲通落入了水中，沉向冰冷的深處。

那具行李箱裡的軀體，才短短二週，就比之前病得更重。荷櫻神情落寞，趴在船邊，面無表情地直看著湖面。她很少在湖上拖這麼久，但面對眼前的難題，身心俱疲的她已別無選擇。

「對不起。」她對心中的思婷道歉，也對即將被女兒痛恨的自己說著。

她看著手機螢幕中琦娜一家的合照，直望著那最完美的血親軀殼——何黛恩。

「這是最後的機會了。」

巧合的是，道長的黑壇術陣法雖然保護了春嵐館，卻和怨靈、湖底箱屍的陰氣，無形造成了鍾馗湖鬧鬼風波，不僅影響了荷櫻的日常與計畫，甚至讓琦娜與《異心訪客》的節目團隊來到當地，調查靈異傳言。

荷櫻曾一度遠觀那次錄影，一瞥見製作人陳哥與神棍宋瑞等人大言不慚，以低級玩笑侮辱所有犧牲的孩子，她便燃起怒火，將他們列入殺戮名單；但最令她火冒三丈的，仍是那保有神采的琦娜！縱使自己三年來一再關注琦娜的動向，但看著那小偷在自己面前光鮮亮麗、有說有笑，彷彿從未失去什麼，荷櫻實在忍無可忍，更對思婷擁有那樣的母親簡直恨之入骨，於是就此鐵了心加快行動。

然而，再一次對琦娜一家下手，絕非易事。儘管案發距今過了三年多，警方已不再圍繞她們，但歷經思婷綁架案，琦娜與黛恩早已對外有所提防，要誘騙黛恩並不簡單。荷櫻只能反過來利用思婷的綁架案，更改順序，一方面出自於自己的私心，一方面也是她的理性判斷：這次，她要先奪回自己的身體，再以母親身分，引誘黛恩落入陷阱！

這是三年前綁架思婷時最該採用的策略，也是如今最能降低所有人疑慮的方法。

數週之後，荷櫻重新扮演回吳曉欣，主動聯絡了《異心訪客》節目粉絲團的小編，胡謅自己的靈異體驗。隨後，她透過關係與節目高層碰面，捐了一大筆錢，好讓陳哥安排自己與琦娜一同上節目，在直播上透過「催眠VS觀落陰」的單元，展開第一層布局。

同時間，她也聽從道長的建議準備了保險機制：擄走岳翰的女兒Anya，一方面充當思婷的暫時容器，一方面作為盾牌兼誘餌，釣著岳翰刺激琦娜前往聚英宮，也促發之後的假破案，以第二層布局保全後路。

待一切準備妥當，齒輪就此運轉。荷櫻在陳哥的安排下，終於來到了電視台大樓，與那十年的仇人相見。

那是第一次的諮商訪談評估。

隨著燈光亮起，荷櫻走進直播棚旁的會面室，心臟怦怦跳，大到連自己都聽得見。她看著琦娜頂著自己昔日的面貌前來迎接，一瞬間，時間乍停，腦中一片空白，自我意識再次受到了挑戰。她險些忘了自己是誰，只迷戀著眼前那張臉，迷戀著過去的自己，也無比憎恨，憎恨著那臉下的靈魂。荷櫻的胸口不斷悸動，她很想說出眞相，恨不得拔下屬於自己的皮，但最後還是忍住了。在微笑中，爲了女兒，她作回吳曉欣。

「催眠並不可怕，它其實是一種找回自己的方式。」琦娜在自己的著作《超越個人地獄》上簽名後送還給荷櫻，連筆跡都學得唯妙唯俏。

「找回自己啊……可以的話，眞是太好了，我也希望用催眠找回自己的人生，曾荷櫻老師。」

荷櫻望向眼前的小偷說著。

「那麼，可以告訴我，妳在惡夢外，心中最惦記著什麼呢？」琦娜問。

荷櫻瞇眼望著自己過去的身軀，露出了微笑。這是身爲女人的仇恨，身爲母親的責任，也是身爲曾荷櫻本尊的最後戰鬥，她要用反催眠反將一軍，以血祭天，奪回十年來失去的一切！

「當然是我的孩子。」荷櫻說。

37

月光斜下，斑駁了漫天血紅薄紗，探頭的星辰卻褪色模糊。穹頂逐漸被幽暗的黑紫色蠶食，讓霾山的大氣陷入黎明前最深的混沌。

聚英宮右側，隔著森森山林的圍牆上，所有張貼的鎮鬼符紙都被人撕下，僅留著男人的血手印，蔓延到牆上鐵網。

牆後，一道黑色身影挾著殺意，正一步步侵入那片陰寒鬼域。女兒生前送的護身符在岳翰胸口微微擺動，他劃開了自己的掌心，滴著鮮血，一手握著月兒的法刀與鎮鬼符，另一手持著室內用突擊步槍，緩緩前進。那槍身冰冷沉重，卻冷卻不了他熾熱的復仇怒火。

儘管身上彈藥充裕，但聚英宮的縱深、敵我人數及荷櫻母女的安危，讓他放棄從三川門單刀直入，眼下的黑暗、腳下的陰森彷彿才是他眞正的道路。樹林鬼風搖曳，陰氣擺盪枯枝，晃漾的每道陰影似乎都有人臉隱藏於後，有些甚至飄著白影。但或許是身上的符與法器，這些凶靈鬼物反而沒有靠近，僅在遠方悄悄地嗅聞著他的血，齜牙咧嘴地跟在後頭。他不禁納悶，前一晚在喚靈道的追殺，是否只是道長的另一場騙局，讓他們信以爲眞，落入陷阱。

關於這點，他忘了問月兒，在以磚塊用力鑿破她頭、留著她奄奄一息前，他只問出了室內儀式的狀況，以及——眞相。月兒什麼都說了，就像早年他經手的那些犯人，最後屈服在逼供的恐懼，從實道出了他原本就料想到的可能，關於凶手，關於荷櫻與琦娜，關於霾山換魂，甚至天尊與一切計謀。

唯獨女兒Anya的死，他無法理解。

爲了製造雙重誘餌與催化劑，爲了刺激他引領琦娜和黛恩，道長他們就這麼隨便奪走他最疼愛的笑顏，無意義地消耗女兒的命，踐踏他僅存的依賴與光明，蒸發他最重要的十一年。岳翰實在無法理解，更無法接受。

倘若這一切的凶殘眞催化了什麼、引誘了什麼，那就是燒回靈山的人間惡火，以及，名爲劉岳翰的惡虎。他一邊想著，一邊貼近聚英宮牆身，聽著裡頭傳來的聲音與對話，深入樹林之中。

亡妻的靈魂消失了，女兒亦不再，如今，他的靈異體質不再害怕所有鬼魂，自己已融入了那滿林子的怨氣與冷冽，聚攏大量凶靈，化身爲這群山的黑暗。

鮮血成了他唯一的道，是鬼是神都攔不住他。

聚英宮後殿內，龜卦下的沙盤起了異樣。道長望著香爐，感受到陰氣的改變，就連窗外的紅色月光也不再鮮豔，恰似無形中有什麼掀起了漣漪，躁動起靈山的陰陽。

但他並不擔心，一切早已計算多時，有天尊子民庇佑，卦象也一路驗證，所行與所果都沒有偏差過多。縱使琦娜連續服用精神藥物，影響了前一晚的回魂，導致荷櫻本尊靈肉合一有所延遲，但如今，儀式來到尾聲，母女倆雙雙換魂就要成功，新的一天即將到來，待朝暾一升，即大事抵定。

在那之後，就是製造鑰匙的絕佳機會，匯聚殘存的血月之氣，奠定與天尊接觸的基礎，如此，就能避免意想不到的災厄，眞正地超脫生死。

但荷櫻本尊不一定會這般認命。這三年多來，道長早已摸清了她的性格，而她也永遠無法理解玄家真正的使命，對她而言，聚英宮就跟琦娜一樣，是奪走她人生的一方，一旦解決了琦娜，或許就會將矛頭指向現場所有人；幸好，他也早已防範好一切，法器、符咒都備著，只要思婷的軀骸還在這，他便能掌控思婷的定魂效果，挾之令荷櫻奉獻。

道長端詳著壇前木椅上的母女倆，黛恩猛烈擺動身軀，面目猙獰，似乎還在被惡鬼追擊著；荷櫻則宛如沉睡，沉醉在最後的對話中。

那一旁的ＤＩＲ畫面裡，只見眞正的荷櫻正拖著琦娜，走向少女房間的另一面鏡子。

「對不起對不起對不起對不起……」琦娜全身發抖，崩潰求饒，撕裂的眼皮流血不止，就像她那不斷湧出的恐懼。她害怕著眼前的摯友，害怕著在死亡的世界裡還有更殘忍的復仇，也害怕著那跟在她們身後的嬌小身影——她已無法面對的女兒。

「思……思婷？」琦娜望著一再追尋的女兒，那深邃漆黑的眼窩，正直望著自己，挾帶著恐懼與哀傷。那一瞬間，作爲母親的心被徹底擊潰。

「妳不配叫她，魏琦娜。」

「對不起，媽咪我錯了……」琦娜對思婷哭著道歉。

「道歉只適用在活人的世界，」荷櫻一邊說，一邊手沾著血，在琦娜身後的鏡子畫上符文。

「而這裡只有鬼，只有折磨，只有憎恨，妳應該也很清楚。」

荷櫻一說完，便唸起了咒語。剎那之間，鏡面就像沉入水波，成爲一扇窗，浮現出另一端的畫面。徹底嚇壞了琦娜。

畫面中，滿是暗紅煙霧的血湖畔，黛恩正一臉憔悴虛脫，頭貼白符，手腳出血，僅憑著意志力，持著燭火，朝廢墟這奔跑而來。紅霧中，隱隱約約可見惡鬼竄身嗅聞她的味道，逼得她不得不再三迴避，砸出小石頭引走它們。但隨著惡鬼越來越多，距離越來越近，那弱小的身軀也漸漸筋疲力盡，隨時都可能倒下。

女兒氣若游絲的喘息，交錯著惡鬼肆虐的嚎叫，自鏡子傳入了琦娜耳內。

身爲母親，她難以置信女兒出現在這般魔域尋找自己，頓時寒毛直豎，也無比地揪心碎裂。她無法思考，努力說服自己這只是幻覺，只是來自荷櫻的惡意與懲罰，然而，當她望見思婷那慌張的神情，這才終於意識到荷櫻眞正的目的！

琦娜驚恐地用最後的力量跪在荷櫻面前，狠狠地撞著自己早已血肉模糊的頭，試圖以自虐、道歉換取一絲希望。

然而，荷櫻搶先開口了。

「何黛恩並不是我曾荷櫻的女兒，只是妳用我的身體偷生的劣等物，但即使如此，我也會尊重妳的意見，畢竟是妳的女兒。」

琦娜愣了愣，只見荷櫻壓抑著分辨不出是憤怒還是雀躍的懾人神情，舉起了路關牌。

「只有一具身體，做媽媽的妳，想讓哪一個孩子回去？是妳愛的、不惜發誓下地獄也要保護的？還是妳不愛的，卻仍願意下地獄救妳的？」

「等等，我不懂……」

「放心，十幾年朋友了，那麼久沒見，我沒那麼狠，黛恩聽不到的。」荷櫻說謊著：「我只要妳當著思婷的面大聲說，妳想讓哪個女兒回去？」

「這對妳有什麼意義！」琦娜哭喊著。

「當然有！」荷櫻將顫抖的思婷牽到自己面前，「妳既然想代替我當母親，我就好奇妳口中的好媽媽是怎麼當的。」

「我從沒有覺得我是好媽媽！」

「我只數到一，來吧，說吧！五！」

琦娜此刻只覺得悲憤與荒謬，眼前的荷櫻就像無理取鬧的殺人魔，偏偏這殺人魔就是她親手造成，兩個女兒的痛苦與命運亦是如此。要她從兩個女兒當中做出選擇，根本辦不到，光是面對眞正的自己，她就已經無法承受，何況是面對兩個孩子。

「我沒辦法……」

「妳的愛最後是消失還是瘋狂呢？一個回去，一個留下！四！」

「不要……」瞬間，那曾經在病床上的自己，那曾經的身心折磨，一一湧回琦娜的腦海。

荷櫻微笑瞥向鏡子，只見鏡中的黛恩壓著自己的耳朵，放慢了腳步。那錯愕又徬徨的神情，證明了黛恩其實聽得見母親所說的每一句話。但光是這樣還不夠！荷櫻非得讓琦娜說出殺死她們母女倆內心的話，親眼看見她們陷入心靈的惡鬼道。

「妳說不要？」荷櫻將思婷推到琦娜面前，怒斥：「妳搶走的思婷就在這，妳想在她生日這天放棄她嗎？口口聲聲說找她、帶她回家，結果還是變成騙子、放棄她嗎？三！」

「我不會……」

「所以妳要放棄親生的黛恩？說吧，就像昨晚妳攻擊黛恩時，其實還是有意識的，還是很滿足、很開心的吧，說啊！二！」

「不是這樣……」琦娜心裡一寒。

「終於有了自己親生的女兒，卻捧著別人的女兒、折磨自己骨肉啊，琦娜。」

「不是這樣……」琦娜感覺自己就快發瘋，但她很明白荷櫻並不完全說錯。在前一晚身體失去掌控、傷害黛恩的當下，她曾一度感官清楚，還覺得舒壓暢快，像是把這三年來潛意識所有壓抑的怨恨與辛苦，全部發洩在當年犯錯的黛恩身上，殊不知自己才是真正的罪人。「我……不是這樣……不是……」

「說吧，思婷、黛恩，誰！誰回去？大聲點！這位好媽媽！」

「求求妳，不要這樣……」琦娜滿是懊悔，心中對荷櫻、思婷，以及自己一再偏心、沒有好好對待的黛恩，深感愧疚，「求求妳……」

琦娜望向一旁的思婷與鏡中的黛恩，似乎望見兩個女兒都落下了淚珠，重重擊碎了她作為母親的最後矜持。十年來的一切，原來只是建立在邪惡上的幻覺與錯誤。兩個寶貝女兒所帶來的笑容、溫暖，每一聲「媽咪」，每一次擁抱，所有期待與約定，彼此擁有的每分每秒，都只是她滔天大罪下的產物、自欺的謊言。但她也曾經真的那麼幸福過，幸福地活在自以為是的理想人生中，過著本來不該擁有的甜蜜，直到大夢初醒。

她間接害死了大女兒，傷害了小女兒，有如被詛咒反噬，毀滅了她偷來的世界。而現在，是她面對罪咎的時候。即使她難以贖罪，即使仍想珍惜那一切美好記憶，她也來到了盡頭，在名為惡鬼道的最痛之地。

「一。」荷櫻結束倒數，拉回了思婷，舉起路關牌。

「我想放棄……」琦娜恍惚地做出了決定，「放棄我自……」

「媽……媽咪！」

久違的聲音奮力突破鏡子，大聲地傳入所有人耳中。那是黛恩封存了三年的聲音，彷彿用盡了生命餘火，吃力卻嘹亮、堅定無比，一口氣喊了出來，撼動每個人的意識。

「何黛恩？」

「妹妹？」

鏡子中，黛恩停下了腳步，按著耳朵，渾身發抖，周圍的惡鬼聽到了聲音，紛紛轉頭看向她。

「帶姊姊回家就好。」黛恩渾身流血，發抖擠出笑容，撕下了頭上仍有些許保護功效的白符！

「我一直很幸福，最喜歡妳們了。」

那不該屬於孩子的話語，成了黛恩最後的聲音。她不願再望見母親與姊姊痛苦抉擇，畢竟打從跑下來這個世界，就只有一個目標——讓母親和姊姊回去，結束她的罪業。

失去白符的黛恩，在惡鬼眼中就此現形，散發著最濃郁甜美的生靈味道，成了最誘人的珍品肉餚。成群惡鬼迅速大吼，震盪大地，它們倏忽穿越霧氣，如黑浪般一隻隻持刀奔向黛恩，視線緊盯著那稚嫩的潔白身軀。白符飄蕩在血霧之中，逐漸被直逼而來的闇影籠罩，黛恩不跑不逃，僅高舉著蠟燭，輕輕閉上了眼睛，任由淚水沖散恐懼，試圖留下讓母親、姊姊安心的笑容。

「這樣就好了吧，」她告訴自己：「我可以算是個好孩子了吧。」

「黛恩！」琦娜放聲哭嚎，眼睜睜地隔著鏡子，看著惡鬼血盆大口抓向黛恩，即使想趕快求饒、阻止，卻已來不及。

荷櫻亦備感驚愕！她從沒有算到這一步，那個十歲女孩居然可以顚覆常理邏輯，早熟地爲家人犧牲到這般地步，讓她期待已久的結局爲之走樣。她不禁佩服起那不可思議的純眞與勇氣，同時也大感受挫、不甘，自己多年來所渴求的母女羈絆、眞摰的愛，居然被實踐在最恨的仇人身上，建立在那奪走了她世界的謊言之上！實在太過諷刺又難堪，讓人悲憤不已。

但她知道黛恩的犧牲，並不影響她所要的結果，反而更簡化了她的行動，不但刺激琦娜更加痛苦，也讓自己更加名正言順地帶思婷返回人間。

本該是如此的，豈料才這麼一想，一旁的小小身影竟猛然躍出！

思婷眼珠一紅，流下血淚，強烈的情感貫穿了她的思緒，在體內燃起一股惡火。她甩開了荷櫻，咆吼地搶走那副路關牌，終於惡鬼化！

燭火炫然，狗螺雞鳴四起！黛恩頭上的白符瞬間染黑。

「是時候了！」道長看著DIR畫面，立刻幫黛恩戴上定魂符，一掌頂著她的額頭，將七星劍放在她頭上，伴隨木魚與銅鈸的敲響，就此幫思婷展開回魂儀式最後步驟。

「人魂聽命！有女何思婷識神與汝相接，重歸于人。」隨著室內所有爐火噴焰！道長向天尊神像一頷首，用力拍擊黛恩的頭，大喊：「何思婷歸……」

霎時，奇怪的聲音傳來，阻止了道長唸咒。

他駐足不動，同其他弟子百思莫解，回看著前殿方向，龜卦竟爲之裂開落地！

三川門外傳來了刺耳警笛。

38

嗡嗡聲劈裂了靈山這片夜闌人靜。

留守前殿與大殿的弟子們，面對那宮外不該有的警笛聲，個個面露困惑，傻愣茫然。他們沒有接到內線通知，沒有收到村民警告，而監視器裡一片黑，月兒也沒歸來，這下只能遵照道長過去的指示採取行動。

窗外夜色漸漸淡去，似乎滲出了微微閃爍的紅光。一名弟子跑去後殿通知道長，兩名則上前拉開門閂，打開沉重的大門，其他人就此抄起五寶兵器，躲於角落與柱子後，準備應付前來的警方。

大門上的繩線一鬆，牽著數塊磚頭倒下，啓動了岳翰布下的簡單機關。

轟！熱氣與冷風暴烈交錯，挾帶著刺眼光芒襲入室內。橫掃的紅藍光突破紅霧灰煙，綻放於熊熊烈火，早已高速待命的整台警車燃起熾炎，宛若火牛，在紛飛火花之中急速衝過來。警車擦撞天公爐，直直躍上階梯，撞破了大門。

百年木門上設下的符印與陣法，防得了鬼卻防不了這般衝擊，剎那隨著門神粉碎四散！開門的兩名弟子閃避不及，被那迎面的火牆，撞騰至大柱與天花板，化爲火球。旋轉火焰的飛輪無法停下，直衝進大殿，接連撞斷了雕著惡鬼道與地獄的柱子，輾過後方的弟子、破了刀劍屏；引擎凹陷解體，整車打橫，像一道閃爍紅藍光的火浪捲噬大殿道壇，這才在神龕前停下。

短短不到七秒，恐怖攻擊般的衝擊與高溫火燃，如灌入來自地獄般的怒吼，嚇得弟子們個個瞠目喪膽，跌坐在地，但一看到駕駛座上的人影，他們才眞正地被震懾得頭皮發麻。

破頭的月兒就被綁在那裡，全身被車體擠壓得血肉模糊，烈焰將她燒蝕得不成人形。她蜷曲地壓著方向盤，胸前插著地獄柱子的碎片，身子痛苦扭動，卻叫不出聲。岳翰早就封住她的嘴，讓她腳卡著油門、手扣警示器，一旦甦醒便會落下點煙器，燃起車內汽油，而牽著三川門上的繩與磚頭，也將成爲讓車子前進的機關。

火焰熠熠擴散，焚起令旗與符牌，在四射的警燈輝映下，美麗卻又恐怖得如惡鬼之作。弟子們紛紛上前準備滅火，殊不知，車內還有兩大桶汽油。

下一秒，火焰點燃了汽油，那早就計算好的油氣比例頓時引爆，發出砰轟巨響！火焰將警車炸離地一尺，撕碎了周圍的弟子，割裂了所有門窗、八卦鏡，連天尊神像也碎落燃起，整座神龕陷入祝融之中。

轉眼間，神聖的天尊殿堂被毀滅得如此豔麗又致命。僅存的弟子們個個結舌無語，只能趁來得及前敲響鐘鼓，以免村民沒有注意到這轟隆巨響。

然而，才敲響一聲，就有東西阻擋了他們。一道道白影竄身出現，是來自山林的怨魂凶靈。如今，沒了陣法與結界，陰陽界線徹底消失，聚英宮回歸到亡者的地盤。

震波與巨響震撼著聚英宮後殿，令道長頓時臉色大變。

他心裡納悶，收回儀式手勢正要喊話——磅！後門發出巨響，竟被狠狠破開！冷冽鬼氣竄入室內，捲去所有燭光、爐炊與燈火，拂過每個生人的側顏。比夜還深的黑暗，伴隨著惡寒沁入整座後殿，那是來自黃土河、來自陰間深處最強烈的怨念。

此刻，陰陽結界已然失守，無論是殺鬼門神，或是玄家陣法都被離奇破除。弟子們面面相覷，重新點燃燭火。在昏暗中，他們帶著法器分散趕往前殿與後門，豈料一踏進那後門深暗，空氣就此一震，領頭的弟子頭頸瞬間被狠折了一圈，就此癱軟甩地。無數鬼臉密密麻麻地浮出了那片黝黑，門窗大開，鬼哭遍響！

眾人連倒抽口氣的時間都沒有，燭台與道壇便翻了起來！滔滔凶靈接連竄出，灰白的殘影猶如漩渦蔓延整個黑暗，一瞬便淹沒那些反應不及的弟子們。他們被騰空狠咬撕裂，斷肢破膛，將整個後門灑滿大量腥紅。

道長瞠大怒目，但不是爲了死去的弟子，而是憤於玄家聖地遭鼠輩褻瀆，不禁扭頭暴筋，怒不可抑。他迅速將令旗披上荷櫻與黛恩之軀，燃起七星劍，任由火光映照他的髮指鬚眉。

「破鬼！」道長一聲威震咆吼，其餘弟子紛紛聽命，拾起五寶兵器等高等驅邪法具，一同隔開他和荷櫻母女，上前架陣。霎時，刀光劍影，銀刃飛梭，經過符咒與加持的道法兵器，在聲聲殺鬼咒中有如神兵利器，凶狠斬碎凶靈殘影，將這群亡者屠個灰飛煙滅。

道長本可以借以天尊之力，一舉摧毀這些不長眼的鬼魂，但如此一來也會傷及荷櫻母女的魂，影響了重生，破壞了他這晚最重要的使命。幸好，玄家鎮守在此兩百多年，任何意想不到的神鬼之事早已司空見慣，尤其三年前荷櫻本尊闖回人間引發殺戮，他更是重新調整了聚英宮應對惡鬼或凶靈入侵的方針，重挑精兵加以訓練。眼前這些弟子和自己的道法，很快就能壓制這些不速之客，重設結界。況且已近清晨時分，日光一出，這些凶靈也只能退回山谷陰影，毫不成問題。

道長指印劃劍一揮，敞開的門窗瞬間闔上。他散出符紙，大聲唸咒，輕甩絳衣，依循術法之姿，結合破鬼訣，揮砍七星火刃，就像一陣舞動的火浪。才一轉眼，大量鬼魂殘影不是化爲火光，就是被劈成紅黑色的灰，成了那惡鬼道的顏色，一切正如他預想的那般簡單。

然而，有什麼讓他大感不對勁。特別是那個警笛聲，以及後門的幽暗——

砰砰！砰砰！砰砰！黑暗中，數道火光呼應他的憂慮，貫穿了三名弟子們的眉心與身軀，他們腦漿、鮮血四溢，還活著的則被凶靈攫住撕開胸膛。

砰砰！兩顆子彈擦身而過後。道長愣了一下，這才終於意識到讓他緊張的源頭。

「劉岳翰！」道長無法置信地大吼。

岳翰混在凶靈環伺的後門陰影中，持著自動步槍闖進殿內，身上的結界符、護身符，以及那對聚英宮相同的怨氣，讓他不受凶靈所害。他迅速跑位，儘管許久沒參與攻堅，筋骨與傷口也正不斷讓他身子發出哀鳴，但他仍舊透過夜視鏡，憑著槍戰經驗，將槍口對準聚英宮的人們，點扣扳機，釋放優勢火力。

子彈毫不停歇，一一穿透凶靈，擊殺弟子們。如今，情勢已轉眼顛倒，聚英宮眾人一面慌張迴避看不見的槍火，一面深陷凶靈的殺戮。兩邊夾殺之下，他們被屠個措手不及，恐怕將連日出都撐不過。

道長無法理解岳翰如何逃出大火、殺至此地，但面對生死關頭，他已無暇多想。必須分開擊破，物理對物理，道法對道法，七人對一人，一王對眾鬼！道長立刻判斷出策略，迅速指揮弟子，要他們趁岳翰換彈匣時上前攻擊，自己則剖開倒地的弟子，畫上血符，拉起硃砂線，揮劍上前。

岳翰看準時機扣下扳機，將子彈直往道長頭上招呼。殊不知，一名弟子竟瞬間竄進彈道，用肉身擋下了子彈。

「神劍一下，萬鬼自破！」血咒伴隨著道長的黑壇術法發動，逆轉鬼氣。七星劍霎時一閃，將七成以上的凶靈撕扭、炸裂成灰。這些灰一一散落在荷櫻母女身上，震盪的灼熱空氣也令腦光學儀線路激起火花，切斷了DIR所有訊號，使荷櫻身軀跟著抽搐起來。

瞬燃的火光，影響了岳翰的夜視鏡視覺，他趕緊摘下夜視鏡，只見眼前的凶靈已少了一大半。咻！道長一根龍虎針快速飛來，像是回敬他的子彈，擦過了他的臉頰；下一秒，六名弟子們毫不猶豫立刻群起圍攻，快速將巨大的屛風撞向他，手持五寶兵器，一陣猛砍！

情急之下，岳翰不得不立刻以步槍推擋，擊傷兩人後就此退後，改持起短槍與法刀，俐落架槍，朝直奔而來的弟子們連續射擊！

血霧交織紅灰，槍火近戰刀光，岳翰雖殺紅了眼，但理智上，比誰都清楚自己背棄了警察身分，身爲隊長的沉著世故早蕩然無存。如今的他，彷彿已遭世界與公道遺棄，成了在霾山與邪教廝殺的惡鬼，恐怕再也無法回到從前；既不是英雄，更不是好人，但他一點也不後悔！

面對無法教化的惡徒，面對寄生社會與司法缺陷的邪惡，他身爲警察、丈夫與父親，實在忍得夠久了。既然眼下已一無所有，那麼就貫徹靈魂的聲音吧，以惡魔殲滅惡魔，爲了正義，爲了復仇，爲了思念，也爲了最後一絲冀望。

彈殼旋飛，手指快速扣下扳機，岳翰凶狠擊斃兩名弟子，毫不手軟。沒想到，煙硝未盡，另一把鯊魚劍快速趁隙從後方劈了過來，逼得他無法喘息，急促抽身一閃。

鋸齒刃濺血！岳翰頭部被削開一道傷口，但他也同時扭身，朝對方腹部轟了一槍，緊握法刀連刺頸動脈。他在血雨中行雲流水，勾住對方藉以擋下其他刀刃的攻擊，隨後往頭上又補一槍，讓子彈射穿了那盲從的腦袋，濺起紫紅色腦漿。

岳翰將人推向剩餘兩名弟子，繞過大柱，拉開距離朝他們開槍。殊不知，當頭上的鮮血逐漸遮蔽他的眼睛，道長早已退到了一旁，搖起帝鐘，持劍湊向荷櫻母女身軀。

「贏了。」道長在心裡說道。

◆

惡鬼道中，不成比例的生鏽大刀，沾著長年黑血砍向黛恩的脖子，切入那雪白稚嫩的肌膚——噗嗤！刀刃撲了個空，只斷了蠟燭，滅去了燭火。

暗紅色的世界裡，路關牌就此閃爍白光。黛恩重心一傾，感覺身子被一股熟悉的力量拉著向前，就此躲過了大刀。微風吹拂她的髮梢，她睜開雙眼，只見一道比自己矮一顆頭的身影，正牽著她的手往前跑了起來。

那在記憶中褪色卻仍熟悉的藍色洋裝，削瘦卻不敢忘卻的側顏，以及，每晚祈求時間倒流、重新緊握的溫暖小手……黛恩的心剎那被衝擊著，三年來所有情感如大浪席捲而來，重重打在她受傷的靈魂上頭，令她瞪大了雙眼。

「姊姊？」她膽怯地說。

「快跑！快回去！不用擔心媽咪！」三年不見的姊姊思婷正用力吼著，拉著自己疾速奔跑，閃避一隻隻追過來的惡鬼。那些龐然黑影咧開大嘴，發出通天咆吼，飛速追趕包夾，將一把把刀刃擲了過來。這下，位在遠方湖畔的鬼差也注意到了騷動，掀起沙塵，激起湖水直奔殺來。

面對大地震動，黑壓壓的惡夢如潮水湍怒，思婷手中握著發光的路關牌，唸著咒語，在光芒中帶著黛恩，水平穿越惡鬼道的空間。出於思婷對路關牌的生疏，以及同時間傳送兩人的負擔，路關牌並沒有完全發揮跳躍空間的能力，但奔馳的小腳仍宛若一陣陣閃電，隔著一段段距離，傳送，消失，現形，死命向前。

思婷的手握痛了黛恩，小小指甲緊抓至滲血，不斷扯著她踏步，像是害怕妹妹就此鬆手。黛恩雖疼，全身更因傷勢而近乎昏厥倒下，但她硬是忍了下來。因爲那掌貼掌的溫暖與脈動，讓她無比清楚姊姊守護自己的意念。眞正痛的並不是四肢傷口，而是三年來的心。黛恩揪心如針扎，含淚直望著姊姊，望著被自己害死的身影，她愧疚挾著悸動與痛苦，彷彿所有血全部回流，分辨不清自己究竟是被罪責還是思念擊潰。

在光芒與狂風中，姊妹倆來到一座峽谷懸崖，身後仍有難以數計的惡鬼正追擊而來。腳下近乎不見底的深淵正傾瀉湍急血河，兩側崖壁也傳來窸窣的哭嚎，隱約可見密密麻麻的鬼影，它們正依循黛恩的氣味爬了上來。唯一的希望，就是眼前那一座肉色吊橋，那裡通往更高的山，也是最能接近出口的地方。幸運的話，只要界門一開，就能立刻用路關牌回去。

肉色吊橋是由拉長的剝皮人軀、斷肢和鋼索綁成，那些可憐冤魂被扭著肢體纏結融在一起，恰似人肉纖維網，深陷銳利鋼索，在血水中放聲哭嚎，成了一條巨大肉繩在山谷間擺盪。黛恩禁不住這股噁心怵目，嚇得險些癱軟，但即使如此思婷仍未放開手。

「怕什麼，長這麼大了，再忍一下下就好，笨黛恩！」思婷嘴上這麼說，自己其實也壓抑著恐懼。

聽著姊妹彼此間熟悉的用語，黛恩愣了一下，彷彿從那顫抖的聲音中，找到了曾經的彼此，找到了一家人曾經的勇敢。她終於意識到，自己成長的同時，姊姊並沒有眞的死去，而是在這個世界裡勇敢等著自己。想到此，黛恩的腳便逕自跟了上去。

她只想跟姊姊在一起，無論剩下多少時間。

「當英雄還這麼膽小，眞是的。」兩人強忍不適直奔上吊橋，踩著橋面的肢體，擠出血水，引發聲聲哀嚎。

「對啊，有姊姊妳在，沒什麼好怕的。」黛恩抑制恐懼與反胃，撐起腸子扶手快步上前，並且以更高大的身軀超前思婷，一把拉著姊姊快跑。

思婷身子被這麼一拉，呆愣一瞬，直望著眼前這成熟許多的妹妹。只見那模仿自己的短髮容顏，如今竟有著比自己更堅強的雙眼，她身爲姊姊，無奈地笑了起來。

「那當然，我是妳姊姊耶。」思婷不認輸地跟著上去，姊妹倆就像重回三年前在速食店的競賽，只是這次不是打鬧，而是爲了活下，爲了彼此最重要的羈絆。

「放心，沒事的，我們會沒事的，笨妹妹。」姊妹倆牽著手向前奔馳，閃過了從對向包夾而來的惡鬼，避過了一道道血腥刀鋒，甚至絆倒這群鬼物，讓它們摔落橋身、直墜深淵。

「我們會回家的，笨姊姊。」黛恩緊握口袋裡的物品。明明內心還有好多話想告訴姊姊，卻什麼也說不出口；在被追殺中，在湧滿的情緒中，找不到真正的時機，但她相信還有時間的，此刻這樣的對話，反而更令自己安心無比。「我一定會讓妳……」

磅！一道光芒劈中兩人身後，震得兩人差點跌出邊緣。

她們好不容易就快抵達對面，橋體卻瞬間凹陷，一座黑色巨山頓時降臨橋上！黑色山體旋轉綻開，伸出了如布幔的黑色衣袖，鬼差無數顆眼球直瞪著姊妹倆，漫天的絕望隨著陰影籠罩她們全身。

姊妹倆心涼了一半，難以承受那巋然獨存的壓迫氣勢。鬼差毫不遲疑，立刻飛速上前，用利刃般的袖子劈向她們，同時也斬斷了纜繩，切斷了哀嚎的人體。吊橋就此失去了平衡，不但劇烈搖晃，更一波波翻轉而起！

黛恩憑藉身體優勢，緊抓著比自己小的思婷，穩住身子快跑，而思婷也輔以路關牌，敏捷地拉著黛恩穿越空間，躲避鬼差，直衝吊橋對面。

鬼差很快看出了思婷的招數，不僅狠狠拆解吊橋，並以自己的路關牌追上二人。那一刻，吊橋已然崩壞，冤魂們的肢體破裂斷開，就像紅色的煙火盛宴，從中間與入口處炸出血海，不斷蔓延。

空間跟著翻轉起來，眼看唯一的出口即將被鬼差擋下，思婷已別無他法。她迅速將黛恩傳送過去，隨後轉身，強逼自己忽視恐懼，飛速撲向鬼差。爲了妹妹，思婷的黑色眼窩點亮了熾熱紅眼，化身惡鬼，上前殿後，試圖用路關牌將鬼差一同送下腳底那片深淵。

姊妹離去的身影，喚醒了黛恩最畏懼的雨聲，誠如三年前的那一夜——她再一次被姊姊推開，再一次被保護、擱下，心死在錯愕與慚愧的陰影中。但這次，她不會再坐視不管，不會再望著深愛的一切毀滅；她終於能伸出手，不再只是弱小的妹妹。

鬼差大步錯身，搶先思婷一步揮下了袖子，割裂血霧，切向她的首級與四肢——一個身影竟猛然竄出，黛恩飛步拉回思婷，將好不容易浮現腦中的指訣打了出去，唸出咒語，那是月兒在她面前使用過的禁鬼訣。

「三界內外，惟道獨尊，體有金光，覆映吾身！」

霎時，一道看不見的護身牆，有如巨掌擋回了攻擊。儘管半吊子的威力不大，但在極近距離之下，仍舊猝然斷了鬼差的衣袖，令其錯愕自食斬擊，跪地噴出大量鮮血。思婷見機不可失，立刻拿著路關牌上前，接連瞬移猛撞過去，戳破那一顆顆眼球。

巨大山影就此失去重心，發出刺耳咆哮。祂分不清方向，雙腳一個踉蹌，便跟著崩解悲鳴的橋身陷下虛空，在血雨中墜落深淵，化爲黑暗。

鮮紅灑滿姊妹倆幼小的容顏，而風中傳來了幽冥笛聲，有如聲聲詛咒。大難不死的她們，對於自己能僥倖存活實在難以置信。那身爲孩子的心，早已不知童稚爲何物，迷失在生死虛幻之中，任由大腦一片空白，連呼吸也疼痛起來。兩人僅能站在懸崖邊，餘悸猶存，感受恐懼的餘韻。

但即使雙雙傷痕累累，靈魂殘弱不堪，姊妹倆仍攙扶彼此，緊靠著那份手足之血，相視而笑，什麼也不用多說。

此時，身後的渾渾山嶺落下了石礫，在這可以俯瞰惡鬼道的高處，山巒正異變扭曲，紅黑色的深暗天空出現了裂痕。

當荷櫻本尊自鏡中望見思婷牽著黛恩逃跑時，她憤怒至極！不僅悲憤起思婷的任性，也震怒自己的失策。面對局勢丕變，她很清楚思婷打算做什麼，而她絕不能輕易就此放手。

十年了！無論是回家還是醒來，就只差一步了！她內心瘋狂大喊，轉身跑出房間。然而，琦娜卻從後方死死抱住了她，讓她身軀一拐，險些跌摔。

「放開我！賤人！」荷櫻怒髮衝冠，腳踢刀捅，扯得琦娜血肉模糊，「放開！」

琦娜鼻骨斷裂，卻仍緊緊抱住荷櫻，像是贖罪又像是爲了女兒們所做的最後努力。但她明白自己早已在這一切眞相中茫然崩潰、無能爲力，除了內心的直覺，已無法判斷何謂眞正的對錯。

「妳想看思婷被惡鬼殺死嗎！」荷櫻將刀猛刺琦娜，狂砍她的手。

琦娜愣了一下，一時無法回答。

「看吧！自私的小偷！自私的女人！知道思婷不是妳的，就露出了眞面目！」

「不是這樣……」琦娜無力地說著，卻也心虛不已，看著自己的手筋與骨頭被荷櫻鑿開來。

「妳就是那副德性，魏琦娜。」

「對，我是壞人……但妳不是，妳是眞正的荷櫻，我永遠無法取代的人，所以妳會傷心、還有人心。」

「妳已經把我變成鬼了！殺死孩子的鬼！」

「但妳還是媽媽，她們兩個也是妳的女兒。」琦娜終於知道自己的答案。她不是兩個女孩的母親，卻也是她們的媽咪，正如眼前這曾經的姊妹。名爲家的界線在冤冤相報中模糊了一切；大人的世界早該結束，而她並不貪戀，只要女兒們好好的，她願意留在恐怖深淵，永不超生。

「我……」荷櫻呆愣一瞬，血淚泛出眼角，咬牙切齒：「我只有一個女兒，就是被妳奪走的女兒！我不會讓她們一起離開，只有思婷能活著回去！這是妳們母女欠我們的！」

荷櫻揮刀徹底砍斷琦娜的手，同一時間，鏡子破碎了，兩名女孩的影像就此消逝。荷櫻心裡一驚，自知無法追上，只好看向頭頂。她撕裂靈魂似地透過ＤＩＲ與儀式大吼，尖聲直達人間的聚英宮，呼喊道長搶先召喚。

「玄向華！快！」

隨後，惡鬼道的天空裂了開來，在密室，也在遠方的山嶺，照下了來自人間的白光。

「何思婷歸來！曾荷櫻歸來！」道長搖著帝鐘，熄去劍上火焰，快速用劍連拍思婷與荷櫻的頭，聚氣直灌。

剎那，空氣一震，撼動整座後殿！岳翰這才察覺到道長搶先完成了儀式，他大感不妙，但眼前牽制自己的弟子們遠比其他人更加難纏，不僅接連走避、躲開他的子彈，讓彈匣一下就空。

「該死。」他低聲咒罵，抹去眼角鮮血，想趁空擋換上換上彈匣，下一秒，弟子們便手持月斧和帶刺的銅棍飛速上前，朝他揮下。

同時間，凶靈再次從另一邊現身，但道長早已拉起硃砂繩，一手繫著短法刀，戳穿符咒；另一手持起七星劍，翻身迴斬，以雙刃殺入鬼陣，宛如人間鬼差！

火花瞬綻，眾鬼被削得爆燃解體、紛飛四處，一轉眼化爲煙硝灰燼。道長將血紅的陰將符，射向柱子與硃砂繩陣，趁著荷櫻母女從界門歸來之際，順便召喚救兵。

「天令易界，地咒調將，赤世揚塵，惡鬼奉伐！凶兵破陣火急如律令！」

一瞬間，地面大力起伏，紅霧自儀式中心噴發！咆吼自腳下竄響後殿，腥臭四溢，黑影浮現。朦朧中，數隻惡鬼扭著身軀與爛肉，撥開霧氣，闖到了人間！它們身上刻著黃色三彎刀符號，手持鐮刀、重鎚、大刀與鉤子，以紅色眼珠望著彩色世界。

道長知道這是霾山禁忌，但黑壇術向來就是遊走禁忌邊緣。就算有惡鬼不受控，荷櫻母女有令旗保護，窗外的天際也已漸漸卸下夜幕，日出在即，根本不足為懼。

相較之下，岳翰嚇到了，面對眼前的紅霧與怪物，不得不瞠大眼睛。但他很快就回過神，手持退膛的槍，閃過弟子劈來的月斧，快速肘擊對方，隨即搶過月斧大力回砍——殊不知，一道黑影猛然從後蹬牆，張牙朝他撲來！

這些惡鬼不僅開始殘殺凶靈，更獵殺起道長以外的活人。岳翰即時用月斧劈殺了一隻惡鬼，另一隻惡鬼則揮刀、啃噬了斷頸的弟子，殘忍程度不亞於凶靈，讓岳翰在混戰中逐漸認不清何謂真正的恐怖。霎時，兩道刀光就此襲來，道長砍中了岳翰！強烈的衝擊打凹了防彈衣鋼板，逼得岳翰後退翻過桌子，他死命地換上新彈匣，同時閃躲惡鬼，同時開槍。

子彈貫穿了弟子眼睛，飛濺鮮紅；道長則迅速繞過柱子，持著七星劍與法刀，朝岳翰砍來。

「好你個破軍之星，大命啊！劉隊長！」綁著硃砂繩的法刀射了出去，並隨著道長的控繩刺中了岳翰。「褻瀆這一切，冒犯天尊，代價便是所有人！」

「去你的，王八。」岳翰眼看道長再次撩刀砍劈，他連忙閃避、試圖開槍，卻找不到空檔。

「有鑰匙方能接觸天尊，阻止災厄，打破真正的生死。你什麼都不懂！犧牲才有大義！」道長飛速追擊，甚至不惜斬殺擋路的惡鬼，只為將眼前的男人送下黃泉。

岳翰從未碰過如此棘手的敵人，他拉起架子格擋，躲過惡鬼與法刀並開槍回擊，從空隙打中了道長，卻也被道長用七星劍刺穿了手臂。

切斷的神經與肌肉，令疼痛直上腦門，但岳翰沒有一絲哀嚎，只有不下惡鬼的怒吼。他利用架子反扣，打下七星劍，將架子狠狠踹向道長。

道長被近距開槍，雖沒傷及要害，但岳翰的反擊令他一個踉蹌，後退好幾步。連著架子的硃砂繩陣就此斷裂，陣一破，紅霧也跟著淡去，僅留四隻惡鬼將後殿剩下的凶靈吞食殆盡。

這時，道長好不容易站穩身子，再次一個箭步抽刀刺向岳翰。兩人肉搏衝撞周邊，弄倒僅存的燭火，霎時掀起火焰，死鬥在地。

火光輝映天頂、牆面與柱子上的三惡界雕塑，在殘存的紅霧與凶靈的灰色中，形成斑斕光影，讓後殿宛若另一種惡鬼世界。

惡鬼試圖上前攻擊岳翰，但出於陰兵令，它們不得波及道長，只好在一旁看著儀式中心剩下的生靈——荷櫻母女。

回魂中的她們各自拱起了身軀，繩子脫落，腿上的草人解體落地，那保護她們不受鬼魂觸犯的令旗也逐漸滑下。惡鬼們就此興奮嚎叫，咧開大嘴，持刀湊上，等著最後一餐。

砰！鏘！槍聲撞擊刀響，激起火花！不知荷櫻母女危機的男人們，在翻滾扭打中，想方設法殺死彼此，打得雙雙武器脫手，血濺雙方。道長以硃砂繩狠狠勒住岳翰，勒得他臉紅幾近窒息；岳翰僅能反抓道長傷口，轉身反擊，卻被道長狠狠踢到一旁，拉開了距離。

惡鬼見狀，立刻越過火焰撲向岳翰，而他身邊卻只有落下的步槍。即使全身傷口疼痛不已，體力瀕臨極限，意識陷入恍惚，他也只能持著步槍，翻滾躲過惡鬼，朝道長開槍。

槍火、曳光與子彈，在這迷幻的人間惡界，恰似直射的流星，卻一一錯失了目標。道長滑身躲到道壇掩體後，而惡鬼也持刀向岳翰砍去。岳翰憑著反射動作，抽起槍身擋住，加以開火，子彈就此穿透了惡鬼，打中其身後封起的窗。

是天光！天際那微亮光線直探入內，炸裂了眼前惡鬼的右半邊，惡鬼身體一傾踩到硃砂線，瞬間焚身粉碎，火星四濺。這下，岳翰看清了求生的路：他連忙轉身，射破那一整面窗戶，讓聖潔的白晝沁入室內。清晨的日光縱使不強，仍與熾火驅散了後殿裡的黑暗。惡鬼爭相走避，潛入陰影，隨後繞過日光朝岳翰直撲而來。但那一退一進的時間，足以讓岳翰重新換上彈匣，將槍口沾上那傾倒於地的硃砂液，精準對準惡鬼。

砰砰砰砰砰砰砰砰砰砰砰！槍火連發，流光攢射，步槍子彈劃開一切煙霧紅塵，轟然擊中惡鬼們；子彈不再是穿透，而是猛烈貫穿，伴隨硃砂液在它們身上打出一個個燃燒大洞、炸得支離破碎，放聲慘叫。暴虐的鬼影轉眼自燃成灰，除了落下的火斑紅塵，什麼也沒留下。

步槍子彈還剩十二顆，對付道長綽綽有餘，岳翰不待任何空暇，趕緊邁開腳步轉身舉槍——

法刀竟搶先刺進了他的側腰。

道長一聲怒嚎，試圖向上剖開岳翰側腹，刀身卻在鮮血中撞擊防彈衣鋼板，無法得逞。岳翰即時用槍撥開，一把扭斷了道長的手，接著連續重拳打在道長臉上，揍得那年邁面容出血骨折，逼近暈眩。

岳翰拳面染得血紅，不只有道長的血，也挾帶自己手上的傷口，用力往道長揮下。殊不知，下一個重擊卻反被道長別過頭閃過，狠狠擊中碎裂的地面。那衝擊挫傷了骨頭，讓他一時痛得麻痺，而這不到半秒的失策，竟讓道長即時轉身、長腿一掃，岳翰就此狠狠被踹倒。

岳翰一個驚呼，摔落一旁，意外瞥見了自己的短槍。他趕緊撲向一旁，握槍回擊。不料，銀光一閃——道長竟搶先用腳勾起七星劍一揮，斬斷了他的手！

槍火瞬間撲空，握槍的手腕自揮動的前臂解體，在空中旋轉，血注狂湧。岳翰蒼白著臉，失去重心，感到一陣茫然；明明手感還在，身體的一部分居然就此不見，反擊時機就此消逝。

死亡來到了他的面前——道長站穩身軀，氣喘吁吁地舉起七星劍，讓自身影子籠罩眼前的莽漢，宣告著勝利，朝那腦袋用力一劍劈下！

噗唰！銀刃入肉，鮮血噴發，空氣凝結。岳翰在腥紅與火光中，一動也不動，張大雙眼與嘴巴。

道長劍斬空了，佇立的身子因突如其來的重擊一歪。他什麼也沒劈中，那陣鮮紅來自道長的背部，來自身後的刺殺！

爲了殺死岳翰，道長急著砍下劍刃，沒注意到那躍下椅子的身軀、靈巧的腳步聲，直到嬌小黑影飛撲躍上了自己，他才驚覺還有一隻惡鬼留在後殿。

正是他親手儀式，以黛恩之軀回魂的思婷！

她雙眼半紅，充滿恐懼與憤怒，散發著鬼氣。或許是爲了母親和妹妹，爲了還記得的正義良善，也或許是黛恩身體的人魂影響著她，她即使不認識岳翰，但直望著眼前的情景，憑著模糊記憶，也能立即判斷得出眞正的壞人。於是，她身體自行動了起來，毫不猶豫，踏著沾有石油焦般液體的小腳飛竄而上，一口咬住了道長，將法刀捅進他的背。

「啊啊啊啊！」

道長出於疼痛，也出於遭背叛的憤怒，一聲怒吼猛然轉身肘擊，用劍首重擊向思婷心臟，將她用力打飛出去。思婷緊握法刀痛得滾地，捧胸哀嚎，但道長早已無視一切，他怒視那雙紅眼，沾血隔空畫符，不再顧及所有約定，直起長劍，追砍上去。

「神劍一下，萬鬼自——」道長的施咒被截斷，腦光學儀從旁擊中了道長側臉，斷了他的咒語。他老人家在錯愕與劇痛中，更加忍無可忍，連身上的黑玉石都在反射火光的同時燃起了煙，像極他內心的怒火。

一道身影，緩步從火光與煙霧中走了出來，俐落不失氣場，恰似早已習慣那片惡鬼道色彩；血紅光影交錯著日光與黑煙，成了喝采她回魂再臨的排場，每一步都激起火花，連空氣也威震而開。思婷眞正的母親——荷櫻本尊，直瞪著道長，逆光承著灼熱的氣流，踩著無數血肉，踏步向前，斜長巨大的影子直入後殿深處。

「停。」她只說了一個字，拉長卻不高揚的尾音，夾著雄渾憤怒與仇恨。

兩人隔著躍動的光影對視，就像三年前的對峙，結盟就此瓦解，所有盤算與計畫皆失。道長眼冒青筋，滿心震怒，但好在他早就算好了這一步，不僅趁儀式過程中為荷櫻身體注射了肌肉鬆弛劑，阻止她以惡鬼之力反擊，也早已通知村民，隨時準備銷毀思婷的骨骸。

「妳女兒已經惡鬼化了，整個霾山都不會放過她。」

「我說停，不是用請的。」

「妳認爲我從不防備，曾荷櫻？」道長撩劍說著：「妳的身體光撐著就很吃力，這般要怎麼保護女兒？要怎麼保護思婷的靈與肉……」

「我會遵守約定，把劍放下！」荷櫻雖然虛弱，卻從身後舉起天尊神像，作勢丟進火焰。

道長瞠目呆然，不知她何時從後殿神龕上，奪下了代表玄家世代的天尊神像。如果僅是象徵的形式，道長並不在意，但那不只是家族的榮耀，神像裡頭可還有著天尊降駕過的星屑痕跡。

「臭婊子，妳敢丟下來，我就燒了妳女兒，燒個魂飛魄散、回魂不……」

鏗啷一聲，思婷持著法刀，撿起了油燈杯點燃火焰，令道長與荷櫻一時困惑。等他們意識到思婷的目標時，那嬌小的身軀，早已拔腿跑向殿外。

「思婷！」荷櫻霎時大吼，二話不說，將天尊神像砸入烈火、追向女兒。火舌就此吞噬玄家的驕傲，焚燒星屑，掀起團塊狀的火花，漫射起無法言喻的顏色。整個空間彷彿就此晃盪，不斷壓縮變形，陷入凡人無法理解的神界幻影。

道長驚愕怒目，疾步上前，腳一伸，狠踹椅子砸向荷櫻，令她失足一摔，就此撞上了柱子。隨即，他一劍挑起天尊神像，那從未見過的顏色綻著蠕動的閃電，一度跟著神像蔓延整座後殿。通天的笛聲與鐘聲宛若生命呢喃著，直到他撿起絳衣蓋起，才封起那主神的痕跡。

道長回望荷櫻，怒瞪著那虛弱爬起的身影，心中試圖喚回身爲玄家一主的理性，提醒自己不要鑄下大錯。對他而言，打造鑰匙只須留有曾荷櫻本尊的靈魂和肉體，其他的就屬看戲。豈料，就是這般玩心，連自己都給上台栽了！他後悔陪著荷櫻等人玩了太久，如今，是時候讓她崩潰臣服了。

他收合長劍，拾起岳翰的步槍，憑著用槍記憶，朝荷櫻的腳扣下扳機，讓背叛自己的女人就此伏地。

「剩下的子彈，我全留給思婷，殺鬼！」道長壓抑眼下殺慾，帶著七星劍，持著步槍，就此穿越火場，衝出了後殿。

「玄向華！」荷櫻憤怒撐起身子，子彈雖然幸運只擦過腳邊，但血液裡的肌肉鬆弛劑讓她備感無力，僅能憑著意志，奮力站起。

而在她身後，那血泊中的慘白人影，終於拖著身軀爬行到了浴火的香爐旁，他將湧血的斷手切面，用力抵上那高溫發燙的金屬香爐，燒灼傷口止血。失血與疼痛讓他陷入恍惚，失控地顫抖大吼，直到他的瞳孔反射出火焰，以及回眸的荷櫻。

岳翰再度拿起了短槍——用那僅存的手。

40

黛恩這副過高的身軀，讓還魂的思婷一時無法適應，不單單是距離，彷彿所有的動作都與現實環境脫節，一切清新、清楚、眞實得反而更像遙遠的夢境。即使此時的自己像是錯線的傀儡，所有的美麗都太過沉重，她仍好想再多待在這個世界，接續那遺忘已久的日子。

但她做不到——黛恩還被困在下面，要在不傷及這副身體的狀況下帶妹妹上來，只有一個方法。思婷一邊奔跑、一邊回想，感應著自己的屍身所在，就此爬上階梯，穿越迴廊來到了大殿。

咚咚咚咚，鐘鼓作響，熾熱的空氣飄散火花與灰，那裡已陷入一片火海，有一大半屋頂坍塌，壓在一台燃燒的車子骨架上。地上橫屍遍野，血肉綿延，曾經是人的軀體已化爲大量碎肉與骨頭，如一席席紅布鋪滿所有空間，在火焰中散發著腥味與焦味。有些弱小的凶靈殘影還在陰暗處徘徊，或許是自己仍帶有惡鬼的氣息，它們絲毫不願靠近，反倒是救火的倖存者們與前來支援的村民，個個停下了手邊的工作，持著刻有符文的武器與獵槍走來。

他們注意到思婷那比火光還紅的雙眼，縱使道長不在，也知曉眼前的女孩是不該出現的惡鬼，是在這陰陽交界的靄山，絕不允許越界的存在。

鐘鼓的低音，共振著思婷心臟低鳴，卻又彷彿敲響著喪鐘。面對一道道大人身影壓陣上來、朝她舉起槍管，思婷寒毛直豎。即使已習慣死亡，她依舊害怕疼痛，害怕鬼界與惡鬼道，更怕損害妹妹的身體。在這無法投降的情況下，她只能對天、對黛恩的人魂祈禱，重重地深呼吸，感受最後的生命力，緊接著，一腳蹬地，向前奔馳。

砰！子彈一一射向她，卻高估了土製獵槍的膛線準度，低估了思婷身爲惡鬼的速度。其他村民們見狀，立刻上前揮刀，展開獵殺。

「絕不能讓身體受傷，絕不能讓身體受傷，絕不能讓身體受傷。」思婷告訴著自己，先前被道長打中的胸口，或許已造成內傷，那麼如今更不能再有任何差錯。

嬌小的身影似乎開始熟悉了身體，迅速穿越眾人身旁，三步併作兩步，閃過一道道刀刃，推擋衝撞阻攔的人們。然而，村民們如同遵守指令的機器，拿著刃器胡亂揮砍，就連劈殺到自己人也毫不在意。砰砰砰，槍火子彈依舊四射，思婷不得已改變路徑、拿出法刀防禦。她瞇著雙眼，學著眞正的荷櫻爲她做過的一樣，回砍那些想傷害自己的壞人，不沾到任何血，竄身逃亡。

爲了妹妹，她感覺自己已越過了道德界線，然而，眼前的三川門早已塌陷於火中，空隙之處也站滿了村民。唯一的逃生出口，就只剩下一旁的窗。

砰！有東西從旁彈起，炸裂了柱子中心。那子彈有別於村民的土製子彈，威力非同小可，讓思婷差點就此破了腦袋。只見一個頭戴道冠的身影，從昏暗的迴廊，躍進了這一片火紅——道長持著步槍猛烈對思婷射擊，即使誤殺擋路的村民也再所不惜。

子彈追趕著思婷，迫使她死命衝刺。霎時，一個村民切入視線，擋住了窗口，拿起斧頭直往她劈來！思婷嚇得差點心臟一停，她蹭腿一閃，假動作騙過對方一躍，連人撞破那早已因高溫裂開的窗面。在四射的玻璃中，她護著油燈杯，撲面迎向清冷晨風，翻落在聚英宮外的山林內。

鬱鬱蒼蒼，樹木參天，清晨的天空尚未全亮，在灰藍色中仍殘著幾絲夜色；橘黃朝暾恰似緩滯在東方，徒留那片憂傷的群青，灑落在這片最後的森林。風吹搖著叢叢枝條，思婷將泥土抹上油燈杯，遮著光線，持著腳步，交錯跑過一棵棵樹影。

砰！子彈打中她身邊的樹木，比先前更準了。道長的咒罵聲帶領著村民的腳步聲，從那林子深處追了過來，他後方的聚英宮，烈火依舊伴隨著煙灰與鼓聲，炯炯舞動在靈山山嵐中。

岳翰的先行破壞與縱火，破壞了從山門起布下的所有陣法，惡鬼因而不再受限。思婷的小小腳步，就此躍過樹根、踩過塵土、滑下土坡，手中那象徵希望的油燈杯火光已逐漸削弱，正如同那待在地下的妹妹黛恩。

「再等一下，再等一下……」思婷想起妹妹為了母親與自己，在惡鬼道中奔跑的樣子，她備感難受，也不想服輸，因為那是她作為姊姊的責任。她跳下邊坡穿過了林蔭，終於來到空曠的田邊道路，只見另一側的天際終於漫起些微光芒，隱約映上水田邊緣，而目標就在眼前，就在那如浪般的芒草田中央。

但邪惡並沒有止步，腳步、鼓聲、槍聲、怒吼，甚至是汽車引擎，像是不祥的協奏曲，割裂這份清晨美景，就連田野也傳來刀械敲鑼的尖聲。

沒時間了！思婷不加思索下，鑽入那片比她還高的芒草田。她上氣不接下氣地壓低身子，抑著抽搐的肌肉，在風中快速撥開著芒草向前。子彈從頭上呼嘯而過，卻大幅度偏了方向，讓她在驚駭之餘鬆了口氣。

但她不知道，這些都是道長的算計。為了讓她鬆懈好判斷她的位置，他遣了村民進入芒草田，持槍爬上駛來的貨卡，在逆光中將槍口重新對準那濛濛白芒。如今的村民們反而更像是一道道惡鬼黑影，四面八方鑽在田野中，踩著草，劃出一條條蛇般的追跡路徑，迅速包夾思婷。

思婷胸口發喘，聽著那逼近的人聲，感覺身體已不堪負荷。所幸，那仿照鬼差製作的巨大黑色草人就在面前了。她咬緊牙根，使盡全力衝了上去——不料一陣天旋地轉，一根棍棒擊中了她！她跌倒翻滾，壓過一整片芒草，手中的油燈杯與法刀就此滑了出去。

「抓到了！」村民上前朝思婷一記猛棍，像恨不得將這闖世惡鬼活活打死，打得她血淚噴濺，哭喊不及。其他村民也立刻圍上，大聲敲響著銅鑼，勒住虛弱的思婷，宣告著靏山的勝利。

「留著她！」道長大喊著跳下車，持槍大步進入那芒草田，任由山風吹拂他的髮梢，冷眼走到了思婷面前。

「留著？」一名村民困惑地問：「但她已經是……」

啪！道長二話不說拿起槍托，砸碎了那村民的鼻梁。作為靏山之王，他無法接受這些依賴他術法的人質疑他，尤其歷經生死交關、傳家廟堂崩毀後，此時任何多餘話語，都足以成為他肆行屠戮的引線，而他無須向人做出任何解釋。

所有村民立即噤聲，別過視線，逕自讓道長走到思婷面前。這擁有惡鬼之力的女孩，如今半臉鮮血，流著眼淚，分不出是恐懼還是悲憤，早先的氣焰蕩然無存；但這對道長無關痛癢，重要的是，他又繞了一圈，重新握回最重要的籌碼。

「別以為妳是小孩，我就原諒妳那一口、那一刀。」道長用槍管用力戳著思婷腿上的傷和大腿內側，打著她胸口，一路抵起思婷下巴，親眼瞧著那懊悔無助的火紅雙眼。

思婷害怕死亡，害怕道長眼中的暴虐，但比起消失，她更憎恨自己沒有保護好妹妹的身體，憎恨自己又成了道長用以威脅母親們的道具。想到這，她眼角便克制不住，湧淚不止，直望道長拔出了七星劍，將那劍尖對準自己。

在林子奔跑時，道長的左腦不停反省自己的失策，盤算著如何亡羊補牢、扭轉情勢；右腦則浮現中國歷代酷刑，想像所有能用以祭祀星宿的美麗畫面，而其中「人彘」——斷手斷腳剝奪五官、裝進桶子，是他想來思去中最切合思婷的造型，最適合荷櫻的禮物。他低呼一聲，就此舉劍，砍了下去。

然而，那刃才陷入皮肉，風向變了。

空氣爆震，傳來了熟悉聲響與恐懼，輪胎飛轉，引擎聲大作！巨影一路竄下，在芒草叢排山倒海，赫然躍出！龐大的貨卡車頭凶狠撞上好幾名村民，令他們當場四肢斷裂、臟腑破體，一一被輾碎在高速的車輪之下，噴灑的血紅染滿周圍芒草。

道長急忙飛撲閃避，但車內的荷櫻猙獰如鬼，緊切著方向盤和排檔，以思婷為中心，發瘋地迴旋輾殺，甚至不時來回倒車，毫無規則地撞殺僥倖逃過的人們。才一瞬間，田野便成為了血海。

瘋子！道長在血雨中翻滾，不禁顫抖了起來，出於恐懼也出於佩服。能在一晚碰到兩個險些殺死自己的瘋子，簡直是這低下俗世賜給他的苦難與禮讚。當周圍盡是淒厲慘叫，唯獨他放聲笑喊出來，拾起步槍，彎膝站起身，隔著那沾黏肉末的擋風玻璃，與荷櫻對視。

「來吧！」他大吼著，將槍對準人質思婷。然而，本該在那的人影卻早已趁亂繞到一旁，拖著腳步躲進芒草叢中。

荷櫻就此硬切車頭，直踩油門，轉著輪胎衝向道長。道長急忙蹬腳一退，回身將槍對準荷櫻，砰砰砰！步槍的最後三發子彈打中了擋風玻璃，也打中了引擎。

引擎發出尖嚎，冒出黑煙與火花，卻絲毫不減速，逼得道長身子一轉，丟槍錯過車頭，將那長劍直刺輪胎。噗唰！一瞬間，劍身斷裂，輪胎也爆了開來。車身一個不穩，就此打橫一傾，硬觸地面，霎時凹陷翻轉了兩圈，碎片齊飛，正面朝上地撞進田埂，這才終於停了下來。

又一陣煙霧與火花，但此刻，道長已是傷痕累累，疲憊不堪。

他站直在血紅芒草中，緊握著斷掉的七星劍，直望那扭曲的車體，覷看那癱在駕駛座的人影，終於體會到比惡鬼更可怕的母愛。原來自己一直冒著這般風險，玩火敬天，爲了大義，差點失去了一切。

身後的聚英宮像是呼應他般，發出了轟然一聲巨響，再次坍塌下來。玄家的驕傲、陰陽的安全，近乎灰飛煙滅。那麼一剎那，道長動了放棄的念頭，著實想直接殺了眼前這對令人嘔心的母女。

但他沒說出口，僅伸手一揮，遣了倖存的村民上前查看，自己慢慢跟在後面。

現場還能動的村民們已不多，他們無不臉色死白，持刀與獵槍對準那駕駛座，深怕眼前的鋼鐵巨獸再次嗜血。等一陣靜默後，他們這才小心地打開變形的車門，只見人影滑落，荷櫻摔了出來，癱軟倒在地上一動也不動。

村民們餘悸猶存，不敢鬆懈，紛紛回望著道長。他深呼吸後，仰天長嘆：「是天，是命，果眞還是個『迴』字。」

道長沐身清風，心如止水，摘下道冠，一劍上前。無論是歷經十年，抑或一整晚，他心意已決，就此腳踩上荷櫻。

「再見了，曾荷……」餘光裡的動靜及七星劍身的反射，讓他頓時啞口——車子後座裡的男子將短槍對準了他。

「我去你……」道長來不及說完話。

砰！子彈射穿了道長的身體！岳翰的槍火灼斷了道長的鎖骨。村民們見狀，趕緊上前擋駕，但作爲反擊底牌的岳翰，即便失血虛弱，那燃了一夜的怒火，氣勢仍遠勝荷櫻！他憑著腎上腺素，恨意交織殺意，憑著單手連槍擊殺村民，鑽出了車身撲向人牆。

道長吐出鮮血，心跳失控飆高，驚惶後退。他沒料到這般伏擊，只能依賴臨死本能，轉身甩劍尋求空擋突刺。就在此時，一股力量抓住了他的腳！裝昏的荷櫻就此一翻，撿起村民的鐮刀，揮砍逆襲，也劈開了阻礙的村民。

道長一個踉蹌，濺在自己的血中，立刻架刃防禦荷櫻，反而中了大計。岳翰宛若野獸般快速殺出人牆，拋甩空彈匣，一腳從後將道長掃倒在地，用膝蓋壓住了那七星劍。道長即時射出符咒反擊，卻大勢已去。任何人都已攔阻不了名爲惡虎的男人——岳翰將槍直插備在腰際上的彈匣，用嘴上膛，兩槍轟碎了道長雙手，一槍打穿腹部，接著將槍抵住其嘴巴。

鮮紅與汗水滑落，岳翰那堅定的制裁日光絲毫不眨，銳利猶如千把刑刀剮著身下惡徒；虛脫的身軀硬是屹立於腥風，不動如山，成了煞神，成了修羅。

道長輸了，瞠大的雙眼愣在無盡的茫然，彷彿所有時間就此停下。

眼前，明明只是一般人的雙眸、再普通不過的氣味，卻讓他身陷最初始的恐懼，因未知而顫抖，整個人碎在理智潰散的漩渦。喪女的父親，救女的母親，兩人的靈魂早已比惡鬼更加崩裂、難纏、恐怖。

那是瘋狂，不讓愛消失的瘋狂。

村民們停下了動作，無法相信眼前的景象：一輩子尊奉的玄家，居然輸給不知從何而來的男人，像條落水犬般狼狽、遭壓制在地。

「叫他們放下武器。」岳翰臉色蒼白地命令著。

但道長什麼也不願說，那是他身為霾山之王的最後矜持。

岳翰僅沉默半秒，不說二話，立刻舉槍擊斃兩名村民，將灼熱的槍口用力插進道長的雙唇，燙黑了他慘叫的嘴巴與舌頭。

那份殘暴嚇壞了剩餘的村民，令他們憶起了真正的死亡。他們個個驚慌失措地丟下武器，逃竄於芒草田中。而荷櫻也卸下了一部分心中大石，她立刻轉身，跑向那巨大黑色草人，直奔女兒的方向，僅留下惡虎與他的獵物。

「上道吧，混蛋。」岳翰踹開七星劍，用力壓著道長的傷口，將槍繼續用力插入道長滿是血水的嘴中。

「An……An……An……我我能能……」道長趁著槍管沒入食道前痛苦咕噥著，恰似求救，又似傳達著什麼重要訊息。

岳翰毫不留情，將槍使力旋轉、拔出，敲碎道長的牙齒。他本想藉此讓道長閉嘴，殊不知，反而讓道長在哀嚎吐血中，說出了他不該聽到的話語。

「Anya……」

「什麼？」

「我能讓你女兒回來……」道長激動說著。

岳翰愣了愣，一瞬間，靈魂擰痛得打從心中顫抖起來，失去了原本迎風而立的威勢。哀傷與憤怒如重鎚下的針釘，扎著他的眼角，鑽著那心中存放女兒微笑的每一吋思念。他排斥那名字，害怕那讓他無比愧疚、深陷崩潰懊悔的名字，唯一最疼愛的女兒。

「你是當爸爸的……還來得及，只要馬上用黛恩的身體……」道長滿嘴鮮血碎牙，微笑著說：

「只有我能救她……」

岳翰迷惘了。

「只有我能讓她回到你身邊。」

41

晨風吹拂，灰與煙硝攏向天空，晦暗夜色幾近褪去。朝陽初探，爲那邊漸層的幽藍，挑著一抹亞麻白。荷櫻即使大腦暈眩、身體虛弱搖晃，仍撥動著那一叢叢芒草，快跑穿梭在迷幻的淡褐色大地。

高大的黑色草人近在眼前，彷彿俯瞰這片人間亂世。其下方閃爍著油燈杯的微光，幽微晃影擺盪在芒草間，映照出嬌小黑影，並傳來一聲聲痛苦呻吟。

「思婷！思婷！回來！」荷櫻著急大喊，衝出了芒草叢，來到田中央的空地，只見思婷正壓抑抽搐的身體，跪在草人下方，全身痛得像是被千萬隻蟲鑽竄，臉上的傷口流血滴入土壤。那不單單是因爲村民們與道長的傷害，也是惡鬼入身後，尙未完成定魂合一就沐在日光的結果，人魂呑噬，靈魂剝蝕。

儘管如此，顫抖的小手還是緊握著法刀，大力耙開村民留下的坑洞。裡頭躺著一具幼小的屍骸，被繡有可愛兔子的布緊緊包裹，纏上紅線，貼上符紙——思婷終於找到自己的屍體，找到了她該焚毀的人魂。

「住手！快住手！」荷櫻大喊著，深怕思婷還未定魂就毀了屍體，就此魂飛魄散。

然而，思婷澄澈的紅眼早已透露出決心。她回望向母親，持起油燈杯，浮動的光影在風中輝映著這片芒草中心。眼前的母親，靈魂是那地下的媽媽，那爲了拯救自己、不惜髒手殺害大量女孩的親生母親；軀殼卻是她思念已久的媽咪，欺瞞天下養育她七年的養母。諷刺的是，這片混沌，才是一切的原貌。

「住手！思婷，不要這樣子。」荷櫻緩緩上前，眼神充滿惶恐地說：「我們先回家，黛恩或……妳另一個媽媽，我們可以再想辦法。」

思婷腦中盡是錯亂，只有哀傷純粹於心。她知道時間已經快來不及了，無論是對自己還是那等待自己的妹妹，都等了太久，漫長的折磨近乎讓每個人失去了一切。太陽逐漸升起，將那金黃散上了水田，這幅美景讓她心碎地好想再多看一眼，好想再依偎在母親與妹妹身邊，感受那番疼愛，珍惜那番相伴。思婷不懂自己尚未長大的人生爲什麼變得如此憂傷，她滿是遺憾，卻沒有任何怨懟；因爲，還能看到所愛的人們，爲她們盡最後的力量，證明自己來到這個世界，證明自己還是被深愛著，已是最大的幸福。

「思婷，我們把火……」

荷櫻話未說完，思婷便將那燈火丟向了自己的遺骸，瞬間燃起自己的人魂，燒去活下的機會。

「思婷！思婷！不要！」荷櫻瘋狂大吼，奔衝上前，但思婷早已面露微笑，任由紅眼流著淚水，扯下了頸上的定魂符，一併丟進那片火焰之中。

「啊啊——」隨即，劇痛攪翻著所有神經，既像是活摘體內器官，又像是喚醒每一次次病逝的凌遲，逼得思婷忍不住哀嚎，痛得在地上打滾。

「寶貝！我的寶貝！」荷櫻迸出眼淚，手伸進火焰，硬是搶回焦黑的定魂符，拍著那燃燒女兒未來的烈炎，試圖爲思婷戴回去。

「不要……媽媽，不要……」思婷哭求著。

「開什麼玩笑！我們要回家了，今天是妳生日啊，我們要回家了！」荷櫻一邊用腳撥土到坑裡試著滅火，一邊扣著定魂符搶救女兒。然而，紅色的符袋終究碎裂於風中，就像她作爲母親的心。

「好痛，大家都太痛了，」思婷淚水矇矓地直望著荷櫻，「我們不要再傷害人了……」

荷櫻聞言一愣，似乎連靈魂都碎裂開來，揪在那痛絕的哀傷之中。

「什……什麼意思？」

「我不要媽媽妳和所有人……因爲我……這麼痛苦……」

「不！不！妳是媽媽的夢、媽媽的世界，這都應該的，媽媽不苦！媽媽下地獄也從不覺得痛苦！媽媽只爲妳努力著，只想爲妳努力著……」荷櫻鬆開手中的碎片，緊緊抱住思婷，抱著那讓她在黑暗中堅持十年的光明與希望。

「有妳們一直疼愛我，還有妹妹，我很開心了。」

「不要，不要，寶貝，等等……不要離開我，不要離開……」

荷櫻將思婷用力抱在懷裡，不想再讓她被這現實世界奪去，不想再讓女兒痛苦離開。

但思婷已不再感受到痛苦，她依偎著那溫暖與溫柔，直望著美麗的晨空。藍天正在甦醒，金色來到了這片舞動的芒草田。她擠出最後的笑容，胸口微微發出光芒，蔓延的火焰也燃燒起那巨大的草人。

「謝謝妳，媽媽。」

紅黑色的惡鬼道裡，陰陽陷入混亂，聚英宮的傾頹讓道長開的界門還留著些許縫隙，白光刺探可怕的幽暗深淵。惡鬼們有的害怕，有的興奮，但沒被召喚，又毫無路關牌，沒有一隻惡鬼可以突破那九重之高的光明天頂。

思婷握著路關牌，回到了躲起來的妹妹身邊。她頂著倦顏，滿是猙獰，四肢因這一切折騰而逐漸龜裂、分解，宛若無數條黑線切割、剝蝕她小小的身軀，疼痛不堪。

「啊，不可愛了……」面對即將消失的自己，她忍痛地苦笑了笑，試著緩和臨別前的感傷與憂懼，就像一直以來在妹妹面前的逞強。

「姊姊！」黛恩湊身抱住了思婷，抱著那唯一的姊妹。儘管自己已比姊姊高，但她仍像是重回小時候，用對方的衣裳擦拭著眼淚，無須任何語語，單純地透過靈魂傳達所有的不捨、悲傷，以及……感謝。

作爲罪人，黛恩本一心只希望姊姊回去，用她的身體活著，接續三年前她所欠下的人生；但一想到自己將永遠被困在這毫無希望的惡夢世界，獨自承受惡鬼無盡的欺凌，再也不知母親與姊姊下落，她其實恐懼不已，在心底默默希望能有人帶她離開。

而這種矛盾下，姊姊回來了，甚至不惜銷毀人間的遺骸，切斷所有與世界的連結，也不願奪走妹妹的身軀，把唯一的未來留給了她。

「笨姊姊……」黛恩抱得更緊了。

「笨妹妹，欠我那麼多，還敢罵人。」

黛恩笑了笑，眼角卻更加疼痛，所有的回憶頓時湧現。然而，已經沒有時間了，兩人此生的緣分，就此來到了盡頭。

「對不起……姊姊，對不起……」她懊悔著一切，懊悔著自己的軟弱與貪生，胸口有太多太多的話語想一口氣說出，將自己三年來的愧疚與思念統統道出，讓思婷知曉自己的心意。但她同時也害怕起來，即使兩人都成長許多，可正因爲如此，如果說了，是否會更加痛恨自己？是否會讓姊姊更加難過？而時間並不會等待她們，她們連捨不得彼此都來不及。

「笨妹妹，不是妳的錯，但我做姊姊的就原諒妳吧。」思婷像是看穿了妹妹的心思，坦然溫柔地說：「謝謝來找我，但我早就死翹翹了……要去別的地方玩了。」

「姊姊……」那一刻，黛恩雙眸徹底止不住淚水，緊抓著思婷，感受到姊姊正一片片分離、消失在這一片深淵。她心痛得快跳了出來，大口深呼吸，從口袋拿出了曾經的約定之物——那只桔梗髮夾。三年來，她始終幻想，如果眞有卡通裡的時光機，她一定馬上回到那天雨夜，將髮夾還給姊姊，甚至，代替思婷被綁架也無所謂。

而現在她終於來到了姊姊面前，拿出了那髮夾，儘管這只是意念之物，並非眞的現實飾品，她依然想幫思婷別上，還給姊姊期待的容顏，並承認自己就是那個小偷。

但思婷拒絕了。

「妳這傢伙太過分了！」她看著黛恩，擠出笑容，「本來就想送妳了。」

思婷搶先在妹妹的嘴唇前比了V字，誠如姊妹倆一直以來的默契。隨即，她將髮夾別到黛恩的頭髮上。眼中的黛恩在傻愣中顫抖不已，但這就是思婷賜予的懲罰，她摸摸那比自己更高的頭頂，祈禱妹妹提早恢復笑容。

「可惡，長這麼高，看起來比我還像姊姊了。」思婷微笑著，手用力抹去眼角流下的淚珠。

「那要比我更可愛，比我更開心喔。」

「沒問題。」黛恩伸出手，在她最愛的姊姊嘴巴前，也比上了個V字。

姊妹倆不約而同地相視，在淚光裡笑了起來，似乎已好久沒有這般開心。

「那麼，差不多了。」

「嗯？」

「對不起，沒有完全保護好妳的身體，要原諒我喔。」

思婷將發光的路關牌塞進黛恩手中，用殘存的身體，將她帶進那通往人間的最後白光。

「姊姊！」

「要記得我喔，妹妹。」白光蓋住了思婷斑剝的容顏。

那微笑，成了黛恩此生最忘不了的畫面，心碎又美麗無比。

「生日快樂，姊姊……」

芒草間的火熄了，如同那小小的心臟。朝陽之下，風飄灑著一片片輕薄碎裂的灰，來自那焚毀的鬼差草人，也來自那裹屍布與幼小軀骸，像是無聲的悼輓，落在荷櫻的臉頰與身邊。

荷櫻緊緊抱著一動也不動的女兒，眼眶泛紅，不停輕拍那看似熟睡的容顏，輕搖那癱軟蜷曲的身軀。

「醒醒，思婷，不可以再睡了，醒醒，寶貝……回來……回來啊！日出了，我們就要回家了，我們……可以回家了。媽媽還沒給妳禮物……還沒爲妳做到好多事……」

然而，即使眼淚落在那睡顏上，再怎麼用盡意念祈求，女兒依舊毫無反應。這片田裡，除了風吹拂的芒草，已無任何動靜。

「媽媽求求妳睜開眼睛，再陪媽媽一次好不好，最後一次就好。媽媽不會再傷害任何人，全部都聽妳的……」三年來的夢魘再度上演，思婷再一次在荷櫻懷裡倒下，唯獨此次讓她徹底絕望。

她累了，一切來到了盡頭，再也沒有其他機會。她再也無法面對這殘忍的一切，總覺得自己從體內向外碎了開來，被無數根名爲悲痛的鉤子，鉤住已達脆弱極限的心，拖進了一再逃避的現實，比惡鬼道的任何凌虐還痛，彷彿每個呼吸都要了她的命。腦中有個聲音告訴她：女兒已經走了，但她無法就此妥協，否則這所有的努力究竟該怎麼辦？獨活十年的惡夢該怎麼結束？所有的愧疚與折磨只換來一場空？

作爲母親，她必須爲女兒堅守著希望，即使她多麼想崩潰吶喊，多麼想放聲嘶嚎求救；即使她早已肝腸寸斷，做好讓全世界一起陪葬的準備，她還是想一直等待，堅守著帶寶貝女兒回家的約定與夢想，就像那曾經在井底窺視、等候的光芒，就像那一次次的換魂。

「拜託了，誰都好，請讓我女兒回來吧。」荷櫻在心中祈願，甚至後悔起自己這一路來的手段惡行。她恨不得犧牲自己，回到過去，什麼都不要、什麼都捨棄，只求讓那笑容重新綻放在這世界。

霾山的風變了，淡色雲朵緩緩飄翔，芒草的浪也換了起伏的方向。

小小的手指微微地擺動，荷櫻雖愣了一下，但沒有忽視這個瞬間。她立刻溫柔緊握，催眠自己那並不是錯覺，不是死亡的肌肉反應，而是來自命運的回應與憐憫。女兒此刻胸口正發散著微光，伴隨著心跳，閃爍明滅，象徵著路關牌的穿越。她確定自己的祈求應驗了。

「思婷！」荷櫻哽咽輕喊：「媽媽在這，思婷！」

聲聲呼喚下，稚嫩的眼皮一點一點抽動，那雙小眼睛終於緩緩睜開，倒映著青空與憔悴的母親。荷櫻的心已被淚水淹沒，她摸著女兒的面容，掬起微笑，露出了欣慰之情。

「思婷。」

「**姊……姊……**」黛恩沉寂三年的聲帶沙啞地說。

那是一雙正常、澄澈的雙眼，沒有惡鬼的腥紅，沒有思婷的銳利，只有恍惚與憂傷，就像另一對經歷逝親之痛的眼眸。

剎那間，萬物形同靜止，荷櫻的時間不再前進。

惡寒熄去了她靈魂餘火，彷彿抽光她整個人血液，化爲眞空與茫然。她就此褪去了笑容，全身發冷，無力地瘋狂顫抖，喉嚨緊縮地吼不出聲，悲憤不已。

命運對她開了最惡劣的玩笑。眼前回到她懷裡的，並不是自己的思婷，而是那小偷的孩子！恰似嘲笑她作爲母親，什麼都沒做到。

悲傷轉眼燃起怒火！荷櫻仇視著黛恩，一把掐住那弱小的頸子，將整個人大力舉起。她無法理解，爲什麼期待的人間會比鬼界來得寒冷？明亮的天空會比惡鬼道更看不到希望？難道當自己被奪走了人生，自己和所愛的人們就不配獲得幸福，只能成爲惡鬼？

那麼，誰也不准獲得幸福！

荷櫻忍無可忍，決心徹底成爲惡鬼，摧毀這一切！她要掐死面前的女孩，就算這本來就是黛恩的身體，她也無法饒恕！對她而言，唯有這麼做，她的思婷才有機會再回來；倘若不行，那她也要殺了這錯誤的產物，送下去惡鬼道給琦娜陪葬。

荷櫻尖銳的指甲陷入了黛恩的脖子，刺出一條條血流。黛恩被狠狠掐得滿臉發紅，無法呼吸，眼淚直落，只能不解又猙獰地望著荷櫻，掙扎於恐懼之中。然而，當她覷見荷櫻那盛怒的雙眼，卻從中看到了與自己相同的悲傷。

黛恩想起在惡鬼道中聽到的那些故事，想起了另一位深愛思婷的母親。儘管無法理解全貌，但她知道眼前的人，就是眞正的受害者，眞正的「曾荷櫻」，自己可能的另一位母親。

黛恩放棄了掙扎，僅溫柔地回看著荷櫻，用緊握髮夾的手，輕按住那掐著自己的殺意。

「媽咪……媽咪……對不起……對不起……」微弱的聲音從窒息中硬是擠了出來，像極了思婷一次次病逝前的聲聲話語。

荷櫻胸口刺痛了起來，呼吸跟著急促，手臂逕自發抖，眼角竟不自覺地放軟。她想趁著良心萌發前盡快下手，偏偏自己卻直視起黛恩那過於純粹的淚眼，看見那瞳孔中反射的自己，淨是一片哀傷。而黛恩手中的髮夾上滿是修補的痕跡，誠如每個人那受傷卻又想爲彼此活下來的心。

「我跟姊姊約好了……還不可以……死……」黛恩哭著微笑說：「拜託了，媽……」

「拜託了，媽媽。」風中彷彿同時傳來了思婷的聲音，溫柔地迴盪在她耳中。

荷櫻瞬間崩潰，崩潰在那輕聲耳語，無法拒絕孩子的懇求。一陣鼻酸後，她感覺靈魂被姊妹倆撕了開來，面具就此落下，她也鬆開了手，無法再承受那一聲聲「媽媽」。

眼前的黛恩跌坐在地，猛烈咳嗽，喘胸吸氣。荷櫻頹然地凝視著那積極活下去的容顏，看著孩子胸前的微光，不禁無力苦笑。一直以來，她總是逃避著這個事實——黛恩其實有著思婷的影子，不論是那眼睛和鼻子，還是那份善良，都像她的另一個女兒，如同琦娜說的一樣。

倘若思婷沒被自己害死，現在大概就是這副模樣吧。

荷櫻哭了，也輸了。輸給了這對姊妹，輸給了自己最驕傲的母愛，也輸給了人魂的身體記憶。她從未想過有這般局面，自己敗陣得如此狼狽且虛無，但不可思議的是，如今大勢已去，她卻沒有多少怨恨。

思婷的離世，著實讓她失去了一切，眼下這彩色絢麗的世界已不再重要，微風、花香、溫暖皆不再値得她眷戀；即使黛恩就像她的另一個女兒，那也永遠不是她想要的機會，她還是無法接受這個不是她靈魂所生的女兒，但也捨不得痛下殺手，就此剝奪和思婷一樣美麗的靈魂，自己錯過的女兒。

想到這，荷櫻不免哭笑不得，湧淚不止，恨不得趕緊逃離這煩世，結束這過長的惡夢。因爲她知道，到頭來，自己眞正愛的不過是心目中的幻象，以及身爲母親的自己。

清風迴旋心梢，陽光穿透淚影，荷櫻卸下那沉重肩頭，扯下了定魂符。

「原來這才是眞正的地獄啊。」

琦娜在恍惚之中，似乎做了一場夢。

夢中的自己難得悠閒在廚房做著料理，下午五點的斜陽自窗外探入，將室內映得一片暖黃。客聽傳來了思婷與黛恩的喧鬧聲，姊妹倆中午才剛吵架，現在又開心地玩著桌遊，一切夢幻愜意地讓她覺得好不眞實。似乎許久沒有這般放鬆，靜靜地感受這毫無壓迫與憂愁的日子，哪怕世界一片虛假，她也想就此停在這一刻，永遠永遠。

輕盈的蹬音響起，溫暖的小手抱住了自己。

「媽咪。」

「怎麼了，姊姊？」

荷櫻回看著寶貝女兒，只見思婷頭上別著桔梗髮夾，抱著兔玩偶，亮著略浮紅光的雙瞳。那稚嫩的臉龐微笑著，無憂無慮，卻堅定地有如看穿了那超越今昔與未來的眞理。

「晚餐做妹妹的就好了。」

「咦，爲什麼？媽咪菜都準備好了說。」

「我等等就要出去玩了。」

「出去？去哪呀，都這麼晚了。」

思婷笑了起來，說出了那個地方。琦娜並不是很清楚那是一個怎樣之地，但聽著女兒的語氣，她知道那是女兒必須前往的地方。

「這樣啊，那妳東西都有帶齊嗎？」

「嗯嗯，都帶了。」

「衣服這套可以嗎？」

「我喜歡這套。」

「那妳不要玩過頭，記得照顧自己喔。」

「當然，我是姊姊耶，媽咪妳也要照顧自己還有妹妹喔。」

「當然，我是媽咪耶。」

母女倆笑了起來，一股暖心與安逸，帶著說不出的憂傷，流動在琦娜心中。她一時思考起，是否該幫女兒準備個小點心？要選抹茶餅、還是巧克力，或是⋯⋯

「謝謝媽咪，再見了。」

「啊，早點⋯⋯」

回來。

琦娜尚未說完，便醒了過來，雙眼不知何時滿是淚痕，直望著紅黑色的房間。她倒臥在一片血泊當中，身軀被剖得近乎看得見脊椎與肋骨，疼痛早已麻痺，只有剐半的心臟還隱隱痛著。

思婷的聲音依舊傳響在耳中，密室外卻傳來了破門聲與惡鬼們邪惡的吼叫，與稍早的夢境成了極大反差。

磅！兩隻惡鬼撞破了密室，來到這沾滿鮮血的少女房間，踩過一道道鏡子碎片，持刀看著四碎卻尚未死去的琦娜。

原來這就是荷櫻長年體會的日常嗎？琦娜心中滿是愧疚，憎恨著過去的自己，準備坦然面對命運與罪責，沒有任何一點恐懼。

惡鬼咧開了嘴巴，舉起大刀，銀光就此劃下！霎時，它們發出了慘叫，頭首雙雙頓時分離，濺出黑血，倒臥在地。

琦娜一陣錯愕，被血淚模糊的雙眼中，出現了熟悉的身影，一雙腳慢慢走到她面前。

「對不起……」琦娜對著昔日姊妹說。

「思婷的魂……散了。」荷櫻面無表情地說著，她一手持刀，一手緊握著路關牌，看著鏡中的自己，似乎連呼吸也備感沉重。

而荷櫻短短一句話，也讓琦娜失了魂。她想起了夢境，想起了思婷的道別，震驚之餘，又彷彿早已知道這個事實，茫然、悵然、頹然，鬱悶交織傷痛，卻又被女兒留下的溫柔包覆著，不至於崩潰。

「妳的血咒還是實現了，魏琦娜。以愛爲代價，再也不認識自己……」荷櫻長嘆一聲，出於無奈與佩服，苦笑了笑。

「我錯了，對不起，我眞的很對不起……」琦娜吐著鮮血，爲眼前的姊妹，也爲所有的碎裂靈魂道歉。她從未想過十年前的一個念頭、一個血咒，竟牽連這麼多無辜人們，引起一連串悲劇，害慘了朋友、自己，以及所有深愛的人。「我以爲……變成妳，世界會對我多溫柔一點，可以愛人，可以被愛，可以活下去。結果到頭來，我還是我自己，醜得什麼都不是。」

荷櫻一時沉默，冷眼望著綻如紅花的琦娜，深呼吸後緩緩開口：「是的，妳就是這樣，毫無長進……我們都一樣，都對不起這個世界，對不起女兒。」

「是啊。」琦娜點點頭，痛苦地閉上雙眼，靜候著命運帶來無盡的酷刑，直到一個東西塞到了她的手中。

「所以，」荷櫻將路關牌硬扣著琦娜，並在她身上刻下血咒。「我絕不會原諒妳，我詛咒妳活下去！帶著痛苦和愧疚活下去，妳會跟我一樣，生不如死，永遠看不見女兒的幸福，永遠。」

「等等……櫻櫻！」

「這就是愛的代價，小娜，消失或是瘋狂。」

隨著荷櫻唸起咒語，琦娜被刺眼白光籠罩，再也看不清任何事物。

那是惡鬼道最後的裂痕。

◆

當琦娜睜開雙眼，身體更加沉重地疼痛了起來，眼前的世界明亮得讓她險些睜不開眼，白色的芒草在朝陽裡隨風迴擺。山坡上的聚英宮烈焰沖天，污濁的煙卻遮不住峰巒疊翠的群山，藏不起淡色無雲的美麗青空。

虛弱的手中，彷彿還留有荷櫻拉著自己的觸感，就像十幾年前，兩人在學校、在家裡、在無數回憶裡相伴的那些溫暖時光，而如今，在這廣闊天地裡，只留下她一人了。

琦娜滿是惶惑與虛無，注意到眼前一臉不安的黛恩。剎那間，身為虛假的母親，身為一切罪惡與悲劇的源頭，她不知如何應對，只能不自覺地摸起兩頰旁的熱淚，隨後瞥望向那坑裡的灰燼，大女兒的遺骸。

尋覓三年的寶貝走了，七年的母女羈絆已化成了灰，就在女兒生日這天。琦娜心酸不已，深感諷刺，但她沒忘卻與思婷、荷櫻的對話，說什麼也得努力吞下那溢滿的悲愴，壓抑淚水。

黛恩擔憂地凝望母親的雙眼，看著那溫柔隱忍的淚眶，或許正是那份感情，讓她立刻辨識出自己依偎了一生的媽咪。她拖著傷痕累累的身軀，緊緊抱住了琦娜，迎接母親的歸來。

小小的舉動，衝擊了琦娜殘破的魂。她愣了一下，緊張之餘，卻很清楚此刻的自己，比誰都還需要這最純粹的擁抱。

「對不起……妹妹，媽咪……是個小偷，是最壞的壞蛋，害了妳們，害了所有人，對不起。」

「沒事的，」黛恩搖了搖頭，哭著用沙啞的聲音小聲說：「妳就是媽咪，我的媽咪，沒事的。」

隨著黛恩將頭埋進自己的懷抱，琦娜終究在那熱淚中雙眼潰堤。她深深擁住黛恩，輕撥黛恩頭髮，拍著她，珍惜這一路陪伴的寶貝女兒和美好瞬間；就像這片與世隔絕的山景，終於脫離終年迷霧，讓日光刻下短暫的永恆。

手在口袋中感受一陣刺痛，隨即，琦娜想到什麼似地，拿出一個白色小物。

「咦？」

「咦？」

母女倆同時瞠眼驚呼，直望著黛恩的乳牙，放聲而笑。她們互看彼此，彷彿回到了日常，落淚相擁，緊緊相貼，握著那成長的痕跡。早晨的陽光灑上了這對母女，風中捎來熟悉的聲音與氣息，她們將餘光紛紛望向那無際的芒草波浪，只見迷濛似幻中，荷櫻本尊正牽著藍洋裝的思婷，走向遠方，沒入了那風與白浪，化爲了青空下的碎片。

「生日快樂，寶貝。」

「掰掰，姊姊。」黛恩小聲道別，虛弱地握著髮夾，鬆了口氣，慢慢因體力透支而陷入昏沉。

琦娜自己亦來到昏厥邊緣，她緊緊摟著黛恩，試圖站起，任由母女倆相依的身影，在溫暖的晨曦中靜靜映於大地；直到一個深色人影，慢慢撥開了那叢叢芒草，結束窺視，侵入了這片祥和。

岳翰將槍口朝向荷櫻後腦，扣下扳機。

砰！

42

螺旋槳噠噠震著氣流，空勤總隊的直升機盤旋於群山上空，只見機頭下的村莊籠罩著漫天煙硝與灰燼，遮蔽了原有的清澈藍天，偕著遠方山嵐，形成一片詭譎灰濛，沉沉壓著這片千山萬壑。台灣刑案史上，從未有過短時間如此密集的大量殺傷事件，圍繞起同一樁案件源頭。若不是即時媒體管制，以山林大火爲理由，這一波一波恐慌早已蔓延全國。

在事發數小時內，警消按照高層指示緊急動員，封鎖了所有聯外道路，設下一道道路障。近百輛警車、消防車跋涉壅塞在那一片山野，陣仗遠遠超越鍾馗湖的那場大火，就連空勤總隊直升機也前來支援，俯瞰著眼前的慘劇，監測著那一團團烈火，深怕延燒至那峰巒疊翠之中。

踏入禁地的上百名警消們，奔波於那騰騰熱氣，卻沒有因此流汗。或許是山勢使然或傳言作祟，也或許是紅與黑交織成不祥異色，以及那不停自腳下竄擾的邪門陰氣，從未遇過眼下情況的他們，置身在這殘殺滅村的慘劇中心，如同地獄般的情景，只有惡寒，只有恐懼，無一例外。

此地已徹底生靈死絕，焦味腥臭，闃闇無聲，僅留著死亡、詛咒與鬼魂喘息在那火光之後，無論是刺眼的紅藍色警示燈，抑或是偶爾自煙霧中探頭的陽光，皆無法驅散那欺神的陰霾。

警消中，當然不乏見過大風大浪的前輩，但他們面對眼前數不盡的炭黑屍骸，面對一個個不知何物的法器、刑具、機關，仍被那強大的邪惡所震懾，似乎有什麼早於亙古之時便褻瀆了這片山野，趕走了應有的在地神祇，留下不該被知曉於現實的黑暗。

一想到此處可能發生了什麼事，他們禁不住寒毛直豎；倘若再聯想到相關案件的謠言，那打從心底翻騰的恐懼感，更讓他們在龐大的未知中深感自我的渺小，祈禱一切只是妄想。

唯一接近真相的，就只有深入聚英宮火場的特殊小組，以及，那批逐漸遠去此地的車隊。

數輛警車高速鳴笛，戒護著一輛救護車快速下山，遠離那惡夢般的混沌。

微微晃動的救護車內，陽光隱約自窗上的隔熱紙透入。女孩從擔架上醒了過來，她別著桔梗髮夾，戴著一只燻黑的天珠護身符，疲憊的雙眼望著那浮著日光波紋的天花板，一臉陌生與茫然，恰似大夢初醒，卻仍被夢境束縛。

她雙眸迷離，瞥看向一旁的身影，即使隱微，依舊認出了那熟悉不過的男子。岳翰斷掉的手被包紮起來，全身傷口經過緊急救護處置，他溫柔地回看著她，輕摸著她的頭，像是珍惜這個他拚死戰鬥、泯滅良心後換回來的孩子。

「沒事了沒事了，我們可以回家了。」

女孩虛弱地思考著眼前的現實，隨後，放心地點點頭，轉過頭去，讓母親琦娜牽起她的手。

「再睡一下吧，黛恩，放鬆，沒事的。」琦娜在她耳邊輕輕催眠：「妳只會聽到我的聲音，深深呼吸，慢慢吐氣，我們一起慢慢沉下去，沉到最深處，在妳最喜歡、最溫暖、最舒服的那片海，我們一起下去。」

稍早之前。

「只有我能救她……只有我能帶她回到你身邊。」

當道長滿口含血說著女兒的小名，岳翰作爲父親，眼前一暗，陷入了茫然與惶恐，腦中跟他失血的皮膚一樣慘白，他耗盡了所有餘力與思緒，只留下無能爲力的悲傷。

一瞬間，他感覺自己只剩下空殼，渾身沾染著他人與自己的鮮血，像被棄置沙場的刀，落在這憂傷無處宣洩的破曉白芒，面對蒼茫虛無的藍天。如今，他不知道自己究竟爲何於此，是爲了彌補女兒？還是假以復仇之名貫徹自己的大義？偏偏殺戮的落幕也埋沒了答案。

岳翰憶著女兒的微笑，試圖在漸漸斑駁的記憶中，拼湊起一家人曾經的美好。他很希望能夠再回到那一刻，回到家中還有人等他、愛他、拯救他的那一刻。

但靈魂深處依舊讓他執法的手，扣下了扳機。

道長一驚，砰砰砰砰砰砰砰砰！子彈震開道長的牙齒，燒灼其舌頭，將岳翰所有的憤恨貫穿了他的腦袋，一發一發接連轟破那玄家掌門的驕傲，將霾山之王最後的遺容，炸裂成一大片肉末血灘，直到彈匣清空、退膛，落下冒煙的彈殼。

岳翰失了魂，就此放下槍，癱軟跪地，奮力嘶嚎，卻痛得出不了聲。

他殺了女兒最後的機會，殺了自己可以好好回家的美夢；他感受著愴慟如巨浪般席捲自己，猶如生吞活剝，被打進人間地獄。

他後悔了，深深覺得自己做錯；但在這個是非淪喪的山野角落，鬼神不分，眞正的正確是什麼？能相信的又是什麼？

道長只是在最後掙扎，並不會眞的喚回Anya。岳翰試著這麼告訴自己，提醒自己可愛的妻女早已死去，而他作爲失職的丈夫與父親，懲罰就是面對這永遠的孤寂與愧痛，用折磨負起責任。

他已落不出淚，全身疲憊孱弱，緩緩起身撿起槍，用僅存的手重新換上身上最後一只彈匣。朝暾下的暖風祥和，卻改變不了濃厚撲鼻的血味，瀰漫了陰鬱與傷悲。他站起搖晃的身軀，曾打算一槍結束那太過發痛的心，畢竟結束後，自己也會因爲殺人而被捕。但在那之前，他還得解決另一件事。

當岳翰恍惚地回過神，他已經拖著蹣跚腳步，朝著那黑煙，循著那小小的哭泣聲與對話，撥開了芒草，來到了田中央，直瞪著一切夢魘的罪魁禍首。

砰！他一槍射了出去。

子彈擦過琦娜身旁，打碎了那焦黑的草人殘骸，直入後方的芒草浪之中，這不僅驚駭了憔悴的琦娜，也差點驚醒昏睡的黛恩。

琦娜緊抱著女兒，驚恐地回看著眼前這打不死的人間惡虎，那毫無依戀的空洞雙眸，彷彿就是曾經的自己。

「曾荷櫻？還是——魏琦娜？」他沙啞地確認。

琦娜深深吸氣後，以偷了太久的身軀，堅定說出自己的身分，那封塵十年的名字：「魏琦娜。」

「眞正的荷櫻呢？不在了？」

琦娜點點頭說：「和思婷走了，靈魂都不在了。」

岳翰一時靜默，望向琦娜因傷痛顫抖的唇，這才終於注意到一旁掘開的洞裡，有著焦黑燒絕的屍骸，正是他協尋已久的被害女孩。三年來的迷霧跟著約定散了，身爲案件負責人的重擔與職責就此落幕，但所有關係人都已噤聲，沒有喜悅，沒有祝賀，只有惆悵，混沌成糾結的死灰。

「妳知道一切是妳們和道長惹出來的吧。」

「知道。」

「給我一個理由不打死妳。」岳翰將槍口對準琦娜，即使黛恩就在她的懷裡，他也不怕扣下扳機，終結一切罪惡。

「因爲，所有人都是我和道長殺的，我們才是主謀，我們才是罪人，」琦娜輕輕地放下黛恩，抬頭看向岳翰，道出了設想好的串供說詞：「你只是來救我女兒的英雄，劉岳翰隊長，你沒有、也不會殺人。」

岳翰愣了愣，緊盯著琦娜意有所指的雙眸，儘管那身爲母親的眼睛不再銳利，卻仍保有三年來的堅毅與勇氣，誠如兩人一起攜手這趟荒謬旅程時，他觀察的每一刻。她還是他所認識的她，甚至多了點讓人憐惜的溫柔。

在理解了她的決定後，他就此放下了槍。

「妳確定嗎？確定……要這樣？」

琦娜點頭，放鬆地微笑了起來，像接受了一切，眼神豁達。「這是我們的責任。」

她貼在黛恩耳邊，對女兒下了第一層催眠暗示。

火焰燃起一間間農舍，冒起了蔽日黑煙。琦娜冷眼望著眼前末日光景，烈焰伴隨著高溫，從惡夢延燒進了現實，從煉獄延燒進了人間，吞噬她面前的邪惡信徒與村民，剝下那一片片罪惡的血肉，讓所有的祈求與哭號，成了滅村的協奏曲。

這已經不是神明庇護的地方，在名爲母愛的瘋狂前，連天尊也救不了人間的渺小子民。

琦娜在安置黛恩後，告訴了岳翰所有故事，從幼時體弱多病到高中認識荷櫻，從盜走身軀到荷櫻本尊經歷的折磨，她一五一十道盡了所知的種種，而岳翰也一併錄了下來，如同月兒死前說的所有供詞。他在離開聚英宮時，亦偷藏起ＤＩＲ紀錄的硬碟，以留下更多鐵證與依據。

然而，證據並非眞理，只是眞實的碎片，故事的一角，滄海一粟。

岳翰雖然聯絡了早已待命好的副局長，但在大批人馬抵達之前，這片山野沒有任何法律與公權，只有肆意妄爲，對人與鬼，對生與死。

血咒是眞的。琦娜感受到體內除了路關牌，也被荷櫻狠狠刻上了那道自己再熟悉不過的詛咒。

帶著痛苦和愧疚活下去，永遠看不見女兒的幸福，永遠。

無論十年，或是一夜，在這場惡鬥中，每個人都輸了，永遠失去珍貴之物。荷櫻失去了人生與存在，道長失去了靈山與性命，岳翰失去了女兒與警職，琦娜自己則失去了歸屬、靈魂與曾相信的自我。若非爲了黛恩和贖罪，她實在不想苟活在這傷心的世界，一輩子躲不了愧疚，厭惡著自己。

但要守護女兒的安全與幸福，要眞正的結束一切、贖去所有罪過——她選擇了活下，接受醜陋的自己，承擔一切罪責，以罪人血洗錯誤，繼續失去個什麼，等肉身死後再落入地獄之中，永遠待在惡鬼道接受懲罰。

殘存的村民與弟子仍是凶暴邪惡的象徵，琦娜無法坐視邪術延續，無法坐視任何對女兒的威脅。而對岳翰來說，他也無法放任那潛藏於陰暗的不義，以及道長被喚魂重生的任何可能。

即使村民們是證人、是生靈，是可供刑事或心理研究的對象，但在這荒郊野嶺，欲絕的兩人早已喪心，爲了理念與愛，不再約束。

兩人翻找出岳翰藏在村莊角落的彈藥，那是他原本爲了預防全村血戰所準備的。他們趁著警消抵達前，帶著槍械搜尋靄山殘黨，靠著話術，將這群堅守惡道的邪惡信徒一一聚集起來，捆在農舍焚燒，並射殺逃亡者，連同沒入那火光之中。

撲面的灼熱，帶來惡鬼道的氣息，不斷提醒琦娜這一路苦難，提醒她摯友們、思婷、黛恩甚至岳翰遭遇的一切。她知道自己跟這些信徒一樣，皆是施法者，皆是元凶罪人，只是站在不同的觀景台，看著這村烈炎斑斕，燒得瑰麗，燒得凶殘，燒盡所有夢魘與眞相。也許，當自己自首時，這齣拙劣劇碼就將輪到自己上台演出，將自己毀得一乾二淨。

磨損的良心只爲女兒而存在。她留下冷酷的雙眸，讓名爲人間地獄的景象烙印在其之中。沒有憐憫，沒有救贖，只希望惡火能跟著靄山的人們生生世世，永不安息。

灰燼如雪般降下，通天的濃煙與火光掩去了朝陽時的山靈風清。空氣瀰漫焦味，殘留的腥紅與不安正敲響著喪鐘，彷彿將地下惡界帶進了這片禁忌土地，僅留下詛咒與不祥。

「再撐一下。」琦娜告訴著瀕臨極限的自己，在無神之境，和岳翰擊斃了最後一位村民。隨後，扔下火苗，回到了熟睡的女兒身旁。

兩人望著還在焚燒的聚英宮，已近乎力盡氣絕。

「檔案上，魏琦娜已經死了，妳知道吧。」岳翰虛弱地說。

「所以我必須繼續扮演下去，一起背負下去。」

岳翰看著琦娜的側顏，火光熠熠，人影曖曖，他彷彿在朦朧中，看見了妻女的道別。

「妳知道自己有可能再也出不來嗎？」

「沒關係。」

「我不會幫妳太多。」

「已經很夠了，非常夠了，萬事……拜託了。」

隨著山路隱約傳來警笛聲，琦娜輕輕吻了熟睡的女兒，小聲地下了第二道催眠，加強女兒腦中的暗示。

完成後，她微笑地看著岳翰，看著那唯一能將女兒安心託付的人。

「謝謝你，隊長。」

「不客氣。」岳翰猶豫了一下，仍長嘆一聲，面向那穿越霧氣的紅藍警燈。「我已經不是隊長了。」

「那麼謝謝你，岳翰。」

「不客氣，荷櫻，從今以後的曾荷櫻。」

風吹動著那火焮與煙硝，在灰色的雪中，舞動於無際的白茫草田，切出一個個圓圈，就像無盡的迴旋。

43

鬱鬱山林在車窗外飛速劃過，救護車在警車戒護下，鳴著警笛，疾速駛下山，來到了最近的小鎮。在礦業發展時期，那裡曾建造了大型醫院，蕭條後轉由民間接手，成爲大學附設醫學中心，負責學術研究、醫療鄉里。醫院曾應付過地震、風災與火災等大傷狀況，如今，卻是首次接收如此駭人的案件。

封鎖的消息終究仍意外走漏，所幸對於血腥屠戮，媒體們知道的還是不多。他們只推測這一連串慘案都與邪教、荷櫻有關，而山上究竟發生什麼事，仍巧妙地包覆在那群山迷霧之中。

急診室前的車道上布滿各路記者，他們爭相恐後、萬頭攢動，備齊攝影機與手機，急著報導這連續震撼全台的慘案頭條，逼得在場警力不得不臨時借調護欄，加以控制這片混亂，迎接車隊的到來。

當前導警車閃爍警燈駛進了車道，救護車也逐步朝急診室大門停下。「荷櫻」心中滿是忐忑，儘管她早已貼在黛恩耳邊，盡力下了最深的第三道催眠暗示，然而面對門外等著自己的命運，想像起那灰色無光的未來，她仍如坐針氈，揪心卻步。

爲人父母，永遠無法準備好與孩子分離。但她只能接受，不再回頭，就像荷櫻本尊最後的心路與決心。

醫護人員和警察打開了車門，讓和煦的陽光探入車內，他們小心將黛恩送下了車，隨後，大批人馬上前，高度戒備，押解著上銬的荷櫻，一步步走下車。啪嚓啪嚓！人牆與布幔雖然幫忙擋著她的容顏，但媒體們的閃光燈打從救護車駛來就不曾斷過；出乎意料的是，面對這片嘈雜紛亂，荷櫻反而心靜了下來，彷彿在這放慢的世界裡，更加珍惜自己還能望著女兒的時光。

相較之下，岳翰則是備感煩躁，虛弱地在相同的警力戒備中，跟著離開了救護車，躺上擔架，單邊被上銬在久違的床鋪。

在檢調偵查尚未釐清前，他仍舊是個通緝犯；但無論是作爲災難中心的掃把星，或是當前謠言中隻身破案、救人的英雄悍警，他無疑成了全台警界第一紅人，最令人害怕又敬佩的警官。

岳翰並不擔憂自己的未來，因爲他所希冀的，早就死在霾山，死在鍾馗湖，甚至死在遙遠以前的疏忽之中。如今的他，只能扮演另一個角色，踩著新的道路，踏上新的旅程。

他貫徹了自己的內心，藏起那些記錄了全貌的硬碟與錄音，只交出部分證據，與「荷櫻」串供了故事：霾山長期住著一群邪教信徒，道長玄向華長年以黑壇術洗腦曉欣，逼她擄童犯罪，直到出事後，曉欣自殺，讓警方調查有了方向；殊不知，道長殺死鍾馗湖的警察，放火滅證，嫁禍他人，還嘗試洗腦荷櫻母女以粉飾太平，直到最後信徒們因荷櫻的反殺，意外內鬨引發自相殘殺，岳翰得以即時救出了她們母女倆。

是否會有人相信這版本，岳翰並不確定。但無論如何，他都會堅守與荷櫻的約定：由她在黑暗裡贖罪、守護女兒；他在光明下戍守、照顧黛恩，以警徽做他應盡的一切。

兩人在混亂的急診室大門，錯身了最後一眼，疲憊的雙眸對視彼此的託付。荷櫻微微點頭致謝，岳翰亦回以微笑，成了兩人最終的緣分。

狹長的急診室通道上，病床輪子快速滾動，黛恩與岳翰逐漸遠去。留在入口處的荷櫻，隔著人牆，緊盯著寶貝女兒的睡顏。她看著那養育十年的美麗越變越小、越變越遠，眼淚也跟著心中的刺痛，一點一滴匯聚到了眼角。

隨著記憶一一湧現，每個笑容、每個擁抱、每一聲「媽咪」，都像是一道道甜美卻無情的重擊，撞得她內在崩塌。她很清楚一部分的自己正加速逝去，被那無法回頭、無法縮短的距離剝蝕存在意義，腐爛於不能說的悲傷。儘管醫護人員頻頻上前，逼她在文件上簽名，她仍壓抑著那慌張與衝動，試著努力從人群中直望女兒最後一面，祈禱黛恩能張開眼睛，再喊一聲「媽咪」，再望媽咪一眼，永遠烙印在她最珍貴寶貝的記憶之中——直到一名女警拍了拍她肩膀，她一回頭，那嬌小的光明就此被人影淹沒，消失不見。

但她不知道在她調頭的那　剎那，黛恩同時因莫名的心痛，驚醒並睜開了泛淚的雙眼。迷茫於夢境故事的黛恩，感覺自己正在失去什麼。她視線模糊，不顧醫護人員的安撫，急忙尋覓四周，卻只望見母親離去的最後一絲背影，門隨之關上。

催眠暗示啓動，女兒忘卻了惡夢，也忘卻了真正的母親。

「黛恩，對不起，媽咪接下來要去很遠的地方，或許這麼做有點自私，但我想做個好媽媽，也想做個對得起妳、我、另一個我和思婷，還有很多很多犧牲者的人。我必須接受這樣的懲罰與責任。如果可以，我想盡量不要波及到妳、傷害你，只帶給妳快樂，讓妳免去一切痛苦。

「媽咪承認知道真正的自己後，多少有點不知道怎麼再當妳媽咪，害怕妳怕我，害怕我把那黑暗帶給妳，但媽咪會在這段時間繼續努力。就算很遠，媽咪也想一直為妳努力，就算永遠見不了，媽咪永遠都會在，在妳最喜歡、最溫暖、最舒服的那片海，永遠陪在妳心深處。

「媽咪等等會數到一，醒來後，黛恩妳會平安長大、獨立，不被這世界擊倒；妳會懂得勇敢與懦弱，懂得愛人與被愛，懂得自私與慷慨。即使最後忘了我，妳也會是自己的媽咪、自己的女兒。所以，請永遠記得喜歡自己，請永遠幸福，成為比媽咪更好更好的人，並記得永遠有人深愛著妳。

「三、二、一。」

疾行的移送車隊內，殺人犯「荷櫻」獨自坐在警車後座，回想著對黛恩所下的催眠暗示和從小學習的家傳簡易術法，深怕自己做錯判斷，說錯任何一句話，傷到女兒的未來。同時，她也思索起，十年前是否也是用了同樣的方法，逼迫自己忘卻惡行，而不單單只是解離失憶那麼簡單。如果是，那麼現在是否也可以用同方式，忘卻那不斷劇增的感傷？

想到這，荷櫻立刻搖了搖頭。她已經答應自己要面對一切罪責，誠實對待所有愧疚與傷痛。她雙手扣著手銬，傷口包著繃帶，手握黛恩的乳牙，看著窗外那散上陽光的稻海，以及，玻璃窗倒映中的自己。她從未如此坦誠地面對這樣的自我。

荷櫻已不再害怕鏡子了，也不再見到那戰慄黑影，因爲她知道那就是被遺忘的自己，而她已撿回所有遺棄的罪過。

身爲母親，她必須背負這一切、接受制裁，以荷櫻之名代替那對母女與其他女孩們活下去。但看著胸口微微發光的路關牌，她可以感受到「荷櫻本尊」的血咒仍永遠跟在自己的體內，彷彿駐在那血液裡，世世久久。

我會詛咒妳……永遠看不見女兒的幸福，永遠。

永遠看不見女兒的幸福嗎？荷櫻問著自己。即使想贖罪，滿心還是只掛念著自己的女兒，一心只想爲她活著，希望她能獲得幸福。

我……

永遠……

看不見……

女兒的幸福……

荷櫻知道這種詛咒，像極了預言的文字遊戲。也許自己保持遠離、被永遠關著，甚至是死亡，就可以破除這樣的詛咒。但她無法賭上萬一，也無法賭上那足以讓人瘋狂的思念。那麼，爲了黛恩的未來與幸福，也爲了有朝一日還能再相遇，荷櫻只剩下一個做法。

她望向窗外那半透在烏雲後的金色陽光，看著那皦日光輝、燦爛美景，想像自己就在那金色稻浪之中牽著女兒的手，抱著她，浴在那捨不得的澄金耀亮，沉醉在每一刻溫暖，感受羈絆一生的幸福燦麗，好好說出心中的話語。

那大概就是最後、也最美麗的光景。

荷櫻偷偷解下了傷口上的繃帶，咬著末端，纏上眼睛。隨即，在淚水中，她伸出雙手拇指指甲，硬挺地對準自己的眼窩。

當副駕駛座的女警從後照鏡注意到異狀，立刻放聲大叫，急著回頭阻止。然而，警車緊急剎車時，荷櫻的眼窩已堅定地撞上了指甲，刺穿了眼珠，刺穿了煩思，刺穿了悲傷，也刺穿了亡靈的血咒。

荷櫻在女警的尖聲呼喊中，不疾不徐地放下手，令鮮血挾著思念緩緩湧出，染滿繃帶，宛如觀落陰的紅布。一瞬間，她想起了可以催眠自己的話語，不是洗腦，也不是忘卻，而是刻在自己身爲母親的靈魂，永不遺忘。

她挺身微笑著，轉頭沐在那金陽燁燁，手中仍握著女兒的乳牙。

「媽咪會永遠愛妳。」

荷櫻敲下了響指。

《迴陰》完

後記

「我好像不會寫小說呀。」二〇二一年疫情三級警戒時，趁著關在家兩個多月，沒日沒夜趕稿，心中老是浮現出這句話。作爲人生第一本小說，每每下筆都像在踩地雷，忐忑不已，彷彿每個字都化成幽靈，繞著我質問：「嘿！沒有更好的選擇囉？」以至於寫到最後，鐵了心決定將這句話放在後記第一句，以平息那份膽戰心驚；所以當《迴陰》小說通過編輯審核時，不免嚇一跳也鬆了一口氣，甚至有些反悔用這個後記開頭。

但這確實是捫心自問後的感觸，不這麼寫，感覺不太踏實。

十多年來撰寫的大都是劇本與企劃文案，其中胎死腹中的大概有九成，少數存活的就是《迴陰》電影劇本。本來以爲將劇本轉換成小說應該滿輕鬆的，畢竟，已經有個故事在那邊，第一稿至今也快六年，有各種版本的劇本可以發揮，有什麼難的呢？沒想到，這一寫，才發現兩者是完全不同的思考模式。即使是同個故事，皆爲文字文本，但一個是有框架的影像敘事藍圖，一個是自由卻更有機的文字敘事，兩個仍是天壤之別，是不同的寫作地獄，改編起來也變得頭痛許多。

某方面或許是出自於個人的創作潔癖吧，總覺得相同的故事，一旦採取不同的載體或形式，就應有所不同，要發揮該載體最大的魅力與必要性。因此，在這次的小說化過程，我選擇了我比較喜歡的劇本版本，翻寫修改，大幅延伸，讓它更天馬行空，更自然地發展出它自己的樣貌，有著更多的細節與心靈情感，劇情也不太一樣；至於電影，它則是一種去蕪存菁的集體創作，劇本會因各種因素改變，再經由製作，料理成完全不同的型態，對我來說，這也讓小說與電影各有其珍貴的一面。

身爲「作者已死」的信徒，並不想爲故事解釋太多，或爲自己有限的能力一一辯解；反倒是很想多提一些創作過程與田野調查的樂趣，有太多事物顛覆了我的既定認知，增加了知識，重新了解科學與宗教的廣闊與恐怖，也從兩者以外，感受到情感與世界謎樣的力量，奇妙，動人，也非常玄。不過礙於篇幅，加上目前字數實在太失控，就不特別多提了，也許未來會和刪掉的後日談收錄在某個地方吧。但不得不提，書中某些橋段確實取自於一些眞實經驗的紀錄。

不知道這麼一說，是否會多增添一點恐怖色彩，讓大家想再回頭翻閱一次呢？

如果覺得文字壓力太大，也可以再看看幾位老師們精心繪製的圖片喔。我其實很想把手邊所有的圖都放上去，但又不得不爲電影賣個關子。

事實上，撰寫這篇後記的同時，我其實還在處理前導概念短片《ECHO》的後製。它是關於曉欣本人的小小故事短片，是一種補充，一種實驗與創作，嘗試用不同的方式將想像帶入這個世界，也嘗試去做出不同於小說、電影的可能性。本書後面會收錄兩張我還滿喜歡的黑白化神祕感劇照，希望能讓大家在不失想像的狀況下，期待未來短片與電影的公開。

最後，感謝一路支持我的家人，感謝幫我推動這個作品的「彥恩」、「爆紅」公司夥伴，感謝給予不少建議與鼓勵的前輩與朋友：姚哥、Leslie、葉碧、王淵、拾壹、小慶、山怪、啾啾等，感謝熱切擔任顧問的小佐、彥竹、胡師傅、呂師傅等，感謝設計了精美繪作的凱子包、杜主悅、尼爾森氏症、群、麥克筆先生，感謝前導片的每一位成員，感謝提供劇照的攝影師子雍，感謝放任我任性的編輯部，感謝綻放佛光的推薦者大神們，以及，感謝所有大膽購買拙作的讀者們。我知道這本書厚到可以拿來打架，定價也眞的不便宜，尤其在這個疫情混亂、物價飛漲、大眾不太看書的年代，有您們的支持，眞是三生有幸，萬分感恩，希望您們能在惡夢之餘喜歡這個故事。

我還是不太會寫小說，但仍舊會爲了大家和我心中的故事，繼續努力寫下去。

信誘

二〇二二年四月

備註：本書為求效果，部分觀落陰與催眠治療的描述略微誇大，實際上坊間正派的都非常安全，應該啦。

電影前導概念測試短片《ECHO》劇照，攝影師蔡子雍

境外之城 **145**

迴陰（**金馬創投及台灣優良電影劇本改編小說**）

作　　者／盧信諺
企畫選書人／劉瑄
責 任 編 輯／劉瑄

發　行　人／何飛鵬
總　編　輯／王雪莉
行銷業務經理／李振東
行 銷 企 劃／陳姿億
資深版權專員／許儀盈
版權行政暨數位業務專員／陳玉鈴
法 律 顧 問／元禾法律事務所　王子文律師
出版／奇幻基地出版
　城邦文化事業股份有限公司
　台北市 104 民生東路二段 141 號 8 樓
　電話：(02)25007008　傳真：(02)25027676
　網址：www.ffoundation.com.tw
　e-mail：ffoundation@cite.com.tw
發行／英屬蓋曼群島商家庭傳媒股份有限公司城邦分公司
　台北市 104 民生東路二段 141 號 11 樓
　書虫客服服務專線：(02)25007718・(02)25007719
　24 小時傳眞服務：(02)25170999・(02)25001991
　服務時間：週一至週五 09:30-12:00・13:30-17:00
　郵撥帳號：19863813　戶名：書虫股份有限公司
　讀者服務信箱 E-mail：service@readingclub.com.tw
　歡迎光臨城邦讀書花園 網址：www.cite.com.tw
香港發行所／城邦（香港）出版集團有限公司
　香港灣仔駱克道 193 號東超商業中心 1 樓
　電話：(852) 2508-6231 傳眞：(852) 2578-9337
馬新發行所／城邦（馬新）出版集團
　【Cite(M)Sdn. Bhd.(458372U)】
　11, Jalan 30D/146, Desa Tasik,
　Sungai Besi, 57000 Kuala Lumpur, Malaysia.
　電話： (603) 90578822　傳眞：(603) 90576622

封面美術圖像／ 麥克筆先生
封面設計／ 高偉哲
排　　版／ HAMI
印　　刷／ 高典印刷有限公司
■ 2022 年（民 111）5 月 31 日初版一刷

售價／ 450 元

國家圖書館出版品預行編目資料

迴陰／盧信諺著 .-- 初版 .-- 台北市：奇幻基地，城邦文化發行；家庭傳媒城邦分公司發行
2022.05（民 111.05）
面：　公分 .--（境外之城：145）
ISBN　978-626-7094-39-6（第一冊：平裝）

863.57　　　111005098

ISBN　978-626-7094-39-6
Printed in Taiwan.

城邦讀書花園
www.cite.com.tw

廣　告　回　函
北區郵政管理登記證
台北廣字第000791號
郵資已付，免貼郵票

104台北市民生東路二段141號11樓

英屬蓋曼群島商家庭傳媒股份有限公司城邦分公司 收

請沿虛線對摺，謝謝

奇幻基地

每個人都有一本奇幻文學的啟蒙書

奇幻基地官網：http://www.ffoundation.com.tw
奇幻基地粉絲團：http://www.facebook.com/ffoundation

書號：1HO145　　書名：迴陰（金馬創投及台灣優良電影劇本改編小說）

請於此處用膠水黏貼

奇幻基地

讀者回函卡

謝謝您購買我們出版的書籍！請費心填寫此回函卡，我們將不定期寄上城邦集團最新的出版訊息。

姓名：＿＿＿＿＿＿＿＿＿＿＿＿＿＿＿＿　性別：□男　□女

生日：西元＿＿＿＿＿＿年＿＿＿＿＿＿月＿＿＿＿＿＿日

地址：＿＿＿＿＿＿＿＿＿＿＿＿＿＿＿＿＿＿＿＿

聯絡電話：＿＿＿＿＿＿＿＿＿＿傳真：＿＿＿＿＿＿＿＿＿＿

E-mail：＿＿＿＿＿＿＿＿＿＿＿＿＿＿＿＿＿＿＿＿

學歷：□ 1.小學 □ 2.國中 □ 3.高中 □ 4.大專 □ 5.研究所以上

職業：□ 1.學生 □ 2.軍公教 □ 3.服務 □ 4.金融 □ 5.製造 □ 6.資訊

□ 7.傳播 □ 8.自由業 □ 9.農漁牧 □ 10.家管 □ 11.退休

□ 12.其他＿＿＿＿＿＿＿＿＿＿＿＿＿＿＿＿

您從何種方式得知本書消息？

□ 1.書店 □ 2.網路 □ 3.報紙 □ 4.雜誌 □ 5.廣播 □ 6.電視

□ 7.親友推薦 □ 8.其他＿＿＿＿＿＿＿＿＿＿＿＿

您通常以何種方式購書？

□ 1.書店 □ 2.網路 □ 3.傳真訂購 □ 4.郵局劃撥 □ 5.其他

您購買本書的原因是（單選）

□ 1.封面吸引人 □ 2.內容豐富 □ 3.價格合理

您喜歡以下哪一種類型的書籍？（可複選）

□ 1.科幻 □ 2.魔法奇幻 □ 3.恐怖 □ 4.偵探推理

□ 5.實用類型工具書籍

有更多想要分享給
我們的建議或心得嗎？
立即填寫電子回函卡

您是否為奇幻基地網站會員？

□ 1.是 □ 2.否（若您非奇幻基地會員，歡迎您上網免費加入，可享有奇幻基地網站線上購書75 折，以及不定時優惠活動：http://www.ffoundation.com.tw/）

對我們的建議：＿＿＿＿＿＿＿＿＿＿＿＿＿＿＿＿

＿＿＿＿＿＿＿＿＿＿＿＿＿＿＿＿＿＿＿＿

＿＿＿＿＿＿＿＿＿＿＿＿＿＿＿＿＿＿＿＿

請於此處用膠水黏貼